EL ESPÍA
INGLÉS

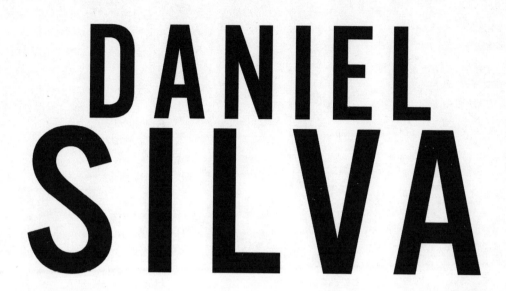

DANIEL SILVA

EL ESPÍA INGLÉS

HarperCollins *Español*

Diseño de cubierta: *Gonzalo Rivera*
Imágenes de cubierta: *Gettyimages – Arcangel Images*

ISBN: 978-0-71807-647-4

Impreso en Estados Unidos de América
16 17 18 19 20 DCI 6 5 4 3 2 1

Para Betsy y Andy Lack. Y, como siempre, para mi esposa, Jamie, y mis hijos, Lily y Nicholas

Cuando uno borra una marca de lápiz, debe comprobar con sumo cuidado que el trazo quede borrado por completo. Porque, si ha de guardarse un secreto, toda precaución es poca.

Graham Greene, *El ministerio del miedo*

Ya no más lágrimas. Pensaré en la venganza.

María, reina de Escocia

PRIMERA PARTE

MUERTE DE UNA PRINCESA

1

GUSTAVIA, SAINT BARTHÉLEMY

Nada de aquello habría pasado si Spider Barnes no hubiera agarrado una cogorza en el Eddy's dos noches antes de la fecha prevista para que zarpara el *Aurora*. Se le consideraba el mejor chef marítimo de todo el Caribe, irascible, sí, pero absolutamente irreemplazable, un genio chiflado ataviado con delantal y chaquetilla blanca almidonada. Spider, como se verá, tenía una formación clásica: había trabajado en París, en Londres, en Nueva York y en San Francisco hasta que, tras una desafortunada escala en Miami, había abandonado para siempre el negocio de la restauración y optado por la libertad del mar. Ahora trabajaba en grandes yates chárter, la clase de barcos que alquilaban estrellas de cine, raperos, magnates y fanfarrones en general cuando querían impresionar a alguien. Y cuando no estaba detrás de los fogones, se hallaba invariablemente acodado a la barra de alguno de los mejores bares de tierra firme. El Eddy's se contaba entre sus cinco bares predilectos de toda la Cuenca del Caribe, y quizá del mundo entero. Esa tarde empezó a eso de las siete con un par de cervezas, a las nueve se fumó un porro en el jardín en penumbra y a las diez se hallaba contemplando su primer vaso de ron aromatizado con vainilla. Todo parecía marchar viento en popa. Spider Barnes estaba colocado y en el paraíso.

Entonces, sin embargo, vio a Veronica y la noche adquirió un sesgo peligroso. Era nueva en la isla, una chica extraviada, una europea de origen incierto que servía copas a turistas de paso en el garito de al lado. Pero era bonita (tan bonita como una guarnición de flores, le comentó Spider a su anónimo compañero de copas), y Spider le entregó su corazón en diez segundos. Le propuso matrimonio, su forma de abordaje preferida, y cuando ella le rechazó decidió proponerle que echaran un polvo. Aquello, inopinadamente, dio resultado y a eso de las doce de la noche fueron vistos alejándose con paso tambaleante bajo un aguacero torrencial. Esa fue la última vez que se vio a Spider: a las 12:03 de una húmeda noche en Gustavia, calado hasta los huesos, borracho y enamorado otra vez.

El capitán del *Aurora*, un yate de lujo de 47 metros de eslora con base en Nassau, era un tal Ogilvy, Reginald Ogilvy, exmiembro de la Royal Navy, un dictador benévolo que dormía con un ejemplar del reglamento en la mesilla de noche, junto a la Biblia del rey Jacobo heredada de su abuelo. Ogilvy sentía por Spider Barnes una antipatía que se redobló a las nueve del día siguiente, cuando el cocinero no se presentó en la reunión de la tripulación y el personal de cabina. Aquella no era una reunión corriente, puesto que el *Aurora* se preparaba para recibir a una huésped muy importante. Solo Ogilvy conocía su identidad. Sabía también que su séquito incluía a un equipo de guardaespaldas y que ella era, como poco, exigente, lo que explicaba la alarma de Ogilvy ante la ausencia de su afamado chef.

Ogilvy notificó su desaparición al capitán del puerto de Gustavia, quien a su vez informó cumplidamente a la gendarmería local. Un par de agentes llamaron a la puerta de la casita de Veronica en la falda de la montaña, pero tampoco había ni rastro de ella. Acto seguido, buscaron en los diversos puntos de la isla a los que solían arribar los borrachos y los afligidos tras una noche de juerga. En Le Select, un sueco de cara colorada aseguró haber invitado a Spider a una Heineken esa misma mañana. Alguien más dijo haberlo visto rondando por la playa de Colombier, y hasta hubo informes, nunca confirmados, de cierta inconsolable criatura a la que se había visto aullar a la luna en los montes de Toiny.

Los gendarmes siguieron fielmente cada pista. A continuación, registraron la isla de norte a sur y de proa a popa, sin resultados.

Pocos minutos después de la puesta de sol, Reginald Ogilvy informó a la tripulación del *Aurora* de que Spider Barnes se había esfumado y de que habría que encontrar de inmediato un sustituto que diera la talla. El personal del barco se desplegó por la isla, desde los restaurantes del paseo marítimo de Gustavia a los chiringuitos de playa del Grand Cul-de-Sac. Y a las nueve de esa noche, en el lugar más insospechado, encontraron lo que andaban buscando.

Había llegado a la isla en plena temporada de huracanes y se había instalado en la casita de madera que había al final de la playa de Lorient. No tenía posesiones más allá de un petate de lona, un montón de libros muy manoseados, una radio de onda corta y una desvencijada escúter que había comprado en Gustavia a cambio de un par de billetes mugrientos y una sonrisa. Los libros era gruesos, pesados y profundos; la radio, de una calidad que ya rara vez se veía. De noche, cuando se sentaba en su tambaleante terraza a leer a la luz de un farol a pilas, el sonido de la música flotaba sobre el fragor de las palmeras y el suave vaivén del oleaje. Jazz y clásica, principalmente, y a veces también un poco de *reggae* de las emisoras del otro lado del mar. Al dar cada hora, bajaba el libro y escuchaba atentamente las noticias de la BBC. Luego, cuando acababa el boletín, buscaba en el dial algo de su agrado y las palmeras y el mar volvían a bailar al son de su música.

Al principio no estaba claro si estaba allí de vacaciones, de paso, escondiéndose o si pensaba hacer de la isla su domicilio permanente. El dinero no parecía problema. Por las mañanas, cuando iba a la *boulangerie* para tomar su café con pan, daba generosas propinas a las dependientas. Y por las tardes, cuando se pasaba por el mercadito de al lado del cementerio para comprar su cerveza alemana y sus cigarrillos americanos, nunca se molestaba en recoger el cambio que salía tintineando de la máquina expendedora. Su francés era pasable, pero estaba teñido por un acento que nadie alcanzaba a identificar. Su español, idioma en el que hablaba con el dominicano que atendía el mostrador del JoJo Burger, era mucho mejor, pero tampoco se libraba de aquel acento. Las chicas de la *boulangerie* llegaron a la conclusión de que era australiano; los chicos del JoJo Burger, en cambio, pensaban que era afrikáner. Estaban por todo el Caribe, los afrikáners. Gente honrada en su mayor parte, aunque algunos tuvieran intereses en negocios tirando a ilegales.

Sus días, aunque amorfos, parecían no carecer por completo de propósito. Desayunaba en la *boulangerie*, se pasaba por el quiosco de prensa de Saint-Jean para recoger un paquete de periódicos ingleses y estadounidenses del día anterior, hacía rigurosamente sus ejercicios en la playa y leía sus densos volúmenes de literatura e historia con un sombrerito de lona bien calado sobre los ojos. En cierta ocasión, alquiló una lancha y pasó la tarde buceando en el islote de Tortu. Pero su ociosidad parecía más forzada que voluntaria. Daba la impresión de ser un soldado herido que anhelaba regresar al frente, un exiliado que soñaba con su patria perdida, estuviera donde estuviera esa patria.

Según Jean-Marc, un funcionario de aduanas del aeropuerto, había llegado en un vuelo procedente de Guadalupe en posesión de un pasaporte venezolano en vigor en el que figuraba el pintoresco nombre de Colin Hernández. Al parecer, era fruto de un breve matrimonio entre una angloirlandesa y un español. La madre tenía ínfulas de poeta; el padre se había metido en algún asunto turbio relacionado con dinero. Colin le detestaba. De su madre, en cambio, hablaba como si su canonización fuera una simple formalidad. Llevaba una fotografía suya en la cartera. El niño rubio que sostenía sobre el regazo no se parecía mucho a Colin, pero el tiempo tenía esas cosas.

Según el pasaporte, Colin Hernández tenía treinta y ocho años, cosa que parecía cierta, y era de profesión «empresario», lo cual podía significar casi cualquier cosa. Las chicas de la *boulangerie* creían que era un escritor en busca de inspiración. ¿Cómo, si no, se explicaba el hecho de que casi nunca se le viera sin un libro? Las chicas del mercado, por su parte, idearon una alocada teoría, complemente injustificada, según la cual había matado a un hombre en Guadalupe y se estaba escondiendo en Saint Barthélemy hasta que pasara la tormenta. Al dominicano del JoJo Burger, que también se estaba escondiendo, esta hipótesis le parecía risible. Colin Hernández, afirmaba, era simplemente otro holgazán, un parásito que vivía del fondo fiduciario de un padre al que odiaba. Se quedaría hasta que se aburriera, o hasta que empezara a faltarle el dinero. Luego volaría a otra parte y al cabo de un día o dos les costaría recordar su nombre.

Por fin, al cumplirse un mes de su llegada, hubo un ligero cambio en su rutina. Después de comer en el JoJo Burger, fue a la peluquería de Saint-Jean y cuando salió su desgreñada cabellera negra estaba recortada, esculpida y lustrosamente engominada. A la mañana siguiente, cuando apareció en la *boulangerie*, iba recién afeitado y vestido con pantalones chinos y una tiesa camisa blanca. Desayunó lo de siempre (una taza grande de *café crème* y un barra de áspero pan de pueblo) y pasó un buen rato leyendo el *Times* del día anterior. Luego, en lugar de regresar a su casita, montó en su escúter y se dirigió a Gustavia a toda velocidad. Y a las doce de ese mismo día por fin quedó claro a qué había ido a Saint Barthélemy aquel hombre llamado Colin Hernández.

Visitó primero el Carl Gustaf, un hotel antiguo y señorial, pero el jefe de cocina, al saber que carecía de formación reglada, se negó a concederle una entrevista. Los propietarios del Maya's le rechazaron cortésmente, al igual que los encargados del Wall House, el Ocean y La Cantina. Probó en La Plage, pero allí tampoco mostraron interés, como tampoco lo mostraron en el Eden Rock, el Guanahani, La Crêperie, Le Jardin o Le Grain de Sel, el solitario fortín con vistas a los humedales de Saline. Ni siquiera en La Gloriette, cuyo fundador era un exiliado político, quisieron saber nada de él.

Impertérrito, probó suerte en las joyas ocultas de la isla: la cafetería del aeropuerto, el bar criollo del otro lado de la calle y el quiosco del aparcamiento del supermercado L'Oasis, donde servían pizza y panini. Y fue allí donde por fin le sonrió la fortuna, pues se enteró de que el cocinero de Le Piment se había despedido intempestivamente tras una larga disputa por las horas de trabajo y el salario. A las cuatro de esa tarde, tras demostrar sus habilidades en la minúscula cocina de Le Piment, consiguió el trabajo. Hizo su primer turno aquella misma noche. Las críticas fueron unánimemente espléndidas.

De hecho, la fama de su destreza culinaria no tardó en extenderse por la pequeña isla. Le Piment, hasta entonces territorio de lugareños y residentes, se llenó muy pronto de una clientela nueva que cantaba las alabanzas de aquel misterioso cocinero de extraño nombre angloespañol. El Carl Gustaf intentó birlárselo, al igual que el Eden Rock, el Guanahani y La Plage, todos ellos sin éxito. De ahí que Reginald Ogilvy, capitán del *Aurora,* estuviera de un humor pesimista cuando se presentó en Le Piment, sin reserva, la noche posterior a la desaparición de Spider Barnes. Se vio obligado a esperar media hora en el bar hasta que por fin le dieron una mesa. Pidió tres entrantes y tres primeros platos. Luego, tras probar cada uno, solicitó hablar un momento con el chef. Pasaron diez minutos antes de que le fuera concedido su deseo.

—¿Tenía hambre? —preguntó el hombre llamado Colin Hernández, mirando los platos de comida.

—No, nada de eso.

—Entonces, ¿qué hace aquí?

—Quería ver si era usted tan bueno como parece creer todo el mundo.

Ogilvy le tendió la mano y se presentó: rango y nombre, seguido por el nombre de su barco. El hombre llamado Colin Hernández levantó una ceja inquisitivamente.

—El *Aurora* es el barco de Spider Barnes, ¿me equivoco?

—¿Conoce a Spider?

—Creo que una vez tomé una copa con él.

—No es el único.

Ogilvy observó detenidamente al personaje que tenía delante. Era compacto, duro, formidable. Sometido a su aguda mirada, le pareció un hombre que había navegado por mares turbulentos. Tenía las cejas negras y espesas; la mandíbula recia y resuelta. La suya, pensó Ogilvy, era una cara hecha para recibir puñetazos.

—Es usted venezolano —dijo.

—¿Quién lo dice?

—Lo dice toda la gente que se negó a contratarlo cuando estaba buscando trabajo.

Ogilvy deslizó la mirada desde su cara a la mano que descansaba sobre el respaldo de la silla de enfrente. No había indicios de tatuajes, lo cual era buena señal. Ogilvy consideraba la moderna cultura de la tinta como una forma de automutilación.

—¿Bebe usted? —preguntó.

—No como Spider.

—¿Casado?

—Solo una vez.

—¿Hijos?

—No, por Dios.

—¿Vicios?

—Coltrane y Monk.

—¿Alguna vez ha matado a alguien?

—No que yo recuerde.

Dijo esto con una sonrisa, y Reginald Ogilvy también sonrió.

—Me preguntaba si podría tentarle para que dejara todo esto —dijo, abarcando con una mirada el modesto comedor al aire libre—. Estoy dispuesto a pagarle un salario generoso. Y cuando no esté en el mar, tendrá mucho tiempo libre para hacer lo que le guste hacer cuando no está cocinando.

—¿Cómo de generoso?

—Dos mil a la semana.

—¿Cuánto ganaba Spider?

—Tres mil —contestó Ogilvy tras un momento de vacilación—. Pero Spider llevaba dos temporadas conmigo.

—Ahora no está aquí con usted, ¿verdad?

Ogilvy fingió deliberar.

—Que sean tres mil —dijo—. Pero necesito que empiece enseguida.

—¿Cuándo zarpan?

—Mañana por la mañana.

—En ese caso —dijo el hombre llamado Colin Hernández—, creo que tendrá que pagarme cuatro mil a la semana.

Reginald Ogilvy, capitán del *Aurora*, paseó la mirada por los platos antes de ponerse en pie con aire solemne.

—A las ocho en punto —dijo—. No se retrase.

François, el propietario de Le Piment, un marsellés con muy mal genio, no se tomó bien la noticia. Soltó una ráfaga de insultos en el dialecto del sur, hubo promesas de revancha y, acto seguido, una botella vacía de un burdeos bastante bueno se rompió en mil pedazos de color esmeralda al estrellarse contra la pared de la pequeña cocina. Más tarde, François negaría que hubiera apuntado a su exchef, pero Isabelle, una camarera que presenció el incidente, pondría en cuestión su versión de los hechos. François, aseguraba, había lanzado la botella directamente a la cabeza de *monsieur* Hernández, como si fuera un puñal. Y *monsieur* Hernández, recordaba Isabelle, la había esquivado con un movimiento tan leve y veloz que había sido visto y no visto. Después, había mirado con frialdad a François un momento, como si sopesara la mejor manera de romperle el cuello. Luego, se había quitado con calma el impecable delantal blanco y había montado en su escúter.

Pasó el resto de esa noche en la terraza de su casita, leyendo a la luz de un farol. Y, al dar cada hora, bajó el libro y escuchó las noticias de la BBC mientras las olas iban y venían en la playa y el follaje de las palmeras siseaba agitado por el viento nocturno. Por la mañana, tras un baño tonificante en el mar, se duchó, se vistió y guardó sus pertenencias en el petate de lona: su ropa, sus libros, su radio. Guardó, además, dos cosas que le habían dejado en el islote de Tortu: una pistola Stechkin de 9 mm con silenciador enroscado al cañón y un paquete rectangular de treinta centímetros por cincuenta. El paquete pesaba siete kilos doscientos gramos exactamente. Lo colocó en el centro del petate para que no se moviera cuando lo llevara a cuestas.

Salió por última vez de la playa de Lorient a las siete y media y, con el petate apoyado sobre las rodillas, se fue a Gustavia. El *Aurora* refulgía al borde del puerto. Embarcó a las ocho y diez y fue conducido a su camarote por su ayudante de cocina, una chica inglesa muy delgada con el curioso nombre de Amelia List. Guardó sus efectos personales en el armario (entre ellos la pistola Stechkin y el paquete de siete kilos) y se puso los pantalones y la chaqueta de cocinero que le habían dejado sobre el catre. Amelia List estaba esperando en el pasillo cuando salió. Lo acompañó a la cocina y le enseñó la despensa, la cámara frigorífica y el almacén lleno de vinos. Fue allí, en la fresca oscuridad, cuando tuvo su primer pensamiento sexual acerca de la chica inglesa de almidonado uniforme blanco. No hizo nada por disiparlo. Llevaba tantos meses de abstinencia que apenas recordaba lo que era tocar el cabello de una mujer o acariciar la piel de un pecho indefenso.

Faltaban pocos minutos para las diez cuando se ordenó a todos los miembros de la tripulación personarse en la cubierta de popa. El hombre llamado Colin Hernández siguió fuera a Amelia List y estaba de pie a su lado cuando dos Range Rover negros se pararon con un frenazo junto a la popa del *Aurora*. Del primero salieron dos chicas bronceadas y risueñas y un hombre de cara pálida y rojiza, de cuarenta y tantos años, que sujetaba en una mano las asas de una bolsa de playa rosa y en la otra el cuello de una botella de champán abierta. Dos hombres de aspecto atlético se bajaron del otro vehículo, seguidos un instante después por una mujer que parecía sufrir de melancolía en fase terminal. Llevaba un vestido de color melocotón que dejaba en la retina una impresión de desnudez parcial, un sombrero de ala ancha que sombreaba sus hombros esbeltos y grandes gafas de sol opacas que ocultaban gran parte de su cara de porcelana. Aun así, se la reconocía al instante. La delataba su perfil, aquel perfil tan admirado por los fotógrafos de moda y los *paparazzi* que acechaban cada uno de sus gestos. Esa mañana no había *paparazzi* a la vista. Por una vez, los había despistado.

Subió a bordo del *Aurora* como si cruzara por encima de una tumba abierta y pasó junto a la tripulación reunida sin dedicarle una palabra o una mirada, tan cerca de ellos que el hombre llamado Colin Hernández tuvo que reprimir el impulso de tocarla para asegurarse de que era real y no un holograma. Cinco minutos después el *Aurora* zarpó del puerto y a mediodía la isla encantada de Saint Barthélemy era solo un pegote marrón verdoso en el horizonte. Tumbada sin camiseta en la cubierta de proa, con una copa en la mano, su piel impecable tostándose al sol, estaba la mujer más famosa del mundo. Y una cubierta más abajo, preparando un aperitivo de tartar de atún, piña y pepino, estaba el hombre que iba a matarla.

2

FRENTE A LAS ISLAS DE BARLOVENTO

Era una historia conocida de todos. Incluso los que fingían no interesarse por ella o desdeñaban la adoración que el mundo entero tributaba a aquella mujer conocían cada sórdido detalle. Ella era una chica de clase media originaria de Kent, guapa pero inmensamente tímida, que había logrado abrirse camino hasta Cambridge, y él el apuesto y algo mayor que ella futuro rey de Inglaterra. Se habían conocido en un debate universitario relacionado con el medio ambiente y, según la leyenda, el futuro rey se había prendado de ella al instante. Siguió un largo noviazgo, discreto y sin sobresaltos. El entorno del futuro rey investigó cuidadosamente a la chica; el de la chica se informó con todo detalle sobre el futuro rey. Finalmente, uno de los tabloides con menos escrúpulos logró hacerse con una fotografía de la pareja saliendo del baile de verano anual del duque de Rutland en Belvoir Castle. El palacio de Buckingham emitió un insulso comunicado confirmando lo evidente: que el futuro rey y la chica de clase media por cuyas venas no corría ni una gota de sangre aristocrática estaban saliendo. Luego, un mes después, mientras los tabloides seguían vertiendo rumores y especulaciones, el palacio anunció que la chica de clase media y el futuro rey planeaban casarse.

Se casaron en la catedral de Saint Paul una mañana de junio en la que los cielos del sur de Inglaterra chorreaban lluvia negra. Más adelante, cuando las cosas se torcieron, parte de la prensa británica afirmó que estuvieron sentenciados desde el principio. La chica no estaba preparada en absoluto, ni por temperamento ni por educación, para soportar la vida dentro de la pecera real, y el futuro rey estaba igual de poco preparado para el matrimonio, por las mismas razones. Tenía muchas amantes, tantas que era imposible llevar la cuenta, y la chica lo castigó invitando a su cama a uno de sus escoltas. El futuro rey, cuando se enteró del *affaire*, desterró al guardia a un solitario cuartel de Escocia. Angustiada, la chica intentó suicidarse tomando una sobredosis de barbitúricos y fue trasladada a la sala de urgencias del hospital de Saint Anne. El palacio de Buckingham declaró que sufría de deshidratación causada por un acceso de gripe. Cuando se la instó a explicar por qué su marido no había ido a visitarla al hospital, el palacio masculló algo relativo a un problema de agenda. La declaración suscitó muchas más dudas de las que resolvió.

Cuando le dieron el alta, se hizo evidente para los observadores de la familia real que la bella esposa del futuro rey no estaba del todo bien. Aun así, cumplió con su deber conyugal dándole dos herederos, un hijo y una hija, nacidos tras sendos embarazos difíciles y abreviados. El rey le demostró su gratitud volviendo a la cama de una mujer a la que tiempo atrás había propuesto matrimonio, y la princesa se tomó la revancha convirtiéndose en una celebridad mundial que eclipsó la fama de la sacrosanta madre de su marido. Viajaba por el mundo en apoyo de causas nobles, con una horda de periodistas y fotógrafos pendientes de cada palabra y cada gesto suyos, y sin embargo en todo ese tiempo nadie pareció percatarse de que se estaba deslizando lentamente hacia la locura. Por fin, con su permiso y su discreta colaboración, todo salió a la luz en las páginas de un libro en el que lo revelaba todo: las infidelidades de su marido, sus caídas en la depresión, los intentos de suicidio, el trastorno alimentario producido por su exposición constante a la prensa y el público. El futuro rey, indignado, se vengó filtrando a la prensa un torrente de revelaciones acerca del errático comportamiento de su esposa. Luego llegó el golpe de gracia: la grabación de una apasionada conversación amorosa entre la princesa y su amante favorito. Para entonces la reina ya había tenido suficiente. Viendo en peligro la monarquía, pidió a la pareja que se divorciara lo antes posible. Así lo hicieron un mes después. El palacio de Buckingham, sin asomo de ironía, emitió una nota calificando de «amigable» el fin del matrimonio real.

A la princesa se le permitió mantener sus apartamentos en el palacio de Kensington, pero fue despojada del título de Alteza Real. La reina le ofreció un título honorífico de segunda fila, pero ella lo rechazó y prefirió recuperar su nombre de soltera. Incluso renunció a los escoltas del SO14, a los que veía más como espías que como defensores de su seguridad. El palacio siguió vigilando discretamente sus movimientos y relaciones, al igual que los servicios de espionaje británicos, que la consideraban un estorbo, más que una amenaza para el reino.

En público, era el rostro radiante de la compasión universal. Pero de puertas para adentro bebía demasiado y se rodeó de un séquito que un consejero real tildó de «eurobasura». En este viaje, sin embargo, su cortejo de acompañantes era más reducido que de costumbre. Las dos mujeres bronceadas eran amigas de la infancia. El hombre que subió a bordo del *Aurora* con una botella de champán descorchada era Simon Hastings-Clarke, el riquísimo vizconde que proporcionaba los medios para que la exprincesa mantuviera el tren de vida al que estaba acostumbrada. Era Hastings-Clarke quien la llevaba por el mundo en su flota de jets privados y quien pagaba el salario de sus guardaespaldas. Los dos que la acompañaron al Caribe pertenecían a una empresa de seguridad londinense. Antes de abandonar Gustavia sometieron al *Aurora* y a su tripulación a una inspección somera. Al hombre llamado Colin Hernández le formularon una única pregunta:

—¿Qué vamos a comer?

A instancias de la exprincesa, fue un bufé ligero por el que ni ella ni sus acompañantes demostraron particular interés. Bebieron mucho esa tarde mientras tostaban sus cuerpos al sol que caía a plomo sobre la cubierta delantera, hasta que una tormenta les obligó a refugiarse, riendo, en los camarotes. Se quedaron allí hasta las nueve de la noche, cuando salieron vestidos y arreglados como para una fiesta en un jardín de Somerset. Tomaron cócteles y canapés en la cubierta de popa y luego se encaminaron al salón principal para cenar: ensalada con vinagreta de trufa, seguida por *risotto* de langosta y cordero asado con alcachofas, salsa de limón, calabacines y *piment d'argile*. La exprincesa y sus acompañantes calificaron la comida de espléndida y solicitaron la presencia del chef. Cuando por fin apareció, lo obsequiaron con un aplauso pueril.

—¿Qué nos hará mañana por la noche? —preguntó la exprincesa.

—Es una sorpresa —contestó él con su extraño acento.

—Ah, bien —dijo ella, dedicándole la misma sonrisa que Hernández había visto en la portada de infinidad de revistas—. Me encantan las sorpresas.

Eran una tripulación poco numerosa, ocho en total, y entre las responsabilidades del chef y de su ayudante estaba el ocuparse de la porcelana, la cristalería, la plata, las cazuelas y sartenes y los utensilios de cocina. Trabajaron juntos ante el fregadero, codo con codo, mucho después de que se retiraran la exprincesa y su séquito, sus manos rozándose de vez en cuando bajo el agua templada y jabonosa, y la cadera de ella apretándose contra el muslo de él. Una vez, al cruzarse en el armario de la ropa blanca, los firmes pezones de ella trazaron dos líneas en la espalda de él, enviando a su entrepierna una descarga de sangre y electricidad. Se retiraron a sus camarotes cada uno por su lado, pero unos minutos después él oyó que llamaban delicadamente a su puerta. La chica le poseyó sin emitir ningún sonido. Fue como ejecutar el acto amoroso con una muda.

—Puede que esto haya sido un error —le susurró al oído cuando hubieron terminado.

—¿Por qué lo dices?

—Porque vamos a trabajar juntos mucho tiempo.

—No tanto.

—¿Es que no piensas quedarte?

—Eso depende.

—¿De qué?

Él no dijo nada más. Ella apoyó la cabeza sobre su pecho y cerró los ojos.

—No puedes quedarte aquí —dijo él.

—Ya lo sé —contestó soñolienta—. Solo un ratito.

Yació inmóvil largo rato, con Amelia List dormida sobre su pecho y el *Aurora* meciéndose bajo él, mientras repasaba mentalmente los detalles de lo que iba a suceder. Por fin, a las tres en punto, se levantó y, desnudo, cruzó de puntillas el camarote hasta el armario. Sin hacer ruido, se puso unos pantalones negros, un jersey de lana y un impermeable oscuro. Luego quitó el envoltorio al paquete de treinta por cincuenta y siete kilos doscientos gramos y activó la fuente de alimentación y el reloj del detonador. Volvió a guardar el paquete en el armario y se disponía a sacar la pistola Stechkin cuando oyó que la chica se removía a su espalda. Se volvió lentamente y la miró en la oscuridad.

—¿Qué era eso? —preguntó ella.

—Vuelve a dormirte.

—He visto una luz roja.

—Era mi radio.

—¿Por qué escuchas la radio a las tres de la mañana?

Antes de que él pudiera contestar, se encendió la lámpara de la mesilla de noche. Los ojos de Amelia List recorrieron velozmente el oscuro atuendo de Hernández antes de posarse en la pistola con silenciador que tenía en la mano. Abrió la boca para gritar, pero él se la tapó firmemente con la mano antes de que pudiera emitir algún sonido. Mientras ella luchaba por liberarse, le susurró al oído en tono tranquilizador:

—No te preocupes, mi amor. Solo te dolerá un poquito.

Los ojos de la chica se dilataron llenos de terror. Él le torció violentamente la cabeza hacia la izquierda, seccionando su médula espinal, y la abrazó con ternura mientras moría.

Reginald Ogilvy no tenía por costumbre asumir la solitaria guardia de las horas centrales de la noche pero, esa madrugada, la preocupación por la seguridad de su célebre pasajera lo impulsó a presentarse en el puente de mando del *Aurora*. Estaba consultando el pronóstico del tiempo en el ordenador de a bordo, con una taza de café recién hecho en la mano, cuando Colin Hernández apareció en lo alto de la escalera de la cámara, vestido completamente de negro. Ogilvy levantó la vista bruscamente y preguntó:

—¿Qué hace usted aquí?

Por única respuesta, recibió dos disparos de la Stechkin que, atravesando la pechera de su uniforme, le desgarraron el corazón.

La taza de café cayó con estrépito al suelo. Ogilvy, muerto en el acto, se desplomó con un golpe sordo. Su asesino se acercó tranquilamente al panel de mando, hizo un ligero ajuste en el rumbo del barco y volvió a bajar por la escalera de la cámara. La cubierta principal estaba desierta: no había ningún otro miembro de la tripulación de guardia. Bajó una de las lanchas Zodiac al mar ennegrecido, subió a bordo y soltó la amarra.

Flotando a la deriva, se meció bajo un dosel de estrellas diamantinas, viendo cómo el *Aurora* se deslizaba sin timonel hacia el este, hacia las rutas navieras del Atlántico, como un barco fantasma. Consultó la esfera luminosa de su reloj de pulsera. Después, cuando el dial marcó cero, levantó la vista. Pasaron quince segundos más, tiempo suficiente para que sopesara la remota posibilidad de que la bomba estuviera defectuosa. Luego se vio un fogonazo en el horizonte: el destello blanco y cegador de un alto explosivo, seguido por el resplandor amarillo anaranjado de las detonaciones secundarias y el fuego.

El sonido fue como el retumbar de un trueno lejano. Después, solo se dejó sentir el golpeteo del mar contra el costado de la Zodiac, y el viento. Pulsando un botón, encendió el motor de la lancha y observó cómo el *Aurora* iniciaba su viaje hacia el fondo. Acto seguido viró la Zodiac hacia el oeste y pulsó el acelerador.

3

EL CARIBE-LONDRES

El primer indicio de que pasaba algo grave surgió cuando la empresa Pegasus Global Charters de Nassau informó de que uno de sus navíos, el yate a motor *Aurora*, de 47 metros de eslora, no había respondido a un mensaje de control de rutina. El centro de operaciones de la empresa pidió ayuda de inmediato a todos los buques comerciales y embarcaciones de recreo que se hallaran en las inmediaciones de las Islas de Barlovento y al cabo de pocos minutos la tripulación de un petrolero con bandera liberiana informó de que habían visto un extraño fogonazo en la zona aproximadamente a las 3:45 de esa madrugada. Poco después, la tripulación de un carguero localizó una de las lanchas del *Aurora* flotando vacía y a la deriva a unas cien millas al sur-sureste de Gustavia. Al mismo tiempo, un velero privado encontró chalecos salvavidas y otros despojos flotando en el mar, escasas millas al oeste. Temiendo lo peor, la dirección de Pegasus telefoneó al Alto Comisionado británico en Kingston y notificó al cónsul honorario que el *Aurora* había desaparecido y que temían que se hubiera hundido. A continuación, enviaron una copia del manifiesto de pasajeros en el que figuraba el nombre de la exprincesa.

—Dígame que no es ella —dijo el cónsul honorario en tono incrédulo, pero el encargado de la naviera le confirmó que la pasajera era, en efecto, la exesposa del futuro rey.

El cónsul llamó de inmediato a sus superiores en el Foreign Office de Londres, que consideraron que la situación era lo bastante grave como para despertar al primer ministro, Jonathan Lancaster, momento en el que de verdad comenzó la crisis.

El primer ministro dio la noticia por teléfono al futuro rey a la una y media de la tarde, pero esperó hasta las nueve para informar al pueblo británico y al mundo. De pie frente a la puerta negra del número 10 de Downing Street, relató con expresión adusta los hechos tal y como se conocían en ese momento. La exesposa del heredero al trono había viajado al Caribe en compañía de Simon Hastings-Clarke y dos amigas de la infancia. El grupo había subido a bordo del *Aurora*, un yate de lujo, en la isla turística de Saint Barthélemy para hacer un crucero de una semana de duración. Se había perdido todo contacto con la embarcación y en la zona habían emergido restos de un barco hundido.

—Confiamos y rezamos para que la princesa sea hallada con vida —declaró solemnemente el primer ministro—. Pero debemos prepararnos para lo peor.

El primer día de búsqueda no aparecieron restos humanos ni supervivientes. Tampoco el segundo, ni el tercero. Tras conferenciar con la reina, el primer ministro Lancaster anunció que su gobierno estaba actuando bajo la premisa de que la amada princesa había muerto. En el Caribe, los equipos de búsqueda centraron sus esfuerzos en encontrar restos materiales, más que cuerpos. No tuvieron que buscar mucho. Apenas cuarenta y ocho horas después, un sumergible no tripulado perteneciente a la Marina francesa descubrió los restos del *Aurora* bajo una capa de seiscientos metros de agua marina. Un experto que vio las imágenes de la grabación afirmó que estaba claro que el barco había sufrido algún tipo de siniestro, casi con toda certeza una explosión.

—La cuestión es —dijo— si fue un accidente o un acto deliberado.

La mayoría de la población británica, según afirmaba una encuesta fidedigna, se negaba a creer que estuviera realmente muerta.

Cifraban sus esperanzas en el hecho de que solo se hubiera encontrado una de las dos Zodiacs del *Aurora*. Seguramente, decían, estaba a la deriva en mar abierto, o había sido empujada por la marea hasta una isla desierta. Una página web de dudosa reputación llegó al extremo de afirmar que había sido vista en Montserrat. Otra aseguró que vivía apaciblemente en Dorset, junto a la playa. Teóricos conspiranoicos de toda índole inventaron rocambolescas historias acerca de un complot para matar a la princesa concebido por el Consejo Privado de la reina y llevado a cabo por el Servicio de Inteligencia Británico, más conocido como MI6. Su jefe, Graham Seymour, fue presionado para que desmintiera tajantemente tales hipótesis, pero se negó en redondo.

—No son «hipótesis» —le dijo al Secretario de Exteriores durante una tensa reunión celebrada en la amplia sede del servicio a orillas del Támesis—. Son cuentos inventados por trastornados mentales, y no pienso dignificarlos con un comunicado oficial.

En privado, sin embargo, Seymour ya había llegado a la conclusión de que la explosión a bordo del *Aurora* no era un accidente. De la misma opinión era su homólogo en el DGSE, el muy capaz servicio de inteligencia francés. Al analizar la grabación de los restos, los franceses concluyeron que el *Aurora* había saltado por los aires a causa de una bomba colocada bajo la cubierta. Pero ¿quién había introducido el artefacto en la embarcación? ¿Y quién había activado el detonador? El principal sospechoso del DGSE era el hombre contratado para sustituir al cocinero jefe del *Aurora*, también desaparecido, la víspera de la partida del yate. Los franceses enviaron al MI6 un vídeo borroso de su llegada al aeropuerto de Gustavia junto con varias fotografías de escasa calidad captadas por las cámaras de seguridad de varias tiendas. Mostraban a un hombre al que no le importaba que le fotografiaran.

—No me parece que sea de los que se hunden con el barco —comentó Seymour en una reunión con sus colaboradores más cercanos—. Está por ahí, en alguna parte. Averiguad quién es y dónde se esconde, a ser posible antes que los franchutes.

Era un susurro en una capilla en penumbra, un hilo suelto en el borde de una prenda desechada. Pasaron las fotografías por sus sistemas informáticos. Y, al no obtener resultados, lo buscaron a la manera tradicional, gastando suela y repartiendo sobres llenos de dinero: dinero americano, naturalmente, dado que en el submundo del espionaje el dólar sigue siendo la divisa dominante. El hombre del MI6 en Caracas no halló ni rastro de él. Tampoco encontró indicio alguno de una madre angloirlandesa con aspiraciones poéticas, ni de un padre español dedicado a los negocios. La dirección que figuraba en su pasaporte resultó ser la de un cochambroso solar de un suburbio de Caracas. Su último número de teléfono conocido llevaba largo tiempo en desuso. Un topo perteneciente a la policía secreta venezolana dijo haber oído un rumor acerca de un posible vínculo con Castro, pero una fuente próxima a la inteligencia cubana masculló algo acerca de los carteles colombianos.

—Puede que una vez —declaró un incorruptible policía de Bogotá—, pero se desvinculó de los señores de la droga hace mucho tiempo. Según mis últimos informes estaba viviendo en Panamá con una examante de Noriega. Tenía varios millones guardados en un banco panameño con fama de turbio y un piso en Playa Farallón.

La examante negó conocerlo, y el director del banco en cuestión, tras aceptar un soborno de diez mil dólares, no encontró rastro de ninguna cuenta a su nombre. En cuanto al piso en Playa Farallón, un vecino no recordaba gran cosa de su apariencia física, pero sí su voz.

—Tenía un acento singular —dijo—. Como australiano. ¿O era sudafricano?

Graham Seymour supervisó la búsqueda del esquivo sospechoso desde su cómodo despacho, el mejor despacho del espionaje mundial, con su jardín inglés en la terraza, su enorme escritorio de caoba (que habían utilizado todos sus predecesores), sus altas ventanas con vistas al Támesis y su majestuoso reloj de pared, una pieza de anticuario diseñada nada menos que por Sir Mansfield Smith Cumming, el primer *chief* del Servicio Secreto británico. El esplendor de aquel escenario inquietaba a Seymour que, en un pasado ya lejano, había sido un agente en activo de cierto renombre. En aquel entonces no trabajaba para el MI6, sino para el MI5, el menos glamuroso servicio de seguridad interior británico, donde había servido con distinciones antes de recorrer el breve trayecto que separaba Thames House de Vauxhall Cross. Dentro del MI6, el nombramiento de un hombre ajeno al servicio levantó algunas ampollas, pero la mayoría vieron dicha «travesía», como se la llamó en el oficio, como una especie de regreso a casa. El padre de Seymour había sido un oficial legendario del MI6, un embaucador de los nazis, un hacedor de acontecimientos en Oriente Medio. Y ahora su hijo, en la flor de la vida, se sentaba tras el escritorio ante el cual se había erguido Seymour el Viejo, firme y con la gorra en la mano.

El poder, sin embargo, viene a menudo acompañado de un sentimiento de impotencia, y Seymour el burócrata, el espía de sala de juntas, cayó muy pronto presa de esa sensación. Mientras la búsqueda proseguía inútilmente y aumentaba la presión de Downing Street y el palacio de Buckingham, su humor se fue deteriorando. Tenía una foto del sospechoso sobre la mesa, junto al tintero victoriano y la pluma Parker que utilizaba para glosar sus documentos con su código cifrado personal. Aquella cara le sonaba de algo. Sospechaba que sus caminos se habían cruzado en alguna otra parte: en otro campo de batalla y en otro país. Daba igual que las bases de datos del servicio afirmaran lo contrario. Seymour se fiaba de su propia memoria más que de la de cualquier ordenador gubernamental.

Y así, mientras los agentes en activo seguían pistas falsas y sondeaban pozos secos, Seymour llevó a cabo una búsqueda por su cuenta desde su jaula dorada en la cúspide de Vauxhall Cross. Comenzó por hurgar en su prodigiosa memoria y, al fallarle esta, pidió que le dejaran ver los expedientes de sus antiguos casos en el MI5 y también los sometió a escrutinio. Tampoco allí encontró indicio alguno de su presa. Finalmente, la mañana del décimo día, el teléfono de su escritorio ronroneó suavemente. El tono de llamada distintivo le avisó de que al otro lado de la línea se encontraba Uzi Navot, el jefe del afamado servicio de inteligencia israelí. Seymour dudó. Después, levantó con cautela el aparato y se lo acercó al oído. Como de costumbre, el jefe del espionaje israelí no se molestó en intercambiar muestras de cortesía.

—Creo que tal vez hayamos encontrado al hombre al que estáis buscando —dijo.

—¿Quién es?

—Un viejo amigo.

—¿Vuestro o nuestro?

—Vuestro —contestó el israelí—. Nosotros no tenemos amigos.

—¿Puedes decirme su nombre?

—Por teléfono no.

—¿Cuándo puedes estar en Londres?

El pitido de la línea puso fin a la conversación.

4

VAUXHALL CROSS, LONDRES

Uzi Navot llegó a Vauxhall Cross poco antes de las once de esa noche y sin perder un instante fue conducido a la planta de dirección en un ascensor semejante a un tubo neumático. Vestía un traje gris que se le tensaba en los fornidos hombros, una camisa blanca que se abría a la altura de su grueso cuello y unas gafas montadas al aire que pellizcaban el puente de su nariz de boxeador. A simple vista, muy pocas personas deducían que Navot fuera israelí o incluso judío, lo cual le había sido de enorme utilidad a lo largo de su carrera. En tiempos había sido un *katsa*, término que, en el servicio de espionaje al que pertenecía, designaba a los agentes encubiertos. Pertrechado con un amplio surtido de idiomas y un montón de pasaportes falsos, Navot se había infiltrado en redes terroristas y había reclutado a una larga cadena de espías e informantes dispersos alrededor del mundo. En Londres, se le había conocido por el nombre de Clyde Bridges, el director de marketing para Europa de una oscura empresa de *software,* y en suelo británico había dirigido con éxito varias operaciones en una época en la que era responsabilidad de Seymour impedir tales actividades. Seymour no le guardaba rencor por ello, pues tal era la naturaleza de la relación entre espías: adversarios un día, aliados al siguiente.

Navot, que visitaba con frecuencia Vauxhall Cross, no hizo comentario alguno acerca de la belleza del majestuoso despacho de Seymour. Tampoco se enzarzó en el habitual intercambio de cotilleos profesionales que solía preceder a las reuniones entre habitantes del mundo del espionaje. Seymour sabía a qué obedecía el humor taciturno de su colega: el primer mandato de Navot como jefe del espionaje israelí estaba tocando a su fin, y su primer ministro le había pedido que se apartara para dejar paso a otro hombre, a un agente legendario con el que Seymour había trabajado en numerosas ocasiones. Corría el rumor de que dicho agente había llegado a un acuerdo para mantener a Navot dentro del servicio. Era una medida poco ortodoxa, permitir que un exjefe siguiera en activo, pero aquella leyenda del espionaje israelí rara vez se preocupaba por el respeto a la ortodoxia. Su disposición a asumir riesgos era su mejor baza... y a veces, pensó Seymour, también su perdición.

Colgando de la robusta mano derecha de Navot había un maletín de acero inoxidable con cerradura de seguridad. Sacó de él una delgada carpeta de papel que depositó sobre el escritorio de caoba. Dentro había un documento de una sola página: los israelíes se preciaban de la brevedad de sus informes. Seymour leyó el encabezamiento. Luego echó una ojeada a la fotografía que descansaba junto al tintero y masculló una exabrupto. Al otro lado del imponente escritorio, Uzi Navot se permitió una sonrisa breve. Pocas veces lograba uno decirle al director general del MI6 algo que no supiera ya.

—¿De quién procede la información? —preguntó Seymour.

—Es posible que sea una fuente iraní —contestó Navot vagamente.

—¿El MI6 tiene acceso regular al género que ofrece?

—No —contestó Navot—. Es nuestro, exclusivamente.

El MI6, la CIA y la inteligencia israelí llevaban más de una década trabajando codo con codo para retrasar los avances iraníes hacia la fabricación de armas nucleares. Los tres cuerpos de espionaje habían llevado a cabo operaciones conjuntas contra la cadena de suministros nuclear iraní y compartido ingentes cantidades de datos técnicos e información clasificada. Todos ellos estaban de acuerdo en que los israelíes eran los que mejores fuentes tenían en Teherán y, para exasperación de estadounidenses y británicos, ponían gran celo en protegerlas. Basándose en el enunciado del informe, Seymour dedujo que el espía de Navot trabajaba para el VEVAK, el servicio de inteligencia iraní. Se sabía, sin embargo, que los informantes pertenecientes al VEVAK eran difíciles de manejar. Unas veces la información que vendían a cambio de dinero occidental era auténtica, y otras obedecía a la *taqiyya*, la práctica persa de mostrar una intención y abrigar otra.

—¿Crees que es fidedigno? —preguntó Seymour.

—Si no lo creyera no estaría aquí. —Navot hizo una pausa y luego añadió—: Y algo me dice que tú también lo crees.

En vista de que Seymour no contestaba, Navot sacó de su maletín un segundo documento y lo puso sobre la mesa, junto al primero.

—Es una copia de un informe que enviamos al MI6 hace tres años —explicó—. Ya entonces estábamos al corriente de su vínculo con los iraníes. Sabíamos también que estaba trabajando para Hezbolá, Hamás, Al Qaeda y para cualquiera que quisiera contratarlo. Vuestro amigo no es especialmente quisquilloso a la hora de elegir las compañías que frecuenta —añadió Navot.

—Eso fue antes de que yo ocupara el puesto —repuso Seymour.

—Pero ahora es problema tuyo. —Navot señaló un párrafo situado hacia el final del documento—. Como puedes ver, propusimos una operación para retirarlo de la circulación. Hasta nos ofrecimos a encargarnos de ello. ¿Y qué supones que contestó tu predecesor a nuestra generosa oferta?

—Evidentemente, la rechazó.

—Haciendo gala de gran cantidad de prejuicios. De hecho, nos respondió sin rodeos que no le tocáramos un pelo. Temía que eso abriera la caja de Pandora. —El israelí meneó la cabeza lentamente—. Y ahora aquí estamos.

El despacho quedó en silencio, salvo por el tictac del vetusto reloj de pared. Por fin, Navot preguntó con voz queda:

—¿Dónde estabas ese día, Graham?

—¿Qué día?

—El quince de agosto del noventa y ocho.

—¿El día del atentado?

Navot asintió con un gesto.

—Sabes perfectamente dónde estaba —respondió Seymour—. Estaba en el MI5.

—Eras el jefe del servicio antiterrorista.

—Sí.

—Lo que significa que era responsabilidad tuya.

Seymour no dijo nada.

—¿Qué ocurrió, Graham? ¿Cómo consiguió pasar?

—Cometimos errores. Errores graves. Lo bastante graves para arruinar carreras, incluso hoy en día. —Recogió los dos documentos y se los devolvió a Navot—. ¿Te dijo tu fuente iraní por qué lo hizo?

—Es posible que haya vuelto a la antigua lucha. Pero también es posible que actuara por encargo de terceros. En cualquier caso, hay que ocuparse de él, cuanto antes mejor.

Seymour no contestó.

—Nuestra oferta sigue en pie, Graham.

—¿Qué oferta es esa?

—Nosotros nos encargaremos de él —contestó Navot—. Y luego lo enterraremos en un agujero tan profundo que ninguno de esos problemas antiguos volverá a salir a la superficie.

Seymour se sumió en un silencio contemplativo.

—Solo hay una persona a la que le confiaría un trabajo así —dijo por fin.

—Puede que eso sea difícil.

—¿Por el embarazo?

Navot asintió en silencio.

—¿Cuándo sale ella de cuentas?

—Me temo que eso es información clasificada.

Seymour logró esbozar una breve sonrisa.

—¿Crees que se le podrá persuadir para aceptar la misión?

—Todo es posible —contestó Navot ambiguamente—. Yo estaría encantado de planteárselo en tu nombre.

—No —dijo Seymour—. Lo haré yo mismo.

—Hay otro problema —añadió Navot al cabo de un momento.

—¿Solo uno?

—Él no conoce mucho esa parte del mundo.

—Sé de alguien que puede servirle de guía.

—No querrá trabajar con alguien a quien no conozca.

—En realidad se conocen muy bien.

—¿Es del MI6?

—No —respondió Seymour—. Aún no.

5

AEROPUERTO DE FIUMICINO, ROMA

—¿Por qué crees que se retrasa mi vuelo? —preguntó Chiara.

—Puede que por un problema mecánico —contestó Gabriel.

—Puede —repitió ella sin convicción.

Estaban sentados en un rincón tranquilo de una sala de espera de primera clase. Daba igual de qué ciudad, pensó Gabriel: eran todas iguales. Periódicos que nadie leía, botellas tibias de *pinot grigio* de origen dudoso y la CNN International emitiendo en silencio desde un gran televisor de pantalla plana. Según sus cálculos, Gabriel había pasado un tercio de su carrera en lugares como aquel. A diferencia de su esposa, se le daba muy bien esperar.

—Ve a preguntarle a esa chica tan guapa del mostrador de información por qué no han anunciado mi vuelo —dijo Chiara.

—No quiero hablar con esa chica tan guapa del mostrador de información.

—¿Por qué no?

—Porque no sabe nada y se limitará a decirme lo que cree que quiero oír.

—¿Por qué siempre tienes que ser tan fatalista?

—Eso impide que luego me lleve una decepción.

Chiara sonrió y cerró los ojos. Gabriel miró la televisión. Un reportero británico provisto de casco y chaleco antibalas hablaba del último ataque aéreo sobre Gaza. Gabriel se preguntó por qué la CNN sentía tal predilección por los reporteros británicos. Supuso que era por el acento. Las noticias siempre sonaban más fidedignas narradas con acento inglés, aunque no contuvieran ni un ápice de verdad.

—¿Qué es lo que dice? —preguntó Chiara.

—¿De verdad quieres saberlo?

—Por pasar el rato.

Gabriel entornó los ojos para leer los subtítulos.

—Dice que un avión israelí ha atacado un colegio en el que varios centenares de palestinos se habían refugiado de los combates. Que han muerto al menos quince personas y que varias decenas han resultado heridas de gravedad.

—¿Cuántas de esas personas eran mujeres y niños?

—Todas, por lo visto.

—¿El colegio era el verdadero objetivo del ataque aéreo?

Gabriel escribió un breve mensaje en su Blackberry y lo envió por vía segura a King Saul Boulevard, el cuartel general del servicio de espionaje exterior de Israel, cuyo nombre oficial, premeditadamente engañoso, tenía muy poco que ver con el verdadero carácter de sus actividades. Sus empleados se referían a él como «la Oficina», nada más.

—El verdadero objetivo —dijo Gabriel con los ojos fijos en la Blackberry— era una casa al otro lado de la calle.

—¿Quién vive en esa casa?

—Muhammad Sarkis.

—¿*Ese* Muhammad Sarkis?

Gabriel hizo un gesto afirmativo con la cabeza.

—¿Muhammad sigue figurando entre los vivos?

—Me temo que no.

—¿Qué hay del colegio?

—Está intacto. Las únicas bajas fueron Sarkis y varios miembros de su familia.

—Tal vez alguien debería decirle la verdad a ese periodista.

—¿Y de qué serviría?

—Otra vez tu fatalismo —repuso Chiara.

—Así no me llevo ningún chasco.

—Por favor, averigua por qué se retrasa mi vuelo.

Gabriel escribió otro mensaje en su Blackberry. La respuesta llegó un momento después.

—Un mortero de Hamás cayó cerca de Ben-Gurion.

—¿Cómo de cerca? —preguntó Chiara.

—Lo suficiente para disparar las alarmas.

—¿Crees que esa chica tan guapa del mostrador de información sabe que mi aeropuerto de destino se hallaba sometido a fuego de mortero?

Gabriel se quedó callado.

—¿Estás segura de que quieres seguir adelante? —inquirió su mujer.

—¿Con qué?

—No me hagas decirlo en voz alta.

—¿Me estás preguntando si sigo queriendo ser el jefe en un momento como este?

Ella asintió con la cabeza.

—En un momento como este —respondió él con la mirada fija en las imágenes de combates y explosiones que se sucedían en la pantalla—, desearía poder ir a Gaza a luchar al lado de nuestros chicos.

—Creía que odiabas el ejército.

—Y lo odiaba.

Chiara ladeó la cabeza hacia él y abrió los ojos. Eran del color del caramelo, con pintas doradas. El tiempo no había dejado marcas en su bello rostro. De no ser por su vientre hinchado y por la alianza de oro que lucía en el dedo, podría haber sido la misma joven a la que Gabriel había conocido hacía siglos en el antiguo gueto de Venecia.

—Es lo más lógico, ¿verdad?

—¿El qué?

—Que los hijos de Gabriel Allon vayan a nacer en una época de guerra.

—Con un poco de suerte, la guerra habrá terminado cuando nazcan.

—No estoy muy segura de eso. —Chiara miró el panel de salidas. En el casillero correspondiente al vuelo 386 con destino a Tel Aviv se leía RETRASADO—. Si mi vuelo no sale pronto, van a nacer aquí, en Italia.

—Ni pensarlo.

—¿Qué tendría de malo?

—Que teníamos un plan y vamos a ceñirnos a él.

—En realidad —repuso Chiara maliciosamente—, el plan era que volviéramos juntos a Israel.

—Cierto. —Gabriel sonrió—. Pero han surgido imponderables.

—Siempre surgen.

Setenta y dos horas antes, en una iglesia corriente cerca del lago Como, Gabriel y Chiara habían descubierto uno de los cuadros robados más famosos del mundo: la *Natividad con san Francisco y san Lorenzo* de Caravaggio. El lienzo, muy dañado, se hallaba ahora en el Vaticano, donde aguardaba su restauración. Gabriel tenía intención de encargarse en persona de sus fases preliminares. Tal era su singular combinación de talentos: además de ser un asesino y un espía magistral, una leyenda que había supervisado algunas de las mayores operaciones de la historia del espionaje israelí, era restaurador de cuadros. Pronto volvería a ser padre, y más tarde sería el jefe de la Oficina. No se escribían historias sobre los jefes, pensó. Se escribían historias sobre los hombres a los que los jefes mandaban a la palestra a encargarse del trabajo sucio.

—No sé por qué estás tan empeñado en restaurar ese cuadro —comentó Chiara.

—Lo encontré yo y quiero restaurarlo.

—En realidad, lo encontramos los dos. Pero eso no cambia el hecho de que es imposible que lo termines antes de que nazcan los niños.

—Me da igual acabarlo o no. Solo quiero...

—¿Dejar tu impronta en él?

Gabriel asintió lentamente.

—Puede que sea el último cuadro que restaure. Además, se lo debo a él.

—¿A quién?

Gabriel no contestó. Estaba leyendo los subtítulos del televisor.

—¿De qué hablan ahora? —preguntó Chiara.

—De la princesa.

—¿Qué pasa con ella?

—Por lo visto la explosión que hundió el barco fue un accidente.

—¿Tú te lo crees?

—No.

—Entonces, ¿por qué dicen una cosa así?

—Supongo que quieren darse tiempo y espacio.

—¿Para qué?

—Para encontrar al hombre al que están buscando.

Chiara cerró los ojos y apoyó la cabeza en su hombro. Su cabello oscuro, con sus lustrosos reflejos castaños y rojizos, olía deliciosamente a vainilla. Gabriel lo besó con ternura y aspiró su olor. De pronto no quería que subiera sola a bordo de ese avión.

—¿Qué dice el panel de salidas sobre mi vuelo? —preguntó ella.

—«Retrasado».

—¿No puedes hacer nada por acelerar las cosas?

—Sobrestimas mis poderes.

—La falsa modestia no te va nada, cariño.

Gabriel tecleó otro breve mensaje en su Blackberry y lo mandó a King Saul Boulevard. Un momento después, al recibir la respuesta, el aparato vibró suavemente.

—¿Y bien? —preguntó Chiara.

—Mira el panel.

Chiara abrió los ojos. En el casillero correspondiente al vuelo 386 de El Al seguía diciendo RETRASADO. Treinta segundos después, cambió a EMBARCANDO.

—Lástima que no puedas parar la guerra tan fácilmente —dijo Chiara.

—Solo Hamás puede parar la guerra.

Ella recogió su maleta y unas cuantas revistas de papel cuché y se levantó con cuidado.

—Sé bueno —le dijo—. Y si alguien te pide un favor, recuerda esas tres palabras encantadoras.

—«Búscate a otro».

Su mujer sonrió. Luego besó a Gabriel con sorprendente vehemencia.

—Ven a casa conmigo, Gabriel.

—Iré muy pronto.

—No —repuso ella—. Ven conmigo ahora.

—Más vale que te des prisa, Chiara. Si no, perderás tu vuelo.

Ella lo besó una vez más. Después se alejó sin decir palabra y subió a bordo del avión.

Gabriel esperó a que el vuelo de Chiara hubiera despegado sin novedad para salir de la terminal y dirigirse al caótico aparcamiento de Fiumicino. Su coche, un discreto sedán de fabricación alemana, estaba en un extremo de la tercera planta, con el morro mirando hacia fuera por si, por algún motivo, se veía obligado a huir del aparcamiento a toda prisa. Como de costumbre, inspeccionó los bajos para asegurarse de que no había ningún explosivo oculto bajo la carrocería y a continuación se sentó tras el volante y arrancó el motor. Una canción pop italiana salió atronando de la radio, una de esas melodías absurdas que Chiara siempre andaba cantando en voz baja cuando creía que no la oía nadie. Gabriel puso la BBC, pero bajó el volumen al ver que no paraban de hablar de la guerra. Ya habría tiempo para la guerra más adelante, se dijo. Durante las dos semanas siguientes, solo se ocuparía del Caravaggio.

Cruzó el Tíber por Ponte Cavour y se dirigió a la vía Gregoriana. El viejo piso franco de la Oficina estaba al final de la calle, cerca de la cúspide de la escalinata de Plaza de España. Aparcó a duras penas el coche en un hueco libre junto a la acera y antes de apearse sacó de la guantera su Beretta de 9 milímetros. El aire frío de la noche olía a ajo frito y ligeramente a hojas mojadas, el olor de Roma en otoño. Había algo en aquel aroma que siempre le hacía pensar en la muerte.

Dejó atrás el portal de su edificio y los toldos del hotel Hassler Villa Medici, hasta llegar a la iglesia de la Trinità dei Monti. Un momento después, tras cerciorarse de que nadie lo seguía, regresó a su edificio de apartamentos. En el portal brillaba débilmente una sola bombilla de ahorro energético. Atravesó su esfera de luz y comenzó a subir las escaleras a oscuras. Al llegar al rellano de la segunda planta, se detuvo. La puerta del piso estaba entornada, y de dentro llegaba el sonido de cajones abriéndose y cerrándose. Sacó lentamente la Beretta de la parte de atrás del pantalón y se sirvió del cañón para empujar despacio la puerta. Al principio no vio rastro del intruso. Luego la puerta se abrió un par de centímetros más y Gabriel distinguió a Graham Seymour de pie ante la encimera de la cocina, con una botella de Gavi sin abrir en una mano y un sacacorchos en la otra. Se guardó la pistola en el bolsillo de la chaqueta y entró, repitiéndose en silencio aquellas tres palabras encantadoras.

Búscate a otro...

6

VÍA GREGORIANA, ROMA

—Quizá deberías ocuparte tú de esto, Gabriel. Si no, puede que alguien salga herido.

Seymour le entregó la botella de vino y el sacacorchos y se apoyó contra la encimera de la cocina. Vestía pantalones de franela gris, chaqueta de espiguilla y camisa de vestir azul con puños franceses. La ausencia de ayudantes personales y escolta de seguridad sugería que había viajado a Roma sirviéndose de un pasaporte con seudónimo. Era mala señal. El jefe del MI6 solo viajaba clandestinamente cuando tenía un problema serio.

—¿Cómo has entrado aquí? —preguntó Gabriel.

Seymour sacó una llave del bolsillo de sus pantalones. Estaba unida al sencillo llavero negro característico de Operaciones Auxiliares, la división de la Oficina encargada de conseguir y mantener los pisos francos.

—¿De dónde has sacado eso?

—Uzi me lo dio ayer, en Londres.

—¿Y el código de la alarma? Supongo que también te lo dio él.

Seymour recitó la cifra de ocho dígitos.

—Eso es una infracción del protocolo de la Oficina.

—Había circunstancias atenuantes. Además —añadió Seymour—, después de todas las operaciones que hemos hecho juntos prácticamente soy de la familia.

—Hasta la familia llama a la puerta antes de entrar.

—Mira quién fue a hablar.

Gabriel descorchó la botella, sirvió dos copas y le dio una a Seymour. El inglés levantó la suya unos centímetros y dijo:

—Por la paternidad.

—Trae mala suerte brindar por niños que aún no han nacido, Graham.

—Entonces, ¿por qué brindamos?

En vista de que Gabriel no respondía, Seymour entró en el cuarto de estar. Desde el ventanal se divisaba el campanario de la iglesia y, más allá, la parte de arriba de la escalinata de la Plaza de España. Se quedó allí un momento, mirando los tejados como si estuviera admirando las ondulantes colinas de su finca rural desde la terraza de su casa solariega. Con su cabello de color peltre y su mandíbula recia, Graham Seymour era el arquetipo del alto funcionario británico: un hombre nacido, criado y educado para mandar. Era guapo, pero no demasiado; alto, pero no hasta el punto de llamar la atención. Hacía que los demás se sintieran inferiores, especialmente si se trataba de americanos.

—¿Sabes? —dijo por fin—, deberías buscar otro sitio donde alojarte cuando estás en Roma. Este piso franco lo conoce todo el mundo, lo que significa que ya no es un piso franco.

—Me gustan las vistas.

—No me sorprende.

Seymour fijó de nuevo la mirada en los tejados oscurecidos. Gabriel intuyó que había algo que le preocupaba. Hablaría de ello a su debido tiempo. Siempre lo hacía.

—Tengo entendido que tu mujer se ha marchado hoy —dijo al cabo de un momento.

—¿Qué otros asuntos confidenciales te reveló el jefe de mi servicio?

—Mencionó algo acerca de un cuadro.

—No es cualquier cuadro, Graham. Es el...

—El Caravaggio —concluyó Graham. Después añadió con una sonrisa—: Tienes un talento especial para encontrar cosas, ¿no es cierto?

—¿Se supone que eso es un cumplido?

—Supongo que sí.

Seymour bebió. Gabriel le preguntó a qué había ido Uzi Navot a Londres.

—Quería enseñarme una cosa. Y tengo que reconocer —añadió Seymour— que parecía de muy buen humor, teniendo en cuenta la situación en la que está.

—¿Qué situación?

—Todo el mundo en este oficio sabe que Uzi está a punto de marcharse —respondió Seymour—, dejando atrás un lío espantoso. Todo Oriente Medio está en llamas, y las cosas van a ponerse mucho más feas antes de que esto mejore.

—No ha sido Uzi quien ha causado este lío.

—No —convino Seymour—, eso fue cosa de los americanos. El presidente y sus consejeros se dieron demasiada prisa en prescindir de los hombres fuertes de los países árabes. Ahora el presidente tiene que vérselas con un mundo que se ha vuelto loco y no tiene ni idea de qué hacer al respecto.

—¿Y qué consejo le darías tú al presidente, Graham?

—Le diría que resucite a los hombres fuertes. Funcionó antes, puede funcionar otra vez.

—Ni todos los caballos, ni todos los hombres del rey...

—¿Qué quieres decir?

—El antiguo orden se ha roto y no hay forma de restablecerlo. Además —añadió Gabriel—, fue del antiguo orden de donde surgieron Bin Laden y los yihadistas.

—¿Y cuando los yihadistas intenten borrar el estado de Israel de la Casa del Islam?

—Ya lo están intentando, Graham. Y por si no lo has notado, tampoco le tienen mucho aprecio al Reino Unido. Te guste o no, estamos juntos en esto.

La Blackberry de Gabriel vibró. Miró la pantalla y arrugó el ceño.

—¿Qué ocurre? —preguntó Seymour.

—Otro alto el fuego.

—¿Cuánto durará este?

—Imagino que hasta que Hamás decida romperlo. —Dejó la Blackberry sobre la mesa baja y miró a Seymour con curiosidad—. Estabas a punto de contarme qué haces en mi apartamento.

—Tengo un problema.

—¿Cómo se llama tu problema?

—Quinn —respondió Seymour—. Eamon Quinn.

Gabriel pasó el nombre por la base de datos de su memoria, sin encontrar ninguna correspondencia.

—¿Irlandés? —preguntó.

Seymour hizo un gesto afirmativo.

—¿Republicano?

—De la peor especie.

—Entonces, ¿cuál es el problema?

—Hace mucho tiempo, cometí un error y murió gente.

—¿Y Quinn fue el responsable?

—Quinn prendió la mecha, pero el responsable último fui yo. Eso es lo maravilloso de nuestro oficio: que nuestros errores siempre vuelven para atormentarnos, y al final tenemos que pagar todas nuestras deudas. —Seymour levantó su copa de vino hacia Gabriel—. ¿Por eso sí podemos brindar?

7

VÍA GREGORIANA, ROMA

El cielo llevaba toda la tarde amagando lluvia. Finalmente, a las diez y media, un aguacero torrencial convirtió durante un rato la vía Gregoriana en un canal veneciano. De pie ante la ventana, Graham Seymour contemplaba las gruesas gotas de lluvia que se estrellaban en la terraza. Dentro de su cabeza, sin embargo, era aún el esperanzador verano de 1998. La Unión Soviética era ya solo un recuerdo. Las economías de Europa y Norteamérica sacaban músculo. Los yihadistas de Al Qaeda constituían la materia de libros blancos y aburridísimos seminarios acerca de amenazas futuras.

—Cometimos la necedad de creer que habíamos alcanzado el fin de la historia —estaba diciendo—. En el Parlamento hubo quien propuso que se desmantelaran el Servicio de Seguridad y el MI6 y que se nos quemara a todos en la hoguera. —Miró hacia atrás—. Eran días de vino y rosas. Días de fantasías ilusorias.

—No para mí, Graham. Yo estaba retirado en esa época.

—Sí, me acuerdo. —Seymour volvió la cabeza y contempló la lluvia que tamborileaba en el cristal—. En aquel entonces vivías en Cornualles, si no me equivoco. En esa casita junto al río Helford. Tu primera esposa estaba en el hospital psiquiátrico de Stafford, y tú la mantenías limpiando cuadros para Julian Isherwood. Y también estaba ese chico que vivía en la casa de al lado. He olvidado su nombre.

—Peel —dijo Gabriel—. Se llamaba Timothy Peel.

—Ah, sí, el joven señor Peel. No entendíamos por qué pasabas tanto tiempo con él. Hasta que nos dimos cuenta de que tenía exactamente la misma edad que el hijo que perdiste en el atentado de Viena.

—Creía que estábamos hablando de ti, Graham.

—En efecto —contestó Seymour.

A continuación recordó a Gabriel, innecesariamente, que en el verano de 1998 él era el jefe de la división antiterrorista del MI5. Como tal, era su deber proteger a su país de los terroristas del Ejército Republicano Irlandés. Había, sin embargo, indicios de esperanza incluso en el Úlster, escenario de un conflicto secular entre protestantes y católicos. Los votantes de Irlanda del Norte habían ratificado los acuerdos de paz de Viernes Santo y el IRA Provisional había suscrito los términos del alto el fuego. Únicamente el IRA Auténtico, una pequeña banda de disidentes fanatizados, proseguía la lucha armada. Su líder era Michael McKevitt, exintendente general del IRA. Su esposa, Bernadette Sands-McKevitt, dirigía el ala política: el Movimiento por la Soberanía de los 32 Condados. Era hermana de Bobby Sands, el miembro del IRA Provisional que se dejó morir de hambre en la prisión de Maze en 1981.

—Y luego estaba Eamon Quinn —dijo Seymour—. Era Quinn quien planeaba las operaciones. Quinn quien fabricaba las bombas. Por desgracia, se le daba bien. Extremadamente bien.

Un trueno ensordecedor sacudió el edificio. Seymour dio un respingo involuntario antes de continuar.

—Quinn tenía especial talento para fabricar bombas enormemente eficaces y para hacerlas llegar a sus objetivos. Pero lo que no sabía —añadió— es que yo tenía a un agente vigilando cada uno de sus movimientos.

—¿Cuánto tiempo estuvo allí ese agente?

—Era una mujer —respondió Seymour— y estuvo allí desde el principio.

Manejar a la agente y la información que les proporcionaba, añadió Seymour, requería un delicado ejercicio de equilibrismo.

Puesto que la agente ocupaba un puesto importante dentro de la organización, a menudo tenía conocimiento de los atentados antes de que sucedieran, incluidos el objetivo, la hora y la magnitud de la bomba.

—¿Qué íbamos a hacer? —preguntó Seymour—. ¿Frustrar los atentados y poner en peligro a nuestra agente? ¿O permitir que los atentados siguieran adelante e intentar que no hubiera víctimas?

—Lo segundo —contestó Gabriel.

—Hablas como un auténtico espía.

—No somos policías, Graham.

—Afortunadamente.

La estrategia, prosiguió Seymour, funcionó en gran medida. Consiguieron desactivar varios coches bomba y varios más estallaron con un mínimo de bajas, aunque uno arrasó casi por completo la calle mayor de Portadown, un baluarte lealista, en febrero de 1998. Luego, seis meses después, la infiltrada del MI5 informó de que el grupo estaba preparando un atentado importante. Algo grande, advirtió. Algo que haría saltar en pedazos el proceso de paz de Viernes Santo.

—¿Qué se suponía que teníamos que hacer? —preguntó Seymour.

Fuera, el cielo estalló en un relámpago. Seymour vació su copa y contó a Gabriel el resto de la historia.

La noche del 13 de agosto de 1998, un Vauxhall Cavalier marrón con matrícula 91 DL 2554 desapareció de una urbanización de Carrickmacross, en la República de Irlanda, y fue conducido hasta una granja aislada situada en la frontera, donde se le cambió la matrícula por otra falsa de Irlanda del Norte. Después, Quinn colocó la bomba: 225 kilos de fertilizante, una barra de combustible para maquinaria industrial llena de alto explosivo, un detonador, una fuente de alimentación guardada en una tartera de plástico y un conmutador de armado en la guantera. La mañana del domingo

15 de agosto, cruzó la frontera, entró en Omagh y aparcó el coche en Lower Market Street, frente al supermercado S.D. Kells.

—Evidentemente —explicó Seymour—, Quinn no fue solo a colocar la bomba. Había otro hombre en el Vauxhall, otros dos en un vehículo de reconocimiento y un cuarto que conducía el coche de huida. Se comunicaban por teléfono móvil. Y nosotros estábamos escuchando cada palabra.

—¿El Servicio de Seguridad?

—No —contestó Seymour—. Nuestra capacidad para interceptar llamadas telefónicas no se extiende más allá de las fronteras del Reino Unido. El complot de Omagh tuvo su origen en la República de Irlanda, de modo que tuvimos que delegar las escuchas en el GCHQ.

El Cuartel General de Comunicaciones del Gobierno o GCHQ era el equivalente británico al NSA estadounidense. A las 2:20 de la tarde interceptó una llamada de un hombre cuya voz parecía la de Eamon Quinn. Pronunció seis palabras: «Los ladrillos están en el muro». El MI5 sabía por pasadas experiencias que aquella frase significaba que la bomba había sido colocada en el lugar previsto. Doce minutos después, la televisión del Úlster recibió una llamada anónima diciendo: «Hay una bomba, juzgados de Omagh, calle principal, 225 kilos, explosionará dentro de treinta minutos». El Royal Ulster Constabulary, la policía de la región, comenzó a evacuar las calles en torno a los juzgados de Omagh y a buscar la bomba a ritmo frenético. Ignoraban, sin embargo, que estaban buscando en lugar equivocado.

—El aviso de bomba era incorrecto —dijo Gabriel.

Seymour asintió lentamente.

—El Vauxhall no estaba aparcado cerca de los juzgados. Estaba varios centenares de metros más abajo, siguiendo Lower Market Street. Cuando la policía comenzó la evacuación, condujeron sin saberlo a la gente hacia la bomba, en lugar de alejarla de ella. —Seymour hizo una pausa y luego añadió—: Pero eso era justamente lo que quería Quinn. Quería que muriera gente, por eso aparcó premeditadamente el coche en un lugar equivocado. Engañó a su propia organización.

La bomba estalló a las tres y diez minutos. Murieron veintinueve personas y otras doscientas resultaron heridas. Fue el acto terrorista más mortífero en la historia del conflicto y generó tal oleada de repulsa que el IRA Auténtico se vio obligado a hacer pública una disculpa. De algún modo, el proceso de paz aguantó. Tras treinta años de sangre y bombas, la gente de Irlanda del Norte por fin estaba harta.

—Y entonces la prensa y las familias de las víctimas comenzaron a hacer preguntas incómodas —siguió explicando Seymour—. ¿Cómo había conseguido el IRA Auténtico colocar una bomba en pleno Omagh sin conocimiento de la policía y los servicios de seguridad? ¿Y por qué no se había detenido a nadie?

—¿Qué hicisteis?

—Lo que hacemos siempre: cerramos filas, quemamos nuestros archivos y esperamos a que pasara la tormenta.

Seymour se levantó, llevó su copa a la cocina y sacó la botella de Gavi de la nevera.

—¿Tienes algo más fuerte que esto?

—¿Como qué?

—Algo destilado.

—Prefiero tragar acetona a beber licores destilados.

—En momentos como este bebería hasta acetona con una rodajita de limón. —Seymour se echó un dedo de vino en la copa y dejó la botella en la encimera.

—¿Qué fue de Quinn después de lo de Omagh?

—Privatizó su negocio. Le dio proyección internacional.

—¿A qué clase de negocio se dedicaba?

—Al de costumbre —repuso Seymour—. Dispositivos de seguridad para matones y potentados, talleres de fabricación de bombas para revolucionarios e integristas religiosos... De vez en cuando alcanzábamos a vislumbrarlo, pero casi siempre volaba por debajo de nuestros radares. Luego, el jefe del espionaje iraní lo invitó a Teherán, momento en el cual entró en escena King Saul Boulevard.

Seymour levantó los cierres de su maletín, sacó de él una sola hoja de papel y la dejó sobre la mesa baja. Gabriel miró el documento y arrugó el ceño.

—Otra infracción del protocolo.

—¿Cuál?

—Llevar un cable secreto de la Oficina en un maletín inseguro.

Gabriel tomó el documento y empezó a leer. Afirmaba que Eamon Quinn, exmiembro del IRA Auténtico y cerebro de la matanza terrorista de Omagh, había sido contratado por la inteligencia iraní para desarrollar bombas de cuneta altamente mortíferas cuyo objetivo serían las fuerzas británicas y estadounidenses en Irak. El susodicho Eamon Quinn había prestado ya un servicio parecido para Hezbolá en el Líbano y para Hamás en la Franja de Gaza. Además, había viajado a Yemen, donde había ayudado a las células de Al Qaeda en la Península Arábiga a fabricar una pequeña bomba líquida que podría introducirse clandestinamente en un avión de pasajeros norteamericano. Era, afirmaba el informe en su párrafo final, uno de los hombres más peligrosos del mundo y había que eliminarlo inmediatamente.

—Debisteis aceptar la oferta de Uzi.

—Visto desde la distancia es muy fácil decir eso —repuso Seymour—. En todo caso, yo no habría tenido tantos escrúpulos. A fin de cuentas, Uzi seguramente te habría encargado el trabajo a ti.

Gabriel rompió metódicamente el documento en trozos pequeños.

—No basta con eso —dijo Seymour.

—Luego lo quemaré.

—Haz un favor y quema también a Eamon Quinn, ya que estás.

Gabriel se quedó callado un momento.

—Mis días de agente en activo han terminado —dijo por fin—. Ahora soy un burócrata, Graham, igual que tú. Además, no estoy familiarizado con Irlanda del Norte.

—Entonces supongo que tendremos que buscarte un compañero. Alguien que conozca el terreno. Que pueda pasar por un nativo si es necesario. Alguien que conozca personalmente a Eamon Quinn. —Seymour hizo una pausa. Después añadió—: ¿No conocerás por casualidad a alguien que encaje en esa descripción?

—No —contestó Gabriel con énfasis.

—Yo sí —dijo Seymour—. Pero hay un pequeño problema.

—¿Cuál?

El inglés sonrió y dijo:

—Que está muerto.

8

VÍA GREGORIANA, ROMA

—¿O no?

Seymour sacó dos fotografías de su maletín y colocó una sobre la mesa. Mostraba a un hombre de complexión y estatura medias pasando por el control de pasaportes del aeropuerto de Heathrow.

—¿Lo reconoces? —preguntó Seymour.

Gabriel no dijo nada.

—Eres tú, claro. —Seymour señaló la hora, que aparecía impresa en la parte inferior de la imagen—. Fue tomada el invierno pasado, durante el caso Madeline Hart. Te colaste en el Reino Unido sin previo aviso para hacer algunas averiguaciones.

—Estaba allí, Graham. Me acuerdo muy bien.

—Entonces también recordarás que empezaste tu búsqueda de Madeline Hart en la isla de Córcega, un punto de partida lógico teniendo en cuenta que fue allí donde desapareció. Poco después de tu llegada, fuiste a ver a un tal Anton Orsati. Don Orsati dirige la familia mafiosa más poderosa de la isla, una familia especializada en el asesinato a sueldo. Te brindó una información muy valiosa respecto a los secuestradores de Hart y además te prestó a su mejor sicario. —Seymour sonrió—. ¿Todo esto te suena de algo?

—Evidentemente, estabais vigilándome.

—A distancia prudencial. A fin de cuentas, estabas buscando a la amante del primer ministro británico por encargo mío.

—No era solo su amante, Graham. Eran...

—Ese asesino corso es un tipo interesante —le interrumpió Seymour—. En realidad no es corso en absoluto, aunque desde luego hable como si lo fuera. Es inglés, un exmiembro del SAS que en enero de 1991 abandonó el frente en Irak occidental después de un incidente en el que intervino fuego aliado. El ejército británico cree que está muerto. Por desgracia también lo creen sus padres. Claro que eso ya lo sabías.

Seymour colocó la segunda fotografía sobre la mesa baja. Al igual que la primera, mostraba a un hombre cruzando los controles del aeropuerto de Heathrow. Era bastante más alto que Gabriel y tenía el pelo corto y rubio, la piel del color del cuero de una silla de montar y los hombros cuadrados y fornidos.

—Esta fue tomada el mismo día que la primera, unos minutos después. Tu amigo entró en el país con un pasaporte francés falso, uno de los varios que tiene en su poder. Ese día en concreto era Adrien Leblanc. Su verdadero nombre es...

—Ya he captado el mensaje, Graham.

Seymour recogió las fotografías y se las ofreció a Gabriel.

—¿Qué quieres que haga con ellas?

—Guardarlas como recuerdo de vuestra amistad.

Gabriel rasgó las fotografías por la mitad y las puso junto a los pedazos del informe de la Oficina.

—¿Desde cuándo lo sabes?

—Los servicios de inteligencia británicos llevaban años oyendo rumores acerca de un inglés que trabajaba en Europa como asesino profesional. Nunca logramos averiguar su nombre. Y jamás se nos pasó por la imaginación que pudiera estar a sueldo de la Oficina.

—No está a sueldo de la Oficina.

—¿Cómo lo describirías tú?

—Como un antiguo adversario que ahora es un amigo.

—¿Adversario?

—Un consorcio de banqueros suizos lo contrató en cierta ocasión para matarme.

—Considérate afortunado —comentó Seymour—. Christopher Keller rara vez incumple los términos de un contrato. Es muy bueno en su oficio.

—Él también te tiene en gran estima, Graham.

Seymour guardó silencio mientras el estrépito de una sirena se alzaba y se desvanecía en la calle, allá abajo.

—Keller y yo teníamos una relación muy estrecha —dijo por fin—. Yo combatía al IRA desde la comodidad de mi despacho y Keller era la punta afilada de mi bastón. Hacía lo necesario para mantener a salvo nuestra patria. Y acabó pagando un precio terrible por ello.

—¿Qué relación tiene con Quinn?

—Dejaré que sea el propio Keller quien te cuente esa parte de la historia. No estoy seguro de poder hacerle justicia.

Una racha de viento arrojó lluvia contra las ventanas. Las luces de la habitación parpadearon.

—Aún no he aceptado hacer nada, Graham.

—Pero lo harás. De lo contrario —añadió Seymour—, traeré a tu amigo a Inglaterra a rastras y esposado y lo dejaré en manos del gobierno de Su Majestad para que se encargue de procesarlo.

—¿Con qué base?

—Es un desertor y un asesino profesional. Estoy seguro de que algo se nos ocurrirá.

Gabriel se limitó a sonreír.

—Un hombre de tu posición no debería hacer amenazas vanas.

—No las estoy haciendo.

—Christopher Keller sabe demasiado sobre la vida privada del primer ministro británico para que el gobierno de tu país lo impute por deserción o por cualquier otra cosa. Además —añadió Gabriel—, sospecho que tienes otros planes para él.

Seymour no dijo nada. Gabriel preguntó:

—¿Qué más tienes en tu maletín?

—Un grueso expediente sobre la vida y milagros de Eamon Quinn.

—¿Qué quieres que hagamos?

—Lo que deberíamos haber hecho hace años. Retirarlo de la circulación lo antes posible. Y, de paso, averiguar quién ordenó y financió la operación para matar a la princesa.

—Puede que Quinn haya vuelto a la lucha.

—¿A la lucha por una Irlanda unida? —Seymour meneó la cabeza—. Esa guerra se ha terminado. Si tuviera que aventurar una conjetura, diría que mató a la princesa por encargo de alguno de sus patronos. Y ambos sabemos cuál es la regla de oro en materia de asesinatos: lo que importa no es quién dispara, sino quién paga la bala.

Otra ráfaga de viento golpeó las ventanas. Las luces se atenuaron y un instante después se apagaron. Los dos espías estuvieron varios minutos sentados a oscuras, sin hablar.

—¿Quién dijo eso? —preguntó Gabriel por fin.

—¿Quién dijo qué?

—Eso de la bala.

—Creo que fue Ambler.

Hubo un silencio.

—Tengo otros planes, Graham.

—Lo sé.

—Mi esposa está embarazada. Muy embarazada.

—Entonces tendrás que trabajar deprisa.

—Imagino que Uzi ya ha dado su aprobación.

—Fue idea suya.

—Recuérdame que le asigne una misión repugnante en cuanto jure el cargo.

El destello de un rayo iluminó la sonrisa de gato de Cheshire de Seymour.

—Creo que vi unas velas en la cocina cuando estaba buscando el sacarcorchos.

—Me gusta la oscuridad —repuso Gabriel—. Me aclara las ideas.

—¿En qué estás pensando?

—Estoy pensando en lo que voy a decirle a mi mujer.

—¿Nada más?

—No —dijo Gabriel—. También me estaba preguntando cómo sabía Quinn que la princesa iba a subir a ese barco.

9

BERLÍN-CÓRCEGA

El hotel Savoy se alzaba en un extremo poco elegante de una de las calles más distinguidas de Berlín. Una alfombra roja se extendía desde su entrada, y a lo largo de su fachada se erguían rojas mesas bajo rojas sombrillas. La tarde anterior, Keller había visto a un actor famoso tomando café allí. Ahora, en cambio, cuando salió por la puerta del hotel, las mesas estaban desiertas. Las nubes bajas parecían cargadas de lluvia y un viento frío arrancaba las últimas hojas de los árboles que bordeaban la calzada. El breve otoño berlinés se hallaba en retirada. Pronto volvería a ser invierno.

—¿Un taxi, *monsieur*?

—No, gracias.

Keller deslizó un billete de cinco euros en la mano tendida del portero y echó a andar por la calle. Se había registrado en el hotel usando un alias francés (la dirección del establecimiento tenía la impresión de que era un periodista *freelance* que escribía sobre cine) y había permanecido en él una sola noche. La anterior la había pasado en un hotel modesto llamado Seifert, y antes de eso había pasado una noche en vela en una mísera pensioncita bautizada con el nombre de Bella Berlin. Los tres establecimientos tenían una sola cosa en común: estaban cerca del hotel Kempinski, el verdadero destino de Keller. Se dirigía allí para encontrarse con un hombre, un libio, exíntimo colaborador de Gadafi, que después de la revolución había huido a Francia con dos maletas cargadas de dinero y joyas. El libio, tras recibir garantías de sustanciosos beneficios, había invertido dos millones en los negocios de dos empresarios franceses. Estos, sin embargo, habían empezado a desconfiar de inmediato de su nuevo socio. Les preocupaba, además, su pasada reputación de hombre violento, pues se decía que tenía por costumbre atravesar con punzones los ojos de los oponentes al régimen. Los empresarios franceses habían recurrido a Don Anton Orsini en busca de ayuda, y el don había asignado el encargo a su más consumado asesino. Keller tenía que reconocer que estaba deseando cumplir los términos del contrato. Nunca había sentido simpatía por el dictador libio, ya fallecido, ni por los matones que habían mantenido su régimen en el poder. Gadafi había permitido que terroristas de todo pelaje se entrenaran en sus campos del desierto, entre ellos miembros de Ejército Republicano Irlandés Provisional. También había proporcionado al IRA armas y explosivos. De hecho, casi todo el Semtex con que el IRA cebaba sus bombas procedía directamente de Libia.

Keller cruzó Kantstrasse y bajó por la rampa de un aparcamiento subterráneo. En el segundo nivel del parking, en una parte que quedaba oculta a las cámaras de seguridad, había aparcado un BMW negro que le había dejado allí un miembro de la organización de los Orsati. En el maletero había una pistola Heckler & Koch de 9 milímetros provista de silenciador. En la guantera, una tarjeta-llave que abría la puerta de todas las habitaciones del hotel Kempinski. La llave, vendida por un gambiano que trabajaba en la lavandería del hotel, había costado cinco mil euros. El gambiano le había asegurado al hombre de los Orsati que la tarjeta permanecería operativa otras cuarenta y ocho horas. Después se cambiarían los códigos como medida rutinaria y la seguridad del hotel repartiría nuevas llaves a los empleados imprescindibles. Keller confiaba en que el gambiano hubiera dicho la verdad. De lo contrario, pronto habría una vacante en la lavandería del Kempinski.

Guardó la pistola y la tarjeta-llave en su maletín, depositó a continuación su bolsa de viaje en el maletero del BMW y subió por la rampa hasta la calle. El Kempinski, situado cien metros más allá, en Fasanenstrasse, era un hotel grande, con luces al estilo de Las Vegas sobre la entrada y un café de ambiente parisino con vistas a Kurfürstendamm. El libio estaba sentado a una de las mesas. Lo acompañaban un hombre de unos sesenta años y una mujer antaño bella, de cabello negro como el carbón y maquillaje a lo Cleopatra. El hombre parecía un viejo camarada de la cohorte de Gadafi. La mujer parecía bien cuidada y muy aburrida. Keller dedujo que pertenecía al amigo del libio, dado que al libio le gustaban las rubias, profesionales y caras.

Entró en el hotel, sabedor de que varias cámaras de seguridad lo observaban. Poco importaba: llevaba puesta una peluca oscura y gruesas gafas postizas. Cinco huéspedes del hotel, recién llegados a juzgar por su aspecto, esperaban el ascensor. Keller los dejó subir en el primer ascensor disponible y un momento después subió solo al quinto piso, con la cabeza agachada de tal modo que la cámara de seguridad no captara sus facciones con claridad. Cuando se abrieron las puertas, salió del ascensor con el aire de quien no se muere de ganas por volver a la soledad de otra habitación de hotel. Un solo miembro del personal de limpieza lo saludó con una soñolienta inclinación de cabeza. Por lo demás, el pasillo estaba vacío. La tarjeta-llave se hallaba ahora en el bolsillo de la pechera de su abrigo. La sacó al acercarse a la habitación 518 y la insertó en la ranura. La luz amarilla se encendió y se abrió la cerradura electrónica. El gambiano seguiría vivo un día más.

Acababan de limpiar la habitación. Aun así, persistía el desagradable olor de la colonia del libio. Keller se acercó a la ventana y miró a la calle. El libio y sus dos acompañantes seguían sentados a la mesa del café, aunque la mujer parecía inquieta. En el tiempo transcurrido desde que Keller los había visto por última vez, les habían retirado los platos y servido café. Diez minutos, calculó. Menos, quizá.

Se apartó de la ventana e inspeccionó con calma la habitación. Según el Kempinski era magnífica, pero en realidad era bastante corriente: una cama grande, un escritorio, un televisor, un sillón orejero azul oscuro. Las paredes eran lo bastante gruesas para amortiguar el ruido procedente de las habitaciones contiguas, pero no lo bastante para parar una bala normal, ni siquiera una que ya hubiera atravesado un cuerpo humano. De ahí que la HK de Keller estuviera cargada con proyectiles de punta hueca de 124 granos que se expandirían al impactar. Cualquier bala que diera en el blanco se quedaría en él. Y en el improbable caso de que Keller fallase por algún motivo, la bala se alojaría inofensivamente en la pared con un golpe sordo.

Regresó a la ventana y vio que el libio y sus dos amigos se habían puesto en pie. El hombre de unos sesenta años estaba estrechando la mano del libio. La mujer antaño bella de cabello negro como el carbón miraba melancólicamente la hilera de tiendas de lujo que flanqueaban el Ku-Damm. Keller corrió las gruesas cortinas, se sentó en el sillón azul oscuro y sacó la HK del maletín. Desde el pasillo le llegó el chirrido del carrito de una camarera. Después, todo quedó en silencio. Keller miró su reloj de pulsera y calculó el tiempo. Cinco minutos, pensó. Quizá menos.

Un sol benévolo brillaba alegremente sobre la isla de Córcega cuando el ferry nocturno procedente de Marsella entró en el puerto de Ajaccio. Keller desembarcó junto a los otros pasajeros y se encaminó al aparcamiento, donde había dejado su desvencijado Renault ranchera. Un polvillo fino cubría las ventanillas y el capó. Keller se dijo que aquel polvo era de mal agüero. Con toda probabilidad lo había traído el siroco desde el Norte de África. Tocó instintivamente la pequeña mano de coral rojo que llevaba al cuello, colgada de una tira de cuero. Los corsos creían que aquel talismán tenía el poder de ahuyentar el *occhju*, el mal de ojo. Keller también lo creía, aunque la presencia de polvo norteafricano en su coche la mañana posterior al asesinato del libio sugería que el talismán había fallado en su propósito. En su pueblo había una anciana, una *signadora*, que tenía el poder de extraer el mal de su cuerpo. Keller no tenía ganas de verla, pues la anciana también poseía el don de vislumbrar el pasado y el futuro. Era una de las pocas personas de la isla que sabían la verdad sobre él. Conocía su larga lista de pecados y fechorías, y hasta afirmaba conocer el momento y las circunstancias de su muerte. Era lo único que se negaba a decirle.

—No es cosa mía —le susurraba en su saloncito iluminado por la luz de las velas—. Además, saber cómo acaba la vida solo conseguiría estropear la historia.

Keller se sentó tras el volante del Renault y enfiló la accidentada línea costera del oeste de la isla, con el mar azul turquesa a su derecha y los altos picos del interior a su izquierda. Para pasar el rato escuchó las noticias de la radio. No dijeron nada de la muerte de un libio en un lujoso hotel de Berlín. Keller dudaba que el cuerpo hubiera sido descubierto. Había cumplido su misión en silencio y al salir de la habitación había colgado del pomo el cartel de *No molestar*. Pasado un tiempo prudencial, la dirección del Kempinski decidiría llamar a la puerta. Y al no recibir respuesta entrarían en la habitación y encontrarían a uno de sus preciados huéspedes con dos orificios de bala en el corazón y un tercero en el centro de la frente. Avisarían de inmediato a la policía, naturalmente, y acto seguido daría comienzo la apresurada búsqueda del hombre de cabello oscuro y bigote al que se había visto entrar en la habitación. Conseguirían seguir sus pasos durante los minutos inmediatamente posteriores al asesinato, pero la pista se perdería sin remedio en la boscosa penumbra del Tiergarten. La policía no conseguiría determinar su identidad. Algunos sospecharían que era libio como su víctima, pero algunos de los veteranos más avezados especularían con la posibilidad de que fuera el mismo sicario que llevaba años matando en Europa, sin duda a cambio de un salario astronómico. Y después se lavarían las manos, pues sabían que los homicidios perpetrados por asesinos profesionales rara vez se resolvían.

Keller siguió la línea costera hasta el pueblo de Porto y viró luego hacia el interior. Era domingo. Las carreteras estaban tranquilas y en los pueblos de las montañas tañían las campanas. En el centro de la isla, cerca de su punto más alto, se hallaba el pueblecito de los Orsati. Llevaba allí, o eso se decía, desde tiempos de los vándalos, cuando los pobladores de la costa buscaron refugio en los montes. Allí el tiempo parecía haberse detenido. Los niños jugaban en la calle a todas horas porque no había depredadores. Tampoco había narcóticos ilegales, porque ningún traficante se arriesgaba a incurrir en la ira de los Orsati vendiendo drogas en su pueblo. Allí nunca pasaba gran cosa, y a veces no había suficiente trabajo. Pero era un sitio limpio, hermoso y seguro, y la gente que vivía allí parecía contenta de comer bien, beberse su vino y disfrutar pasando el tiempo con sus hijos y sus mayores. Keller siempre los echaba de menos cuando pasaba una temporada fuera de Córcega. Vestía como ellos, hablaba el dialecto corso como ellos y por las noches, cuando jugaba a *boules* con los hombres en la plaza del pueblo, sacudía la cabeza con su mismo aire de fastidio cada vez que alguien mencionaba a los franceses o, Dios no lo quisiera, a los italianos. En otro tiempo, la gente del pueblo lo había llamado «el inglés». Ahora era simplemente Christopher. Era uno de ellos.

La finca histórica del clan de los Orsati se extendía justo al lado del pueblo, en un pequeño valle poblado de olivares que producían el mejor aceite de la isla. Dos hombres armados montaban guardia en la entrada. Se tocaron respetuosamente la gorra plana propia de los corsos cuando Keller cruzó la verja y enfiló la larga avenida que llevaba a la villa. El patio delantero estaba sombreado por pinos negrales, pero en el jardín amurallado un sol radiante iluminaba la larga mesa puesta para la tradicional comida dominical de la familia. El clan estaba aún en misa, y el don, que ya no pisaba una iglesia, estaba arriba, en su despacho. Cuando entró Keller estaba sentado ante una amplia mesa de roble, mirando un libro de cuentas abierto, encuadernado en cuero. Junto a su codo había una botella decorativa de aceite de oliva Orsati, el negocio legal mediante el cual el don blanqueaba los beneficios del asesinato.

—¿Qué tal Berlín? —preguntó sin levantar la vista.

—Frío —contestó Keller—. Pero productivo.

—¿Alguna complicación?

—No.

Orsati sonrió. Lo único que le desagradaba más que las complicaciones eran los franceses. Cerró el libro de cuentas y fijó sus ojos oscuros en el rostro de Keller. Como de costumbre, vestía una tiesa camisa blanca, pantalones holgados de algodón claro y sandalias de cuero que parecían compradas en el mercadillo del pueblo, como así era, en efecto. Llevaba el grueso bigote recortado y su mata de pelo tieso y entrecano relucía, embadurnada de tónico capilar. El don siempre ponía especial esmero en acicalarse los domingos. Ya no creía en Dios, pero insistía en respetar el día sagrado. El Día del Señor, procuraba refrenarse para no decir tacos, intentaba tener buenos pensamientos y, lo que era más importante, tenía prohibido a sus *taddunaghiu* ejecutar los términos de un contrato. Incluso Keller, que había sido educado en la fe anglicana y al que por tanto se consideraba un hereje, estaba obligado a cumplir los edictos del don. Poco tiempo antes se había visto obligado a pasar una noche de más en Varsovia porque Don Orsati no quiso concederle dispensa para matar a su blanco, un mafioso ruso, durante el descanso dominical.

—Te quedarás a comer —estaba diciendo el don.

—Gracias, Don Orsati —dijo Keller respetuosamente—, pero no quiero molestar.

—¿Tú, molestar? —El corso meneó la mano con gesto desdeñoso.

—Estoy cansado —agregó Keller—. La travesía ha sido dura.

—¿No has dormido en el ferry?

—Evidentemente —repuso Keller—, hace tiempo que no coge el ferry.

Era cierto. Anton Orsati rara vez se aventuraba más allá de los bien guardados muros de su hacienda. Todo el mundo acudía a él con sus problemas, y él los hacía marcharse a cambio de una sustanciosa minuta, desde luego. Recogió un grueso sobre de papel manila y lo puso delante de Keller.

—¿Qué es eso?

—Considéralo una paga de Navidad.

—Estamos en octubre.

El don se encogió de hombros. Keller levantó la solapa del sobre y miró dentro. Estaba lleno de fajos de billetes de cien euros. Bajó la solapa y empujó el sobre hacia el centro de la mesa.

—Aquí, en Córcega —dijo el don, ceñudo—, es de mala educación rehusar un regalo.

—Es un regalo innecesario.

—Acéptalo, Christopher. Te lo has ganado. ·

—Me ha hecho usted rico, Don Orsati, más rico de lo que creía posible.

—¿Pero?

Keller se quedó callado.

—En boca cerrada no entran moscas, ni comida —comentó el don, echando mano de su reserva, aparentemente inagotable, de proverbios corsos.

—¿Qué quiere decir?

—Habla, Christopher. Dime qué te preocupa.

Keller miraba con fijeza el dinero, evitando adrede la mirada del don.

—¿Te aburre tu trabajo?

—No es eso.

—Quizá deberías tomarte un descanso. Podrías concentrar tus energías en la vertiente legal del negocio. Puede hacerse mucho dinero en ese campo.

—El aceite de oliva no es la solución, Don Orsati.

—Entonces es que sí hay un problema.

—Yo no he dicho eso.

—No hacía falta que lo dijeras. —El don lo observó atentamente—. Cuando te arrancas una muela, Christopher, deja de dolerte.

—A menos que tengas un mal dentista.

—Solo hay una cosa peor que un mal dentista: la mala compañía.

—Vale más estar solo —repuso Keller filosóficamente— que mal acompañado.

El don sonrió.

—Puede que seas inglés por nacimiento, Christopher, pero eres corso de corazón.

Keller se levantó. El don empujó de nuevo el sobre por la mesa.

—¿Seguro que no quieres quedarte a comer?

—Tengo planes.

—Sean cuales sean —dijo Orsati—, tendrán que esperar.

—¿Por qué?

—Tienes visita.

Keller no tuvo que preguntar el nombre de la persona que había ido a visitarle. Solo había un puñado de personas en todo el mundo que supiera que estaba vivo, y solo una de ellas se atrevería a ir a verlo sin anunciarse.

—¿Cuándo ha llegado?

—Anoche —respondió el don.

—¿Qué quiere?

—No podía decírmelo. —El corso lo escudriñó con la mirada vigilante de un can—. ¿Son imaginaciones mías —preguntó por fin— o de pronto ha mejorado tu humor?

Keller se marchó sin responder. Don Orsati lo observó alejarse. Luego bajó la mirada hacia la mesa y masculló un juramento. El inglés había olvidado llevarse el sobre.

10

CÓRCEGA

Christopher Keller siempre había sido extremadamente cuidadoso con su dinero. Según sus cálculos, había ganado más de 20 millones de dólares trabajando para Don Anton Orsati y, gracias a su prudencia a la hora de invertir, se había vuelto inmensamente rico. Guardaba el grueso de su fortuna en diversos bancos de Ginebra y Zúrich, pero tenía también cuentas en Mónaco, Liechtenstein, Bruselas, Hong Kong y las Islas Caimán. Incluso guardaba una pequeña cantidad de dinero en un banco londinense de probada honradez. Su gestor de cuentas británico creía que residía en Córcega apartado del mundo y que, al igual que Don Orsati, rara vez salía de la isla. El gobierno francés era de la misma opinión. Keller pagaba impuestos por las ganancias de sus inversiones legales y por el respetable salario que recibía de la Compañía Olivarera Orsati, en la que desempeñaba el puesto de director de ventas para Europa central. Votaba en las elecciones francesas, hacía donaciones a obras de caridad del país, animaba a diversos equipos galos y, de vez en cuando, se había visto obligado a recurrir a los servicios del Servicio Nacional de Salud francés. Nunca le habían imputado ningún delito (un logro notable tratándose de un hombre del sur) y su historial de tráfico era impecable. En resumidas cuentas, Christopher Keller era un ciudadano modelo, de no ser por un solo detalle.

Esquiador y escalador experto, llevaba algún tiempo buscando discretamente un chalé en los Alpes franceses con intención de comprarlo. De momento tenía una sola residencia: una villa de proporciones modestas situada un valle más allá del valle de los Orsati. Tenía paredes exteriores de color marrón oscuro, techumbre de tejas rojas, una gran piscina azul y una espaciosa terraza soleada por las mañanas y sombreada por los pinos al caer la tarde. Dentro, sus grandes habitaciones estaban cómodamente decoradas con muebles rústicos de tonos blancos, crema y amarillo desvaído. Había numerosas estanterías llenas de libros de aspecto serio (Keller había estudiado historia militar en su fugaz paso por Cambridge y era un lector voraz de temas de política e historia contemporánea), y de las paredes colgaba una modesta colección de cuadros modernos e impresionistas. El más valioso era un pequeño paisaje de Monet que Keller había adquirido a través de un intermediario en una subasta de la casa Christie's en París. De pie ante el cuadro, con una mano posada en la barbilla y la cabeza ladeada, se hallaba Gabriel. Se lamió la punta del dedo índice, frotó con ella la superficie del lienzo y meneó la cabeza ligeramente.

—¿Qué ocurre? —preguntó el inglés.

—La superficie está cubierta de suciedad. Deberías dejarme que te lo limpie. Solo tardaría...

—Me gusta como está.

Gabriel se limpió el dedo en la parte delantera de los pantalones y se volvió para mirar a Keller. El inglés era diez años más joven que él, diez centímetros más alto y pesaba cerca de quince kilos más, distribuidos sobre todo entre los hombros y los brazos, que, exquisitamente esculpidos, albergaban una cantidad mortífera de masa y potencia. El mar había aclarado su cabello corto y rubio hasta volverlo casi blanco, y el sol había oscurecido su piel. Tenía los ojos azules claros, pómulos cuadrados y un mentón ancho, con una hendidura cincelada en el centro. Su boca parecía paralizada de forma permanente en una sonrisa burlona. Keller era un hombre refractario a la obediencia, al miedo y a la moral, salvo en lo tocante a la amistad y al amor. Vivía conforme a sus propios términos y de algún modo había logrado salirse con la suya.

—Creía que tenías que estar en Roma —dijo.

—En efecto —contestó Gabriel—, pero Graham Seymour se dejó caer por allí. Quería enseñarme una cosa.

—¿Qué?

—Una fotografía de un hombre pasando por el aeropuerto de Heathrow.

La media sonrisa de Keller se evaporó. Sus ojos azules se entrecerraron.

—¿Qué es lo que sabe?

—Lo sabe todo, Christopher.

—¿Estoy en peligro?

—Eso depende.

—¿De qué?

—De que aceptes hacer un trabajo para él.

—¿Qué es lo que quiere?

Gabriel sonrió.

—Lo que mejor se te da.

Fuera, el sol dominaba aún la terraza de Keller. Se sentaron en un par de cómodas sillas de jardín, con una mesita de hierro forjado en medio. Sobre ella se hallaba el grueso expediente de Graham Seymour acerca de las hazañas profesionales de un tal Eamon Quinn. Keller no lo había abierto aún. Ni siquiera lo había mirado. Escuchaba absorto el relato de Gabriel acerca del papel que había desempeñado Quinn en el asesinato de la princesa.

Al concluir Gabriel, Keller levantó la fotografía de su reciente paso por el aeropuerto de Heathrow.

—Me diste tu palabra —dijo—. Me juraste que nunca le dirías a Graham que trabajábamos juntos.

—No ha hecho falta que se lo dijera. Ya lo sabía.

—¿Cómo?

Gabriel se lo explicó.

—Qué astuto es ese cabrón —masculló Keller.

—Es británico —repuso Gabriel—. Le sale de manera natural.

Keller lo miró atentamente un momento.

—Es curioso —dijo—, pero no pareces muy preocupado por la situación.

—Te brinda una oportunidad interesante, Christopher.

Más allá del borde del valle, la campana de una iglesia dio las doce del mediodía. Keller dejó la fotografía sobre el expediente y encendió un cigarrillo.

—¿Es necesario? —preguntó Gabriel disipando el humo con una mano.

—¿Qué alternativa tengo?

—Podrías dejar de fumar y alargar varios años tu vida.

—Me refería a Graham —repuso Keller exasperado.

—Supongo que puedes quedarte aquí, en Córcega, y confiar en que no decida hablarles a los franceses de ti.

—¿O?

—O puedes ayudarme a encontrar a Eamon Quinn.

—¿Y después?

—Puedes volver a casa, Christopher.

Keller levantó la mano indicando el valle y contestó:

—Esta es mi casa.

—No es real, Christopher. Es una fantasía. Una quimera.

—Igual que tú.

Gabriel sonrió pero no dijo nada. La campana de la iglesia había enmudecido. Las sombras de la tarde empezaban a congregarse al borde de la terraza. Keller apagó el cigarrillo y miró la carpeta cerrada.

—¿Es una lectura interesante? —preguntó.

—Bastante.

—¿Has reconocido a alguien?

—A un hombre del MI5 llamado Graham Seymour —dijo Gabriel— y a un oficial del SAS al que solo se menciona por su nombre en clave.

—¿Qué nombre?

—Merchant.

—Muy pegadizo.

—Eso me pareció a mí también.

—¿Qué dice sobre él?

—Dice que trabajó en una operación encubierta en Belfast Oeste durante aproximadamente un año a finales de los años ochenta.

—¿Por qué lo dejó?

—Descubrieron su tapadera. Por lo visto, hubo una mujer de por medio.

—¿Se menciona su nombre en el expediente? —preguntó Keller.

—No.

—¿Qué pasó después?

—Merchant fue secuestrado por el IRA y trasladado a una granja remota para su interrogatorio y posterior ejecución. La granja estaba en South Armagh. Quinn estaba allí.

—¿Cómo acabó el asunto?

—Mal.

Una ráfaga de viento agitó los pinos. Keller contempló su valle corso como si se le estuviera escapando de las manos. Luego encendió otro cigarrillo y le contó el resto de la historia a Gabriel.

11

CÓRCEGA

Fue la capacidad de Keller para el lenguaje lo que primero le hizo destacar: no su dominio de idiomas extranjeros, sino su capacidad para imitar las diversas formas que adopta el inglés en las calles de Belfast y en los seis condados de Irlanda del Norte. Las sutilezas de los acentos locales hacían prácticamente imposible que los agentes del SAS, el Servicio Aéreo Especial, operaran en las pequeñas y cohesionadas comunidades de la provincia sin llamar la atención. De ahí que la mayoría de los hombres del SAS se vieran obligados a emplear los servicios de un «Fred» (mote que dentro del Regimiento designaba a los colaboradores locales) cuando seguían la pista de algún miembro del IRA o se dedicaban a la vigilancia callejera. Keller, en cambio, podía prescindir de ellos. Desarrolló la capacidad de simular los diversos dialectos del Úlster con la agilidad y la soltura de un nativo. Podía incluso cambiar de acento de un momento para otro: hacerse pasar por un católico de Armagh y un minuto después fingir que era un protestante de la Shankill Road de Belfast o un católico de la barriada de Ballymurphy. Sus singulares habilidades lingüísticas no pasaron desapercibidas para sus superiores, y no pasó mucho tiempo sin que atrajeran la atención del joven y ambicioso oficial de inteligencia que dirigía las operaciones del MI5 en Irlanda del Norte.

—Imagino —comentó Gabriel— que ese joven oficial del MI5 no era otro que Graham Seymour.

Keller hizo un gesto afirmativo y a continuación explicó que, a finales de la década de 1980, Seymour estaba descontento con la calidad de la información que recibía de los confidentes del MI5 en Irlanda del Norte. Quería infiltrar a su propio agente en los feudos del IRA en Belfast Oeste para que le mantuviera informado de los movimientos y el entorno de los colaboradores y cabecillas de la organización, pero aquel no era trabajo para un agente cualquiera del MI5. Tendría que saber desenvolverse en un mundo en el que un paso en falso, una mirada equivocada, podía significar la muerte. Keller se reunió con Seymour en un piso franco de Londres y aceptó la misión. Dos meses después estaba de vuelta en Belfast haciéndose pasar por un católico llamado Michael Connelly. Se instaló en un piso de dos habitaciones en el complejo de apartamentos de Divis Tower, en Falls Road. Su vecino era un miembro del IRA perteneciente a la Brigada de Belfast Oeste. El Ejército británico mantenía un puesto de observación en la azotea y empleaba las dos plantas superiores como cuartel y oficina. Cuando los Disturbios estaban en su apogeo, los soldados iban y venían en helicóptero.

—Era una locura —dijo Keller sacudiendo la cabeza lentamente—. Una locura absoluta.

Pese a que gran parte de los habitantes de Belfast Oeste estaban en paro o vivían de los subsidios sociales, Keller no tardó en encontrar trabajo como repartidor en una lavandería de Falls Road. Su empleo le permitía moverse libremente por los barrios y reductos de Belfast Oeste sin levantar sospechas y le daba acceso a las casas y coladas de conocidos miembros del IRA. Fue un logro notable, pero no accidental: la lavandería era propiedad de los servicios secretos británicos, que también se encargaban de regentarla.

—Era uno de nuestros dispositivos más celosamente guardados —explicó Keller—. Ni siquiera el primer ministro estaba al corriente. Teníamos una flotilla de furgonetas, equipos de escucha y un laboratorio en la parte de atrás. Inspeccionábamos cada prenda que caía en nuestras manos en busca de rastros de explosivos. Y, si encontrábamos alguno, poníamos bajo vigilancia al dueño y a su casa.

Poco a poco, Keller fue trabando amistad con miembros de la perversa comunidad que lo rodeaba. Su vecino del IRA lo invitó a cenar y, en una ocasión, en un bar del IRA en Falls Road, un reclutador de la organización terrorista le extendió una invitación muy poco sutil que Keller rehusó amablemente. Asistía a misa regularmente en la iglesia de Saint Paul (como parte de su entrenamiento había aprendido la doctrina y la liturgia del Catolicismo) y un húmedo domingo en Lent conoció a una bella joven llamada Elizabeth Conlin, hija de Ronnie Conlin, el subcomandante del IRA en Ballymurphy.

—Una figura importante —dijo Gabriel.

—De las más importantes.

—Decidiste seguir adelante con la relación.

—No me quedó otro remedio.

—Estabas enamorado de ella.

Keller asintió lentamente con la cabeza.

—¿Cómo os veíais?

—Solía colarme en su habitación. Ella colgaba un pañuelo violeta en la ventana si no había peligro. Era una casita adosada con fachada de guijarros y paredes finas como el papel. Oía a su padre en la habitación de al lado. Era...

—Una locura —dijo Gabriel.

Keller no dijo nada.

—¿Lo sabía Graham?

—Naturalmente.

—¿Se lo dijiste tú?

—No hizo falta. El MI5 y el SAS me vigilaban constantemente.

—Imagino que te dijo que rompieras con ella.

—Tajantemente.

—¿Qué hiciste?

—Estuve de acuerdo —contestó Keller—. Con una condición.

—Querías verla una última vez.

Keller guardó silencio. Y cuando por fin volvió a hablar, su voz había cambiado. Había adquirido las vocales alargadas y el áspero acento de la clase trabajadora de Belfast Oeste. Ya no era Christopher Keller: era Michael Connelly, el repartidor de la lavandería de Falls Road que se había enamorado de la bella hija de un jefe del IRA de Ballymurphy. En su última noche en el Úlster, dejó su furgoneta en Springfield Road y escaló la tapia del jardín de la casa de los Conlin. El pañuelo violeta colgaba en su sitio de siempre, pero el cuarto de Elizabeth estaba a oscuras. Keller levantó la ventana sin hacer ruido, abrió los visillos y se coló dentro. Un instante después recibió en la cabeza un golpe semejante a un hachazo y comenzó a perder la consciencia. Lo último que recordaba antes de desmayarse era el rostro de Ronnie Conlin.

—Me estaba hablando —dijo Keller—. Me decía que estaba a punto de morir.

Atado, amordazado y con la cabeza cubierta por una capucha, lo introdujeron en el maletero de un coche que lo trasladó desde los suburbios de Belfast Oeste hasta una granja en South Armagh. Allí lo llevaron a un establo donde le propinaron una paliza monumental. A continuación, lo ataron a una silla para proceder a su interrogatorio y juicio sumario. Cuatro hombres de la famosa Brigada de South Armagh servirían como jurado. Eamon Quinn haría las veces de fiscal, juez y verdugo. Planeaba ejecutar la sentencia con un machete que le había quitado a un soldado británico muerto. Quinn era el mejor fabricante de artefactos explosivos del IRA, un técnico magistral, pero cuando tenía que matar a alguien en persona prefería el cuchillo.

—Me dijo que, si cooperaba, moriría de manera razonable. Si no, me cortaría en pedazos.

—¿Qué pasó?

—Tuve suerte —respondió Keller—. Hicieron una chapuza al atarme y fui yo quien los hizo pedazos a ellos. Lo hice tan rápido que ni se enteraron.

—¿Cuántos eran?

—Dos —contestó Keller—. Luego me apoderé de una de sus armas y disparé a dos más.

—¿Qué pasó con Quinn?

—Quinn tuvo la sensatez de huir del campo de batalla. Vivió para luchar un día más.

A la mañana siguiente, el Ejército británico anunció que cuatro miembros de la Brigada de South Armagh habían muerto en una redada en un lejano reducto del IRA. El comunicado oficial no mencionaba el secuestro de un oficial encubierto del SAS llamado Christopher Keller, ni la lavandería de Falls Road regentada clandestinamente por los servicios secretos británicos. Keller fue trasladado en avión a Inglaterra para recibir tratamiento y la lavandería se cerró discretamente. Fue un duro golpe para los esfuerzos británicos en Irlanda del Norte.

—¿Y Elizabeth? —quiso saber Gabriel.

—Encontraron su cuerpo dos días después. Tenía la cabeza afeitada y le habían cortado el cuello.

—¿Quién lo hizo?

—Oí que había sido el propio Quinn —respondió Keller—. Por lo visto se empeñó en hacerlo en persona.

Al salir del hospital, Keller regresó al cuartel general del SAS en Hereford a fin de descansar y recuperarse. Daba largas y agotadoras caminatas por los montes de Brecon Beacons y entrenaba a reclutas novatos en el arte del asesinato sigiloso, pero sus superiores no se engañaban: sabían que sus experiencias en Belfast lo habían cambiado para siempre. Después, en agosto de 1990, Sadam Husein invadió Kuwait. Keller se reincorporó a su antiguo escuadrón Sable y fue enviado a Oriente Medio. Y la tarde del 28 de enero de 1991, mientras buscaba lanzamisiles Scud en el desierto occidental de Irak, su unidad cayó víctima de los aviones de la Coalición en un trágico caso de fuego aliado. Keller fue el único superviviente. Rabioso, abandonó el frente y cruzó la frontera de Siria disfrazado de árabe. Desde allí, a pie, se dirigió hacia el oeste cruzando Turquía, Grecia e Italia, hasta que finalmente recaló en Córcega, donde cayó en los acogedores brazos de Don Anton Orsati.

—¿Alguna vez lo buscaste?

—¿A Quinn?

Gabriel asintió con un gesto.

—El don me lo prohibió.

—Pero eso no te detuvo, ¿verdad?

—Digamos que seguí de cerca su carrera. Sabía que se había unido al IRA Auténtico después de los acuerdos de paz de Viernes Santo, y que fue él quien colocó la bomba en pleno centro de Omagh.

—¿Y cuando huyó de Irlanda?

—Hice educadas averiguaciones acerca de su paradero. Y también maleducadas.

—¿Alguna dio fruto?

—Ya lo creo que sí.

—Pero nunca intentaste matarlo.

—No. —Keller sacudió la cabeza—. El don me lo prohibió.

—Ahora, en cambio, tienes tu oportunidad.

—Con la bendición del Servicio Secreto de Su Majestad. —Keller esbozó una breve sonrisa—. Resulta bastante irónico, ¿no crees?

—¿El qué?

—Que Quinn me sacara del campo y que ahora sea él quien me devuelve al terreno de juego. —Miró a Gabriel un instante con gravedad—. ¿Estás seguro de que quieres involucrarte en esto?

—¿Por qué no iba a querer?

—Porque es personal —respondió Keller—. Y cuando algo es personal, las cosas tienden a empantanarse.

—Yo trabajo constantemente por motivos personales.

—Y las cosas se te complican constantemente. —Las sombras se habían adueñado de la terraza y la brisa rizaba la superficie de la piscina azul de Keller—. ¿Y si lo hago? —preguntó—. ¿Entonces qué?

—Graham te procurará una nueva identidad como ciudadano británico. Y también un empleo. —Gabriel hizo una pausa y añadió—: Si estás interesado.

—¿Un empleo haciendo qué?

—Utiliza tu imaginación.

Keller arrugó el ceño.

—¿Qué harías tú si estuvieras en mi lugar?

—Aceptaría el trato.

—¿Y abandonar todo esto?

—No es real, Christopher.

Más allá del borde del valle, la campana de una iglesia dio la una.

—¿Qué voy a decirle al don? —inquirió Keller.

—Me temo que en eso no puedo ayudarte.

—¿Por qué?

—Porque es personal —contestó Gabriel—. Y cuando se trata de algo personal, las cosas tienden a complicarse.

Había un ferry que salía hacia Niza a las seis de esa tarde. Gabriel embarcó a las cinco y media, se tomó un café en la cafetería y salió a la cubierta de observación para esperar a Keller. A las 17:45 aún no había llegado. Pasaron cinco minutos más sin indicios suyos. Después, Gabriel distinguió un Renault desvencijado entrando en el aparcamiento y un momento después vio que Keller subía al trote la rampa del barco con una bolsa de viaje colgada del hombro fornido. Se quedaron codo con codo junto a la barandilla, observando cómo se alejaban las luces de Ajaccio en medio de la penumbra. La suave brisa del atardecer olía a *macchia*, la densa vegetación de chaparros, romero y lavanda que cubría gran parte de la isla. Keller respiró hondo antes de encender un cigarrillo. La brisa arrojó su primera bocanada de humo a la cara de Gabriel.

—¿Es necesario?

Keller no contestó.

—Empezaba a pensar que habías cambiado de idea.

—¿Y dejar que vayas solo a por Quinn?

—¿Crees que no puedo vérmelas con él?

—¿He dicho yo eso?

Keller siguió fumando en silencio un momento.

—¿Cómo se lo ha tomado el don?

—Ha recitado un montón de refranes corsos acerca de la ingratitud de los hijos. Y luego ha aceptado dejarme marchar.

Las luces de la isla empezaban a apagarse a lo lejos. El viento ya solo olía a mar. Keller metió la mano en el bolsillo de su chaqueta, sacó un talismán corso y se lo tendió a Gabriel.

—Un regalo de la *signadora*.

—Nosotros no creemos en esas cosas.

—Yo que tú lo aceptaría. La vieja me ha dado a entender que las cosas podían ponerse feas.

—¿Cómo de feas?

Keller no contestó. Gabriel aceptó el talismán y se lo colgó del cuello. Una a una, las luces de la isla se oscurecieron. Un momento después, Córcega desapareció de su vista.

12

DUBLÍN

Técnicamente, la operación en la que se embarcaron Gabriel y Christopher Keller al día siguiente era un esfuerzo conjunto de la Oficina y el MI6. El papel que desempeñaban los británicos era tan opaco, sin embargo, que solo Graham Seymour estaba al corriente. Así pues, fue la Oficina quien se ocupó de los preparativos del viaje y quien alquiló el Škoda sedán que les aguardaba en el aparcamiento de larga estancia del aeropuerto de Dublín. Gabriel revisó los bajos antes de sentarse tras el volante. Keller ocupó el asiento del copiloto y cerró la puerta, ceñudo.

—¿No podrían haber conseguido algo mejor que un Škoda?

—Es uno de los coches más populares en Irlanda, así que no llamará la atención.

—¿Y las armas?

—Abre la guantera.

Keller obedeció. Dentro había una Beretta de 9 milímetros completamente cargada, un cargador de repuesto y un silenciador.

—¿Solo una?

—No vamos a la guerra, Christopher.

—Eso te crees tú.

Cerró la guantera y Gabriel metió la llave en el contacto. El motor vaciló, tosió y por fin se encendió.

—¿Sigues pensando que han hecho bien alquilando un Škoda? —preguntó Keller.

Gabriel arrancó.

—¿Por dónde empezamos?

—Por Ballyfermot.

—¿Bally qué?

Kelly señaló el indicador de salida y dijo:

—Bally por ahí.

La República de Irlanda había sido en tiempos un país sin apenas crímenes violentos. Hasta finales de la década de 1960, el cuerpo nacional de policía, la Garda Síochána, contaba con apenas siete mil agentes y en Dublín solo había siete coches patrulla. La mayoría de los delitos eran de escasa importancia: hurtos, robos de carteras y algún que otro atraco a mano armada. Y cuando había violencia de por medio normalmente era propiciada por la pasión, el alcohol o por una combinación de ambas cosas.

Todo eso cambió al estallar los Disturbios más allá de la frontera, en Irlanda del Norte. Ansioso por conseguir dinero y armas con los que combatir al Ejército británico, el IRA Provisional comenzó a atracar bancos en el sur. Los delincuentes de poca monta de los suburbios empobrecidos y los barrios de viviendas de Dublín aprendieron de las tácticas de los *provos* y comenzaron a perpetrar por su cuenta atracos temerarios. Los *gardaí*, sobrepasados en número y escasos de medios, se sintieron avasallados por la amenaza conjunta del IRA y los señores del crimen autóctonos. En 1970 Irlanda ya no era un lugar apacible. Era un territorio mafioso en el que criminales y revolucionarios actuaban con impunidad.

En 1979 dos acontecimientos sucedidos muy lejos de las costas irlandesas aceleraron inopinadamente el descenso del país hacia la anarquía y el caos social. El primero fue la revolución iraní. El segundo, la invasión soviética de Afganistán. Ambos hechos se tradujeron en la llegada de un torrente de heroína barata que inundó las calles de las ciudades de Europa occidental. En 1980, la droga entraba a raudales en los suburbios del sur de Dublín. Un año más tarde asoló los guetos del lado norte. Se cobró vidas, destrozó familias y las tasas de delincuencia se dispararon a medida que los adictos, desesperados, intentaban dar satisfacción a su hábito. Localidades enteras se convirtieron en cochambrosos eriales en cuyas calles los yonquis se pinchaban abiertamente y los camellos eran los reyes.

Gracias al milagro económico de los noventa, Irlanda pasó de ser uno de los países más pobres de Europa a convertirse en uno de los más ricos, pero la prosperidad vino acompañada de un ansia aún mayor de estupefacientes, especialmente de cocaína y éxtasis. Los antiguos jefes del crimen organizado cedieron paso a una nueva estirpe de capos que libraban sangrientas guerras por sus territorios y su cuota de mercado. Mientras que los mafiosos irlandeses de antaño empleaban escopetas recortadas para hacer cumplir su voluntad, los nuevos matones se pertrecharon con AK-47 y otras armas pesadas. En las calles de las barriadas populares comenzaron a aparecer cadáveres cosidos a balazos. Según una estimación de la Garda, en 2012 ejercían su mortífero comercio en Irlanda veinticinco bandas violentas de narcotraficantes. Varias de ellas habían establecido lucrativos lazos con organizaciones criminales extranjeras, entre ellas el IRA Auténtico o lo que quedaba de él.

—Creía que eran enemigos de las drogas —comentó Gabriel.

—Puede que sí, allá arriba —respondió Keller señalando hacia el norte—, pero aquí abajo, en la República, la cosa es distinta. A todos los efectos, el IRA Auténtico no es más que otra banda de narcotraficantes. A veces venden directamente la droga y otras ejercen labores de protección. Principalmente, extorsionan a los camellos.

—¿Qué hace Liam Walsh?

—Un poco de todo.

La lluvia emborronaba los faros del tráfico de la hora punta de la tarde. Era menos denso de lo que esperaba Gabriel. Supuso que se debía a la crisis. Irlanda había caído más aprisa y más hondo que la mayoría. Hasta los traficantes de drogas estaban pasando apuros.

—Walsh lleva el republicanismo en las venas —estaba diciendo Keller—. Su padre era del IRA, y también sus tíos y sus hermanos. Optó por el IRA Auténtico después del gran cisma, y cuando la guerra acabó definitivamente se vino a Dublín para buscar fortuna en el negocio de la droga.

—¿Cuál es su relación con Quinn?

—Omagh. —Keller señaló a la derecha y dijo—: Ahí está el desvío.

Gabriel condujo el coche hacia Kennelsfort Road. La calle estaba flanqueada a ambos lados por hileras de casitas de dos plantas. No era el milagro irlandés, pero tampoco un suburbio.

—¿Esto es Ballyfermot?

—Palmerstown.

—¿Por dónde, ahora?

Keller le indicó con un ademán que siguiera de frente. Bordearon una zona industrial de naves grises y achatadas y se hallaron de pronto en Ballyfermot Road. Un momento después se toparon con una fila de melancólicas tiendecitas: un supermercado descuento, una tienda de ropa de casa económica, una óptica de saldos, un puesto de patatas fritas. Al otro lado de la calle había un supermercado Tesco y, a su lado, un salón de apuestas. Refugiados en la entrada había cuatro hombres con chaquetas de cuero negras. Liam Walsh era el más bajo del grupo. Estaba fumando un cigarrillo. Estaban todos fumando, en realidad. Gabriel entró en el aparcamiento del Tesco y paró en un sitio vacío. Desde allí se veía claramente el salón de apuestas.

—Quizá convenga que dejes el motor en marcha —comentó Keller.

—¿Por qué?

—Puede que no vuelva a arrancar.

Gabriel apagó el motor y las luces del coche. La lluvia se estrellaba pesadamente contra el parabrisas. Pasados unos segundos, Liam Walsh desapareció en un borroso caleidoscopio de luz. Gabriel encendió los limpiaparabrisas y Walsh volvió a aparecer. Un largo

Mercedes negro había parado delante del salón de apuestas. Era el único Mercedes de la calle, seguramente el único del barrio. Walsh estaba hablando con el conductor a través de la ventanilla abierta.

—Parece un auténtico pilar de la sociedad —dijo Gabriel con calma.

—Así le gusta retratarse.

—Entonces, ¿por qué está delante de un salón de apuestas?

—Quiere que las otras bandas sepan que vigila su territorio. Un rival intentó matarlo en ese mismo sitio el año pasado. Si te fijas bien, todavía se ven los agujeros de bala en la pared.

El Mercedes se alejó. Liam Walsh volvió a cobijarse a la entrada del local.

—¿Quiénes son esos tipos tan simpáticos que están con él?

—Los dos de la izquierda son sus guardaespaldas. El otro es su lugarteniente.

—¿Del IRA Auténtico?

—Hasta la médula.

—¿Van armados?

—Desde luego que sí.

—Entonces, ¿qué hacemos?

—Esperar a que haga algún movimiento.

—¿Aquí?

Keller negó con la cabeza.

—Si nos ven sentados en un coche aparcado pensarán que somos de la Garda o miembros de una banda rival. Y, si llegan a esa conclusión, podemos darnos por muertos.

—Entonces quizá no deberíamos quedarnos aquí.

Keller señaló hacia el puesto de patatas fritas del otro lado de la calle y salió del coche. Gabriel lo siguió. Aguardaron el uno al lado del otro al borde de la calzada, con las manos metidas en los bolsillos y las cabezas agachadas para protegerse de las rachas de lluvia, esperando a que se abriera un hueco en el tráfico.

—Nos están mirando —dijo Keller.

—¿Tú también lo has notado?

—Costaría no darse cuenta.

—¿Walsh conoce tu cara?

—Ahora sí.

El tráfico se aclaró un instante, cruzaron la calle y se dirigieron hacia la entrada del puesto de patatas fritas.

—Quizá sea mejor que no hables —dijo Keller—. Este barrio no recibe a muchos visitantes de países exóticos.

—Hablo un inglés perfecto.

—Ese es el problema.

Keller abrió la puerta y entró primero. El local era estrecho, con suelo de linóleo agrietado y paredes desconchadas. El aire estaba impregnado de grasa y almidón y olía ligeramente a lana mojada. Había una chica muy guapa detrás del mostrador y una mesa vacía pegada a la ventana. Gabriel se sentó de espaldas a la calle mientras Keller se acercaba al mostrador y pedía con el acento de un nativo del sur de Dublín.

—Impresionante —murmuró Gabriel cuando Keller se reunió con él—. Por un momento he pensado que ibas a ponerte a cantar *When irish eyes are smiling.*

—En lo que a esa muchacha tan linda respecta, soy tan irlandés como ella.

—Sí —dijo Gabriel, incrédulo—. Y yo Oscar Wilde.

—¿Crees que no puedo pasar por irlandés?

—Puede que por uno que haya pasado unas largas vacaciones al sol.

—Esa es mi tapadera.

—¿Dónde has estado?

—En Mallorca —contestó Keller—. Los irlandeses adoran Mallorca. Sobre todo, los mafiosos irlandeses.

Gabriel paseó la mirada por el interior del local.

—Me pregunto por qué será.

La chica se acercó a la mesa y depositó en ella un plato de patatas fritas y dos vasos de papel llenos de té con leche. Mientras se alejaba, se abrió la puerta y entraron apresuradamente dos hombres pálidos de unos veinticinco años. Un momento después entró una mujer con un abrigo mojado y zapatos de calle. Los dos hombres ocuparon una mesa cerca de Keller y Gabriel y se pusieron a hablar en un dialecto que a Gabriel le pareció casi ininteligible. La mujer se sentó al fondo del local. Solo había pedido un té y estaba leyendo un libro de bolsillo muy gastado.

—¿Qué está pasando fuera? —preguntó Gabriel.

—Hay cuatro hombres delante de un salón de apuestas. Y uno que parece estar harto de tanta lluvia.

—¿Dónde vive Walsh?

—No muy lejos —contestó Keller—. Le gusta vivir entre su gente.

Gabriel bebió un poco de té e hizo una mueca. Keller empujó el plato de patatas por la mesa.

—Come un poco.

—No.

—¿Por qué no?

—Quiero vivir lo suficiente para ver nacer a mis hijos.

—Buena idea. —Keller sonrió y añadió—: A tu edad, uno debe tener mucho cuidado con lo que come.

—Ten cuidado con lo que dices.

—¿Cuántos años tienes exactamente?

—No me acuerdo.

—¿Tienes problemas de memoria?

Gabriel bebió otro sorbo de té. Keller picoteó las patatas fritas.

—No están tan ricas como las patatas del sur de Francia —comentó.

—¿Has pedido el recibo?

—¿Para qué iba a pedir el recibo?

—Tengo entendido que los contables del MI6 son muy quisquillosos.

—No echemos aún las campanas al vuelo. Todavía no he tomado una decisión.

—A veces, las mejores decisiones las toman otros por nosotros.

—Pareces el don. —Keller se comió otra patata—. ¿Es verdad eso de los contables del MI6?

—Hablaba por hablar.

—¿Los vuestros son duros de pelar?

—Los peores de todos.

—Pero contigo no.

—No tanto.

—Entonces, ¿por qué no te han dado algo mejor que un Škoda?

—El Škoda está bien.

—Espero que Walsh quepa en el maletero.

—Le daremos un par de veces con la puerta si hace falta.

—¿Qué hay del piso franco?

—Estoy seguro de que será precioso, Christopher.

Keller no parecía convencido. Eligió otra patata, se lo pensó mejor y la dejó en el plato.

—¿Qué está pasando a mi espalda? —preguntó.

—Hay dos chavales hablando un idioma desconocido. Y una mujer leyendo.

—¿Qué está leyendo?

—Creo que a John Banville.

Keller asintió pensativamente, los ojos fijos en Ballyfermot Road.

—¿Qué ves? —inquirió Gabriel.

—A un hombre de pie delante de un salón de apuestas. Y a tres metiéndose en un coche.

—¿Qué clase de coche?

—Un Mercedes negro.

—Mejor que un Škoda.

—Mucho mejor.

—Bueno, ¿qué hacemos?

—Dejamos las patatas y nos llevamos el té.

—¿Cuándo?

Keller se levantó.

13

BALLYFERMOT, DUBLÍN

Tiraron los vasos del té en una papelera del aparcamiento de Tesco y subieron al Škoda. Esta vez condujo Keller: aquel era su territorio. Tomó Ballyfermot Road y avanzó entre el tráfico hasta que solo dos coches los separaron del Mercedes. Conducía con calma, una mano apoyada sobre el volante y la otra en el cambio automático. Miraba fijamente hacia delante. Gabriel se había hecho cargo del retrovisor lateral y observaba el tráfico a su espalda.

—¿Y bien? —preguntó Keller.

—Lo haces muy bien, Christopher. Vas a ser un agente del MI6 estupendo.

—Te estaba preguntando si nos siguen.

—No.

Keller apartó la mano del cambio de marchas y sacó un cigarrillo del bolsillo de su chaqueta. Gabriel tocó el letrero negro y amarillo del parasol y dijo:

—En este coche está prohibido fumar.

Keller encendió el cigarrillo. Gabriel bajó su ventanilla unos centímetros para que se fuera el humo.

—Van a parar —dijo.

—Ya lo veo.

El Mercedes aparcó en batería delante de un quiosco de prensa. Pasaron unos segundos sin que nadie saliera. Luego, Liam Walsh se apeó por la puerta trasera del lado derecho y entró en la tienda.

Keller pasó de largo unos cincuenta metros y aparcó frente a una pizzería. Apagó las luces pero dejó el motor en marcha.

—Imagino que tiene que comprar algo antes de ir a casa.

—¿Qué, por ejemplo?

—El *Herald* —sugirió Keller.

—Ya nadie lee periódicos, Christopher. ¿No te has enterado?

Keller miró hacia la pizzería.

—Quizá deberías entrar a comprarnos un par de porciones.

—¿Cómo pido sin hablar?

—Ya se te ocurrirá algo.

—¿Cómo te gusta la pizza?

—Ve —dijo Keller.

Gabriel salió del coche y entró en la pizzería. Había tres personas en la cola, delante de él. Se quedó allí esperando, envuelto en el olor a queso caliente y levadura. Luego oyó el breve bocinazo de un claxon y al volverse vio pasar a toda velocidad el Mercedes negro por Ballyfermot Road. Salió de nuevo a la calle y ocupó su sitio en el asiento del copiloto. Keller salió del aparcamiento marcha atrás, metió primera y aceleró lentamente.

—¿Ha comprado algo? —preguntó Gabriel.

—Un par de periódicos y un paquete de Winston.

—¿Qué aspecto tenía cuando ha salido?

—Aspecto de no necesitar los periódicos, ni el tabaco.

—Imagino que la Garda lo mantiene vigilado.

—Eso espero.

—Lo que significa que está acostumbrado a que lo sigan de vez en cuando coches sin distintivos.

—Es de suponer que sí.

—Están girando —dijo Gabriel.

—Ya lo veo.

El Mercedes se había desviado hacia una calle de casitas adosadas, oscura y lúgubre. No había tráfico, ni tiendas, ni ningún lugar donde pudieran ocultarse dos forasteros. Keller se acercó a la acera y apagó las luces. Cien metros calle abajo, el Mercedes entró de morro en el aparcamiento delantero de una de las casas. Las luces del coche se apagaron. Se abrieron las cuatro puertas y salieron cuatro hombres.

—¿*Chez* Walsh? —preguntó Gabriel.

Keller asintió con un gesto.

—¿Está casado?

—Ya no.

—¿Tiene novia?

—Podría ser.

—¿Y perro?

—¿Tienes algún problema con los perros?

Gabriel no respondió. Observó a los cuatro hombres acercarse a la casa y desaparecer por la puerta principal.

—¿Qué hacemos ahora? —preguntó.

—Supongo que podríamos pasarnos un par de días esperando una oportunidad mejor.

—¿O?

—O podemos llevárnoslo ahora.

—Ellos son cuatro y nosotros dos.

—Uno —dijo Keller—. Tú no vienes.

—¿Por qué no?

—Porque el futuro jefe de la Oficina no puede mezclarse en algo así. Además —añadió Keller palmeando el bulto de debajo de su chaqueta—, solo tenemos una pistola.

—Cuatro contra uno —dijo Gabriel pasado un momento—. Las probabilidades no son muy favorables.

—La verdad es que, teniendo en cuenta mi historial, a mí sí me lo parecen.

—¿Cómo piensas hacerlo?

—Igual que solíamos hacerlo en Irlanda del Norte —respondió Keller—. Juegos de niños grandes, reglas de niños grandes.

Keller salió sin decir una palabra más y cerró la puerta sin hacer ruido. Gabriel pasó una pierna por encima de la consola central y se sentó tras el volante. Encendió los limpiaparabrisas y vio a Keller avanzar por la calle con las manos en los bolsillos de la chaqueta y los hombros encorvados para protegerse del viento. Echó un vistazo a su Blackberry. Eran las 8:27 de la noche en Dublín, las 10:27 en Jerusalén. Pensó en su joven y bella esposa sentada a solas en su apartamento de Narkiss Street, y en sus dos hijos descansando cómodamente dentro de su vientre. Y allí estaba él, en una calle desolada del sur de Dublín, centinela en otra guardia nocturna, esperando a que un amigo saldara una vieja deuda. La lluvia golpeó con fuerza los cristales y la lúgubre calle se convirtió en un acuoso paisaje onírico. Encendió los limpiaparabrisas por segunda vez y vio cruzar a Keller una esfera de luz de color amarillo sodio. Cuando encendió los limpiaparabrisas por tercera vez, Keller había desaparecido.

La casa estaba situada en el número 48 de Rossmore Road. Tenía fachada gris de albardilla, con una ventana enmarcada en blanco en la planta baja y dos más en la planta de arriba. En la estrecha entrada delantera había sitio para un solo coche. Junto a ella había un camino cerrado con una verja y, junto al camino, una franja de hierba bordeada por un seto bajo. Era una casa respetable en todos los sentidos, salvo por el hombre que vivía en ella.

Al igual que el resto de las casas de ese extremo de la calle, el número 48 tenía un jardín trasero más allá del cual se extendían los campos de deportes de un colegio católico masculino. La entrada al colegio estaba al otro lado de la esquina, en Le Fanu Road. La verja principal estaba abierta: parecía haber una reunión de padres en el salón de actos. Keller cruzó la verja sin que nadie se fijara en él y atravesó una cancha pintada para juegos de todo tipo. Y de pronto se halló de nuevo en la tétrica escuela de Surrey a la que sus padres lo habían desterrado a la edad de diez años. Había muchas expectativas depositadas en él: era un chico de buena familia, un estudiante brillante, un líder natural. Los chicos le tenían miedo, por eso nunca le pusieron la mano encima. Y el director le eximió una vez de una paliza porque en el fondo él también le temía.

Al final de la cancha había una hilera de árboles chorreantes. Keller pasó bajo sus ramas desnudas y echó a andar por los campos de deportes a oscuras. En su lado norte se levantaba un muro de unos dos metros de alto, cubierto de enredaderas. Al otro lado se hallaban los jardines traseros de las casas de Rossmore Road. Keller avanzó hasta la esquina más alejada del campo y caminó cincuenta y siete pasos exactamente. Luego, sin hacer ruido, trepó por el muro y se dejó caer al otro lado. Cuando sus zapatos tocaron la tierra húmeda, había sacado la Beretta con silenciador y apuntaba con ella hacia la puerta trasera de la casa. Dentro había luces encendidas y sombras que se movían por detrás de las cortinas corridas. Keller apretó con fuerza la pistola con ambas manos, aguzando el oído y la mirada. Juegos de niños grandes, se dijo. Reglas de niños grandes.

A las nueve y diez, la Blackberry de Gabriel vibró suavemente. Se la acercó al oído, escuchó y cortó la llamada. El aguacero había dado paso a una tenue llovizna. Rossmore Road estaba vacía de tráfico y peatones. Llevó el coche hasta el número 48, aparcó en la calle y apagó el motor. Su Blackberry vibró de nuevo, pero esta vez Gabriel no contestó. Se puso un par de guantes de goma de color carne, salió y abrió el modesto maletero. Dentro había una maleta dejada por el correo de Dublin Station. Gabriel la sacó y avanzó con ella por el caminito del jardín. La puerta delantera cedió a su mano, entró y cerró sigilosamente a su espalda. Keller estaba en la entrada con la Beretta en la mano. El aire olía a cordita y levemente a sangre. Era un olor que Gabriel conocía muy bien. Pasó junto a Keller sin decir palabra y entró en el cuarto de estar. Una nube de humo pendía en el aire. Tres hombres, cada uno de ellos con un orificio de bala en medio de la frente, y un cuarto con la nariz rota y la mandíbula desencajada como si hubiera recibido un mazazo.

Gabriel alargó el brazo y le buscó el pulso del cuello. Cuando lo encontró, abrió la cremallera de la maleta y se puso manos a la obra.

La maleta contenía tres rollos de cinta aislante ultrarresistente, una docena de esposas desechables, un petate de nailon capaz de contener a un hombre de más de metro ochenta, una capucha negra, un chándal azul y blanco, unas alpargatas de esparto, dos mudas de ropa interior, un boquitín de primeros auxilios, tapones para los oídos, sedantes en ampollas, jeringuillas, alcohol para friegas y un ejemplar del *Corán*. La Oficina llamaba al contenido de la maleta «*pack* móvil para detenidos». Entre los agentes veteranos, sin embargo, recibía el nombre de «*kit* antiterrorista portátil».

Tras comprobar que Walsh no corría peligro de expirar, Gabriel lo momificó con cinta aislante. No se molestó en ponerle las esposas de plástico: en cuestión de pintura y métodos de inmovilización física, era un tradicionalista por naturaleza. Mientras aplicaba las últimas tiras de cinta aislante a la boca y los ojos de Walsh, el irlandés comenzó a volver en sí. Gabriel le administró una dosis de sedante para que se estuviera quieto. Después, con ayuda de Keller, metió a Walsh en el petate y cerró la cremallera.

La casa no tenía garaje, de modo que no tuvieron más remedio que sacar a Walsh por la puerta delantera, a plena vista de los vecinos. Gabriel encontró la llave del Mercedes en uno de los cadáveres. Sacó el Mercedes a la calle y metió el Škoda marcha atrás en el espacio reservado para aparcar. Keller sacó él solo a Walsh y lo depositó en el maletero abierto. A continuación ocupó el asiento del copiloto y dejó que condujera Gabriel. Era lo mejor. Gabriel sabía por experiencia que no era prudente dejar que un hombre que acababa de matar a tres personas manejara un automóvil.

—¿Has apagado las luces?

Keller hizo un gesto afirmativo.

—¿Y las puertas?

—Están cerradas.

Keller quitó el silenciador y el cargador de la Beretta y guardó las tres cosas en la guantera. Gabriel sacó el Škoda a la calle y se dirigió a Ballyfermot Road.

—¿Cuántos disparos has hecho? —preguntó.

—Tres —contestó Keller.

—¿Cuánto tiempo tardará la Garda en encontrar los cuerpos?

—No es la Garda quien debe preocuparnos.

Keller lanzó su cigarrillo hacia la oscuridad. Gabriel vio saltar chispas por el espejo retrovisor.

—¿Cómo te encuentras? —preguntó.

—Como si nunca me hubiera marchado.

—Ese es el problema de la venganza, Christopher. Que nunca hace que uno se sienta mejor.

—Tienes razón —dijo Keller al tiempo que encendía otro cigarrillo—. Y yo acabo de empezar.

14

CLIFDEN, CONDADO DE GALWAY

La casa estaba en Doonen Road, encaramada a un alto acantilado rocoso que daba a las oscuras aguas del lago Salt. Tenía tres dormitorios, una cocina grande con electrodomésticos modernos, un comedor formal, una pequeña biblioteca que servía también como despacho y un sótano con paredes de piedra. El propietario, un próspero abogado dublinés, pedía mil euros por semana. Operaciones Auxiliares le había ofrecido mil quinientos por una quincena y el abogado, que rara vez recibía ofertas en invierno, había aceptado el trato. El dinero apareció en su cuenta bancaria a la mañana siguiente. Procedía de una empresa llamada Taurus Global Entertainment, una productora de televisión con sede en la ciudad suiza de Montreux. Al abogado le dijeron que los dos hombres que iban a alojarse en su casa de campo eran ejecutivos de Taurus que viajaban a Irlanda con intención de trabajar en un proyecto delicado. Eso, al menos, era cierto.

La casa estaba algo apartada, a unos cien metros de Doonen Road. Tenía una endeble verja de aluminio que había que abrir y cerrar a mano y un caminito de grava que subía zigzagueando por la empinada cuesta del acantilado, entre brezos y genistas. En el punto más alto del terreno se alzaban tres viejos árboles combados por el viento que soplaba del Atlántico Norte y ascendía por los desfiladeros de la bahía de Clifden. El viento azotaba implacable y frío. Sacudía las ventanas de la casa, arañaba las tejas e invadía las habitaciones cada vez que se abría una puerta. La pequeña terraza era inhabitable, una tierra de nadie. Ni siquiera las gaviotas permanecían allí mucho tiempo.

Doonen Road no era en realidad una carretera, sino un estrecho camino de adoquines apenas lo bastante ancho para un coche, con una cinta de hierba verde en el centro. Aunque de vez en cuando transitaban por él turistas y veraneantes, servía principalmente como puerta trasera del pueblo de Clifden. Era este un pueblo joven según los parámetros irlandeses, fundado en 1814 por un *sheriff* y terrateniente llamado John D'Arcy, que deseaba crear un remanso de paz en el interior de los violentos páramos sin ley de Connemara. D'Arcy construyó un castillo para sí, y para los lugareños un pueblecito encantador con calles y plazas empedradas y un par de iglesias con campanarios que se veían a kilómetros de distancia. El castillo estaba ahora en ruinas pero el pueblo, que quedó prácticamente deshabitado en tiempos de la Gran Hambruna, se contaba entre los más bulliciosos del oeste de Irlanda.

Uno de los hombres que se alojaban en la casa alquilada, el más bajo de los dos, iba todos los días a pie hasta el pueblo, normalmente a última hora de la mañana, con un impermeable verde oscuro, una mochila al hombro y una gorra plana bien calada sobre la frente. Compraba un par de cosas en el supermercado y a continuación se pasaba por la bodega Ferguson, donde elegía una o dos botellas de vino, normalmente italiano, aunque a veces también francés. Y después, tras comprar sus provisiones, pasaba por delante de los escaparates de las tiendas de la calle mayor con el aire de quien está absorto en asuntos más importantes. En una ocasión entró en la galería de arte Lavelle para echar un rápido vistazo a sus existencias. El propietario recordaría después que parecía extrañamente entendido en pintura. Su acento era difícil de situar: tal vez alemán, o quizá de otra parte. Poco importaba: para la gente de Connemara, cualquier forastero tenía acento.

El cuarto día, su paseo por la calle mayor fue más breve de lo habitual. Entró únicamente en la tienda donde se vendía la prensa y compró cuatro paquetes de cigarrillos americanos y un ejemplar del *Independent*. Ocupaban la primera plana las noticias de Dublín, donde tres miembros del IRA Auténtico habían sido hallados muertos en una casa del barrio de Ballyfermot. Otro hombre había desaparecido, presuntamente secuestrado. La Garda lo estaba buscando. Igual que diversos elementos del IRA Auténtico.

—Bandas de traficantes de drogas —masculló el hombre que atendía el mostrador.

—Qué horror —convino aquel forastero cuyo acento nadie sabía situar.

Se guardó el periódico en la mochila y, no sin reticencia, también el tabaco. Luego regresó a pie a la casa del abogado de Dublín, por el que los vecinos de Clifden sentían una profunda aversión. El otro forastero, el que tenía la piel como el cuero, estaba escuchando atentamente las noticias de mediodía de la RTÉ.

—Ya falta poco —se limitó a decir.

—¿Cuándo?

—Puede que esta noche.

El más bajo de los dos salió a la terraza mientras el otro fumaba. Un negra tormenta avanzaba hacia la bahía de Clifden y el viento parecía lleno de metralla. Solo aguantó cinco minutos allí fuera. Luego volvió a entrar, entre el humo y la tensión de la espera. No sintió vergüenza. Ni siquiera las gaviotas aguantaban mucho tiempo en aquella terraza.

A lo largo de su dilatada carrera, Gabriel había tenido la mala fortuna de conocer a numerosos terroristas: terroristas palestinos, egipcios, saudíes, terroristas motivados por la fe religiosa, por la tragedia, o incluso criados en el confort material de Occidente. A veces se preguntaba qué habrían logrado aquellos hombres si hubieran escogido otro camino. Muchos eran extremadamente inteligentes, y en sus ojos implacables Gabriel veía fármacos capaces de salvar vidas que ya nunca serían descubiertos, programas informáticos nunca diseñados, música jamás compuesta y poemas que quedarían sin escribir. Liam Walsh, sin embargo, no producía esa impresión. Era un asesino sin remordimientos o verdadera educación, sin más ambición en la vida que destruir vidas y propiedades. En su caso, hacer carrera en el terrorismo, aunque fuera conforme a los mezquinos parámetros de los irreductibles republicanos irlandeses, era lo máximo a lo que podía aspirar.

Carecía, no obstante, de miedo físico y poseía una cerrilidad natural que hacía difícil doblegar su voluntad. Durante las primeras cuarenta y ocho horas permaneció totalmente aislado en la fría humedad del sótano, con los ojos vendados, amordazado, ensordecido por los tapones para los oídos e inmovilizado por la cinta aislante. No se le ofreció comida, tan solo agua que rehusó. Keller se encargó de ayudarlo a hacer sus necesidades, que eran mínimas dadas sus restricciones dietéticas. Cuando era necesario, se dirigía a Walsh con el acento de un protestante de la clase trabajadora de Belfast Este. No se le ofreció salida alguna a su situación, ni él la pidió. Después de ver cómo morían tres de sus camaradas en un abrir y cerrar de ojos, parecía resignado a su suerte. Los terroristas irlandeses y los narcotraficantes, al igual que los miembros del SAS, jugaban a aquel juego conociendo de antemano sus normas.

La mañana del tercer día, desquiciado por la sed, tomó un par de tragos de agua del tiempo. A mediodía bebió té con leche y azúcar y por la noche se le dio más té y una sola rebanada de pan tostado. Fue entonces cuando, por primera vez, Keller cruzó con él más de dos palabras.

—Estás de mierda hasta el cuello, Liam —dijo con su acento de Belfast Este—. Y tu único modo de salir de esta es decirme lo que quiero saber.

—¿Quién eres? —preguntó Walsh a pesar del dolor de su mandíbula rota.

—Eso depende enteramente de ti —contestó Keller—. Si hablas conmigo, seré tu mejor amigo en el mundo. Si no, vas a acabar como tus tres amigos.

—¿Qué quieres saber?

—Omagh —se limitó a responder Keller.

El cuarto día por la mañana, quitó a Walsh los tapones de los oídos y la mordaza y le explicó la situación en que se hallaba. Afirmó que formaba parte de un pequeño grupo de paramilitares protestantes que buscaban hacer justicia en nombre de las víctimas del terrorismo republicano. Dio a entender que tenían vínculos con la UVF, la Fuerza de Voluntarios del Úlster, un grupo paramilitar lealista que había matado al menos a quinientas personas, la mayoría de ellas civiles católicos, durante la peor fase de los Disturbios en Irlanda del Norte. La UVF aceptó un alto el fuego en 1994, pero sus murales, con imágenes de hombres armados y enmascarados, adornaban aún los barrios y pueblos protestantes del Úlster. Muchos de esos murales lucían el mismo lema: *Preparados para la paz, listos para la guerra.* Lo mismo podría haberse dicho de Keller.

—Estoy buscando al que fabricó la bomba —explicó—. Ya sabes a qué bomba me refiero, Liam. A la bomba que mató a veintinueve personas inocentes en Omagh. Tú estabas allí ese día. Estabas en el coche con él.

—No sé de qué me hablas.

—Estabas allí, Liam —repitió Keller—. Y estuviste en contacto con él después de que vuestro movimiento se fuera a la mierda. Vino aquí, a Dublín. Tú cuidaste de él hasta que las cosas se complicaron.

—Eso no es verdad. Nada de eso es verdad.

—Ha vuelto a la circulación, Liam. Dime dónde puedo encontrarlo.

Walsh se quedó callado un momento.

—¿Y si te lo digo? —preguntó por fin.

—Pasarás algún tiempo retenido, una larga temporada, pero te dejaremos vivir.

—Estás mintiendo —le espetó Walsh.

—Tú no nos interesas, Liam —respondió Keller con calma—. Solo nos interesa él. Dinos dónde podemos encontrarlo y te dejaremos vivir. Hazte el tonto y te mataré. Y no será con un limpio balazo en la frente. Te dolerá, Liam. Te dolerá mucho.

Esa tarde, una tormenta sitió Connemara a lo largo y a lo ancho. Gabriel se quedó sentado junto al fuego leyendo un libro de Fitzgerald mientras Keller conducía por el campo azotado por el viento, atento a cualquier presencia sospechosa de la Garda. Liam Walsh permaneció aislado en el sótano, atado, amordazado y con los ojos y los oídos tapados. No recibió ni alimento ni líquidos. Por la noche estaba tan debilitado por el hambre y la deshidratación que Keller casi tuvo que llevarlo en brazos al lavabo.

—¿Cuánto falta? —preguntó Gabriel durante la cena.

—Ya casi estamos —dijo Keller.

—Eso ya me lo has dicho antes.

Keller guardó silencio.

—¿Podemos hacer algo para acelerar las cosas? Me gustaría estar fuera de aquí antes de que la Garda llame a la puerta.

—O el IRA Auténtico —añadió Keller.

—¿Y bien?

—En este momento es inmune al dolor.

—¿Y al agua?

—El agua siempre va bien.

—¿Lo sabe él?

—Lo sabe.

—Necesitas ayuda.

—No —contestó Keller, levantándose—. Es personal.

Cuando Keller se marchó, Gabriel salió a la terraza y permaneció bajo el azote de la lluvia. Solo fueron necesarios cinco minutos. Ni siquiera un tipo duro como Liam Walsh soportaba mucho tiempo la tortura del agua.

15

THAMES HOUSE, LONDRES

Todos los viernes por la tarde, normalmente a las seis pero a veces un poco antes si Londres o el ancho mundo estaban atravesando una crisis, Graham Seymour tomaba una copa con Amanda Wallace, la directora general del MI5. Era sin duda su cita menos grata de la semana. Wallace era su exjefa. Habían ingresado en el MI5 el mismo año y habían ido ascendiendo en paralelo, Seymour en el departamento antiterrorista y Wallace en el de contraespionaje. Al final, fue Amanda quien ganó la carrera cuya meta era el despacho del director general. Seymour, sin embargo, había conseguido el mayor triunfo de todos, inopinadamente y cuando se encontraba ya en el ocaso de su carrera. Amanda lo odiaba por ello, pues ahora era el espía más poderoso de Londres. Discretamente, procuraba minar su autoridad a casa paso.

Amanda Wallace, lo mismo que Seymour, llevaba el espionaje en el ADN. Su madre había trabajado con denuedo en los archivos del Registro del MI5 durante la guerra, y tras graduarse en Cambridge Amanda no había dudado en dedicarse al espionaje. Su linaje común debería haberlos convertido en aliados. Amanda, no obstante, había señalado de inmediato a Seymour como su rival. Era el golfo guapo y sinvergüenza al que todo le salía bien sin ningún esfuerzo, y ella era la chica tímida y torpona que le daría un escarmiento. Se conocían desde hacía treinta años y juntos habían alcanzado las cumbres más altas del espionaje británico, y sin embargo la dinámica básica de su relación seguía siendo la misma.

El viernes anterior, Amanda había visitado Vauxhall Cross, lo que significaba que, conforme a las normas de su relación, le tocaba a Seymour hacerle una visita. Para él no era motivo de fastidio: siempre le agradaba volver a Thames House. Su Jaguar oficial entró en el aparcamiento subterráneo a las 17:55 y dos minutos después el ascensor de Amanda lo depositó en el piso superior. El pasillo principal estaba tan en calma como la planta de un hospital en plena noche. Seymour supuso que los jefes estarían confraternizando con las tropas en uno de los dos bares privados del edificio. Como siempre, se detuvo a echar un vistazo a su antiguo despacho. Miles Kent, su sucesor como subdirector, miraba inexpresivamente la pantalla de su ordenador. Tenía aspecto de no haber pegado ojo en una semana.

—¿Cómo está hoy? —preguntó Seymour cansinamente.

—Como para que la aten. Pero más vale que te apresures —agregó Kent—. No debe hacerse esperar a la abeja reina.

Seymour siguió por el pasillo hasta el despacho de la directora general. Un miembro de su personal, formado exclusivamente por hombres, lo recibió en la antesala y le hizo pasar de inmediato al amplio despacho. Amanda Wallace estaba de pie junto a la ventana, mirando pensativamente las Cámaras del Parlamento. Al volverse consultó su reloj. Valoraba la puntualidad más que cualquier otro atributo.

—Graham —dijo como si leyera su nombre en alguno de los densos dosieres que le preparaba su personal antes de cada reunión importante. Después, esbozó una sonrisa eficiente. Daba la impresión de haber aprendido aquel gesto ensayando delante del espejo—. Qué bien que hayas venido.

Alguien había dejado una bandeja de bebidas sobre la larga y reluciente mesa de reuniones del despacho. Amanda preparó un *gin-tonic* para Seymour, y para ella un martini ultraseco con aceitunas y cebollitas de cóctel. Se preciaba de su capacidad para aguantar el alcohol, una habilidad que, en su opinión, era obligatoria para un espía. Era una de sus pocas cualidades enternecedoras.

—Salud —dijo Seymour levantando su copa unos centímetros, pero Amanda se limitó de nuevo a sonreír.

La BBC emitía en silencio desde un gran televisor de pantalla plana. Un agente de la Garda Síochána aparecía de pie frente a una casita de Ballyfermot en la que se habían hallado los cadáveres de tres hombres, todos ellos pertenecientes a la red de narcotráfico del IRA Auténtico.

—Un asunto bastante feo —comentó Amanda.

—Una guerra territorial, por lo visto —murmuró Seymour por encima del borde de su copa.

—Nuestros amigos de la Garda tienen sus dudas al respecto.

—¿Saben algo en concreto?

—Nada, en realidad. Por eso están tan preocupados. Los teléfonos suelen echar humo después de una matanza entre bandas rivales, pero esta vez no ha sido así. Y luego —añadió— está la forma en que los mataron. Normalmente esos mafiosos acribillan la habitación usando armas automáticas. El que hizo esto, en cambio, actuó con mucha precisión. Tres disparos, tres cadáveres. La Garda está convencida de que se trata de profesionales.

—¿Tienen idea de dónde está Liam Walsh?

—Dan por sentado que está en alguna parte de Irlanda, pero no tienen ni idea de dónde. —Miró a Seymour y levantó una ceja—. No estará atado a una silla en algún piso franco del MI6, ¿verdad, Graham?

—No, no tenemos esa suerte.

Seymour miró la televisión. El informativo de la BBC había pasado a otro asunto. El primer ministro Jonathan Lancaster había visitado Washington para reunirse con el presidente norteamericano. La reunión no había salido tan bien como esperaba. Gran Bretaña no despertaba grandes simpatías en Washington en aquel momento. Al menos, en la Casa Blanca.

—Tu amigo —comentó Amanda con frialdad.

—¿El presidente americano?

—Jonathan.

—También es amigo tuyo —contestó Seymour.

—Mi relación con el primer ministro es cordial —repuso ella con énfasis—, pero no se parece a la tuya. Jonathan y tú sois uña y carne.

Estaba claro que Amanda quería decir algo más acerca de la singular relación de Seymour con el primer ministro, pero se limitó a rellenarle la copa mientras le contaba un jugoso cotilleo acerca de la esposa de cierto embajador de un riquísimo emirato árabe. Seymour le devolvió el favor hablándole de un sujeto con acento británico que según sus informes estaba comprando misiles antiaéreos portátiles en un zoco de armas libio. Después, roto ya el hielo, entablaron una relajada conversación que, por su índole, solo podían tener dos espías de su rango. Compartieron y desvelaron información, se dieron consejos mutuamente y en dos ocasiones hasta se rieron. En efecto, durante unos instantes pareció que su rivalidad se había evaporado. Hablaron de la situación en Irak y Siria, de China, de la economía global y de su impacto en materia de seguridad e intercambiaron opiniones acerca del presidente de Estados Unidos, al que responsabilizaban de muchos de los problemas mundiales. Y, al final, acabaron hablando de los rusos. Últimamente siempre acababan hablando de los rusos.

—Sus ciberguerreros —comentó Amanda— están atacando nuestras instituciones financieras con todo lo que guardan en su fea cajita de herramientas, y tienen en el punto de mira nuestros sistemas administrativos y las redes informáticas de nuestros principales proveedores de armamento.

—¿Van detrás de algo en concreto?

—Lo cierto es —respondió Amanda— que no parecen estar buscando nada en particular. Solo intentan hacer todo el daño posible. Nunca habíamos visto tanta osadía.

—¿Algún cambio en su situación aquí, en Londres?

—El D4 ha notado un claro aumento de actividad de la *rezidentura* de Londres. No estamos seguros de a qué obedece, pero está claro que están metidos en algo grande.

—¿Más grande que colocar a una inmigrante rusa ilegal en la cama del primer ministro?

Amanda levantó una ceja y deslizó una aceituna alrededor del borde de su copa. La cara de la princesa apareció en la televisión. Su familia acababa de anunciar la creación de un fondo para apoyar las causas que le eran más queridas. A Jonathan Lancaster se le había permitido hacer la primera donación.

—¿Has sabido algo nuevo? —preguntó Amanda.

—¿Sobre la princesa?

Ella asintió con la cabeza.

—Nada. ¿Y tú?

Amanda dejó su copa y contempló a Seymour un momento en silencio. Por fin preguntó:

—¿Por qué no me has dicho que era Eamon Quinn?

Tamborileó con una uña sobre el brazo de la silla mientras aguardaba una respuesta. No era buena señal. Seymour resolvió que no le quedaba más remedio que decirle la verdad, o al menos una versión de la verdad.

—No te lo he dicho —dijo por fin— porque no quería involucrarte.

—¿Porque no te fías de mí?

—Porque no quiero que esto te salpique de ningún modo.

—¿Por qué iba a salpicarme? A fin de cuentas, Graham, el jefe del departamento antiterrorista en el momento del atentado de Omagh eras tú, no yo.

—Razón por la cual te nombraron a ti directora general del Servicio de Seguridad. —Hizo una pausa y añadió—: No a mí.

Se hizo un tenso silencio entre ellos. Seymour deseaba marcharse, pero no podía. Había que zanjar aquella cuestión.

—¿Actuó Quinn en nombre del IRA Auténtico —preguntó Amanda por fin— o de otras instancias?

—Dentro de unas horas deberíamos tener respuesta a esa pregunta.

—¿En cuanto Liam Walsh se derrumbe?

Seymour no respondió.

—¿Es una operación autorizada por el MI6?

—Extraoficialmente.

—Tu especialidad —repuso Amanda en tono caústico—. Supongo que estás trabajando con los israelíes. A fin de cuentas, hacía mucho tiempo que querían quitar de en medio a Eamon Quinn.

—Y nosotros deberíamos haber aceptado su oferta.

—¿Qué sabe Jonathan de todo esto?

—Nada.

Ella masculló una maldición en voz baja, cosa que hacía rara vez.

—Voy a darte mucha manga ancha en esto —dijo finalmente—. No por ti, ojo, sino por el Servicio de Seguridad. Pero espero que me avises con antelación si la operación toca suelo británico. Y si algo se tuerce, me aseguraré de que sea tu cabeza la que ruede, no la mía. —Sonrió—. Para que no haya malentendidos.

—No esperaba otra cosa.

—Muy bien, entonces. —Miró su reloj—. Me temo que tengo que irme, Graham. ¿La próxima semana en tu despacho?

—Lo estoy deseando. —Seymour se puso en pie y le tendió la mano—. Como siempre, un placer, Amanda.

16

CLIFDEN, CONDADO DE GALWAY

Sacaron a Walsh del sótano, lo llevaron arriba y, con los ojos vendados con cinta aislante, le permitieron ducharse por primera vez. Lo vistieron luego con el chándal azul y blanco y le dieron algo de comer y, de beber, un poco de té con leche y azúcar. Su aspecto no mejoró gran cosa. Con la cara hinchada, la piel pálida y el cuerpo enflaquecido, parecía un cadáver que se hubiera levantado de la tumba.

Acabada la comida, Keller le repitió las condiciones del acuerdo: lo trataría bien siempre y cuando respondiera a sus preguntas de manera fidedigna y en un tono de voz normal. Si mentía, contestaba con evasivas, gritaba o cometía la estupidez de intentar escapar, regresaría al sótano y las condiciones de su cautiverio serían mucho menos gratas que antes. Gabriel no habló, pero Walsh, que tenía el oído aguzado por la ceguera y el miedo, era claramente consciente de su presencia. Gabriel lo prefería así. No quería que Walsh tuviera la errónea impresión de que se hallaba bajo el control de un solo hombre, aunque ese hombre fuera, casualmente, uno de los más letales del mundo.

Keller carecía de adiestramiento formal en técnicas de interrogatorio, pero como todos los buenos interrogadores supo inculcar a Walsh la costumbre de responder a sus preguntas sinceramente y sin vacilaciones ni evasivas. Al principio fueron preguntas sencillas, interrogantes cuyas respuestas eran fáciles de verificar. Fecha y lugar de nacimiento. Nombre de sus padres y hermanos. Colegios a los que había asistido. Su reclutamiento por parte del Ejército Republicano Irlandés. Walsh afirmó haber nacido en Ballybay, condado de Monaghan, el 16 de octubre de 1972. Su lugar de nacimiento tenía importancia, puesto que se hallaba a unos cuatro kilómetros de Irlanda del Norte, en la conflictiva Región Fronteriza. Su fecha de nacimiento también era significativa: había nacido el mismo día que Michael Collins, el líder revolucinario irlandés. Asistió a escuelas católicas hasta los dieciocho años, cuando se unió al IRA. Su reclutador no trató de venderle una visión idealizada de la vida que había elegido. Su salario sería escaso y viviría siempre en la cuerda floja. Con toda probabilidad pasaría varios años en prisión. Y era probable que muriera de muerte violenta.

—¿Y el nombre del reclutador? —preguntó Keller con su acento del Úlster.

—No estoy autorizado para decirlo.

—Ahora sí.

—Fue Seamus McNeil —dijo Walsh tras dudar un momento—. Era...

—De la Brigada de South Armagh —lo interrumpió Keller—. Murió en una emboscada del Ejército británico y el IRA lo enterró con honores, descanse en paz.

—En realidad —dijo Walsh—, murió durante un tiroteo con el SAS.

—Los tiroteos son cosa de vaqueros y de gángsters —replicó Keller—. Pero estabas a punto de hablar de tu entrenamiento.

Walsh obedeció. Lo enviaron, contó, a un campo remoto de Irlanda en el que le enseñaron a manejar armas pequeñas y le proporcinaron algunas nociones sobre cómo fabricar y colocar artefactos explosivos. Le dijeron que dejara de beber y que evitara relaciones con personas ajenas al IRA. Por fin, seis meses después de su reclutamiento, fue asignado a una unidad de élite en servicio activo. Entre sus integrantes se contaba un fabricante de bombas y planificador de operaciones excepcional llamado Eamon Quinn. Quinn era solo unos años mayor que Walsh pero ya se había convertido en una leyenda. En la década de 1980 había sido enviado a un campo de entrenamiento en el desierto de Libia. Pero al final, contó Walsh, fue Quinn quien se encargó de impartir la instrucción, no los libios. De hecho, fue él quien les procuró el diseño de la bomba que derribó el vuelo 103 de Pam Am sobre Lockerbie, Escocia.

—Tonterías —dijo Keller.

—Lo que tú digas —contestó Walsh.

—¿Quién más estaba en el campamento con él?

—Gente de la OLP, sobre todo, y un par de tipos de alguna de sus escisiones.

—¿De cuál?

—Del Frente Popular para la Liberación de Palestina, creo.

—Pareces muy informado sobre los grupos terroristas palestinos.

—Tenemos mucho en común con los palestinos.

—¿Qué, por ejemplo?

—También ellos viven bajo la ocupación de una potencia colonial racista.

Keller miró a Gabriel, que se miraba impasiblemente las manos. Walsh, con los ojos todavía tapados, pareció percibir la tensión que reinaba en la habitación. Fuera, el viento rondaba aún por las puertas y ventanas de la casa como si buscara por dónde entrar.

—¿Dónde estoy? —preguntó Walsh.

—En el infierno —respondió Keller.

—¿Qué tengo que hacer para salir de aquí?

—Seguir hablando.

—¿Qué quieres saber?

—Los pormenores de tu primera operación.

—Fue en 1993.

—¿En qué mes?

—En abril.

—¿En el Úlster o fuera?

—Fuera.

—¿En qué ciudad?

—En la única que importa.

—¿Londres?

—Sí.

—¿Bishopsgate?

Walsh hizo una gesto afirmativo. *Bishopsgate...*

El camión, un Ford Iveco con volquete, desapareció de New-castle-under-Lyma, Staffordshire, en marzo. Lo llevaron a una nave alquilada y lo pintaron de azul oscuro. Luego, Quinn colocó la bomba, un artefacto de una tonelada de nitrato de amonio y fueloil que montó en South Armagh e introdujo clandestinamente en Inglaterra. La mañana del 24 de abril, Walsh llevó el camión a Londres y lo aparcó frente al número 99 de Bishopsgate, un rascacielos ocupado exclusivamente por oficinas del HSBC. La explosión rompió más de quinientas toneladas de cristal, derribó una iglesia y mató a un fotógrafo de prensa. El gobierno británico respondió rodeando el distrito financiero de Londres con un cordón de seguridad conocido como el «anillo de acero». Impertérrito, el IRA regresó a Londres en febrero de 1996 con otro camión bomba diseñado y montado por Eamon Quinn. Esta vez el objetivo era Canary Wharf, en los Docklands. La detonación fue tan potente que sacudió ventanas a ocho kilómetros de distancia. El primer ministro británico y su homólogo irlandés se apresuraron a anunciar el reinicio de las negociaciones de paz. Un año y medio después, en julio de 1997, el IRA aceptó un alto el fuego.

—Fue un puto desastre —afirmó Liam Walsh.

—Y cuando el IRA se escindió ese otoño —dijo Keller—, ¿tú te fuiste con McKevitt y Bernadette Sands?

—No —contestó Walsh—. Me fui con Eamon Quinn.

El IRA Auténtico, prosiguió Walsh, estuvo plagado desde el principio de confidentes del MI5 y de Delincuencia y Seguridad, una oscura división de la Garda Síochána que operaba desde unas discretas oficinas del distrito dublinés de Phoenix Park. Aun así, el grupo terrorista consiguió llevar a cabo una serie de atentados, entre ellos el devastador ataque de Banbridge, el 1 de agosto de 1998. La bomba pesaba 225 kilos y estaba oculta en el interior de un Vauxhall Cavalier rojo. Los avisos telefónicos fueron imprecisos: no incluyeron ni la localización del artefacto, ni la hora de detonación. Como resultado de ello, hubo treinta y tres heridos graves, entre ellos dos agentes del Royal Ulster Constabulary, la policía del Úlster. Se encontraron fragmentos del Vauxhall a seiscientos metros de distancia del lugar de la explosión. Fue, dijo Walsh, un anticipo de futuros atentados.

—Omagh —dijo Keller con calma.

Walsh no contestó.

—¿Formaste parte del equipo operativo?

Walsh hizo un gesto afirmativo.

—¿En qué coche ibas? —preguntó Keller—. ¿En el de la bomba, en el de reconocimiento o en el de huida?

—En el de la bomba.

—¿Conductor o copiloto?

—Iba a ser el conductor, pero hubo un cambio en el último momento.

—¿Quién conducía?

Walsh vaciló. Luego dijo:

—Quinn.

—¿Por qué ese cambio?

—Dijo que estaba más nervioso que de costumbre antes de una operación. Que conducir lo ayudaría a calmarse.

—Pero ese no era el verdadero motivo, ¿verdad, Liam? Quinn quería tomar las riendas. Quería clavar un clavo en el ataúd del proceso de paz.

—Meterle una bala en la frente fue como lo describió él.

—¿Tenía que dejar la bomba frente al juzgado?

—Ese era el plan.

—¿Buscó siquiera un sitio donde aparcar?

—No —contestó Walsh meneando la cabeza—. Fue derecho a Lower Market Street y aparcó frente a la tienda de S.D. Kells.

—¿Por qué no hiciste nada?

—Intenté disuadirlo, pero no me hizo caso.

—Debiste poner más empeño, Liam.

—Está claro que no conoces a Eamon Quinn.

—¿Dónde estaba el coche de huida?

—En el aparcamiento del supermercado.

—¿Y cuando entrasteis?

—Llamamos al otro lado de la frontera.

—«Los ladrillos están en el muro».

Walsh asintió con la cabeza.

—¿Por qué no le dijiste a nadie que la bomba no estaba donde debía estar?

—Si hubiera abierto la boca, Quinn me habría matado. Además —añadió el irlandés—, ya era demasiado tarde.

—¿Y cuando estalló la bomba?

—Se armó una muy gorda.

La muerte y la destrucción que ocasionó el atentado levantaron una ola de indignación a ambos lados de la frontera y a lo largo y ancho del mundo. El IRA Auténtico se disculpó públicamente y anunció un alto el fuego, pero era demasiado tarde: el movimiento había sufrido un daño irreparable. Walsh se estableció en Dublín para velar por los intereses del IRA Auténtico en el floreciente negocio del narcotráfico. Quinn, en cambio, prefirió ocultarse.

—¿Dónde?

—En España.

—¿Qué hacía allí?

—Matar el tiempo en la playa, hasta que se quedó sin dinero.

—¿Y luego?

—Llamó a un viejo amigo y le dijo que quería volver al trabajo.

—¿Quién era ese amigo?

Walsh vaciló. Luego dijo:

—Muammar el Gadafi.

17

CLIFDEN, CONDADO DE GALWAY

No era Gadafi, en realidad, añadió Walsh rápidamente, sino un estrecho colaborador suyo perteneciente a los servicios de espionaje con el que Quinn había trabado amistad cuando estuvo en el campo de entrenamiento para terroristas, en pleno desierto libio. Quinn pidió asilo y el hombre de los servicios de inteligencia libios, tras consultar con el gobernante, accedió a dejarlo entrar en el país. Vivía en un chalé amurallado, en un barrio rico de Trípoli, y de vez en cuando hacía algún trabajo para los servicios de seguridad libios. Era además un visitante frecuente del búnker subterráneo de Gadafi, donde obsequiaba al dictador con anécdotas acerca de su lucha contra los británicos. Pasado un tiempo, Gadafi comenzó a compartir a Quinn con algunos de sus aliados regionales menos recomendables y de ese modo el irlandés entró en contacto con todos los grandes criminales del continente: dictadores, señores de la guerra, mercenarios, ladrones de diamantes y militantes islamistas de todo pelaje. Conoció, además, a un traficante de armas ruso que abastecía de armamento y munición a cada guerra civil y cada movimiento insurgente del África subsahariana. El traficante de armas aceptó enviar un pequeño contenedor con AK-47 y explosivos plásticos al IRA Auténtico. Walsh fue el encargado de recibir el envío en Dublín.

—¿Recuerdas el nombre de ese tipo de los servicios de inteligencia libios? —preguntó Keller.

—Se hacía llamar Abu Muhammad.

Keller miró a Gabriel, que asintió lentamente.

—¿Y el traficante de armas ruso? —añadió Keller.

—Era Ivan Kharkov, ese al que mataron en Saint-Tropez hace un par de años.

—¿Estás seguro, Liam? ¿Seguro que era Ivan?

—¿Quién iba a ser si no? Ivan controlaba el tráfico de armas en África y mataba a cualquiera que intentara hacerle la competencia.

—¿Y el chalé de Trípoli? ¿Sabes dónde estaba?

—Estaba en un barrio que llaman Al Andalus.

—¿La calle?

—Vía Canova, número 27 —añadió Walsh—. Pero no te molestes: Quinn se marchó de Libia hace años.

—¿Qué pasó?

—Gadafi decidió hacerse un lavado de cara. Renunció a su programa armamentístico y les dijo a los americanos y a los europeos que quería normalizar sus relaciones diplomáticas. Tony Blair le estrechó la mano en una jaima a las afueras de Trípoli y la BP obtuvo derechos de perforación en suelo libio. ¿Lo recuerdas?

—Lo recuerdo, Liam.

Al parecer, prosiguió Walsh, el MI6 sabía que Quinn había buscado refugio en Trípoli. El jefe del MI6 exigió a Gadafi que obligara a Quinn a hacer las maletas y Gadafi aceptó. Llamó a un par de amigos suyos en África, pero ninguno de ellos quiso hacerse cargo de Quinn. Después, recurrió a uno de sus mejores amigos en todo el mundo, y se cerró el trato. Una semana más tarde Gadafi regaló a Quinn un ejemplar firmado de su *Libro verde* y lo hizo subir a un avión.

—¿Y el amigo que aceptó acoger a Quinn?

—Tienes tres intentos —dijo Walsh—. Los dos primeros no cuentan.

El amigo era Hugo Chávez, presidente de Venezuela, aliado de Rusia, Cuba y los mulás de Teherán, y espina clavada en el costado de Estados Unidos. Chávez, que se veía a sí mismo como uno de los líderes del movimiento revolucionario mundial, mantenía un notorio campo de entrenamiento para terroristas y rebeldes de extrema izquierda en Isla Margarita. Quinn se convirtió pronto en la principal atracción. Colaboraba con todo el mundo, desde Sendero Luminoso a Hamás pasando por Hezbolá, enseñando los mortíferos trucos de su oficio que había aprendido durante su larga pugna con los británicos. Chávez, como Gadafi antes que él, lo trató bien. Le procuró una villa junto al mar y un pasaporte diplomático para viajar por el mundo. Incluso le proporcionó una nueva cara.

—¿Quién se encargó de eso?

—El cirujano de Gadafi.

—¿El brasileño?

Walsh asintió.

—Fue a Caracas, a operarlo en un hospital de allí. Le hizo una reconstrucción total. Las fotografías antiguas ya no sirven. Hasta a mí me costó reconocerlo.

—¿Lo viste cuando estuvo en Venezuela?

—Dos veces.

—¿Fuiste al campo de entrenamiento?

—No, nunca.

—¿Por qué?

—No me dieron autorización. Nos vimos en el continente.

—Sigue hablando, Liam.

Un año después de que Quinn llegara a Venezuela, un alto cargo del VEVAK, el servicio de inteligencia iraní, visitó discretamente la isla. No fue a ver a sus aliados de Hezbolá, fue a ver a Quinn. El enviado del VEVAK permaneció una semana en la isla. Y cuando regresó a Teherán Quinn se fue con él.

—¿Por qué?

—Los iraníes querían que construyera un arma.

—¿Qué clase de arma?

—Una que Hezbolá pudiera usar contra los tanques y los vehículos blindados israelíes en el sur del Líbano.

Keller miró a Gabriel, que parecía estar contemplando una grieta del techo. Walsh, desconocedor de la verdadera identidad de su exiguo público, siguió hablando.

—Instalaron a Quinn en una fábrica de armas, en un barrio de las afueras de Teherán llamado Lavizan. Construyó un prototipo de un arma antitanque en la que llevaba años trabajando. Generaba una bola de fuego que recorría trescientos metros por segundo y envolvía en llamas el blindado enemigo. Hezbolá la usó contra los israelíes en el verano de 2006. Los tanques israelíes se incendiaban como la yesca. Era como el Holocausto.

Keller miró nuevamente de reojo a Gabriel, que ahora tenía la vista fija en Liam Walsh.

—¿Y cuando acabó de diseñar el arma antitanque? —preguntó Keller.

—Se fue al Líbano, a trabajar directamente con Hezbolá.

—¿Haciendo qué?

—Bombas de cuneta, principalmente.

—¿Y después?

—Los iraníes lo mandaron a Yemen, a trabajar con Al Qaeda en la Península Arábiga.

—No sabía que hubiera vínculos entre los iraníes y Al Qaeda.

—¿Quién te ha dicho eso?

—¿Dónde está ahora?

—No tengo ni idea.

—Estás mintiendo, Liam.

—No. Juro que no sé dónde está ni para quién trabaja.

—¿Cuándo fue la última vez que lo viste?

—Hace seis meses.

—¿Dónde?

—En España.

—España es un país grande, Liam.

—Fue en el sur, en Sotogrande.

—Un parque de recreo para irlandeses.

—Es como Dublín, pero con el sol encendido.

122

—¿Dónde os encontrasteis?

—En un hotelito cerca del puerto deportivo. Muy tranquilo.

—¿Qué quería Quinn?

—Quería que entregara un paquete.

—¿Qué clase de paquete?

—Dinero.

—¿Para quién?

—Para su hija.

—No sabía que estuviera casado.

—Casi nadie lo sabe.

—¿Dónde está la hija?

—En Belfast, con su madre.

—Sigue hablando, Liam.

Los diversos servicios de inteligencia británicos habían reunido una ingente cantidad de material de la vida y andanzas de Eamon Quinn, pero en ningún lugar de sus voluminosos archivos se mencionaba que tuviera mujer o una hija. No era casualidad, dijo Walsh. Quinn, el planificador de operaciones, se había tomado muchas molestias para que la existencia de su familia siguiera siendo un secreto. Walsh afirmaba haber asistido a su boda y más adelante haber ayudado a gestionar los asuntos económicos de la familia durante los años en que Quinn vivió en el extranjero ejerciendo de superestrella del terrorismo internacional. El paquete que le entregó en la localidad turística española de Sotogrande contenía cien mil libras en billetes usados. Fue la mayor cantidad que Quinn confió nunca a su viejo amigo.

—¿Por qué era tanto? —preguntó Keller.

—Me dijo que sería la última entrega durante una larga temporada.

—¿Te dijo por qué?

—No.

—¿Y no se lo preguntaste?

—Sabía que no debía hacerlo.

—¿Y entregaste la cantidad completa?

—Hasta la última libra.

—¿No te quedaste con una pequeña comisión para ti? A fin de cuentas, Quinn no se habría enterado.

—Está claro que no conoces a Eamon Quinn.

Keller preguntó si Quinn había vuelto alguna vez a Belfast en secreto para ver a su familia.

—No, nunca.

—¿Y ellas tampoco han viajado nunca fuera del país para encontrarse con él?

—Temía que los británicos las siguieran. Además —añadió Walsh—, no le habrían reconocido. Quinn tenía una cara nueva. Era otra persona.

Lo que les devolvía al tema de la nueva apareciencia de Quinn tras su paso por el quirófano. Gabriel y Keller tenían en su poder las imágenes que habían recopilado los franceses en Saint Barthélemy (unos cuantos fotogramas procedentes de las cámaras de seguridad del aeropuerto y algunas instantáneas borrosas captadas por cámaras de seguridad de establecimientos comerciales), pero en ninguna de ellas se distinguían claramente las facciones de Quinn. Era una mata de pelo negro y una barba, un hombre al que se veía fugazmente y se olvidaba pronto. Liam Walsh tenía la capacidad de completar el retrato de Quinn, pues se había sentado delante de él seis meses antes, en la habitación de un hotel español.

Gabriel había hecho retratos robot en circunstancias difíciles, pero nunca estando el testigo con los ojos vendados. De hecho, estaba seguro de que era imposible. Keller explicó en qué consistía el proceso. Había otra persona presente, le dijo a Walsh, un hombre que manejaba igual de bien el lápiz y el cuaderno de dibujo que los puños y las pistolas. No era ni irlandés, ni del Úlster. Walsh debía describir físicamente a Quinn para que él lo dibujara. Podría echar un vistazo al cuaderno de dibujo, pero bajo ninguna circunstancias debía fijar la mirada en el rostro del dibujante.

—¿Y si lo miro accidentalmente?

—No lo hagas.

Keller le quitó la cinta aislante de los ojos. El irlandés parpadeó varias veces. Luego miró fijamente a la figura sentada al otro lado de la mesa, más allá de un cuaderno de esbozo y una caja de lápices.

—Acabas de incumplir las normas —dijo Gabriel con calma.

—¿Queréis saber qué aspecto tiene o no?

Gabriel tomó un lápiz.

—Empecemos por los ojos.

—Son verdes —contestó Walsh—. Como los tuyos.

Trabajaron sin descanso durante dos horas. Walsh describía, Gabriel dibujaba, Walsh matizaba, Gabriel revisaba. Finalmente, a medianoche, el retrato estuvo acabado. El cirujano plástico brasileño había hecho un buen trabajo. Había dado a Quinn un rostro sin carácter, ni rasgos memorables. Aun así, Gabriel reconocería su cara si se lo cruzaba por la calle.

Si Walsh sentía curiosidad por conocer la identidad del hombre de ojos verdes de detrás del cuaderno de dibujo, no dio muestras de ello. Tampoco se resistió cuando Keller volvió a taparle los ojos con cinta aislante, ni cuando Gabriel le inyectó una dosis de sedante lo bastante grande para mantenerlo inconsciente durante un par de horas. Lo metieron en el petate y limpiaron todos los objetos y todas las superficies de la casa que habían tocado. A continuación introdujeron a Walsh en el maletero del Škoda y ocuparon los asientos delanteros. Condujo Keller. Aquel era su terreno.

Las carreteras estaban desiertas, llovía esporádicamente: tan pronto un chaparrón torrencial como una llovizna ventosa. Keller fumaba un cigarrillo tras otro y escuchaba las noticias en la radio. Gabriel miraba por la ventanilla las negras colinas y los páramos y cenagales barridos por el viento. Pero era Eamon Quinn lo que ocupaba su mente. Desde su huida de Irlanda, Quinn había trabajado con algunos de los hombres más peligrosos del mundo. Cabía la posibilidad de que hubiera actuado por motivos de conciencia o convicciones políticas, pero Gabriel lo dudaba. Sin duda, se dijo, Quinn ya estaba de vuelta de todo eso. Había seguido la misma trayectoria que Carlos y Abú Nidal antes que él. Era un terrorista mercenario, un asesino que mataba por encargo de clientes poderosos. Pero ¿quién había pagado la bala de Quinn? ¿Quién le había encargado matar a la princesa? Gabriel tenía una larga lista de posibles sospechosos. De momento, sin embargo, su prioridad era encontrar a Quinn. Liam Walsh les había proporcionado múltiples lugares donde buscarlo, pero ninguno de ellos parecía tan prometedor como cierta casa en Belfast Oeste. Gabriel deseaba en parte buscarlo en otra parte: siempre había considerado que las esposas y los niños eran intocables. Quinn, sin embargo, no les dejaba elección.

En el extremo este de Killary Harbor, Keller tomó una pista sin asfaltar y se adentró en una densa espesura de brezos y genistas. Se detuvo en un pequeño claro, apagó las luces y el motor y pulsó el mando que abría el maletero. Gabriel echó mano del tirador de la puerta, pero Keller lo detuvo.

—Quédate —fue lo único que dijo antes de abrir la puerta y salir a la lluvia.

Para entonces Walsh había vuelto en sí. Gabriel escuchó a Keller explicarle lo que estaba a punto de ocurrir. Dado que había cooperado, iban a dejarlo en libertad sin hacerle ningún daño. No debía hablar del interrogatorio al que lo habían sometido con sus correligionarios bajo ningún concepto, ni intentar hacerle llegar un mensaje de advertencia a Quinn. Si lo hacía, añadió Keller, era hombre muerto.

—¿Está claro, Liam?

Gabriel oyó que Walsh murmuraba una afirmación. Luego notó que la parte trasera del Škoda se levantaba ligeramente al ayudar Keller al irlandés a salir del maletero. Se cerró la tapa. Walsh avanzó arrastrando los pies por entre los brezos, con los ojos tapados y Keller agarrándolo del codo. Durante un instante solo se oyó el viento y la lluvia. Después, entre lo hondo de la maleza se vieron dos tenues destellos.

Keller reapareció poco después. Se sentó tras el volante, encendió el motor y regresó marcha atrás a la carretera. Gabriel se quedó mirando por la ventanilla mientras la radio vertía noticas de un mundo en perpetuo conflicto. Esta vez no se molestó en preguntarle a Keller cómo se sentía. Era personal. Cerró los ojos y se quedó dormido. Cuando despertó era de día y estaban cruzando la frontera de Irlanda del Norte.

18

OMAGH, IRLANDA DEL NORTE

El primer pueblo del otro lado de la frontera era Aughnacloy. Keller paró a poner gasolina junto a una bonita iglesia de pedernal y siguió luego la A5 en dirección norte, hacia Omagh, como habían hecho Quinn y Liam Walsh la tarde del 15 de agosto de 1998. Alcanzaron los suburbios del sur de la ciudad cuando pasaban pocos minutos de las nueve de la mañana. Había dejado de llover y un sol naranja claro brillaba por un resquicio entre las nubes. Dejaron el coche en las inmediaciones del juzgado y fueron a pie hasta una cafetería de Lower Market Street. Keller pidió un desayuno típico irlandés. Gabriel, en cambio, solo quiso té y una tostada. Vio fugazmente su destello en la luna de la cafetería y su apariencia lo dejó consternado. Pensó que Keller estaba aún peor. Tenía los ojos inyectados en sangre y ribeteados por un cerco rojo y necesitaba urgentemente un afeitado. Nada en su expresión sugería, sin embargo, que horas antes hubiera matado a un hombre en un paraje cubierto de brezo y genista en el condado de Mayo.

—¿Qué hacemos aquí? —preguntó Gabriel mientras observaba a los primeros viandantes de la mañana, comerciantes en su mayoría, avanzando con paso decidido por las relucientes aceras.

—Es un sitio bonito.

—¿Habías venido antes?

—Varias veces, en realidad.

—¿Qué te trajo por Omagh?

—Solía reunirme aquí con un confidente.

—¿Del IRA?

—Más o menos.

—¿Dónde está ese confidente ahora?

—En el cementerio de Greenhill.

—¿Qué ocurrió?

Keller esbozó la forma de una pistola con la mano y se apoyó el cañón contra la sien.

—¿El IRA? —preguntó Gabriel.

Keller se encogió de hombros.

—Más o menos.

Llegó la comida. Keller devoró la suya como si llevara muchos días sin comer, pero Gabriel picoteó su pan desganadamente. Fuera, las nubes jugaban a hacer trucos con la luz. Tan pronto era por la mañana como estaba oscureciendo. Gabriel se imaginó la calle sembrada de cristales rotos y miembros humanos. Miró a Keller y preguntó de nuevo por qué habían ido a Omagh.

—Por si acaso tenías remordimientos.

—¿Sobre qué?

Keller miró los restos de su desayuno y respondió:

—Sobre Liam Walsh.

Gabriel no respondió. Al otro lado de la calle, una mujer con un solo brazo y quemaduras en el rostro estaba intentando abrir la puerta de una tienda de ropa. Gabriel supuso que era una de las víctimas del atentado. Hubo más de doscientos heridos aquel día: hombres, mujeres, adolescentes y niños pequeños. Los políticos y la prensa siempre parecían centrarse en los muertos después de un atentado. Los heridos, en cambio (aquellos cuya carne estaba abrasada o cuyos recuerdos eran tan horrendos que ninguna terapia ni ningún fármaco podrían devolverles la serenidad), caían pronto en el olvido. Tales eran los logros de sujetos como Eamon Quinn, un hombre capaz de hacer que una bola de fuego se desplazara a trescientos metros por segundo.

—¿Y bien? —preguntó Keller.

—No —dijo Gabriel—. No tengo remordimientos.

Un Vauxhall rojo paró junto a la acera, frente a la cafetería, y de él se apearon dos hombres. Gabriel sintió que la sangre se le agolpaba en la cara mientras los veía alejarse calle abajo. Miró luego el coche como si esperara que un temporizador oculto en la guantera alcanzara el cero.

—¿Qué habrías hecho tú? —preguntó de pronto.

—¿Sobre qué?

—Si hubieras sabido dónde estaba la bomba aquel día.

—Habría intentado advertirles.

—¿Y si la bomba hubiera estado a punto de estallar? ¿Habrías arriesgado tu vida?

La camarera dejó la cuenta sobre la mesa antes de que Keller se la pidiera. Gabriel pagó en efectivo, se guardó el recibo y siguió a Keller a la calle. El juzgado quedaba a la derecha. Keller torció a la izquierda y condujo a Gabriel a lo largo de las tiendas y los locales pintados de colores vivos, hasta una torre de cristal azul verdoso que se erguía en la acera como una lápida. Era el monumento en recuerdo a las víctimas del atentado de Omagh, colocado en el lugar exacto donde hizo explosión el coche. Gabriel y Keller permanecieron allí un momento sin decir nada mientras los transeúntes pasaban deprisa a su lado. La mayoría desviaba la mirada. Al otro lado de la calle, una mujer de cabello claro y gafas de sol levantó un teléfono móvil a la altura de la cara como si se dispusiera a hacer una fotografía. Keller le dio rápidamente la espalda. Lo mismo hizo Gabriel.

—¿Qué habrías hecho tú, Christopher?

—¿Respecto a la bomba?

Gabriel asintió.

—Habría hecho todo lo posible por sacar a la gente de aquí.

—¿Aunque hubieras muerto?

—Aunque hubiera muerto.

—¿Cómo puedes estar tan seguro?

—Porque de lo contrario no habría podido volver a mirarme al espejo.

Gabriel se quedó callado un momento. Luego dijo en voz baja:

—Vas a ser un buen agente del MI6, Christopher.

—Los agentes del MI6 no matan a terroristas y dejan sus cadáveres en el campo.

—No —repuso Gabriel—. Solo los buenos.

Miró hacia atrás. La mujer del móvil se había ido.

Habían pasado veinticinco años desde la última vez que Christopher Keller pisara Belfast, y el centro de la ciudad había cambiado mucho en su ausencia. De hecho, de no ser por algunos hitos del paisaje como la Opera House o el hotel Europa, difícilmente lo habría reconocido. No había soldados británicos patrullando las calles, ni garitas de vigilancia del ejército en las azoteas de los edificios más altos, ni miedo en las caras de los peatones que transitaban por Great Victoria Street. La geografía de la ciudad seguía diáfanamente dividida por fronteras confesionales, y aún había pintadas paramilitares en los barrios más conflictivos. Pero los vestigios de la larga y sangrienta confrontación habían sido borrados en su inmensa mayoría. Belfast se publicitaba como una meca turística. Y por algún motivo desconocido, pensó Keller, en efecto, había turistas.

Uno de los principales alicientes de la ciudad era la música celta, que había vuelto a florecer tras el final de la guerra. La mayoría de los bares y pubs que ofrecían música en vivo se encontraban en los alrededores de la catedral de Saint Anne. El Tommy O'Boyle's estaba en Union Street, en la planta baja de una antigua fábrica victoriana de ladrillo rojo. Aún no era mediodía y la puerta estaba cerrada. Keller pulsó el botón del portero automático y se apresuró a dar la espalda a la cámara de seguridad. Como nadie contestó, pulsó el botón por segunda vez.

—Está cerrado —contestó una voz.

—Sé leer —contestó Keller con su acento de Belfast.

—¿Qué quiere?

—Hablar un momento con Billy Conway.

Unos segundos de silencio. Luego:

—Está ocupado.

—Estoy seguro de que encontrará un hueco para mí.

—¿Cómo se llama?

—Michael Connelly.

—No me suena.

—Dígale que hace tiempo trabajé en la lavandería Sparkle Clean, en Falls Road.

—Ese sitio cerró hace años.

—Estamos pensando en volver a abrirlo.

Hubo otro silencio. Luego la voz dijo:

—Sé buen chico y deja que te vea la cara.

Keller dudó antes de mirar hacia la lente de la cámara de seguridad. Diez segundos después se abrieron los cerrojos de la puerta.

—Pasa —ordenó la voz.

—Prefiero quedarme aquí fuera.

—Como quieras.

Una hoja de periódico arrugada avanzó dando un salto por la acera en sombras, empujaba por una racha de viento frío procedente del río Lagan. Keller se subió las solapas de la chaqueta. Pensó en su terraza soleada con vistas al valle, en Córcega. Ahora le parecía remota y ajena, como un lugar que solo hubiera visitado una vez en su infancia. Le era imposible evocar el aroma de los montes o una imagen nítida de la cara del don. Era de nuevo Christopher Keller. Había vuelto al terreno de juego.

Oyó un estrépito metálico y al volverse vio que la puerta del Tommy O'Boyle's se abría lentamente. En la estrecha ranura apareció un hombre bajo y delgado, de cincuenta y tantos años, con un asomo de barba gris en la cara y algo de pelo cano en la cabeza. Parecía que acabara de ver un fantasma. Y en cierto modo así era.

—Hola, Billy —dijo Keller cordialmente—. Me alegra volver a verte.

—Creía que estabas muerto.

—Estoy muerto. —Keller le puso una mano en el hombro—. Ven a dar un paseo conmigo, Billy. Tenemos que hablar.

19

GREAT VICTORIA STREET, BELFAST

Tenían que ir a algún sitio donde nadie los reconociera. Billy Conway sugirió una tienda de dónuts americanos en Great Victoria Street. Allí no pillarían a un hombre del IRA ni muerto, afirmó Billy. Pidió dos cafés grandes y ocupó una mesa vacía en el rincón del fondo, cerca de la salida de incendios. Era el mal de Belfast: nunca te sientes muy cerca de un escaparate por si estalla una bomba en la calle, y deja siempre una vía de escape por si entra por la puerta alguien con malas intenciones. Keller se sentó de espaldas al local. Conway vigiló a los demás clientes por encima del borde de su taza.

—Debiste llamar primero —dijo—. Casi me da un infarto.

—¿Habrías accedido a verme?

—No —contestó Billy Conway—. No creo.

Keller sonrió.

—Siempre fuiste sincero, Billy.

—Demasiado sincero. Te ayudé a llevar a muchos hombres a la prisión de Maze. —Hizo una pausa y luego añadió—: Y a la tumba también.

—De eso hace mucho tiempo.

—No tanto. —Conway recorrió rápidamente el local con la mirada—. Me dieron un buen repaso después de que te marcharas. Decían que les habías dado mi nombre en aquella granja de South Armagh.

—No se lo di.

—Lo sé —repuso Conway—. Si me hubieras delatado no estaría vivo, ¿no crees?

—Seguro que no, Billy.

Los ojos de Conway se pusieron de nuevo en movimiento. Había ayudado a salvar incontables vidas y a prevenir daños materiales millonarios. Y su recompensa, pensó Keller, consistía en pasar el resto de sus días aguardando una bala del IRA. El IRA era como un elefante: nunca olvidaba. Y menos aún a un confidente.

—¿Qué tal te va? —preguntó Keller.

—Bien. ¿Y a ti?

Keller se encogió de hombros ambiguamente.

—¿A qué te dedicas ahora, Michael Connelly?

—Eso no importa.

—Supongo que ese no era tu verdadero nombre.

Keller hizo una mueca indicando que no.

—¿Cómo aprendiste a hablar así?

—¿Cómo?

—Como uno de nosotros —respondió Conway.

—Es un don, supongo.

—Y no es el único que tienes —dijo el irlandés—. En aquella granja erais cuatro contra uno, y ni así fue una pelea justa.

—Cinco contra uno, en realidad —repuso Keller.

—¿Quién era el quinto?

—Quinn.

Se hizo el silencio entre ellos.

—Eres valiente, volviendo aquí después de tantos años —comentó Conway pasado un momento—. Si descubren que estás en la ciudad, eres hombre muerto. Con acuerdo de paz o sin él.

Se abrió la puerta de la tienda y entraron varios turistas: daneses o suecos, Keller no supo situarlos. Conway arrugó el ceño y bebió un sorbo de café.

—Los guías turísticos los llevan por los barrios y les enseñan dónde sucedieron las peores atrocidades. Y luego los traen al Tommy O'Boyle's a oír música.

—Es bueno para el negocio.

—Supongo que sí. —Miró a Keller—. ¿Por eso has vuelto? ¿Para hacer el recorrido turístico de los Disturbios?

Keller vio a los turistas salir a la calle. Miró luego a Conway y contestó:

—¿Quién fue quien te interrogó cuando me marché de Belfast?

—Fue Quinn.

—¿Dónde?

—No estoy seguro. La verdad es que no me acuerdo de gran cosa, excepto del cuchillo. Me dijo que me sacaría los ojos si no confesaba que era un espía de los ingleses.

—¿Qué le dijiste?

—Evidentemente, lo negué. Y puede que también le suplicara un poco por mi vida. Eso pareció gustarle. Era cruel, ese cabrón.

Keller asintió lentamente, como si Conway acabara de pronunciar palabras de gran sabiduría.

—¿Te has enterado de lo de Liam Walsh? —preguntó Conway.

—Sería difícil no enterarse.

—¿Quién crees que habrá sido?

—La Garda dice que fue un asunto de drogas.

—La Garda no tiene ni puñetera idea —replicó Conway.

—¿Tú sabes algo?

—Sé que alguien entró en casa de Walsh en Dublín y mató a tres tíos muy duros sin pestañear. —Hizo una pausa y preguntó—: ¿Te suena de algo?

Keller no dijo nada.

—¿Por qué has vuelto?

—Por Quinn.

—En Belfast no vas a encontrarlo.

—¿Sabías que tiene mujer y una hija aquí?

—Había oído rumores al respecto, pero nunca he podido dar con un nombre.

—Maggie Donahue.

Conway levantó pensativamente los ojos hacia el techo.

—Es lógico.

—¿La conoces?

—Todo el mundo conoce a Maggie.

—¿Trabaja?

—Ahí enfrente, en el Europa. De hecho —añadió Conway lanzando una ojeada a su reloj—, seguramente estará allí ahora.

—¿Y la chica?

—Va al colegio de Nuestra Señora de la Misericordia. Debe de tener ya dieciséis años.

—¿Sabes dónde viven?

—En Ardoyne, cerca de Crumlin Road.

—Necesito la dirección, Billy.

—No hay problema.

20

ARDOYNE, BELFAST OESTE

Billy Conway tardó menos de media hora en cerciorarse de que Maggie Donahue vivía en el número 8 de Stratford Gardens con su única hija, bautizada con el nombre de Catherine en honor de la santa madre de Quinn. Los vecinos desconocían a qué debía su nombre la niña, aunque muchos sospechaban que el marido ausente de Maggie Donahue, estuviera vivo o muerto, era un miembro del IRA, posiblemente un disidente que había rechazado los principios del Acuerdo de Viernes Santo. Ese rechazo había calado profundamente en Ardoyne. Durante la peor fase de los Disturbios, el Royal Ulster Constabulary, la policía del Úlster, consideraba aquel barrio territorio prohibido, demasiado peligroso para entrar en él o enviar patrullas. Transcurrida más de una década desde la firma de los acuerdos de paz, Ardoyne seguía siendo escenario de tumultos y choques entre católicos y protestantes.

Para completar los pagos en efectivo que recibía de su marido, Maggie Donahue trabajaba como camarera en el bar del vestíbulo del hotel Europa, el hotel más bombardeado del mundo. Esa tarde tuvo la mala suerte de atender a un huésped especialmente puntilloso, de nombre *Herr* Johannes Klemp. En su tarjeta de registro figuraba una dirección en Múnich, pero por motivos de trabajo (se dedicaba, al parecer, a algo relacionado con el diseño de interiores) pasaba mucho tiempo lejos de casa. Como muchos viajeros frecuentes, era un tanto difícil de complacer. Su comida, por lo visto, era catastrófica: la ensalada estaba mustia, el sándwich demasiado frío y la leche de su café agria. Y lo que era aún peor: parecía haberle caído simpática la pobre mujer cuyo trabajo consistía en tenerlo contento. A Maggie, sin embargo, sus intentos de conversar no le hicieron ninguna gracia. A pocas mujeres se la hacían.

—¿Un día muy largo? —preguntó él mientras Maggie volvía a llenarle la taza de café.

—Acaba de empezar.

Sonrió cansinamente. Tenía el pelo del color de las alas de un cuervo, la piel clara y grandes ojos azules encima de unos pómulos anchos. Había sido bonita alguna vez, pero su rostro había adquirido cierta dureza. *Herr* Klemp supuso que Belfast la había envejecido. O quizá, pensó, fuera Quinn quien había echado a peder su belleza.

—¿Es usted de aquí? —preguntó.

—Todo el mundo es de aquí.

—¿Del este o del oeste?

—Hace usted muchas preguntas.

—Solo siento curiosidad.

—¿Curiosidad por qué?

—Por Belfast —repuso él.

—¿Por eso ha venido? ¿Por curiosidad?

—Por trabajo, me temo. Pero tengo el resto del día libre, así que he pensado ver un poco la ciudad.

—¿Por qué no contrata a un guía turístico? Saben mucho.

—Preferiría cortarme las venas.

—Le entiendo perfectamente. —Su ironía pareció rebotar sobre él como una piedra arrojada a un tren lanzadera—. ¿Puedo hacer algo más por usted?

—Puede tomarse el resto del día libre y enseñarme la ciudad.

—No puedo —se limitó a contestar ella.

—¿A qué hora sale de trabajar?

—A las ocho.

—Me pasaré por aquí a tomar una copa y le contaré qué tal me ha ido el día.

Maggie sonrió melancólicamente y dijo:

—Aquí estaré.

Pagó en efectivo y salió a Great Victoria Street, donde Keller aguardaba sentado al volante del Škoda. En el asiento de atrás, envuelto en papel celofán, había un ramo de flores. El sobrecito indicaba en letra clara *MAGGIE DONAHUE*.

—¿A qué hora sale del trabajo? —preguntó Keller.

—Ha dicho que a las ocho, pero puede que intentara esquivarme.

—Te dije que fueras simpático.

—No puedo ser simpático con la mujer de un terrorista, va contra mi ADN.

—Es posible que ella no lo sepa.

—¿Y de dónde sacó su marido cien mil libras en billetes usados?

Keller no supo qué responder.

—¿Y la chica? —preguntó Gabriel.

—Tiene clase hasta las tres.

—¿Y después?

—Un partido de hockey sobre hierba contra la Belfast Model School.

—¿Protestante?

—Más bien.

—Será interesante.

Keller se quedó callado.

—¿Qué hacemos, entonces?

—Entregar unas flores en el número 8 de Stratford Gardens.

—¿Y luego?

—Echar un vistazo dentro.

Pero primero decidieron dar un rodeo por el violento pasado de Keller. Estaban la vieja Divis Tower, donde había vivido entre miembros del IRA haciéndose llamar Michael Connelly, y la lavandería abandonada de Falls Road donde analizaba la colada de presuntos terroristas republicanos en busca de rastros de explosivos. Más abajo, en la misma calle, estaba la verja de hierro del cementerio de Milltown donde Elizabeth Conlin, la mujer a la que había amado en secreto, yacía enterrada en la tumba que Eamon Quinn había cavado para ella.

—¿Nunca te has pasado por allí? —preguntó Gabriel.

—Es demasiado peligroso —contestó Keller meneando la cabeza—. El IRA mantiene las tumbas vigiladas.

Desde Milltown se dirigieron a Springfield Road pasando por la barriada de Ballymurphy. A lo largo de su flanco norte se alzaba una barricada que separaba un enclave protestante de un barrio católico colindante. La primera de las llamadas «líneas de paz» apareció en Belfast en 1969 como solución temporal para la sangría confesional que sufría la ciudad. Ahora eran un rasgo permanente de su fisonomía: de hecho, habían aumentado en número, escala y longitud desde la firma de los acuerdos de Viernes Santo. La barricada de Springfield Road era una valla verde transparente de unos diez metros de altura. Pero en Cupar Way, una zona especialmente conflictiva de Ardoyne, era una edificación del estilo del Muro de Berlín, rematada con alambre de concertina. Los vecinos de ambos lados lo habían cubierto de pintadas. Se asemejaba a la valla que separaba Israel de Cisjordania.

—¿A ti te parece que aquí hay paz? —preguntó Keller.

—No —respondió Gabriel—. Me recuerda a casa.

Por fin, a la una y media, Keller tomó Stratford Gardens. El número 8 era, al igual que sus vecinas, una casa de dos plantas con fachada de ladrillo rojo, puerta blanca y una sola ventana en cada piso. En el jardincillo delantero florecían los hierbajos, y el viento había volcado un cubo de basura verde. Keller paró junto a la acera y apagó el motor.

—Uno se pregunta —comentó Keller— por qué decidió Quinn vivir en una villa de lujo en Venezuela en vez de vivir aquí.

—¿Has echado un vistazo a la puerta?

—Una sola cerradura, sin cerrojo.

—¿Cuánto tiempo tardarás en abrirla?

—Treinta segundos —contestó Gabriel—. Menos, si dejas que no me lleve esas flores absurdas.

—Tienes que llevar las flores.

—Preferiría llevar la pistola.

—La pistola me la quedo yo.

—¿Y si me topo con un par de amigos de Quinn ahí dentro?

—Finge ser un católico de Belfast Oeste.

—No sé si me creerían.

—Más te vale —repuso Keller—. Si no, puedes darte por muerto.

—¿Algún otro consejo útil?

—Cinco minutos, ni uno más.

Gabriel abrió la puerta y salió a la calle. Keller profirió una maldición en voz baja. Las flores seguían en el asiento de atrás.

21

ARDOYNE, BELFAST OESTE

Una pequeña tricolor irlandesa colgaba laciamente de un poste oxidado, en el marco de la puerta. Estaba rasgada y descolorida, como el sueño de una Irlanda unida. Gabriel probó con el picaporte y, como esperaba, descubrió que la llave estaba echada. Sacó entonces del bolsillo una fina herramienta metálica y, sirviéndose de la técnica que le habían enseñado en su juventud, manipuló cuidadosamente el mecanismo. La cerradura solo tardó unos segundos en rendirse. Cuando accionó el picaporte por segunda vez, este lo invitó a pasar. Entró y cerró la puerta sin hacer ruido. No sonó ninguna alarma, ni ladró ningún perro.

El correo de la mañana estaba desparramado por el suelo desnudo. Recogió los sobres, los folletos, las revistas y los catálogos y los hojeó rápidamente. Iban todos dirigidos a Maggie Donahue, excepto una revista de moda orientada a adolescentes, que llevaba el nombre de su hija. No parecía haber correspondencia privada de ninguna clase, solo la acostumbrada morralla publicitaria que atasca los servicios de correos en todo el mundo. Gabriel se guardó un recibo de una tarjeta de crédito y dejó lo demás en el suelo. Después entró en el cuarto de estar.

Era pequeño, de unos pocos metros cuadrados: apenas había espacio para el sofá, la televisión y un par de butacas a juego con estampado de flores. Sobre la mesa baja había un montón de revistas viejas y periódicos de Belfast, así como más correo, abierto y sin abrir. Uno de los sobres contenía un boletín de noticias y una petición de fondos del Movimiento por la Soberanía de los 32 Condados, el ala política del IRA Auténtico. Gabriel se preguntó si los remitentes sabían que su destinataria era la esposa secreta del mayor fabricante de bombas y explosivos del movimiento.

Devolvió la carta a su sobre y dejó este en la mesa. Las paredes de la habitación estaban desnudas, salvo por una tempestuosa marina irlandesa de las que vendían en los mercadillos, que colgaba sobre el sofá. En una de las mesillas había una fotografía enmarcada de una madre y su hija el día de la primera comunión de la niña en la iglesia de la Santa Cruz. Gabriel no descubrió rastro alguno de Quinn en la cara de la niña. En eso, al menos, Catherine había tenido suerte.

Consultó su reloj. Habían pasado noventa segundos desde su entrada en la casa. Separó los visillos y echó un vistazo fuera mientras un coche pasaba lentamente por la calle. Dentro había dos hombres. Parecieron fijarse en Keller al rebasar el Škoda aparcado. Luego, el coche siguió por Stratford Gardens y desapareció al otro lado de la esquina. Gabriel miró el Škoda. Las luces seguían apagadas. Miró a continuación su Blackberry. No había ningún mensaje de advertencia, ninguna llamada perdida.

Soltó los visillos y entró en la cocina. En la encimera había una taza de café manchada de carmín, y en la pila varios platos a remojo en un charco de agua jabonosa. Abrió la nevera. Contenía principalmente comida envasada, nada de verdura ni de fruta, tampoco cerveza, solo una botella medio vacía de vino blanco italiano comprada en el supermercado Tesco.

Soltó la puerta de la nevera y comenzó a abrir y cerrar cajones. En uno encontró un sobre de color crema en blanco, y en el sobre una nota manuscrita de Quinn.

Ingrésalo en cantidades pequeñas para que parezca dinero de las propinas. Dale un beso de mi parte a C.

Gabriel se guardó la carta en el bolsillo del abrigo, junto al recibo de la tarjeta de crédito, y echó otro vistazo al reloj. Dos minutos y medio. Salió de la cocina y se dirigió a la planta de arriba.

El coche regresó a la 13:37. Pasó de nuevo delante del número 8 sin apresurarse, pero esta vez se detuvo junto al Škoda. Al principio, Keller fingió no darse cuenta. Luego bajó la ventanilla con aire indiferente.

—¿Qué hace aquí parado? —preguntó el conductor con fuerte acento de Belfast Oeste.

—Estoy esperando a una amiga —contestó Keller en el mismo dialecto.

—¿Cómo se llama su amiga?

—Maggie Donahue.

—¿Y usted? —preguntó el copiloto del coche.

—Gerry Campbell.

—¿De dónde es usted, Gerry Campbell?

—De Dublín.

—¿Y antes de Dublín?

—De Derry.

—¿Cuándo salió de allí?

—¿Y a vosotros qué cojones os importa?

Keller había dejado de sonreír. Tampoco sonreían los dos ocupantes del coche. Subieron la ventanilla. El coche siguió avanzando por la calle tranquila y desapareció por segunda vez al doblar la esquina. Keller se preguntó cuánto tiempo tardarían en comprobar que Maggie Donahue, la esposa secreta de Eamon Quinn, estaba en aquel momento trabajando en el bar del vestíbulo del hotel Europa. Dos minutos, calculó. Menos, quizá. Sacó su móvil y marcó.

—Los lugareños están empezando a ponerse nerviosos.

—Prueba a darles las flores.

Se cortó la comunicación. Keller puso en marcha el motor y

agarró la empuñadura de la Beretta. Miró luego por el espejo retrovisor y esperó a que volviera el coche.

En lo alto de la escalera había dos puertas. Gabriel entró en la habitación de la derecha. Era la más grande de las dos, aunque difícilmente pudiera considerarse una suite. Había ropa tirada por el suelo y encima de la cama deshecha. Las cortinas estaban corridas por completo. No había más luz que la que proyectaban los dígitos rojos del despertador, diez minutos adelantado. Gabriel abrió el primer cajón de la mesilla de noche y lo alumbró con su linterna Maglite. Rotuladores secos, pilas descargadas, un sobre con varios cientos de libras en billetes manoseados, otra carta de Quinn. Al parecer quería ver a su hija. No mencionaba dónde estaba viviendo ni cuándo tendría lugar el encuentro. Aun así, daba la impresión de que Liam Walsh no había sido del todo sincero al afirmar que Quinn no mantenía contacto personal con su familia desde su huida de Irlanda tras el atentado de Omagh.

Gabriel añadió la carta a su pequeña colección de pruebas y abrió la puerta del armario. Registró la ropa y encontró varias prendas que pertenecían claramente a un hombre. Cabía la posibilidad de que Maggie Donahue hubiera tomado un amante durante la larga ausencia de su marido. Pero también era posible que aquella ropa fuera de Quinn. Sacó una de las prendas, unos pantalones de lana, y se los acercó al cuerpo. Quinn, recordó, medía un metro setenta y siete: no era muy alto, pero sí más alto que él. Hurgó en los bolsillos en busca de desperdicios. En uno encontró tres monedas, euros, y un billetito azul y amarillo. Estaba rajado, faltaba la mitad. Gabriel distinguió cuatro números, 5846, nada más. En la parte de atrás había un par de centímetros de cinta magnética.

Se guardó el billete, devolvió los pantalones a su percha y entró en el cuarto de baño. En el cajón de las medicinas encontró cuchillas de afeitar de hombre, loción de afeitar y desodorante para hombre. Cruzó el pasillo y entró en el otro dormitorio. En cuestión de limpieza, la hija de Quinn era el polo opuesto de su madre. La cama estaba hecha con esmero y su ropa colgaba pulcramente de la barra del armario. Gabriel registró los cajones de la cómoda. No había drogas ni tabaco, ni indicios de que llevara una vida desconocida para su madre. Tampoco había rastro alguno de Eamon Quinn.

Gabriel miró la hora. Habían pasado cinco minutos. Se acercó a la ventana y vio que el coche con los dos hombres avanzaba lentamente por la calle. Cuando desapareció, vibró su Blackberry. Se la acercó al oído y oyó la voz de Christopher Keller.

—Se acabó el tiempo.

—Dos minutos más.

—No tenemos dos minutos.

Keller colgó sin añadir nada más. Gabriel recorrió la habitación con la mirada. Estaba acostumbrado a registrar las viviendas de profesionales, no de adolescentes. Los profesionales sabían cómo ocultar cosas. Las adolescentes, no tanto. Suponían que todos los adultos eran idiotas, y su exceso de confianza solía ser su perdición.

Regresó al armario y registró el interior de los zapatos de la chica. Buscó luego entre sus revistas de moda, pero solo encontró ofertas de suscripción y muestras de perfumes. Por fin, echó un vistazo a su pequeña biblioteca. Incluía una historia de los Disturbios escrita por un simpatizante del IRA y de la causa del nacionalismo irlandés. Y allí, metido entre dos páginas, encontró lo que andaba buscando.

Era una fotografía de una chica adolescente y un hombre con gorra de visera y gafas de sol. Estaban posando en una calle de edificios antiguos y descoloridos, europea quizá, o tal vez sudamericana. La chica era Catherine Donahue. Y el hombre que la acompañaba era su padre, Eamon Quinn.

La calle estaba tranquila cuando Gabriel salió del número 8. Cruzó la verja metálica, se acercó al Škoda y ocupó el asiento del copiloto. Keller recorrió a toda velocidad las sórdidas calles del Ardoyne católico y regresó a Crumlin Road. Luego, viró bruscamente a la derecha y al enfilar Cambrai Street levantó el pie del acelerador. En las farolas ondeaban banderas británicas. Habían cruzado una de las fronteras invisibles de Belfast. Estaban de nuevo en territorio protestante.

—¿Has encontrado algo? —preguntó Keller por fin.

—Creo que sí.

—¿Qué?

Gabriel sonrió y dijo:

—A Quinn.

22

WARRING STREET, BELFAST

—Podría ser cualquiera —dijo Keller.

—Podría —repuso Gabriel—, pero no es cualquiera. Es Quinn.

Estaban en la habitación de Keller en el Premiere Inn de Warring Street, un hotel situado a la vuelta del Europa y mucho menos lujoso que este. Se había registrado bajo el nombre de Adrien Le-Blanc y había hablado con el personal en un inglés con acento francés. Gabriel, por su parte, no había dicho nada durante su breve tránsito por el oscuro vestíbulo.

—¿Dónde crees que están? —preguntó Keller sin dejar de observar la fotografía.

—Buena pregunta.

—No hay carteles en los edificios, ni coches en la calle. Es casi como si...

—Como si hubiera elegido el lugar con mucho cuidado.

—Podría ser Caracas.

—O Santiago, o Buenos Aires.

—¿Has estado allí alguna vez?

—¿Dónde?

—En Buenos Aires —respondió Keller.

—Varias veces, en realidad.

—¿Por trabajo o por placer?

—Yo no viajo por placer.

Keller sonrió y miró de nuevo la fotografía.

—A mí me recuerda un poco al casco antiguo de Bogotá.

—En eso tendré que aceptar tu palabra.

—O puede que sea Madrid.

—Puede.

—Déjame ver ese billete.

Gabriel se lo dio. Keller observó cuidadosamente la parte delantera. Luego le dio la vuelta y pasó el dedo por el trozo de cinta magnética.

—Hace un par de años —dijo por fin—, el don aceptó un contrato para quitar de en medio a cierto caballero que le había robado un montón de dinero a personas a las que no les gusta que les roben su dinero. Ese caballero se escondía en una ciudad como la de esta fotografía. Era una ciudad antigua, de belleza desgastada, una ciudad de colinas y tranvías.

—¿Cómo se llamaba ese caballero?

—Preferiría no decirlo.

—¿Dónde se escondía?

—A eso voy.

Keller volvió a estudiar el anverso del billete.

—Como ese caballero no tenía coche, se veía obligado a usar con frecuencia el transporte público. Lo seguí durante una semana antes del golpe, lo que significa que yo también tuve que usar con frecuencia el transporte público.

—¿Reconoces el billete, Christopher?

—Puede que sí.

Agarró la Blackberry de Gabriel, abrió Google y marcó varios caracteres en la casilla de búsqueda. Cuando aparecieron los resultados, hizo clic en uno y sonrió.

—¿Lo has encontrado? —preguntó Gabriel.

Keller dio la vuelta a la Blackberry para que Gabriel viera la pantalla. En ella aparecía una versión completa del tique que había encontrado en casa de Maggie Donahue.

—¿De dónde es? —preguntó Gabriel.

—De una ciudad de colinas y tranvías.

—Deduzco que no te refieres a San Francisco.

—No —contestó Keller—. Es Lisboa.

—Eso no demuestra que la foto la hicieran allí —dijo Gabriel al cabo de un momento.

—Tienes razón —repuso Keller—, pero si podemos demostrar que Catherine Donahue estuvo allí...

Gabriel no dijo nada.

—No verías por casualidad su pasaporte cuando estuviste en la casa, ¿verdad?

—No tuve esa suerte.

—Entonces imagino que tendremos que encontrar la manera de echarle un vistazo.

Gabriel recogió su Blackberry y envió un breve mensaje a Graham Seymour a Londres solicitando información sobre cualquier viaje al extranjero de Catherine Donahue, con dirección en Stratford Gardens número 8, Belfast, Irlanda del Norte. Una hora después, mientras caía la noche sobre la ciudad, obtuvieron la respuesta que esperaban.

La British Foreign and Commonwealth Office emitió el pasaporte el 10 de noviembre de 2013. Una semana después, Catherine Donahue subió a bordo de un vuelo de British Airways en Belfast y voló hasta el aeropuerto londinense de Heathrow, donde una hora y media más tarde embarcó en otro avión de British Airways con destino a Lisboa. Según las autoridades de inmigración portuguesas, permaneció en el país solamente tres días. Ese había sido su primer y único viaje al extranjero.

—Nada de lo cual demuestra que Quinn viviera allí en aquel momento —señaló Keller.

—¿Por qué llevarla precisamente a Lisboa? ¿Por qué no a Mónaco, a Cannes o a Saint Moritz?

—Puede que Quinn anduviera corto de presupuesto.

—O puede que tenga un apartamento allí, en algún edificio

viejo y encantador, en un barrio en el que nadie se fije en las idas y venidas de un extranjero.

—¿Conoces algún lugar así?

—Me he pasado la vida en sitios así.

Keller se quedó callado un momento.

—¿Y ahora qué? —preguntó por fin.

—Supongo que podríamos llevarnos la foto y mi retrato robot a Lisboa y empezar a llamar a las puertas.

—¿O?

—O podemos pedir ayuda a un experto en encontrar a personas que no quieren ser encontradas.

—¿Algún candidato?

—Solo uno.

Gabriel tomó de nuevo su Blackberry y marcó el número de Eli Lavon.

23

BELFAST-LISBOA

Decidieron ir a Lisboa por la ruta más larga. No les convenía llegar demasiado pronto, afirmó Gabriel. Era preferible tomar todas las precauciones necesarias para hacer el viaje y evitar que los siguieran. Por primera vez tenían a Quinn en el punto de mira. Había dejado de ser un simple rumor. Era un hombre en una calle, con una hija a su lado. Era de carne y hueso, tenía sangre en las venas. Podían encontrarlo. Y, a continuación, borrarlo del mapa.

De modo que salieron de Belfast tal y como habían llegado, discretamente y bajo una falsa identidad. *Monsieur* LeBlanc le dijo al empleado del Premiere que tenía un asuntillo urgente que atender. *Herr* Klemp contó algo parecido en el Europa. Al cruzar el vestíbulo vio a Maggie Donahue, la esposa secreta de un asesino, sirviendo una enorme copa de whisky a un empresario borracho. Esquivó la mirada de *Herr* Klemp y *Herr* Klemp esquivó la suya.

Condujeron hasta Dublín, dejaron el coche en el aeropuerto y tomaron un par de habitaciones en el Radisson. Por la mañana desayunaron como si no se conocieran de nada en el restaurante del hotel y embarcaron después en vuelos separados a París: Gabriel con Aer Lingus, Keller con Air France. El avión de Gabriel llegó primero. Recogió un Citroën limpio en el aparcamiento y estaba esperando en el carril de llegadas cuando Keller salió de la terminal.

Pasaron esa noche en Biarritz, donde en cierta ocasión Gabriel había segado una vida por venganza, y la noche siguiente en la ciudad española de Vitoria, donde Keller había matado una vez, por encargo de Don Anton Orsati, a un integrante de ETA, el grupo separatista vasco. Gabriel notaba que los lazos de Keller con su antigua vida comenzaban a deshilacharse, que cada día que pasaba le agradaba más la idea de trabajar para Graham Seymour en el MI6. Quinn había desencadenado la sucesión de acontecimientos que había roto los vínculos de Keller con Inglaterra. Y ahora, veinticinco años después, era también Quinn quien lo devolvía a casa.

De Vitoria pasaron a Madrid, y de Madrid fueron en coche hasta Badajoz y la frontera con Portugal. Keller estaba ansioso por llegar a Lisboa, pero por insistencia de Gabriel siguieron hacia el oeste y llegaron a Estoril a tiempo de ver los últimos tenues rayos de sol de la estación. Se alojaron en hoteles distintos, en la playa, y llevaron las vidas separadas de hombres que no tenían esposa, ni hijos, ni responsabilidad alguna. Gabriel pasaba varias horas cada día cerciorándose de que no los estaban vigilando. Sintió la tentación de enviarle un mensaje a Chiara a Jerusalén, pero no lo hizo. Tampoco se puso en contacto con Eli Lavon, uno de los mayores especialistas del mundo en el rastreo de personas. En su juventud había dado con los integrantes de Septiembre Negro, los autores de la masacre de los Juegos Olímpicos de Múnich de 1972. Luego, tras dejar la Oficina, había seguido ejerciendo su oficio a título privado, buscando bienes requisados durante el Holocausto y a algún que otro criminal de guerra nazi. Si había algún rastro de Quinn en Lisboa (un lugar de residencia, un alias, otra esposa o hijo), Lavon lo encontraría.

Pero cuando pasaron dos días más sin noticias suyas, Gabriel comenzó a tener dudas, no en la habilidad de Lavon sino en su propia convicción de que Quinn estuviera de algún modo vinculado a Lisboa. Tal vez Catherin Donahue había ido a la ciudad con unos amigos, o como parte de un viaje escolar. Quizá los pantalones que había encontrado en el armario de Maggie Donahue pertenecieran a otro hombre, igual que el billete rasgado de los tranvías de Lisboa. Tendrían que buscarlo en otra parte, pensó: en Irán, o en el Líbano, o en Yemen, o en Venezuela, o en cualquiera de los incontables lugares donde había ejercido su mortífero oficio. Quinn era un habitante del inframundo. Podía estar en cualquier parte.

Al tercer día, sin embargo, Gabriel recibió un breve pero prometedor mensaje de Eli Lavon dando a entender que, según creía, el sujeto en cuestión visitaba con frecuencia la ciudad objeto de su atención. A mediodía estaba seguro de ello y a última hora de la tarde había averiguado su dirección. Gabriel llamó a Keller a su hotel y le dijo que era hora de ponerse en marcha. Salieron de Estoril tal y como habían llegado, discretamente y bajo una falsa identidad, y pusieron rumbo a Lisboa.

—Se hace llamar Álvarez.

—¿Escrito como en portugés o como en español?

—Eso depende de su humor.

Eli Lavon sonrió. Estaban sentados a una mesa del Café Brasileira, en el Chiado de Lisboa. Eran las nueve y media y el café estaba muy lleno. Nadie parecía fijarse en los dos hombres de edad madura encorvados sobre sus tazas de café, en un rincón. Conversaban quedamente en alemán, uno de los varios idiomas que tenían en común. Gabriel hablaba con el acento berlinés de su madre; el alemán de Lavon, en cambio, era decididamente vienés. Lucía una chaqueta de punto debajo de la arrugada americana de *tweed* y una corbata ascot en la garganta. Tenía el pelo algodonoso y revuelto y unas facciones insulsas y fáciles de olvidar. Era una de sus mayores virtudes. Eli Lavon parecía pertenecer a la clase de los oprimidos y los humillados de este mundo. Era, sin embargo, un depredador nato capaz de seguir a un agente de inteligencia cuidadosamente entrenado o a un terrorista bien curtido por cualquier calle del mundo sin atraer ni un ápice de atención.

—¿Nombre de pila? —preguntó Gabriel.

—José, a veces. Jorge, otras.

—¿Nacionalidad?

—A veces venezolano, otras ecuatoriano. —Lavon sonrió—. ¿Empiezas a ver un patrón?

—Pero ¿nunca intenta hacerse pasar por portugués?

—No domina lo suficiente el idioma. Hasta su español es más bien tosco. Por lo visto tiene mucho acento.

Alguien en el bar debía de haber contado algo divertido, porque un súbito estallido de risas resonó en el suelo de baldosas blanqui-negras y se extinguió en el alto techo, cuyas lámparas emitían un sutil resplandor dorado. Gabriel miró por encima del hombro de Lavon y se imaginó a Quinn sentado en la mesa de al lado. Pero no era Quinn: era Christopher Keller. Sostenía una taza de café en la mano derecha. La mano derecha quería decir que todo iba bien; la izquierda, que había peligro. Gabriel miró de nuevo a Lavon y preguntó por la dirección del apartamento de Quinn. Lavon inclinó la cabeza en dirección a Barrio Alto.

—¿Cómo es el edificio?

Lavon hizo un ademán indicando que estaba a medio camino entre aceptable y execrable.

—¿Hay portero?

—¿En Barrio Alto?

—¿Qué piso es?

—El primero.

—¿Podemos entrar?

—Me sorprende que me lo preguntes siquiera. La cuestión es —añadió Lavon—, ¿queremos entrar?

—¿Queremos?

Lavon negó con la cabeza.

—Cuando uno tiene la buena suerte de dar con la guarida de un hombre como Eamon Quinn, no se arriesga a tirarlo todo por la borda irrumpiendo en su casa sin más. Hay que buscar un puesto de observación fijo y esperar pacientemente a que aparezca el objetivo.

—A no ser que haya que tener en cuenta otros factores.

—¿Cuáles, por ejemplo?

—La posibilidad de que pueda estallar otra bomba.

155

—O que la esposa de uno esté a punto de tener gemelos.

Gabriel arrugó el ceño pero no dijo nada.

—En caso de que te lo estés preguntando —dijo Lavon—, Chiara está bien.

—¿Está enfadada?

—Está embarazada de siete meses y medio y su marido está sentado en un café en Lisboa. ¿Cómo crees que se siente?

—¿Y su seguridad? ¿Qué tal es?

—Narkiss Street es posiblemente la calle más segura de todo Jerusalén. Uzi tiene a un equipo de seguridad frente a la puerta a todas horas. —Lavon vaciló. Luego agregó—: Pero ni todos los escoltas del mundo pueden sustituir a un marido.

Gabriel no respondió.

—¿Puedo hacer una sugerencia?

—Si lo crees necesario.

—Vuelve a Jerusalén unos días. Tu amigo y yo podemos vigilar el apartamento. Si aparece Quinn, serás el primero en enterarte.

—Si me voy a Jerusalén —repuso Gabriel—, no querré volver a marcharme.

—Por eso precisamente lo estoy sugiriendo. —Lavon carraspeó con delicadeza. Era un aviso de intimidad inminente—. Tu mujer quiere que sepas que dentro de un mes, quizá menos, vas a ser padre otra vez. Le gustaría que estuvieras presente para la ocasión. De lo contrario, tu vida no merecerá la pena.

—¿Te dijo algo más?

—Puede que mencionara algo sobre Eamon Quinn.

—¿Qué?

—Por lo visto Uzi la puso al corriente de la operación. A tu mujer no le agradan los hombres que hacen saltar en pedazos a mujeres inocentes y niños. Quiere que encuentres a Quinn antes de volver a casa. Y luego —añadió Lavon— le gustaría que lo mataras.

Gabriel lanzó una ojeada a Keller y respondió:

—Eso no será necesario.

—No —dijo Lavon—. Esa suerte que tienes.

Gabriel sonrió y bebió un poco de su café. Lavon metió la mano en el bolsillo de su chaqueta y sacó un lápiz de memoria plateado. Lo puso sobre la mesa y lo empujó hacia Gabriel.

—Como habías pedido, el expediente completo de la Oficina sobre Tariq Al Hourani, nacido en Palestina durante la gran catástrofe árabe y muerto a tiros en la escalera de un edificio de apartamentos de Manhattan poco antes del desplome de las Torres Gemelas. —Lavon hizo una pausa y luego añadió—: Tengo entendido que estabas allí en aquel momento. A mí, no sé por qué, no me invitaron.

Gabriel miró en silencio el lápiz de memoria. Había partes de aquel expediente que no se obligaría a leer de nuevo, porque había sido Tariq Al Hourani quien, una nevada noche de enero de 1991, había colocado una bomba bajo el coche de Gabriel en Viena. La explosión mató a su hijo Dani y dejó gravemente herida a Leah, su primera esposa, que vivía ahora en un hospital psiquiátrico en la cima de monte Herzl, atrapada en la prisión de la memoria y en un cuerpo destrozado por el fuego. Gabriel le había contado hacía poco, durante una visita, que iba a ser padre otra vez.

—Creía —dijo Lavon con voz queda— que te sabías su expediente al dedillo.

—Y así es —repuso Gabriel—, pero quiero refrescarme la memoria sobre un periodo de su carrera en concreto.

—¿Sobre cuál?

—El tiempo que pasó en Libia.

—¿Tienes una corazonada?

—Puede ser.

—¿Quieres decirme algo más?

—Que me alegro de que estés aquí, Eli.

Lavon removió su café lentamente.

—Al menos uno de los dos se alegra.

Salieron por la famosa puerta del Brasileira a una plaza embaldosada en la que Fernando Pessoa se sentaba convertido en bronce para toda la eternidad, en castigo por ser el poeta y hombre de letras más célebre de Portugal. Un viento frío procedente del Tajo se arremolinaba en el anfiteatro de gráciles edificios amarillos, y un tranvía pasó traqueteando camino de Largo Chiado. Gabriel se imaginó a Quinn sentado en un asiento junto a la ventana, a Quinn el de la cara alterada quirúrgicamente, el del corazón implacable, a Quinn la buscona de la muerte. Lavon comenzó a subir la cuesta despacio, con paso perezoso. Gabriel echó a andar a su lado y juntos recorrieron un laberinto de calles en penumbra. Lavon no se detuvo para orientarse o consultar un plano. Hablaba en alemán acerca de un descubrimiento que había hecho recientemente en una excavación, bajo la Ciudad Vieja de Jerusalén. Cuando no trabajaba para la Oficina, ejercía como profesor adjunto de Arqueología Bíblica en la Universidad Hebrea. De hecho, gracias a un hallazgo monumental que había hecho bajo el Monte del Templo, se le consideraba una especie de réplica israelí de Indiana Jones.

De pronto se detuvo y preguntó:

—¿Lo reconoces?

—¿Si reconozco qué?

—Este sitio. —En vista de que Gabriel no contestaba, Lavon se giró—. ¿Y ahora?

Gabriel también se volvió. No había ninguna farola encendida en la calle. La oscuridad desdibujaba la forma de los edificios, despojándolos de detalles y carácter propios.

—Aquí es donde estaban. —Lavon caminó unos pasos por la calle adoquinada—. Y la persona que les hizo la fotografía estaba aquí.

—Me pregunto quién era.

—Puede que alguien que pasaba por la calle.

—Quinn no me parece de los que se dejan fotografiar por un perfecto desconocido.

Lavon echó a andar de nuevo sin decir palabra, adentrándose en el barrio, siempre hacia arriba. Torció varias veces más a derecha e izquierda hasta que Gabriel perdió todo sentido de la orientación.

Su único punto de referencia era el Tajo, que de cuando en cuando aparecía entre los huecos que dejaban entre sí los edificios, brillando su superficie como las escamas de un pez. Finalmente, Lavon aflojó el paso, se paró y señaló con la cabeza una sola vez hacia el portal de un edificio de apartamentos. Era ligeramente más alto que la mayoría de los edificios de Barrio Alto, cuatro plantas en vez de tres, y a nivel de la calle estaba cubierto de pintadas. Una contraventana del primer piso colgaba torcida de una sola bisagra, y una enredadera en flor colgaba del balcón herrumbroso. Gabriel se acercó al portal e inspeccionó el portero automático. La plaquita para el nombre reservada al 2°B estaba vacía. Pulsó el botón y el timbre sonó claramente, como a través de una ventana abierta o de paredes de papel. Luego posó la mano ligeramente sobre el pomo.

—¿Sabes cuánto tiempo tardaría en abrir esto?

—Unos quince segundos —respondió Lavon—. Pero la suerte sonríe siempre a quienes esperan.

Gabriel miró calle abajo. En la esquina había un minúsculo restaurante en el que Keller leía la carta con aparente indiferencia, sentado a una mesa de la terraza. Justo enfrente del edificio había un par de viviendas bajas y cuadradas como terrones de azúcar, y unos pasos más allá otro bloque de apartamentos de cuatro plantas con fachada de color amarillo canario. Pegado a la puerta del portal y arrugado como una loncha de embutido dejada demasiado tiempo al sol, había un anuncio en inglés y portugués explicando que se alquilaba un apartamento en el edificio.

Gabriel lo arrancó y se lo metió en el bolsillo. Luego, con Lavon a su lado, pasó junto a Keller sin decir palabra ni lanzarle una mirada y enfiló la cuesta abajo, hacia el río. Por la mañana, mientras tomaba café en el Brasileira, llamó al número que figuraba en el anuncio. Y a mediodía, tras pagar la fianza y seis meses de alquiler por adelantado, el apartamento era suyo.

24

BARRIO ALTO, LISBOA

Gabriel se trasladó al apartamento al anochecer, con el aire de un hombre cuya esposa ya no tolera su compañía. No tenía más posesiones que una bolsa de viaje muy gastada, ni más expresión que un ceño fruncido que decía a las claras que prefería que lo dejaran en paz. Eli Lavon llegó una hora después llevando dos bolsas de compra: los ingredientes, o eso parecía, de una cena de consolación. El último en llegar fue Keller. Entró en el edificio con el sigilo de un ladrón nocturno y se instaló delante de la ventana como si estuviera de guardia en Bandit Country, el País de los Bandidos de South Armagh. Y así comenzó su larga vigilia.

El apartamento apenas estaba amueblado. La pequeña colección de sillas desparejadas del cuarto de estar parecía proceder de un mercadillo de barrio, y los dos dormitorios eran como sendas celdas de monjes ascéticos. La escasez de camas carecía de importancia, pues uno de ellos siempre montaba guardia junto a la ventana. Era invariablemente Keller. Llevaba mucho tiempo aguardando a que Quinn saliera de su escondrijo y quería tener el privilegio de ser el primero en echarle la vista encima. Gabriel colgó su retrato robot en la pared como un retrato de familia y Keller le echaba una ojeada cada vez que un hombre de la edad y la estatura adecuadas (cuarenta y tantos años, en torno a un metro setenta y cinco) pasaba por la estrecha calle. Al amanecer del tercer día creyó ver a Quinn acercarse desde el restaurante cerrado. Era su cara, le dijo a Lavon con un susurro nervioso. Y lo que era más importante, añadió, era el paso de Quinn. Pero no era Quinn: era un portugués que, según descubrieron después, trabajaba en una tienda a unas calles de allí. Lavon, experto en vigilancia física, explicó que aquel era uno de los peligros de una vigilia prolongada. A veces, el centinela ve lo que quiere ver. Y a veces tiene delante a su objetivo y está demasiado cegado por el cansancio o por la ambición para darse cuenta.

El casero creía que Gabriel era el único ocupante del apartamento, de modo que solo él aparecía en público. Era un hombre herido por el desamor, un hombre con demasiado tiempo libre. Deambulaba por calles empinadas de Barrio Alto, montaba en tranvías sin destino aparente, visitaba el Museu do Chiado y por la tarde tomaba café en el Brasileira. Y en un parque verde a orillas del Tajo se reunió con un correo de la Oficina que le hizo entrega de un maletín que contenía los útiles de todo puesto de vigilancia: una cámara con trípode, teleobjetivo y visión nocturna, un micrófono parabólico, radios seguras, un minúsculo transmisor fácil de ocultar y un ordenador portátil provisto de conexión segura vía satélite con King Saul Boulevard. Había, además, una nota del jefe de Operaciones reprendiendo suavemente a Gabriel por haber alquilado un piso franco por su cuenta en lugar de recurrir a la mediación de Operaciones Auxiliares. Había también una carta manuscrita de Chiara. Gabriel la leyó dos veces antes de quemarla en el lavabo del cuarto de baño. Después, se le puso un humor tan sombrío como las cenizas que eliminó ritualmente echándolas por el desagüe.

—Mi ofrecimiento sigue en pie —dijo Lavon.

—¿Cuál?

—Yo me quedo aquí con Keller. Tú vete a casa con tu mujer.

Su respuesta fue la misma que la vez anterior, y Lavon no volvió a sacar el tema, ni siquiera de madrugada cuando, recogidas ya las mesas del restaurante de la esquina, la lluvia bautizó la calle en silencio. Bajaron las luces del apartamento para que no se vieran sus sombras desde fuera y la oscuridad borró los años de sus caras. Podrían haber sido los mismos chicos de veinte años a los que, en otoño de 1972, la Oficina envió a seguir la pista de los responsables de la masacre de los Juegos Olímpicos de Múnich. La operación recibió el nombre en clave de «Cólera de Dios». Según el léxico del equipo, basado en el idioma hebreo, Lavon era el *ayin*, el rastreador, y Gabriel el *aleph*, el asesino. Durante tres años siguieron el rastro de su presa por Europa, matando en la oscuridad y a plena luz del día, temiendo siempre que en cualquier momento los detuvieran y los acusaran de asesinato. Habían pasado noches sin fin en sórdidas habitaciones vigilando portales y hombres, habitando secretamente la vida de otras personas. El estrés y la visión de la sangre los despojó a ambos de la capacidad de dormir. Un radiotransistor era su único vínculo con el mundo real. Les hablaba de las guerras que ganaban y perdían, de un presidente de Estados Unidos que dimitió ignominiosamente y a veces, durante las cálidas noches de verano, les tocaba música: la misma música que estarían escuchando los chicos normales de su edad, chicos a los que su país no había enviado a servir como verdugos y ángeles vengadores de once judíos asesinados.

El insomnio cundió pronto en el pequeño apartamento de Barrio Alto. Tenían previsto hacer turnos de dos horas de guardia junto a la ventana, pero con el paso de los días, al instalarse el insomnio entre ellos, los tres agentes veteranos acabaron por montar guardia conjunta en todo momento. Todo aquel que pasaba bajo su ventana era fotografiado con independencia de su edad, género o nacionalidad. Quienes entraban en el edificio de enfrente eran sometidos además a minucioso escrutinio, al igual que los vecinos del inmueble, cuyos secretos fueron vertiéndose gota a gota en el puesto de observación. Tal era la naturaleza de cualquier operación de vigilancia a largo plazo. Con suma frecuencia, eran los pecados veniales de los inocentes los que salían a la luz.

El apartamento contenía una televisión y una antena parabólica que perdía la señal cada vez que llovía o que una modesta ráfaga de aire soplaba por la calle. Aquella antena les servía de lazo de unión con un mundo que cada día que pasaba parecía más fuera de control. Era el mundo que heredaría Gabriel cuando jurara su cargo como nuevo jefe de la Oficina. Y sería también el mundo de Keller, si así lo decidía. Keller era la última restauración de Gabriel. Su barniz sucio había sido eliminado, su lienzo revestido con un nuevo forro y retocado. Ya no era el sicario inglés. Pronto sería el espía inglés.

Como todos los buenos centinelas, Keller estaba dotado de una resistencia natural. Pero pasados siete días de vigilia lo abandonó la paciencia. Lavon le sugirió que fuera a dar un paseo por el río o a conducir por la costa, cualquier cosa con tal de romper la monotonía de la guardia, pero Keller se negó a salir del apartamento o a abandonar su puesto junto a la ventana. Fotografiaba las caras que pasaban bajo sus pies (los viejos conocidos, los recién llegados, los transeúntes) y esperaba a que un hombre de cuarenta y tantos años y aproximadamente un metro setenta y cinco de estatura apareciera en el portal del edificio del otro lado de la calle. Lavon tenía la impresión de que Keller estaba montando guardia en Lower Market Street, en Omagh, aguardando a que un Vauxhall Cavalier rojo con el eje trasero casi pegado al suelo por el peso se detuviera junto a la acera y a que de él se apearan dos hombres: Quinn y Walsh. Walsh había sido castigado por sus pecados. Quinn sería el siguiente.

Pero cuando pasó otro día sin rastro de él, Keller propuso que trasladaran su búsqueda a otra parte. Sudamérica, dijo, era la alternativa lógica. Podían introducirse en Caracas y empezar a echar puertas abajo a patadas hasta que dieran con Quinn. Gabriel pareció sopesar seriamente la idea. En realidad, estaba observando a una mujer de unos treinta años sentada a solas en el restaurante del fondo de la calle. Había colocado el bolso en la silla, a su lado. Era un bolso grande, lo bastante grande para que dentro de él cupieran artículos de aseo, incluso un cambio de ropa. Tenía la cremallera abierta y estaba vuelto de tal modo que su contenido quedara bien a mano. Una agente en activo de la Oficina habría dejado su bolso de esa misma manera, pensó Gabriel, especialmente si contenía una pistola.

—¿Me estás escuchando? —preguntó Keller.

—Estoy pendiente de cada palabra —mintió Gabriel.

La última luz del atardecer se desvanecía. La mujer de unos treinta años seguía llevando puestas sus gafas de sol. Gabriel apuntó el teleobjetivo hacia su cara, activó el zoom y le hizo una fotografía. La examinó cuidadosamente en el visor de la cámara. Era una buena cara, pensó, una cara digna de retratarse. Los pómulos eran anchos, el mentón pequeño y delicado, la piel blanca e impecable. Las gafas de sol hacían invisibles sus ojos, pero Gabriel adivinó que eran azules. Tenía el pelo cortado a la altura del hombro y muy negro. Gabriel dudó que fuera su color natural.

En el momento de hacer la fotografía, la mujer estaba leyendo la carta. Ahora estaba mirando hacia el fondo de la calle. No era la vista preferida por la mayoría de los clientes del restaurante, que solían sentarse en dirección contraria, desde donde se tenía una perspectiva más atractiva de la ciudad. Un camarero aguardaba. Gabriel agarró el micrófono parabólico y lo dirigió hacia la mesa, pero era demasiado tarde. Solo oyó decir «gracias» en inglés al camarero, y un instante después un estallido de música *dance*. Era la sintonía del teléfono móvil de la desconocida. Rechazó la llamada pulsando una tecla, devolvió el teléfono al bolso y sacó una guía de Lisboa. Gabriel aplicó de nuevo el ojo al visor y enfocó, no la cara de la joven sino la guía que tenía en la mano. Era la guía Frommer's, en lengua inglesa. La mujer la dejó pasados unos segundos y volvió a observar la calle.

—¿Qué estás mirando? —preguntó Keller.

—No estoy seguro.

Keller se acercó a la ventana y siguió su mirada.

—Es guapa —dijo.

—Puede ser.

—¿De paso o residente?

—Una turista, al parecer.

—¿Por qué comería sola una joven y guapa turista?

—Buena pregunta.

El camarero reapareció llevando una copa de vino blanco que colocó en la mesa, junto a la guía de Lisboa. Abrió su libreta, pero la mujer dijo algo que le hizo cerrarla de nuevo sin haber anotado nada. Regresó un instante después con la cuenta. La dejó sobre la mesa y se marchó. No intercambiaron palabra.

—¿Qué ha pasado? —preguntó Keller.

—Parece que la joven y guapa turista ha cambiado de opinión.

—Me pregunto por qué.

—Puede que tenga algo que ver con la llamada telefónica a la que no ha contestado.

La mano de la mujer estaba ahora hurgando en el interior del bolso abierto. Cuando la retiró, sostenía un único billete. Lo dejó encima de la cuenta, lo sujetó con la copa de vino y se levantó.

—Supongo que no le ha gustado —comentó Gabriel.

—A lo mejor le duele la cabeza.

La mujer echó mano del bolso. Se colgó la tira del hombro y echó una última mirada hacia el final de la calle. Luego se volvió en dirección contraria, dobló la esquina y desapareció.

—Lástima —dijo Keller.

—Ya veremos —repuso Gabriel.

Estaba mirando al camarero recoger el dinero. Pero mentalmente estaba calculando cuánto tardaría en volver a ver a la mujer. Dos minutos, dedujo: el tiempo necesario para llegar a su destino por una calle paralela. Fue contando el tiempo en su reloj de pulsera y transcurridos noventa segundos aplicó el ojo al visor de la cámara y comenzó a contar lentamente. Al llegar a veinte la vio emerger de la penumbra con el bolso todavía colgado del hombro y las gafas de sol puestas. Se detuvo a la entrada del edificio de enfrente, metió una llave en la cerradura y empujó la puerta. Al entrar en el portal, se cruzó con otro inquilino, un hombre de unos veinticinco años que salía. La miró por encima del hombro, pero Gabriel no alcanzó a saber si la suya era una mirada de curiosidad o de admiración. Fotografió al vecino y miró luego las ventanas a oscuras de la primera planta. Diez segundos después se hizo la luz detrás de las persianas.

25

BARRIO ALTO, LISBOA

No volvieron a verla hasta las ocho y media de la mañana siguiente, cuando apareció en el balcón cubierta únicamente con un albornoz: el albornoz de Quinn, se dijo Gabriel, pues era demasiado grande para su cuerpo delgado y esbelto. Se acercó un cigarrillo a los labios con gesto pensativo y observó la calle a la luz metálica del amanecer. Llevaba los ojos descubiertos y, tal y como sospechaba Gabriel, eran azules. Azules como la tempestad. De un azul Vermeer. Le hizo varias fotografías y las envió a King Saul Boulevard. Luego observó a la mujer apartarse del balcón y desaparecer más allá de las puertas cristaleras.

La luz estuvo encendida veinte minutos más en su ventana. Luego se apagó y un momento después salió del portal del edificio. Llevaba el bolso colgado del hombro derecho y las manos metidas en los bolsillos de la trenca. Era una trenca de colegiala con botones de hueso, no la cazadora de cuero, dura y urbana, que llevaba la víspera. Caminaba con paso enérgico. Sus botas resonaban estruendosamente en el empedrado de la calle. El sonido se intensificó cuando pasó bajo la ventana de su puesto de observación y remitió cuando dejó atrás el restaurante cerrado y se perdió de vista.

El Citroën que había recogido Gabriel en París estaba aparcado a la vuelta de la esquina, en una calle lo bastante ancha para que cupieran coches. Keller fue a buscarlo mientras Gabriel seguía a la mujer a pie por otro callejón adoquinado, bordeado de tiendas y cafés. Al final de la calle había un bulevar más ancho que discurría colina abajo como un afluente del Tajo. La mujer entró en una cafetería, pidió algo en la barra y se sentó junto a la encimera que había a lo largo de la cristalera. Gabriel entró en una cafetería del otro lado del bulevar e hizo lo mismo. Keller esperó junto a la acera hasta que un policía le indicó que siguiera circulando.

Durante quince minutos sus posiciones permanecieron idénticas: la mujer en su cafetería, Gabriel en la suya y Keller detrás del volante del Citroën. La mujer miraba fijamente su teléfono móvil mientras se bebía el café y parecía hacer al menos una llamada. Después, a las nueve y media, guardó el teléfono en el bolso y salió de nuevo a la calle. Avanzó unos pasos hacia el sur, en dirección al río. Después se detuvo bruscamente y paró un taxi que circulaba en dirección contraria. Gabriel salió rápidamente de la cafetería y subió al asiento del copiloto del Citroën. Keller dio media vuelta y pisó el acelerador.

Pasaron treinta segundos antes de que restablecieran contacto con el taxi. Circulaba hacia el norte entre el tráfico matinal sorteando camiones, autobuses, flamantes berlinas de fabricación alemana pertenecientes a nuevos ricos y resollantes cafeteras de lisboetas menos afortunados. Gabriel había trabajado pocas veces en Lisboa y su conocimiento de la geografía de la ciudad era rudimentario. Aun así, tenía cierta idea de adónde se dirigía el taxi. La ruta que seguía apuntaba hacia el aeropuerto como la aguja de una brújula.

Entraron en un barrio moderno de la ciudad y discurrieron entre un río de tráfico hasta una gran glorieta situada al borde de un frondoso parque. Desde allí viraron hacia el noreste hasta otra glorieta que los condujo a la Avenida da República. Cerca del final de la avenida comenzaron a ver los primeros indicadores hacia el aeropuerto. El taxi fue siguiéndolos uno por uno y se detuvo por fin frente a la planta de salidas de la Terminal 1. La mujer se apeó y se encaminó rápidamente hacia la entrada, como si llegara tarde a tomar un vuelo. Gabriel indicó a Keller que dejara el Citroën en un aparcamiento de corto plazo, con la pistola en el maletero y las llaves en el cajetín magnético de encima de la rueda trasera izquierda. Acto seguido se apeó y siguió a la mujer al interior de la terminal.

Ella se detuvo un instante al otro lado de las puertas para orientarse y escudriñar el gran panel de salidas que colgaba sobre el reluciente y moderno vestíbulo. Luego se fue derecha al mostrador de British Airways y se sumó a la corta fila de primera clase. Fue un golpe de suerte: los vuelos de British Airways que salían de Lisboa tenían un único destino. El vuelo 501 salía una hora después. El siguiente no despegaba hasta las siete de la tarde.

Gabriel sacó su Blackberry del bolsillo de la chaqueta y mandó un mensaje al departamento de Viajes de King Saul Boulevard pidiendo dos billetes de primera clase en el vuelo 501 de British Airways: uno a nombre de Johannes Klemp y el otro a nombre de Adrien LeBlanc. El departamento de Viajes confirmó de inmediato la recepción del mensaje y le pidió que aguardara. Dos minutos más tarde apareció el número de reserva. Solo había una plaza disponible en primera clase. En su infinita sabiduría, Viajes se la reservó a Gabriel. *Monsieur* LeBlanc viajaría en uno de los pocos asientos libres en clase turista, al fondo del avión, en la zona de los niños llorones y el olor a aseo público.

Gabriel mandó otro mensaje a King Saul Boulevard pidiendo que un coche los estuviera esperando en Heathrow. Se guardó luego la Blackberry en el bolsillo y vio a la mujer avanzar hacia el control de seguridad, billete en mano. Keller esperó hasta que se hubo ido para acercarse a Gabriel.

—¿Adónde vamos? —preguntó.

Gabriel sonrió al contestar:

—A casa.

Facturaron por separado: sin equipaje y sin bolsas ni maletas de ninguna clase. Un policía portugués les selló los pasaportes falsos y un agente de seguridad aeroportuaria les indicó que pasaran por los arcos de detección. Disponían de cuarenta y cinco minutos antes de embarcar, de modo que deambularon un rato por los perfumados puestos de la zona *duty free* y compraron algo para leer en un quiosco de prensa para no subir al avión con las manos vacías. La mujer estaba ya en la puerta de embarque cuando llegaron, los ojos azul cielo fijos en la pantalla de su móvil. Gabriel se sentó tras ella y esperó a que llamaran a embarcar. El primer anuncio fue en portugués; el segundo, en inglés. La mujer esperó al segundo para levantarse. Guardó el móvil en su bolso y entró en la pasarela siguiendo el carril de primera clase. Gabriel hizo lo propio un instante después. Mientras le tendía el billete a la asistente, miró a Keller, que esperaba con gesto apesadumbrado entre las masas cargadas de bultos. Se rascó la nariz con el dedo corazón y miró ceñudo al bebé en mantillas que pronto se convertiría en su torturador.

Cuando Gabriel entró en el avión, la mujer ya se había acomodado en su asiento y estaba aceptando una copa de champán cortesía de la aerolínea. Estaba en la segunda fila, junto a la ventanilla, en el lado izquierdo de la cabina de pasajeros. No había guardado el bolso en el compartimento para equipaje de mano, lo había depositado a sus pies y tenía una revista de a bordo sobre los muslos, aún sin abrir.

No prestó atención a Gabriel cuando este pasó con dificultad junto a un jubilado sobrado de peso y se dejó caer en su asiento: cuarta fila, pasillo, lado derecho del avión. Una azafata maquillada en exceso le puso una copa de champán en la mano. Por algo era de cortesía: sabía a trementina con burbujas. Gabriel dejó con cuidado la copa en la consola central y saludó con una inclinación de cabeza a su compañero de asiento, un directivo británico con acento de Yorkshire que hablaba por teléfono a gritos acerca de un cargamento perdido.

Gabriel sacó su móvil y escribió otro mensaje a King Saul Boulevar, pidiendo esta vez que intentaran identificar a una mujer de unos treinta años que en ese momento ocupaba el asiento 2A del vuelo 501 de British Airways. La respuesta llegó cinco minutos después, mientras Keller pasaba junto a Gabriel arrastrando los pies como un presidiario condenado a trabajos forzados camino del tajo. La pasajera en cuestión era Anna Huber, treinta y dos años de edad, ciudadana alemana, última dirección conocida: Lessingstrasse 11, Frankfurt.

Gabriel apagó la Blackberry y observó a la mujer del otro lado del pasillo. «¿Quién eres?», pensó. «¿Y qué estás haciendo en este avión?»

26

AEROPUERTO DE HEATHROW, LONDRES

El vuelo duró dos horas y treinta y seis minutos. La mujer llamada Anna Huber no comió durante el viaje, ni bebió otra cosa que el champán. Media hora antes del aterrizaje, fue al aseo llevando su bolso y cerró la puerta con pestillo. Gabriel pensó en la visita de Quinn a Yemen, donde había trabajado con Al Qaeda en una bomba capaz de derribar un avión comercial. Tal vez aquel sería su fin, se dijo. Se precipitaría hacia la muerte en un verde campo inglés, amarrado a un asiento junto a un directivo de Yorkshire. Luego, de pronto, la puerta del aseo se abrió con un chirrido y la mujer volvió a aparecer. Se había pasado un cepillo por el pelo oscuro y había añadido una pizca de color a sus mejillas blancas. Sus ojos azules se deslizaron sobre Gabriel sin dar muestras de reconocerlo cuando fue a ocupar su asiento.

El avión salió de la panza de una nube y tocó la pista de aterrizaje con un golpe sordo que abrió algunos de los compartimentos para el equipaje de mano. Pasaban escasos minutos de la una, pero fuera parecía haber caído la noche. El directivo comenzó enseguida a berrear por su móvil. Al parecer, su crisis no se había resuelto aún. Gabriel encendió su Blackberry y supo que un Volkswagen Passat plateado los estaría esperando frente a la Terminal 3. Mandó un mensaje de confirmación y, al apagarse la luz del cinturón de seguridad, se levantó sin prisas y se unió a la fila de pasajeros que esperaba para abandonar el avión. Anna Huber seguía atrapada contra la ventanilla, encorvada y cargada con el bolso. Cuando se abrieron las puertas del avión, Gabriel se detuvo para dejar que saliera al pasillo. Ella le dio las gracias con una escueta inclinación de cabeza (esta vez tampoco dio muestras de reconocerlo) y salió a la pasarela.

Su pasaporte alemán le permitió entrar en el Reino Unido a través del carril reservado para los ciudadanos de la Unión Europea. Gabriel iba justo detrás de ella cuando el funcionario de inmigración británico le preguntó por la naturaleza de su visita. Gabriel no alcanzó a oír su contestación, pero fue evidente que esta satisfizo al funcionario, que la obsequió con una cálida sonrisa. Gabriel no recibió la misma bienvenida. El funcionario de inmigración estampó su pasaporte con violencia apenas reprimida y se lo devolvió sin mirarlo a los ojos.

—Que disfrute de su estancia —dijo.

—Gracias —contestó Gabriel antes de echar a andar tras la mujer.

La alcanzó en el estrecho pasillo que conducía a los pasajeros al vestíbulo de llegadas. Un modesto agente de la delegación de la Oficina en Londres aguardaba junto a la barandilla, al lado de un par de mujeres cubiertas con velo negro. Sostenía un cartel de papel en el que se leía *Ashton* y lucía una expresión de profundo aburrimiento. Se guardó el cartel en el bolsillo y echó a andar junto a Gabriel mientras este se abría paso entre un lloroso reencuentro familiar.

—¿Dónde está el coche?

El agente señaló con la cabeza hacia la puerta situada más a la izquierda.

—Vuelva a la barandilla a sujetar su letrero. Dentro de un par de minutos llegará otro hombre.

El agente se alejó. Fuera, una hilera de taxis y autobuses del aeropuerto esperaba en medio de la penumbra de primera hora de la tarde. La mujer sorteó el tráfico y se dirigió hacia el aparcamiento de corta estancia. Era la única circunstancia que Gabriel no había tenido en cuenta. Sacó su Blackberry y llamó a Keller.

—¿Dónde estás?

—En control de pasajeros.

—Hay un hombre en el vestíbulo de llegadas con un letrero que dice *Ashton*. Dile que te lleve al coche.

Colgó sin añadir nada más y siguió a la mujer al aparcamiento. Su vehículo estaba en el segundo nivel: una berlina BMW azul con matrícula británica. Sacó la llave de su bolso, abrió las cerraduras con el mando a distancia y se sentó en el asiento del conductor. Gabriel llamó a Keller una segunda vez.

—¿Dónde estás ahora?

—Sentado al volante de un Passat gris plata.

—Reúnete conmigo en la salida del aparcamiento de corta estancia.

—Eso es fácil decirlo, pero no tan fácil hacerlo.

—Si no estás aquí dentro de dos minutos, vamos a perderla.

Gabriel puso fin a la llamada y se ocultó detrás de un pilar de cemento cuando pasó el BMW. Luego bajó a la carrera la rampa y regresó al nivel de llegadas de la terminal. El BMW estaba saliendo del túnel. Pasó junto a Gabriel y se perdió de vista. Gabriel empezó a marcar a Keller por tercera vez, pero se detuvo cuando vio brillar intermitentemente los faros de un Volkswagen que se acercaba a toda prisa. Subió al asiento del copiloto e indicó a Keller que siguiera adelante. Dieron alcance al BMW cuando se desviaba a la A4, rumbo al oeste de Londres. Keller aflojó el acelerador y encendió un cigarrillo. Gabriel bajó su ventanilla y llamó a Graham Seymour.

La llamada llegó durante una breve pausa entre una reunión con su personal directivo y un encuentro con el jefe de los servicios de inteligencia jordanos, un individio al que Seymour detestaba íntimamente. Seymour anotó los detalles clave. Más tarde desearía no haberlo hecho. Una mujer llamada Anna Huber, con pasaporte alemán y domicilio en Frankfurt, acababa de llegar a Londres desde Lisboa, donde había pasado una sola noche en un apartamento relacionado con Eamon Quinn. En el aeropuerto de Heathrow había recogido un BMW azul con matrícula británica AG62 VDR en un aparcamiento de corta estancia. El automóvil se dirigía ahora hacia Londres seguido por el futuro jefe del espionaje israelí y un desertor del SAS convertido en asesino profesional.

Seymour recibió la llamada en un teléfono reservado para sus comunicaciones privadas. Junto a él estaba su línea directa con Amanda Wallace en Thames House. Vaciló unos segundos y a continuación se acercó el auricular a la oreja. Sonó sin necesidad de marcar. La voz de Amanda resonó al instante al otro lado de la línea.

—Graham —dijo afablemente—, ¿qué puedo hacer por ti?

—Me temo que esa operación mía ha tocado suelo británico.

—¿En qué forma?

—En forma de un coche que se dirige al centro de Londres.

Después de colgar, Amanda Wallace entró en su ascensor privado y bajó al centro de operaciones. Se acomodó en su silla de siempre, en el puente de mando, y agarró un teléfono que volvió a ponerla en comunicación con Graham Seymour.

—¿Dónde están? —preguntó.

Pasaron diez tensos segundos antes de que Seymour contestara. El BMW se estaba acercando al puente de Hammersmith. Amanda Wallace ordenó a uno de los técnicos que conectara la pantalla de vídeo central con la imagen de las cámaras de seguridad del puente. Veinte segundos más tarde vio el BMW azul pasar a toda velocidad entre un torbellino de coches mojados.

—¿Qué coche lleva Allon?

Seymour respondió al tiempo que el Passat cruzaba el encuadre de la cámara, tres coches por detrás del BMW. Amanda ordenó a los técnicos del centro de operaciones que siguieran de cerca los movimientos de los dos vehículos. Acto seguido llamó al jefe del A4, la rama operativa y de vigilancia del MI5, y le ordenó que pusiera los coches bajo vigilancia física.

Al centro de operaciones empezaron a llegar precipitadamente otros miembros del personal directivo, entre ellos el subdirector, Miles Kent. Amanda le ordenó que se informara acerca de la matrícula del BMW. En menos de un minuto Kent tuvo la respuesta: no tenían constancia de ningún automóvil con matrícula AG62 VDR. Las matrículas del BMW eran falsas.

—Averigua si se ha denunciado el robo de algún BMW azul —replicó Amanda.

Esta búsqueda les llevó más tiempo que la primera: casi tres minutos. Un BMW de la misma gama y el mismo modelo había desaparecido cuatro días antes en la localidad costera de Margate. Pero era gris, no azul.

—Deben de haberlo pintado —dijo Amanda—. Averiguad cuándo lo dejaron en Heathrow y conseguidme el vídeo.

Miró la pantalla central. El BMW estaba pasando por el cruce de West Cromwell Road con Earl's Court Road. El Passat seguía tres coches por detrás. Gabriel Allon, con el que Amanda había coincidido una sola vez, aparecía claramente visible en el asiento del copiloto, igual que el hombre sentado tras el volante.

—¿Quién conduce el coche de seguimiento? —le preguntó a Graham Seymour.

—Es una larga historia.

—No me cabe ninguna duda.

El BMW se estaba aproximando al Museo de Historia Natural. Las aceras circundantes estaban llenas de escolares. Amanda apretó con tanta fuerza el teléfono que los nudillos se le quedaron blancos. Sin embargo, cuando habló, logró que su voz sonara serena y segura.

—No puedo permitir que esto continúe mucho más tiempo, Graham.

—Apoyaré cualquier decisión que tomes.

—Muy amable por tu parte. —Su tono contenía una nota de desprecio. Seguía mirando la pantalla central—. Dile a Allon que se retire. Nosotros nos hacemos cargo a partir de aquí.

Escuchó mientras Seymour transmitía el mensaje. Luego levantó el teléfono que la comunicaba directamente con el comisario jefe de la Policía Metropolitana. El comisario contestó de inmediato.

—Hay un BMW azul oscuro circulando hacia el este por Cromwell Road, matrícula británica AG62 VDR. La matrícula es falsa, el coche es robado casi con toda seguridad y la mujer que lo conduce está vinculada con un conocido terrorista.

—¿Qué recomienda usted?

Amanda Wallace fijó la mirada en la pantalla de vídeo. El BMW estaba en Brompton Road y se dirigía a Hyde Park Corner. Y tres coches detrás de él, viajando a la misma velocidad, seguía el Passat plateado.

Al borde de Brompton Square, un policía londinense permanecía sentado a horcajadas sobre su motocicleta. No prestó atención al BMW cuando pasó velozmente delante de él. Tampoco volvió la cabeza al acercarse el Passat gris plata. Gabriel se acercó la Blackberry al oído.

—¿Qué está pasando? —le preguntó a Graham Seymour.

—Amanda a ordenado a la Policía Metropolitana que intervenga y detenga a la mujer.

—¿Dónde están?

—Un equipo está llegando por Park Lane y otro va hacia Hyde Park Corner desde Piccadilly.

Por la ventanilla salpicada de lluvia de Gabriel desfilaba una hilera de tiendas de lujo. Una galería de arte, un *showroom* de diseño de interiores, una agencia inmobiliaria, una cafetería al aire libre en la que los turistas mecían sus bebidas al cobijo de un toldo verde. A lo lejos se oyó una sirena. A Gabriel le sonó como el grito de un niño llamando a su madre.

Keller pisó de pronto el freno. Allá delante, un semáforo en rojo había detenido el tráfico. Dos coches (un taxi y un vehículo privado) los seperaban del BMW. Brompton Road se extendía ante ellos. En el lado derecho de la calle se alzaban las adornadas torres de los almacenes Harrods. Las sirenas iban acercándose, pero la policía no había hecho aún acto de presencia.

El semáforo se puso en verde, el tráfico se precipitó hacia delante. Dejaron atrás Montpelier Street y otra fila de tiendas y cafés. Luego, el BMW se situó bruscamente en un carril reservado a los autobuses y se detuvo frente a una sucursal del banco HSBC. La puerta delantera se abrió, la mujer salió del coche y se alejó caminando tranquilamente. Un instante después desapareció bajo el dosel de sombrillas que cabeceaban como champiñones a lo largo de la acera.

Gabriel miró el coche azul aparcado junto a la acera, miró la muchedumbre de turistas y peatones que caminaban con paso vivo entre la lluvia y la onírica fachada de los famosos grandes almacenes, que se alzaban al otro lado de la calle. Luego, por fin, miró la Blackberry que vibraba silenciosamente en la palma de su mano. Era un mensaje de texto enviado por un remitente desconocido. Lo formaban seis palabras:

LOS LADRILLOS ESTÁN EN EL MURO...

27

BROMPTON ROAD, LONDRES

Saltaron del coche precipitadamente, agitando los brazos como dementes y gritando la misma palabra una y otra vez para hacerse oír por encima del gemido de las sirenas que se acercaban. Pasaron unos segundos sin que nadie reaccionara. Luego, Gabriel sacó una Beretta de la guantera del coche y los peatones retrocedieron asustados. El miedo demostró ser una herramienta eficaz. Gabriel alejó a la multitud del BMW, ayudando a quienes se habían caído a levantarse, mientras Keller intentaba frenéticamente evacuar un autobús de dos pisos. Los pasajeros aterrorizados se agolpaban en las puertas de delante y atrás. Keller los sacaba a tirones y los lanzaba hacia la calle como si fueran peleles.

Los coches que circulaban en ambos sentidos por Brompton Road se habían parado a ver el tumulto. Gabriel golpeaba con los puños los parabrisas y hacía señas a los conductores de que siguieran adelante, pero no sirvió de nada. El tráfico avanzaba irremediablemente a paso de tortuga. En el asiento trasero de un Ford blanco compacto, un niño de unos dos años, con el pelo rizado, permanecía fuertemente amarrado a su silla de seguridad. Gabriel accionó el tirador de la puerta, pero el seguro estaba echado y la madre del niño, aterrorizada, creyendo al parecer que se trataba de un loco, se negaba a abrirla.

—¡Hay una bomba! —gritó Gabriel a través del cristal—. ¡Salgan de ahí!

Pero la mujer se limitó a mirarlo muda por la perplejidad mientras el niño empezaba a llorar.

Keller había acabado de evacuar el autobús y estaba golpeando salvajemente las cristaleras de la sucursal del HSBC. Gabriel apartó los ojos del pequeño y miró por encima de los techos de los coches parados, hacia la acera de enfrente. Los transeúntes se habían agolpado frente a Harrods. Gabriel corrió hacia ellos gritando y agitando la pistola, y el gentío se dispersó aterrorizado. En medio de la estampida, una mujer embarazada cayó al suelo. Gabriel corrió a su lado y la ayudó a levantarse.

—¿Puede caminar?

—Creo que sí.

—¡Corra! —le gritó Gabriel—. ¡Por su hijo!

La empujó para que se pusiera a salvo y comenzó a calcular cuánto tiempo había pasado desde que el mensaje de texto apareciera en su Blackberry. Veinte segundos, pensó, treinta como mucho. En ese breve espacio de tiempo habían conseguido alejar a más de un centenar de personas de la que pronto sería la zona de la explosión, pero la calle seguía atestada de coches, entre ellos el compacto Ford blanco.

Un torrente de personas comenzó a salir por las puertas de Harrods. Pistola en mano, Gabriel les ordenó que volvieran al vestíbulo, gritándoles que se refugiaran en la parte de atrás del edificio. Al regresar a la calle, vio que el tráfico seguía sin moverse. El Ford blanco parecía hacerle señas como una bandera de paz. La mujer seguía sentada detrás del volante, paralizada por la indecisión, sin saber qué iba a ocurrir. En el asiento trasero, el niño lloraba inconsolablemente.

Gabriel dejó caer la Beretta y de pronto echó a correr desgarrando el aire con las manos como si intentara impulsarse más aprisa. Cuando llegó a la puerta trasera del coche, un fogonazo de luz blanca cegó sus ojos, como la luz de mil soles. Se irguió en medio de un violento vendaval de aire abrasador y retrocedió tambaleándose, indefenso, hacia una tormenta de cristal y sangre. La mano de un niño se tendió hacia él. La agarró un instante, pero se le escurrió entre los dedos. Después, una oscuridad quieta y silenciosa se abatió sobre él, y ya no hubo nada.

SEGUNDA PARTE

MUERTE DE UN ESPÍA

28

LONDRES

Más tarde, la Policía Metropolitana determinaría que fueron cuarenta y siete segundos: cuarenta y siete segundos desde el momento en que la mujer abandonó el coche en Brompton Road hasta el instante en que la bomba alojada en su maletero hizo explosión. Pesaba unos doscientos veinticinco kilos y había sido fabricada con toda minuciosidad. De Quinn no podía esperarse menos.

Al principio, sin embargo, la policía no supo que era Quinn. Todo eso vendría más adelante, después del intercambio de gritos, de las amenazas de dimisión y represalias y de la inevitable orgía de recriminaciones intestinas. La Policía Metropolitana solo sabía lo que les había contado Amanda Wallace, jefa del MI5, en los minutos previos al desastre: que una mujer de treinta y dos años con pasaporte alemán había recogido un BMW robado último modelo en un aparcamiento de corta estancia de la Terminal 3 de Heathrow y que conducía sola hacia el centro de Londres. Un agente de un servicio de inteligencia extranjero no identificado había informado al MI6 de que la mujer estaba vinculada con un conocido terrorista especializado en la fabricación de artefactos explosivos. Amanda Wallace recomendó al comisario jefe de policía que tomara las medidas oportunas para impedir que el coche siguiera circulando y detener a su conductora. El comisario respondió despachando diversas unidades del SCO19, la división táctica de la Policía Metropolitana. El primer vehículo policial llegó al lugar de los hechos en el instante de la explosión. Sus dos ocupantes se contaban entre las víctimas mortales.

Del BMW no quedaba nada, solo un cráter de veinte metros de ancho por diez de hondo en el lugar que había ocupado el coche previamente. Un fragmento del techo se encontró posteriormente flotando en el Serpentine, a más de quinientos metros de distancia. Coches y autobuses ardieron como brasas en la vía pública. Un géiser brotó de una cañería rota, lavando los miembros amputados de los muertos y los heridos. Curiosamente, los inmuebles del lado norte de la calle, el más próximo al coche, sufrieron daños estructurales moderados. La bomba se ensañó, en cambio, con el edificio de Harrods. La explosión arrancó la fachada, dejando al descubierto su interior como los distintos pisos de una casa de muñecas: cama y baño, muebles y accesorios del hogar, joyería y perfumería, ropa de mujer. Largo rato después de la explosión los aturdidos clientes del Georgian Restaurant seguían mirando fijamente la calle destrozada a sus pies. El afamado salón de té era muy frecuentado por mujeres adineradas procedentes de los emiratos petroleros del Golfo Pérsico. Envueltas en sus velos negros, semejaban cuervos posados en un cable.

Precisar el número de víctimas resultó tarea difícil. Al caer la noche los muertos ascendían a cincuenta y dos y los heridos a cuatrocientos, muchos de ellos en estado crítico. Varios expertos expresaron en televisión su alivio (incluso su sorpresa) porque las cifras no fueran mucho más altas. Los supervivientes hablaron de dos hombres que intentaron frenéticamente alejar a los transeúntes de la zona siniestrada segundos antes de que la bomba hiciera explosión. Sus esfuerzos se veían claramente en una grabación de vídeo que llegó a la BBC. Un hombre armado conducía a los peatones por la acera mientras otro sacaba por la fuerza a los pasajeros de un autobús. La identidad de los dos hombres generó confusión. Su coche, lo mismo que el de la bomba, voló hecho pedazos y ninguno de los dos se presentó, al menos en público. La Policía Metropolitana los exoneró de toda responsabilidad en el atentado. El MI5 y el

Servicio Secreto de Inteligencia prefirieron no hacer declaraciones. La grabación de una cámara de seguridad mostraba a uno de los hombres buscando refugio segundos antes de que estallara la bomba. Al otro, en cambio, se le veía por última vez corriendo hacia un Ford Fiesta blanco atrapado en el atasco de Brompton Road. Los ocupantes del coche, una mujer y su hijo de corta edad, murieron carbonizados por la detonación. Se daba por sentado que el hombre también se contaba entre los fallecidos, aunque no se hubiera encontrado su cuerpo.

El horror y la repulsa iniciales dieron paso rápidamente a la ira y a una intensa búsqueda de los responsables del atentado. Encabezaba la lista de posibles sospechosos el ISIS, el grupo yihadista radical que, a golpe de terror y decapitaciones, había creado un califato islámico que se extendía desde Alepo hasta casi las puertas de Bagdad. El grupo extremista había jurado hostigar a Occidente, y entre sus filas se contaban varios centenares de residentes en el Reino Unido que conservaban aún su preciado pasaporte británico. Sin duda, afirmaron los expertos televisivos, el ISIS tenía tanto las motivaciones como la capacidad para atentar en el corazón de Londres. Un portavoz del grupo terrorista negó, sin embargo, que su organización estuviera involucrada en el atentado, y lo mismo hicieron otros elementos del mortífero conglomerado islámico global conocido como Al Qaeda. Una oscura facción palestina se atribuyó el atentado, al igual que un grupo llamado Mártires de las Dos Mezquitas Santas. Ninguna de las dos reivindicaciones fue tomada en serio.

La única persona que podía despejar la incógnita de la responsabilidad del atentado era la mujer que había llevado la bomba hasta su objetivo: Anna Huber, treinta y dos años de edad, ciudadana alemana, última dirección conocida Lessingstrasse 11, Frankfurt. Pero cuarenta y ocho horas después del ataque, su paradero seguía siendo un misterio. Los intentos de rastrear sus movimientos por medios electrónicos resultaron infructuosos. Las cámaras de seguridad callejeras la mostraban brevemente caminando por Brompton Road en dirección a Knightsbridge. Pero después de la detonación, mientras el humo, los cascotes y las multitudes aterrorizadas inundaban la calle, las cámaras la perdieron de vista. Ninguna Anna Huber abandonó el país por avión o ferrocarril, ni cruzó otra frontera europea. La Bundespolizie alemana, encargada de registrar su apartamento, encontró únicamente cuatro habitaciones deshabitadas sin rastro alguno de la persona que tal vez en otro tiempo había vivido allí. Los vecinos la describían como callada y retraída. Uno afirmó que trabajaba en algo relacionado con la cooperación internacional y que pasaba mucho tiempo en África. Otro dijo que trabajaba para una agencia de viajes. ¿O era periodista?

La responsabilidad de proteger a Gran Bretaña de atentados terroristas recaía principalmente en el MI5 y en el Centro Conjunto de Análisis Antiterrorista. De ahí que la indignación pública y política generada por la bomba de Brompton Road se dirigiera en su mayor parte contra Amanda Wallace. El término «cuestionada» comenzó a aparecer invariablemente unido a su nombre en la prensa o cada vez que se la mencionaba en la radio o la televisión. Fuentes anónimas de la Policía Metropolitana se quejaban de que el Servicio de Seguridad había sido «poco claro» respecto a la información relativa al atentado. Un investigador veterano comparó el flujo de información entre Thames House y Scotland Yard con el avance de un glaciar. Más tarde puntualizó su declaración calificando de «inexistente» la colaboración entre los dos organismos gubernamentales.

Como consecuencia de ello comenzaron a aparecer en la prensa opiniones poco halagüeñas acerca del estilo de gestión de Amanda Wallace. Se decía que sus subordinados la temían y que numerosos miembros veteranos del MI5 estaban buscando terrenos más propicios en otra parte, en el momento en que menos podía permitírselo Gran Bretaña. Se publicó que Amanda mantenía una relación tensa con Graham Seymour, su homólogo del MI6. Se dijo que apenas se hablaban; que durante una reunión crítica en el Número 10, ni siquiera se habían dado por enterados de la presencia del otro. Un conocido exespía afirmó que las relaciones entre los dos servicios de inteligencia británicos se hallaban en su punto más bajo de los últimos veinte años. Un respetado periodista del *Guardian* especializado en temas de seguridad escribió que «el espionaje británico se hallaba en medio de una crisis de fuerza diez», y por una vez tenía razón.

Llegados a ese punto, se inició una vigilia frente a Thames House, con Amanda Wallace como objetivo. No duró mucho: dos días, tres como mucho. Después, la propia Amanda le puso fin. El arma que eligió para la ocasión fue el mismo afamado corresponsal del *Guardian*, cuya amistad había cultivado durante años. Su reportaje empezaba no con el atentado en Brompton Road sino con la muerte de la princesa, y a partir de ahí iba de mal en peor. El nombre de Quinn figuraba en lugar destacado. Igual que el de Graham Seymour. Fue, en palabras de un comentarista político, el ejemplo más refinado de asesinato mediante filtración a la prensa que había visto nunca.

A media mañana se inició una nueva vigilia. Esta vez el blanco era el jefe del Servicio Secreto de Inteligencia de Su Majestad. Seymour no emitió declaración alguna y se ciñó a su agenda como de costumbre hasta las once y media, cuando se vio su Jaguar oficial, con las ventanillas ahumadas, entrando por la verja de Downing Street. Permaneció dentro del Número 10 menos de una hora. Posteriormente, Simon Hewitt, jefe de prensa del primer ministro, se negó a confirmar que el jefe de los espías británicos hubiera pasado por allí. Poco después de las dos de la tarde, vieron entrar su Jaguar en el aparcamiento subterráneo de Vauxhall Cross, pero resultó que Graham Seymour no iba en él. Estaba sentado en la parte de atrás de una furgoneta sin distintivos, y para entonces la furgoneta estaba ya muy lejos de Londres.

29

DARTMOOR, DEVON

La carretera no tenía nombre ni aparecía en ningún mapa. Vista desde el espacio, semejaba un arañazo en medio de los brezales, vestigio quizá de un riachuelo que había discurrido por aquellas tierras en los tiempos en que los hombres erigían círculos de piedras. A su entrada había una señal, oxidada y desgastada por la intemperie, advirtiendo de que aquel era un camino privado, y en su extremo final una verja que evocaba una serena autoridad.

Los terrenos que se extendían más allá de la verja eran sombríos y yermos: un paisaje a cuya belleza agreste costaba aostumbrarse. El hombre que construyó la casa había hecho su fortuna en el sector naviero. Se la había legado a su único hijo y este, a falta de herederos, se la había cedido al Servicio Secreto de Inteligencia, donde había trabajado casi medio siglo. Había servido en rincones muy lejanos del Imperio, bajo muchos nombres distintos, pero se le conocía principalmente como Wormwood[1]. El servicio de espionaje bautizó la casa en su honor, y quienes se alojaban en ella hallaban el nombre muy apropiado.

Se alzaba sobre un promontorio y estaba construida en piedra de Devon oscurecida por el tiempo y la desidia. Tras ella, al otro lado de un patio destartalado, había un granero reconvertido en

---

[1] *Wormwood* significa en sentido figurado «amargura», «desolación». (N. de la T.)

oficinas y viviendas para el personal. Cuando Wormwood Cottage estaba vacía, la vigilaba un único guarda, de nombre Parish. Pero cuando había huéspedes (a los que se denominaba invariablemente «compañía»), el personal podía estar compuesto por hasta diez personas. Dependía en gran medida del tipo de huésped y de los individuos de los que se estuviera escondiendo. Un huésped «amigable» con pocos enemigos podía moverse a su gusto por el lugar. Un desertor ruso o iraní era tratado casi como un prisionero.

Los dos hombres que llegaron la noche del atentado de Brompton Road no eran ni una cosa ni la otra. Se avisó de su llegada con apenas unos minutos de antelación y aparecieron acompañados por un acólito de los jefes que se hacía llamar Davies y por un médico especializado en tratar las heridas de los intratables. El médico se pasó el resto de la noche atendiendo al mayor de los dos hombres. El más joven, por su parte, se dedicó a vigilar cada uno de sus movimientos.

Era inglés, un expatriado, un hombre que había vivido en otro país y hablado otra lengua. El mayor de los dos era la leyenda. Dos miembros del personal le habían atendido en una ocasión anterior, tras un incidente en Hyde Park en el que estuvo involucrada la hija del embajador estadounidense. Era un caballero, un artista por naturaleza, más bien callado y con una pizca de mal genio, pero así eran también muchos de sus colegas. Velaron su descanso, curaron sus heridas y luego lo dejaron marchar. Y ni una sola vez pronunciaron su nombre, porque, en lo que a ellos concernía, no existía. Era un hombre sin pasado ni futuro. Una página en blanco. Un muerto.

Durante las primeras cuarenta y ocho horas de su estancia, estuvo más callado que de costumbre. Solo habló con el médico que le curó las heridas y con el inglés. Solo se dirigió al personal para darles cansinamente las gracias cuando le llevaban comida o ropa limpia. Permaneció en su cuartito con vistas al páramo desierto, con la televisión y los periódicos de Londres como única compañía. Pidió una sola cosa: su Blackberry. Parish, el guardia fijo de la casa, le explicó pacientemente que la «compañía», incluso si era de su relevancia, no tenía permitido el uso de dispositivos de comunicación privados en Wormwood Cottage ni en los terrenos que rodeaban la casa.

—Necesito saber sus nombres —dijo el herido la tercera mañana de su estancia, cuando Parish en persona le llevó su té y una tostada.

—¿Los nombres de quién, señor?

—De la mujer y el niño pequeño. La policía no ha hecho públicos sus nombres.

—Me temo que eso no me corresponde a mí, señor. Yo solo cuido la casa.

—Consígame sus nombres —repitió el huésped, y Parish, deseoso de salir de la habitación, prometió hacer cuanto estuviera en su mano.

—¿Qué hay de mi Blackberry?

—Lo siento —respondió Parish—. Normas de la casa.

El cuarto día se sintió con fuerzas para salir de su habitación. Estaba sentado en el jardín cuando, a mediodía, el inglés salió a dar una caminata por los brezales, y seguía allí al atardecer, cuando su amigo regresó seguido por dos guardaespaldas exhaustos. El inglés salía a caminar todas las tardes hiciera el tiempo que hiciese. Salió incluso el quinto día, cuando una tormenta azotó con fuerza los páramos. Ese día se empeñó en llevar a la espalda una mochila cargada con cualquier cascote que el personal pudiera encontrar. Los dos escoltas estaban medio muertos cuando regresaron a la casa dando trompicones. Esa noche, en las habitaciones del granero reformado, hablaron entre admirados susurros de aquel hombre dotado de una fortaleza y una resistencia casi sobrehumanas. Uno de los escoltas había pertenecido al SAS y creía reconocer en él la impronta del Regimiento. Se le notaba en el paso, decía, y en cómo se fijaba en los contornos del terreno. A veces daba la impresión de estar viéndolo por primera vez. Otra, en cambio, parecía preguntarse cómo era posible que alguna vez se hubiera marchado de allí. Los escoltas habían protegido a todo tipo de personas en aquella casa (desertores, espías, agentes en activo agotados por su trabajo y farsantes en busca de un salario pagado por los contribuyentes), pero este era distinto. Era especial. Era peligroso. Tenía un pasado turbio. Y quizás un futuro brillante.

El sexto día (el día del artículo del *Guardian*, el día que posteriormente se recordaría como la fecha en que el espionaje británico se partió en dos), el más joven de los dos hombres partió en dirección a un peñasco lejano, una caminata de unos quince kilómetros, treinta si el muy cretino se emperraba en hacer a pie el camino de regreso. Llevaba recorridos unos ocho kilómetros cuando, mientras cruzaba un cerro barrido por el viento, se detuvo de repente como si presintiera un peligro. Levantó la cabeza y se volvió hacia la izquierda con velocidad animal. Luego se quedó inmóvil, los ojos fijos en su objetivo.

Era una furgoneta sin distintivos que circulaba zarandeándose por la carretera de Postbridge. La vio tomar el camino sin nombre. La vio penetrar en los setos como una bola de acero en un laberinto. Luego bajó la cabeza y echó a andar otra vez. Caminaba con la pesada mochila a la espalda, a un paso que a los escoltas les costaba seguir. Caminaba como si huyera de algo. Como si estuviera volviendo a su hogar.

La verja estaba abierta cuando la furgoneta llegó al final del camino. Solo Parish salió a recibirla. Una escena atroz, pensó, ver al jefe del Servicio Secreto de Su Majestad saliendo a gatas de la parte trasera de una furgoneta corriente: *a gatas*, les dijo a los otros esa noche, como un yihadista que, arrancado del frente, hubiera sido sometido a sabía Dios qué cosas. Parish le estrechó respetuosamente la mano mientras el viento revolvía su espesa mata de pelo gris.

—¿Dónde está? —preguntó.

—¿Cuál de ellos, señor?

—Nuestro amigo israelí.

—En su habitación, señor.

—¿Y el otro?

—Por ahí fuera —dijo Parish señalando el páramo.

—¿Cuánto tardará en regresar?

—Es difícil saberlo, señor. A veces no estoy seguro de que vaya a volver. Da la impresión de ser uno de esos tipos capaces de recorrer un camino muy largo si se empeñan en ello.

El jefe esbozó una ligerísima sonrisa.

—¿Quiere que le diga al equipo de seguridad que lo traiga de vuelta, señor?

—No —contestó Graham Seymour al entrar en la casa—. De eso ya me encargo yo.

30

WORMWOOD COTTAGE, DARTMOOR

Los muros de Wormwood Cottage contenían un sofisticado sistema de vigilancia audiovisual capaz de grabar cada palabra y cada gesto de sus huéspedes. Graham Seymour ordenó a Parish que lo apagara y que hiciera salir a todo el personal salvo a la señorita Coventry, la cocinera, que se encargó de servirles una tetera de Earl Grey y magdalenas recién horneadas con crema cuajada de Devonshire. Se sentaron a la mesita de la cocina, situada en un rincón acogedor rodeado de ventanas. Extendido en una silla, como un huésped inoportuno, había un ejemplar del *Guardian*. Seymour lo miró con un semblante tan lúgubre como los páramos.

—Veo que te has mantenido al tanto de las noticias.

—No tenía mucho más que hacer.

—Ha sido por tu bien.

—Y también por el tuyo.

Seymour bebió de su té pero no dijo nada.

—¿Sobrevivirás?

—Yo diría que sí. A fin de cuentas, el primer ministro y yo somos muy amigos.

—Te debe su supervivencia política, por no hablar de su matrimonio.

—En realidad fuiste tú quien salvó la carrera de Jonathan. Yo solo fui tu instrumento secreto. —Seymour tomó el periódico y frunció el ceño al leer el titular.

—Su precisión es bastante notable —comentó Gabriel.

—Y con razón. Tenía una buena fuente.

—Pareces habértelo tomado muy bien.

—¿Qué remedio me queda? Además, no es nada personal. Ha sido en defensa propia. Amanda no estaba dispuesta a servir de chivo expiatorio.

—El resultado sigue siendo el mismo.

—Sí —repuso Seymour sombríamente—. El espionaje británico se tambalea. Y en lo que concierne a la opinión pública, la culpa es solo mía.

—Es curioso cómo han salido las cosas.

Se hizo el silencio entre ellos.

—¿Hay alguna otra sorpresa a la vista? —inquirió Seymour.

—Un cadáver en el condado de Mayo.

—¿Liam Walsh?

Gabriel asintió con un gesto.

—Supongo que se lo merecía.

—Sí.

Seymour picoteó pensativamente una magdalena.

—Lamento haberte involucrado en todo esto. Debí dejarte en Roma para que acabaras el Caravaggio.

—Y yo debí decirte que una mujer que acababa de pasar la noche en el apartamento secreto de Eamon Quinn en Lisboa había subido a un avión con destino a Londres.

—¿Eso habría cambiado algo?

—Puede que sí.

—No somos policías, Gabriel.

—¿Qué quieres decir?

—Que mi reacción instintiva habría sido idéntica a la tuya: no la habría detenido en Heathrow. La habría dejado seguir adelante con la esperanza de que me condujera hasta nuestra presa. —Seymour devolvió el periódico a la silla vacía—. Debo reconocer —añadió al cabo de un momento— que no tienes mal aspecto para haber estado cara a cara con una bomba de doscientos veinticinco kilos. Puede que de verdad seas un arcángel, a fin de cuentas.

—Si fuera un arcángel, habría encontrado el modo de salvarlos a todos.

—Pero salvaste a muchos. A un centenar al menos, según nuestras estimaciones. Y habrías salido sin un rasguño si hubieras tenido el buen sentido de refugiarte en Harrods.

Gabriel no contestó.

—¿Por qué lo hiciste? —preguntó Seymour—. ¿Por qué volviste corriendo a la calle?

—Los vi.

—¿A quién?

—A la mujer y al niño que estaban en aquel coche. Intenté advertirle, pero no me entendió. No quiso...

—No fue culpa tuya —dijo Seymour interrumpiéndolo.

—¿Sabes sus nombres?

Seymour miró por la ventana. El sol poniente había prendido fuego a los brezales.

—La madre se llamaba Charlotte Harris. Era de Shepherd's Bush.

—¿Y el niño?

—Se llamaba Peter, por su abuelo.

—¿Cuántos años tenía?

—Dos años y cuatro meses. —Seymour hizo una pausa y miró a Gabriel atentamente—. Casi la misma edad que tu hijo, ¿no?

—Eso no importa.

—Claro que importa.

—Dani era un par de meses mayor.

—Y estaba sujeto a la silla de seguridad del coche cuando estalló la bomba.

—¿Has acabado, Graham?

—No. —Seymour dejó que el silencio se colara en la habitación—. Estás a punto de ser padre otra vez. Y jefe, además. Y los

195

padres y los jefes no se encaran con bombas de doscientos veinticinco kilos.

Fuera, el sol se hallaba en equilibrio sobre un cerro lejano. El fuego empezaba extinguirse en los páramos.

—¿Qué saben los míos? —preguntó Gabriel.

—Saben que estabas muy cerca de la bomba cuando estalló.

—¿Cómo lo saben?

—Tu mujer te reconoció en una grabación procedente de una cámara de seguridad. Como es natural, está ansiosa por tenerte en casa. Igual que Uzi. Amenazó con volar a Londres y llevarte de vuelta personalmente.

—¿Por qué no lo hizo?

—Porque Shamron le convenció de que no viniera. Pensó que era preferible dejar que se calmaran los ánimos.

—Sabia decisión.

—¿Esperabas otra cosa?

—De Shamron, no.

Ari Shamron había sido por dos veces director general de la Oficina y seguía siendo el jefe de jefes, el único y eterno. Había edificado la Oficina a su imagen y semejanza, había escrito su lenguaje, instituido sus mandamientos, le había insuflado su alma. Incluso ahora, a pesar de su avanzada edad y su mala salud, vigilaba celosamente su creación. Era gracias a él por lo que Gabriel sucedería pronto a Uzi Navot como jefe de la Oficina. Y era también por él por lo que se había lanzado como un loco hacia un Ford blanco dentro del cual un niño pequeño permanecía amarrado a su sillita de seguridad.

—¿Dónde está mi teléfono? —preguntó.

—En nuestro laboratorio.

—¿Se lo están pasando bien vuestros técnicos desarmando nuestro *software?*

—El nuestro es mejor.

—Entonces imagino que habrán logrado averiguar dónde estaba Quinn cuando envió ese mensaje.

—El GCHQ opina que procedía de un teléfono móvil ubicado en Londres. La cuestión es —añadió Seymour— cómo consiguió tu número privado.

—Imagino que se lo proporcionaron las mismas personas que lo contrataron para matarme.

—¿Algún sospechoso?

—Solo uno.

31

WORMWOOD COTTAGE, DARTMOOR

Había trencas impermeables colgadas en el armario del pasillo y botas de goma alineadas contra la pared de la entradita. La señorita Coventry los obligó a llevarse una linterna: la noche caía de golpe en los páramos, explicó, y hasta los senderistas expertos se desorientaban a veces en aquel monótono paisaje. El farol, de tipo militar, despedía un haz de luz semejante a un foco de búsqueda y rastreo. Si se perdían, bromeó Gabriel mientras se abrigaba, podían usarlo para hacer señales a algún avión que pasara por allí.

Cuando salieron de la casa el sol era ya solo un recuerdo. Cintas de luz naranja pendían bajas sobre el horizonte, en el cielo flotaba una luna fina como el blanco de una uña y en el este brillaba, dura y fría, una rociada de estrellas. Gabriel, debilitado y dolorido por multitud de magulladuras, avanzó titubeante por el sendero con el farol apagado en la mano. Seymour, más alto y en mejor forma, de momento, permaneció a su lado con el ceño profundamente fruncido y una expresión reconcentrada mientras escuchaba a Gabriel explicar lo que había ocurrido y, sobre todo, por qué había ocurrido. El complot tenía su origen, explicó el israelí, en una casa situada en un bosque de abedules, a orillas de un lago helado. Allí, él, Gabriel, había cometido un acto imperdonable contra un hombre parecido a él (un hombre duro y curtido, protegido por un servicio de seguridad vengativo), y por ese motivo había sido sentenciado a muerte. Y no solo él: otro hombre moriría con él. Y un tercero que había participado en el asunto también sería castigado. Caería en desgracia y el organismo estatal al que pertenecía se vería socavado por el escándalo.

—¿Yo? —preguntó Seymour.

—Tú —dijo Gabriel.

Quienes se hallaban detrás del complot, añadió, no habían actuado con precipitación. Lo habían planeado todo con enorme cuidado mientras su superior político fiscalizaba cada uno de sus pasos. Quinn sería su arma. Era el cebo perfecto. Los responsables de aquella conspiración no habían establecido vínculos estables con el fabricante de artefactos explosivos, pero no cabía duda de que sus caminos se habían cruzado. Lo habían llevado hasta su cuartel general, lo habían agasajado como a un conquistador heroico, lo habían colmado de juguetes y dinero. Y a continuación lo haían enviado de vuelta al mundo con la misión de cometer un asesinato: un asesinato que dejaría anonadada a toda una nación y pondría en marcha el resto de la trama.

—¿La princesa?

Gabriel asintió con un gesto.

—No puedes probar ni una palabra de todo eso.

—No —repuso Gabriel—. Todavía no.

Durante los días inmediatamente posteriores a la muerte de la princesa, añadió, los servicios de inteligencia británicos ignoraban la implicación de Quinn en su asesinato. Después, Uzi Navot se presentó en Londres llevando consigo un soplo procedente de una fuente iraní bien establecida. Seymour viajó a Roma. Él, a Córcega. Y a partir de ahí, con Keller como guía, fue sondeando el mortífero pasado de Eamon Quinn. Encontraron a su familia secreta en Belfast Oeste y su pequeño apartamento en las colinas de Lisboa, donde una mujer llamada Anna Huber pernoctó una sola noche vigilada por tres hombres. Dos de ellos subieron a un avión con ella, y así comenzó el siguiente acto de la trama. Un BMW azul robado, repintado y provisto de matrículas falsas, esperaba en el aeropuerto de Heathrow. La mujer recogió el coche y lo llevó a Brompton Road.

Aparcó frente a una de las grandes atracciones de Londres, activó la bomba y se perdió entre la muchedumbre mientras los dos hombres intentaban desesperadamente salvar cuantas más vidas mejor. Sabían que la bomba estaba a punto de estallar porque el propio Quinn se lo había comunicado. Le había puesto su firma con un críptico mensaje de texto. Y entre tanto los hombres que lo habían contratado vigilaban sin descanso. Quizás, agregó Gabriel, estuvieran vigilando todavía.

—¿Crees que hay algún infiltrado en mi organización? —preguntó Seymour.

—Lo hay desde hace mucho tiempo.

Seymour se detuvo y miró por encima del hombro las luces difusas de Wormwood Cottage.

—¿Estás a salvo aquí?

—Dímelo tú.

—Parish conocía a mi padre. Es leal como el que más. Aun así —añadió el inglés—, seguramente deberíamos trasladarte dentro de poco, por si acaso.

—Me temo que es demasiado tarde para eso, Graham.

—¿Por qué?

—Porque ya estoy muerto.

Seymour lo miró un momento, perplejo. Luego, por fin, entendió.

—Quiero que contactes con Uzi por tu medio habitual —dijo Gabriel—. Dile que he fallecido de resultas de mis heridas. Transmítele tu más sentido pésame. Dile que mande a Shamron a recoger mi cadáver. No puedo hacer esto sin Shamron.

—¿Hacer qué?

—Voy a matar a Eamon Quinn —repuso Gabriel fríamente—. Y luego voy a matar al hombre que pagó la bala.

—A Quinn déjamelo a mí.

—No —contestó Gabriel—. Quinn es mío.

—No estás en forma para perseguir a nadie, y menos aún a uno de los terroristas más peligrosos del mundo.

—Entonces supongo que voy a necesitar que alguien me lleve las maletas. Seguramente debería ser alguien del MI6 —añadió rápidamente—. Alguien que vele por los intereses británicos.

—¿Se te ocurre alguien en concreto?

—Sí —respondió Gabriel—, pero hay un problema.

—¿Cuál?

—Que no es del MI6.

—No —dijo Seymour—. Todavía no.

Siguió la mirada de Gabriel hacia el negro paisaje. Al principio no vio nada. Después, tres figuras emergieron lentamente de la oscuridad. Dos parecían caminar agobiadas por el cansancio. La tercera, en cambio, avanzaba con paso enérgico por la pista de tierra como si aún pudiera recorrer muchas millas más. Se detuvo un instante y, levantando la mirada, saludó brevemente con el brazo rígido. Luego, de pronto, estuvo ante ellos. Sonriendo, le tendió la mano a Seymour.

—Graham —dijo cordialmente—, cuánto tiempo. ¿Vas a quedarte a cenar? Tengo entendido que la señorita Coventry va a hacer su famoso pastel de carne.

Después dio media vuelta y echó a andar hacia la oscuridad. Un momento después se perdió de vista.

32

WORMWOOD COTTAGE, DARTMOOR

Graham Seymour cenó esa noche en Wormwood Cottage, en efecto, y permaneció allí largo rato después de la cena. La señorita Coventry les sirvió el pastel de carne y un clarete decente en la mesa de la cocina y los dejó luego a solas en el cuarto de estar, al amor de la lumbre y del pasado. Gabriel fue en gran medida un simple espectador, un testigo, un escribano. De hablar se encargó sobre todo Keller. Habló de su trabajo encubierto en Belfast, de la muerte de Elizabeth Conlin y de Quinn. Y habló también de la noche de enero de 1991 en que su escuadrón Sable cayó víctima del fuego aliado en el oeste de Irak, y de su larga marcha hacia los acogedores brazos de Don Anton Orsati. Seymour le escuchó sin interrumpirle apenas ni juzgarle, ni siquiera cuando Keller describió algunos de los muchos asesinatos que había cometido por encargo del don. Los juicios morales no le interesaban. Solo le interesaba el propio Keller.

De ahí que, tras abrir una botella del mejor whisky de malta que había en la casa y echar otro leño al montón de brasas del hogar, le propusiera un acuerdo que daría como resultado su repatriación. Trabajaría para el MI6 y tendría un nuevo nombre y una nueva identidad. Christopher Keller seguiría muerto para todo el mundo, excepto para sus familiares más próximos y para el MI6. No se dedicaría, en ningún caso, a redactar libros blancos sentado a una mesa de Vauxhall Cross. Para eso tenían analistas de sobra.

—¿Y si me tropiezo con un viejo conocido en la calle?

—Dile a ese viejo conocido que se equivoca y sigue andando.

—¿Dónde viviré?

—Donde quieras, mientras sea en Londres.

—¿Qué hay de mi casa de Córcega?

—Ya veremos.

Desde su puesto de observación junto al fuego, Gabriel se permitió una breve sonrisa. Keller retomó su interrogatorio.

—¿Para quién trabajaré?

—Para mí.

—¿Haciendo qué?

—Lo que haga falta.

—¿Y cuando tú ya no estés?

—Yo no voy a ir a ninguna parte.

—No es eso lo que he leído en los periódicos.

—Una de las cosas que aprenderás enseguida cuando trabajes para el MI6 es que los periódicos se equivocan casi siempre. —Seymour levantó su vaso y examinó el color del whisky a la luz del fuego.

—¿Qué vamos a decirle a Personal? —inquirió Keller.

—Lo menos posible.

—Si hacen las comprobaciones habituales, no tengo ninguna posibilidad.

—No, no creo que la tengas.

—¿Qué hay de mi dinero?

—¿Cuánto es?

Keller contestó sinceramente. Seymour levantó una ceja.

—Tendremos que buscar alguna solución con los abogados.

—No me gustan los abogados.

—Bueno, no puedes tenerlo oculto en cuentas bancarias secretas.

—¿Por qué no?

—Porque, por razones obvias, los agentes del MI6 no pueden tenerlas.

—Yo no voy a ser un agente normal del MI6.

—Aun así tienes que respetar las reglas del juego.

—Nunca lo he hecho.

—No —repuso Seymour—. Por eso estás aquí.

Y así siguieron, bien pasada la medianoche, hasta que finalmente llegaron a un acuerdo y Seymour volvió a meterse trabajosamente a gatas en su humilde furgoneta sin distintivos. Dejó en Woormwood Cottage un pequeño ordenador portátil incapaz de contactar con el mundo exterior y un lápiz de memoria protegido con contraseña que contenía dos vídeos. El primero era un montaje editado del metraje de las cámaras de seguridad que mostraba la entrega del BMW azul en el Aeropuerto de Heathrow. Las primeras imágenes habían sido captadas en las inmediaciones de Bristol unas horas antes del atentado. El conductor se dirigía directamente hacia Londres por la M4. Ocultaba sus facciones tras un sombrero y unas gafas de sol. Paró una vez a repostar, pagó en efectivo y no habló con el empleado de la gasolinera durante la transacción. Tampoco se dirigió a nadie en el aparcamiento de la Terminal 3 de Heathrow, donde depositó el BMW a las 11:30 de la mañana, media hora después de que el vuelo 501 de British Airways saliera de Lisboa. Tras sacar una maleta del asiento trasero, entró en la terminal y tomó el tren directo a Paddington Station, donde lo aguardaba una motocicleta. Una hora después la moto desapareció del alcance de las cámaras de seguridad en un camino rural al sur de Luton. La motocicleta seguía sin aparecer, y se desconocía el lugar exacto del que había partido el coche el día del atentado.

El segundo vídeo estaba dedicado íntegramente a la mujer. Comenzaba con su paso por el aeropuerto de Heathrow y acababa con su desaparición entre el humo y el caos que ella misma había desatado en Brompton Road, Londres. Gabriel le añadió varios minutos de metraje extraídos de su memoria: una mujer sentada a solas en la terraza de un restaurante, otra que paraba bruscamente un taxi en un transitado bulevar, y otra en un avión, mirando de frente su cara sin dar muestras de reconocerlo. Era hábil, se dijo, una digna oponente. Había sabido desde el principio que la seguían hombres peligrosos, y en ningún momento había dejado traslucir miedo o inquietud. Cabía la posibilidad de que Quinn la hubiera conocido en el transcurso de sus viajes por las oscuras regiones del terrorismo global, pero Gabriel lo dudaba. Era una profesional, una profesional de élite. Tenía un calibre mayor, pertenecía a una clase más refinada.

Gabriel revisó el vídeo desde el principio, vio cómo el BMW se deslizaba suavemente en el carril bus, frente a la sucursal del HSBC, observó cómo se apeaba ella y la calma con que se alejaba. Luego vio a dos hombres saltar de un Passat gris plata (uno armado con una pistola, el otro solo con su fuerza bruta) y empezar a alejar a la gente de allí. Transcurridos cuarenta y cinco segundos, la calle quedaba de pronto mortalmente quieta e inmóvil. Luego se veía a un hombre correr frenéticamente hacia un Ford blanco compacto atrapado en el atasco. La explosión barría el plano. Debería haber borrado también al hombre. Tal vez Graham Seymour tuviera razón. Quizá Gabriel fuera un arcángel después de todo.

Faltaba poco para que amaneciera cuando apagó el ordenador. Tal y como le habían indicado, se lo devolvió a Parish, el guarda, durante el desayuno junto con una nota manuscrita que debía entregarse personalmente a Graham Seymour en Vauxhall Cross. En ella, Gabriel pedía permiso para celebrar dos reuniones: una con la periodista política más conocida de Londres y otra con la desertora más famosa del mundo. Seymour dio luz verde a ambas y envió a Wormwood Cottage una furgoneta sin distintivos. A última hora de esa tarde, la furgoneta circulaba velozmente por los acantilados de la península de Lizard, en la parte oeste de Cornualles. Keller, al parecer, no estaba solo. El difunto Gabriel Allon también volvía a casa.

33

GUNWALLOE COVE, CORNUALLES

La había visto por primera vez a una milla de distancia de la costa, desde la cubierta de un velero: una casita de campo en el extremo sur de Gunwalloe Cove, encaramada a lo alto de los acantilados a la manera de *La cabaña del aduanero de Pourville* de Monet. Bajo ella había un semicírculo de arena batida por el mar en el que los restos de un naufragio ya antiguo dormitaban bajo el oleaje traicionero. Detrás, más allá de las siemprevivas moradas y la festuca roja de la cima del acantilado, se alzaba una empinada pradera cruzada por setos. En ese momento Gabriel no veía nada de aquello, pues iba agazapado como un refugiado en la parte trasera de una furgoneta. Sabía, sin embargo, que estaban cerca: se lo decía la carretera. Conocía cada curva y cada recta, cada badén y cada bache, el ladrido de cada perro guardián, el dulce aroma bovino de cada prado. De ahí que, cuando la furgoneta torció bruscamente a la derecha a la altura del pub Lamb and Flag y enfiló la última pendiente hacia la playa, se incorporara ligeramente, lleno de expectación. La furgoneta aminoró la velocidad, seguramente para esquivar a un pescador que subía de la cala, y de nuevo viró bruscamente, esta vez a la izquierda, para tomar el camino privado. La puerta trasera se abrió de repente y un guardia de seguridad del MI6 le dio la bienvenida a su propia casa como si fuera un extraño que pisara Cornualles por primera vez.

—Señor Carlyle —gritó el agente para hacerse oír por encima

del viento—, bienvenido a Gunwalloe. Espero que haya tenido buen viaje, señor. El tráfico puede ser infernal a esta hora del día.

El aire era frío y salobre, la luz del atardecer de un naranja radiante, y el mar en llamas aparecía orlado de espuma. Gabriel permaneció un momento en el camino de entrada, anegado por la nostalgia, hasta que el guardia de seguridad le urgió amablemente a dirigirse a la puerta: tenía orden estricta de no permitir que Gabriel se dejara ver ante un mundo que pronto lo creería muerto. Al levantar la vista, Gabriel se imaginó a Chiara de pie en el umbral con expresión de reproche, la melena rebelde cayéndole sobre los hombros, los brazos cruzados sobre el vientre todavía yermo. Pero al subir los tres escalones de la entrada, la imagen de su mujer se desvaneció. Colgó automáticamente su chaquetón impermeable en el perchero de la entrada y pasó una mano por la vieja gorra de ante que solía ponerse durante sus caminatas por los acantilados. Luego, al volverse, vio a Chiara por segunda vez. Estaba sacando una pesada cazuela de barro del horno y cuando levantó la tapa el aroma a ternera, vino y salvia inundó la casa. Sobre la encimera de la cocina, donde trabajaba, había desperdigadas varias fotografías de un retrato de Rembrandt desaparecido. Gabriel acababa de aceptar buscar el cuadro para un tratante de arte llamado Julian Isherwood, sin saber que sus pesquisas lo conducirían directamente al corazón del programa nuclear iraní. Había logrado localizar y destruir cuatro instalaciones secretas de enriquecimiento de uranio, un logro asombroso que frenó notablemente la marcha de los iraníes hacia la consecución de la bomba nuclear. Ellos, como es lógico, no vieron su hazaña con tan buenos ojos. De hecho, tenían tantas ganas de acabar con él como los hombres que habían contratado a Eamon Quinn.

La imagen de Chiara volvió a desvanecerse. Gabriel abrió las puertas cristaleras y por un instante creyó poder oír las campanas de Lyonesse, la mítica Ciudad de los Leones sumergida, tañendo bajo la superficie del mar. Un pescador se erguía solitario en la rompiente con el agua a la cintura. La playa estaba desierta, salvo por una mujer que caminaba por la orilla, seguida de cerca por un hombre con chaqueta marinera de nailon. Se dirigía hacia el norte, ofreciendo a Gabriel la vista de su larga espalda. Una racha de viento sopló del mar, tan fría que dejó helado a Gabriel. Con los ojos de la imaginación, la vio caminando por una gélida calle de San Petersburgo. Entonces, como ahora, la había visto desde arriba, parado ante el parapeto de la cúpula de una iglesia. La mujer no había levantado la vista pese a saber que estaba allí. Era una profesional, una profesional de élite. De un calibre mayor, de una clase más refinada.

Había llegado al extremo norte de la playa. Giró sobre sus talones y el hombre de la chaqueta de nailon giró con ella. La neblina del mar confería a la imagen una cualidad onírica. Se detuvo a observar cómo el pescador sacaba un róbalo de la rompiente y, riendo por algo que dijo el hombre, tomó una piedra de la orilla y la lanzó al mar. Al volverse se detuvo de nuevo, distraída al parecer por algo inesperado que acababa de ver. Quizá fuera el hombre parado junto a la barandilla de la terraza, como aquel otro que la había mirado una vez desde el pretil de la torre de una iglesia de San Petersburgo. Arrojó otra piedra al mar turbulento, bajó la cabeza y siguió caminando. Ahora, como entonces, Madeline Hart no levantó la mirada.

Había empezado siendo una aventura amorosa entre el primer ministro Jonathan Lancaster y una joven que trabajaba en la sede de su partido. La joven, sin embargo, no era una mujer corriente, sino una agente rusa «durmiente» colocada desde niña en Inglaterra, y la aventura tampoco era una aventura corriente. Formaba parte de un complejo complot ruso ideado para obligar al primer ministro a ceder los lucrativos derechos de perforación en el Mar del Norte a una empresa petrolera llamada Volgatek Oil & Gas, cuyo dueño no era otro que el Kremlin. Gabriel había sabido la verdad por boca del hombre que había dirigido la operación, un agente del SVR llamado Pavel Zhirov. Después, Gabriel y su equipo de agentes de la Oficina habían arrancado a Madeline Hart de San Petersburgo y la habían sacado clandestinamente del país. El escándalo que acompañó a su deserción fue el peor de la historia de Gran Bretaña. Jonathan Lancaster, humillado en lo más íntimo y herido política- mente, respondió cancelando el acuerdo del Mar del Norte y con- gelando el capital ruso depositado en bancos británicos. Según una estimación, el presidente ruso perdió varios miles de millones de dólares de su bolsillo. A decir verdad, pensó Gabriel, era increíble que hubiera esperado tanto tiempo para vengarse.

El KGB tenía intención de convertir a Madeline Hart en una chica inglesa y lo había conseguido a base de años de entrenamiento y manipulación. Su manejo del idioma ruso era limitado, y no sentía lealtad alguna hacia el país que había abandonado de niña. Al re- gresar a Inglaterra había querido recuperar su antigua vida, pero consideraciones políticas y de seguridad lo habían hecho imposible. Gabriel le había cedido el uso de su querida casa de Cornualles. Sabía que a ella le agradaría el paisaje. Se había criado en la pobreza de los subsidios estatales, en un barrio de viviendas sociales de Ba- sildon, Inglaterra. No deseaba nada más en la vida que una habita- ción con vistas.

—¿Cómo me has encontrado? —preguntó al subir los peldaños de la terraza.

Y entonces sonrió. Era la misma pregunta que le había formu- lado a Gabriel aquella tarde en San Petersburgo. Sus ojos, del mismo color gris azulado, parecían dilatados por la emoción, pero se en- tornaron cuando observó con preocupación los daños que había sufrido su cara.

—Tienes un aspecto horrible —dijo con su acento inglés, mez- cla de Londres y de Essex, sin un solo atisbo de acento mosco- vita—. ¿Qué ha pasado?

—Un accidente cuando estaba esquiando.

—No te creía aficionado al esquí.

—Era mi primera vez.

Siguió un instante de ligera tensión cuando lo invitó a entrar en su propia casa. Colgó su chaqueta del perchero, junto a la de él, y entró en la cocina para hacer té. Llenó el hervidor eléctrico con agua mineral y bajó del armario una vieja caja de Harney & Sons. Gabriel la había comprado hacía siglos en el supermercado Morrisons de Marazion. Tomó asiento en su taburete preferido y observó a otra mujer habitar el espacio que normalmente ocupaba su esposa. Los periódicos de Londres descansaban sobre la encimera, sin leer. Todos ellos se hacían eco con escabroso detalle del atentado de Brompton Road y de la lucha intestina que había desatado entre los distintos servicios de inteligencia británicos. Gabriel miró a Madeline. La fría brisa del mar había puesto algo de color en sus mejillas pálidas. Parecía contenta, feliz incluso, no como la mujer abatida a la que había encontrado en San Petersburgo. De pronto no tuvo valor para decirle que ella era la causa de todo lo que había pasado.

—Empezaba a pensar que no volvería a verte nunca —dijo—. Ha pasado...

—Demasiado tiempo —repuso Gabriel atajándola.

—¿Cuándo fue la última vez que estuviste en el Reino Unido?

—Estuve aquí este verano.

—¿Por placer o por trabajo?

Él dudó antes de contestar. Durante mucho tiempo después de su deserción, se había negado a decirle a Madeline su verdadero nombre. Los desertores eran proclives a sentir nostalgia de su hogar.

—Fue un asunto de trabajo —contestó por fin.

—Concluido con éxito, espero.

Gabriel tuvo que pensárselo.

—Sí —dijo al cabo de un momento—. Supongo que sí.

Madeline levantó el hervidor de su base y sirvió el agua humeante en una oronda tetera blanca que Chiara había encontrado en una tienda de Penzance. Sin dejar de mirarla, Gabriel preguntó:

—¿Eres feliz aquí, Madeline?

—Vivo con miedo a que me echéis.

—¿Por qué piensas eso?

—Nunca antes había tenido un hogar propio —dijo—. Ni madre, ni padre, solo el KGB. Me convertí en la persona que ellos querían que fuera. Y luego también me quitaron eso.

—Puedes quedarte aquí todo el tiempo que quieras.

Ella abrió la nevera, sacó un recipiente de leche y vertió un poco en la jarrita de cerámica de Chiara.

—¿Caliente o fría? —preguntó.

—Fría.

—¿Azúcar?

—Santo cielo, no.

—Debe de haber un bote de galletas McVitie en la despensa.

—Me lo comí. —Gabriel echó un poco de leche en el fondo de su taza y se sirvió el té encima—. ¿Qué tal se portan mis vecinos?

—Son un poco entrometidos.

—No me digas.

—Por lo visto les impresionaste mucho.

—No era yo.

—No —repuso ella—. Era Giovanni Rossi, el gran restaurador de arte italiano.

—No tan grande.

—No es eso lo que dice Vera Hobbs.

—¿Qué tal son sus magdalenas últimamente?

—Casi tan buenas como las de la cafetería de Lizard Point.

La sonrisa de Gabriel debió de traslucir lo mucho que echaba de menos todo aquello.

—No sé cómo pudiste marcharte de este lugar —añadió Madeline.

—Yo tampoco lo sé.

Ella lo miró pensativamente por encima del borde de su taza de té.

—¿Ya eres el jefe de tu servicio?

—Todavía no.

—¿Cuánto falta?

—Un par de meses, puede que menos.

—¿Lo veré publicado en los periódicos?

—Ahora hacemos público el nombre de nuestro jefe, igual que el MI6.

—Pobre Graham —comentó Madeline lanzando una ojeada a los periódicos.

—Sí —repuso Gabriel vagamente.

—¿Crees que Jonathan va a destituirlo?

Resultaba extraño oírla referirse al primer ministro por su nombre de pila. Gabriel se preguntó cómo lo llamaba aquellas noches en Downing Street, cuando Diana Lancaster estaba ausente.

—No —respondió pasado un momento—. Creo que no.

—Graham sabe demasiado.

—Está eso, por un lado.

—Y Jonathan es muy leal.

—Con todo el mundo, excepto con su mujer.

Su comentario la hirió.

—Lo siento, Madeline. No debería...

—No pasa nada —se apresuró a decir ella—. Me lo merecía.

Una inquietud repentina se apoderó de sus manos largas y fibrosas. Las calmó retirando las bolsitas de té de la tetera, añadiendo un chorro de agua caliente y volviendo a poner la tapa.

—¿Está todo como lo recordabas? —preguntó.

—La mujer de detrás de la encimera es otra, pero, por lo demás, todo sigue igual.

Ella sonrió con esfuerzo, pero no dijo nada.

—¿Has estado curioseando en mis cosas? —preguntó Gabriel.

—Constantemente.

—¿Y has encontrado algo interesante?

—Lamentablemente, no. Es casi como si el hombre que vivía aquí no existiera.

—Igual que Madeline Hart.

Vio pesar en sus ojos, que recorrieron lentamente la estancia: su habitación con vistas.

—¿Vas a decirme en algún momento por qué tienes tan mal aspecto?

—Estaba en Brompton Road cuando estalló la bomba.

—¿Por qué?

Gabriel contestó sinceramente.

—Entonces, el agente de inteligencia extranjero eres tú.

—Me temo que sí.

—Y fuiste tú quien intentó alejar a toda esa gente de allí.

Él no dijo nada.

—¿Quién era el otro hombre?

—Eso no importa.

—Tú siempre dices eso.

—Solo cuando es verdad.

—¿Y la mujer? —preguntó Madeline.

—Su pasaporte decía que era...

—Sí —lo interrumpió ella—. Eso ya lo leí en el periódico.

—¿Has visto el vídeo de las cámaras de seguridad?

—En realidad no hay mucho que ver. Una mujer sale de un coche, se aleja tranquilamente y una calle salta hecha pedazos.

—Todo muy profesional.

—Mucho, sí —convino Madeline.

—¿Has visto su foto fija, la de Heathrow?

—Está muy borrosa.

—¿Crees que es alemana?

—Medio alemana, diría yo.

—¿Y el otro medio?

Madeline se quedó mirando el mar.

34

GUNWALLOE COVE, CORNUALLES

Había cuatro fotografías en total: la que le había hecho Gabriel mientras estaba sentada en la terraza del restaurante y tres más, tomadas cuando había salido al herrumbroso balcón de Eamon Quinn. Gabriel las dispuso sobre la encimera, donde en otro tiempo había ordenado para Chiara las fotografías del Rembrandt robado, y sintió una punzada de mala conciencia cuando Madeline se inclinó para mirarlas.

—¿Quién las hizo?

—Eso no importa.

—Tienes buen ojo.

—Casi tan bueno como Giovanni Rossi.

Madeline tomó la primera fotografía: una mujer con gafas de sol oscuras, sentada a solas a la mesa de una terraza, mirando hacia el panorama menos atractivo de la ciudad que se divisaba desde aquel punto.

—No cerró la cremallera del bolso.

—Tú también te has fijado.

—Una turista corriente cerraría la cremallera por miedo a los ladrones y los carteristas.

—Sí.

Madeline dejó la fotografía en su sitio, sobre la encimera, y tomó otra. Mostraba a una mujer de pie, a solas, detrás de la barandilla de un balcón, con una enredadera en flor rebosando a sus pies. Se acercaba un cigarrillo a los labios de un modo que dejaba al descubierto la parte de abajo de su brazo derecho. Madeline se inclinó un poco más hacia la fotografía y frunció el ceño pensativa.

—¿Ves eso? —preguntó.

—¿Qué?

Ella levantó la foto.

—Tiene una cicatriz.

—Podría ser un defecto de la imagen.

—Podría, pero no lo es. Es un defecto de la chica.

—¿Cómo puedes estar tan segura?

—Porque estaba allí cuando ocurrió —repuso Madeline.

—¿La conoces?

—No —dijo sin dejar de mirar la fotografía—. Pero conozco a la chica que fue hace tiempo.

35

GUNWALLOE COVE, CORNUALLES

Gabriel había oído aquella historia por primera vez en Rusia, a orillas de un lago helado y de boca de un hombre llamado Pavel Zhirov. Ahora, en una casa junto al mar, la oyó de nuevo en labios de la mujer que se había convertido en Madeline Hart. Ella ignoraba su verdadero nombre. De sus padres biológicos sabía muy poco. Su padre había sido un general del KGB, tal vez el jefe del todopoderoso Primer Alto Directorio. Su madre, una mecanógrafa del KGB de no más de veinte años, no había sobrevivido mucho tiempo después del parto. Una sobredosis de somníferos mezclados con vodka acabó con su vida, o eso le dijeron después a Madeline.

A ella la ingresaron en un orfanato. No en un verdadero orfanato, sino en un orfanato del KGB donde, tal y como gustaba de decir, había sido criada por lobos. Llegado a cierto punto (no recordaba cuándo), sus cuidadoras dejaron de hablarle en ruso. Durante un tiempo se ocuparon de ella en completo silencio, hasta que se borró de su memoria todo rastro del idioma ruso. Luego la pusieron al cuidado de una agente que le hablaba únicamente en inglés. Veía vídeos de programas infantiles británicos y leía libros para niños en inglés. Aquella escasa inmersión en la cultura británica no hizo gran cosa por su acento. Hablaba inglés, decía, como una locutora de Radio Moscú.

La institución en la que vivía estaba en un suburbio moscovita no muy lejos de Yasenevo, donde se hallaba la sede del Primer Alto

Directorio, conocida en la jerga del KGB como Moscú Centro. Pasado algún tiempo la trasladaron a un campo de entrenamiento del KGB en una zona remota del interior de Rusia, cerca de una ciudad cerrada que no tenía nombre, solo un número. El campo albergaba un pueblecito inglés con tiendas en la calle mayor, un parque, un autobús con un conductor angloparlante y una hilera de casas de ladrillo donde las pupilas vivían juntas como familias. En otra parte del campo había un pueblecito estadounidense con un cine en el que pasaban famosas películas americanas. Y a escasa distancia del pueblecito estadounidense había una aldea alemana que regentaban conjuntamente el KGB y la Stasi de Alemania del Este. La comida la traían todas las semanas en avión desde Berlín Este: salchichas alemanas, cerveza alemana, jamón alemán. Todo el mundo estaba de acuerdo en que las pupilas germanoparlantes eran las que gozaban de mejores condiciones.

Las chicas se ceñían, en general, a sus mundos falsos y acotados. Madeline vivía con el hombre y la mujer con los que años después se establecería en Inglaterra. Asistía a una estricta escuela británica, tomaba té con tortitas en una tiendecita inglesa y jugaba en un parque inglés sepultado invariablemente bajo varios centímetros de nieve rusa. En ocasiones, sin embargo, se le permitía ver una película americana en el pueblecito de al lado, o cenar en el jardín de la cervecería de la aldea alemana. Fue en una de esas salidas cuando conoció a Katerina.

—Me imagino que no vivía en el pueblecido americano —comentó Gabriel.

—No —contestó Madeline—. Katerina era alemana.

Era unos años mayor que ella, una adolescente en el umbral de la madurez. Ya era muy bella, pero no tanto como lo sería después. Hablaba un poco de inglés (las alumnas del programa alemán disfrutaban de educación bilingüe) y disfrutaba practicándolo con Madeline, cuyo inglés, a pesar de su extraño acento, era impecable. Estaba mal visto, por regla general, que las alumnas de distintas escuelas trabaran amistad, pero en el caso de Madeline y Katerina sus educadores hicieron una excepción. Katerina llevaba un tiempo deprimida. Sus educadores no estaban del todo convencidos de que estuviera dotada para ser implantada en Occidente.

—¿Cómo acabó en ese programa? —preguntó Gabriel.

—Del mismo modo que yo.

—¿Su padre era del KGB?

—Su madre, en realidad.

—¿Y el padre?

—Era un agente de inteligencia alemán al que tendieron una trampa utilizando un señuelo sexual. Katerina fue el fruto de esa relación.

—¿Por qué no abortó la madre?

—Quería tener al bebé. Se lo quitaron. Y luego la eliminaron.

—¿Y la cicatriz?

Madeline no respondió. Tomó de nuevo la fotografía: el retrato de la chica a la que había conocido bajo el nombre de Katerina, en un balcón de Lisboa.

—¿Qué estaba haciendo allí? —preguntó—. ¿Y por qué dejó una bomba en Brompton Road?

—Estaba en Lisboa porque sus superiores sabían que estábamos vigilando el apartamento.

—¿Y la bomba?

—Estaba destinada a mí.

Madeline levantó bruscamente la mirada.

—¿Por qué intentaban matarte?

Gabriel vaciló. Luego dijo:

—Por ti, Madeline.

Se hizo el silencio entre ellos.

—¿Qué creías que ocurriría —dijo ella por fin— si matabas a un agente del KGB en territorio ruso y luego me ayudabas a desertar a Occidente?

—Creía que el presidente ruso se enfadaría. Pero no pensé que fuera a hacer estallar una bomba en Brompton Road.

—Subestimas al presidente ruso.

—No, nunca —repuso Gabriel—. El presidente ruso y yo tenemos una larga historia detrás.

—¿Ha intentado matarte otras veces?

—Sí —contestó—. Pero esta es la primera vez que lo consigue.

Los ojos de color azul grisáceo de Madeline se clavaron en él inquisitivamente. Y entonces lo entendió.

—¿Cuándo has muerto? —preguntó.

—Hace unas horas, en un hospital militar británico. Luché con fiereza, pero no ha servido de nada. Mis heridas eran demasiado graves.

—¿Quién más lo sabe?

—El cuerpo al que pertenezco, claro, y mi esposa, a la que se le ha notificado discretamente mi fallecimiento.

—¿Y Moscú Centro?

—Dado que, como sospecho, han estado leyendo el correo electrónico del MI6, ya deben de estar brindando con vodka por mi defunción. Pero solo para asegurarnos voy a dejar perfectamente claro que he muerto.

—¿Hay algo que yo pueda hacer?

—Decir cosas bonitas sobre mí en mi funeral. Y llevar más de un escolta cuando salgas a pasear por la playa.

—En realidad eran dos.

—¿El pescador?

—Esta noche cenamos róbalo asado. —Sonrió y preguntó—: ¿Qué vas a hacer con tanto tiempo libre ahora que estás muerto?

—Voy a encontrar a los hombres que me mataron.

Madeline tomó de nuevo la fotografía de Katerina en el balcón.

—¿Y ella? —preguntó.

Gabriel se quedó callado un momento. Luego dijo:

—No me has contado lo de su cicatriz del brazo.

—Ocurrió durante un ejercicio de entrenamiento.

—¿Qué clase de entrenamiento?

—Asesinato silencioso. —Miró a Gabriel y añadió sombríamente—: El KGB empieza temprano.

—¿Y tú?

—Yo era demasiado pequeña —contestó meneando la cabeza—. Pero Katerina era mayor y tenían otros planes para ella. Un día, su instructor le dio un cuchillo y le dijo que lo matara. Katerina obedeció. Katerina siempre obedecía.

—Continúa.

—Incluso después de que la desarmara siguió abalanzándose sobre él. Al final, se cortó con su propio cuchillo. Tuvo suerte de no desangrarse. —Madeline miró la foto—. ¿Dónde crees que está ahora?

—Supongo que en algún lugar de Rusia.

—En una ciudad sin nombre. —Madeline le devolvió la fotografía—. Esperemos que se quede allí.

Cuando regresó a Wormwood Cottage, Gabriel subió a su cuarto y se dejó caer en la cama, rendido por el cansancio. Ansiaba llamar a su mujer, pero no se atrevía. Sin duda sus enemigos estarían controlando las líneas telefónicas en busca de cualquier indicio de su voz. Y los muertos no llamaban por teléfono.

Cuando por fin se quedó dormido, tuvo sueños inquietos. En uno iba cruzando la nave de una catedral de Viena, llevando un estuche de madera lleno de utensilios de restauración. Una chica alemana aguardaba en la puerta para hablar con él, como había sucedido aquella noche, pero en el sueño la chica era Katerina y tenía una herida profunda en el brazo de la que manaba sangre a borbotones.

—¿Puedes arreglarlo? —le preguntaba mostrándole la herida, pero él pasaba a su lado sin decir palabra y seguía caminando por las tranquilas calles de Viena hasta una plaza de la antigua judería.

La plaza estaba cubierta por un manto de nieve y abarrotada de autobuses londinenses. Una mujer intentaba arrancar un Mercedes sedán, pero el motor no se ponía en marcha porque la bomba chupaba electricidad de la batería. Su hijo estaba sujeto en su sillita de seguridad, en la parte de atrás, pero la mujer sentada tras el volante no era su esposa. Era Madeline Hart.

—¿Cómo me has encontrado? —le preguntaba a través del cristal roto de la ventanilla.

Y entonces estallaba la bomba.

Debió de gritar en sueños porque Keller estaba en la puerta de su dormitorio cuando despertó. La señorita Coventry les sirvió el desayuno en la cocina y luego los vio perderse entre la fría niebla de la mañana cuando salieron a caminar por los brezales. Gabriel tenía las piernas debilitadas por la inactividad, pero Keller se compadeció de él. Recorrieron el primer kilómetro y medio a paso moderado y poco a poco fueron subiendo el ritmo mientras Gabriel hablaba de Madeline y de Katerina, la hija de una agente del KGB convertida en señuelo sexual. Iban a encontrarla, afirmó. Y luego enviarían al Kremlin un mensaje que no necesitaría traducción.

—No te olvides de Quinn —dijo Keller.

—Puede que Quinn no exista. Puede que sea solo un nombre y un expediente. Puede que haya sido solo un trozo de carnaza que echaron al agua para hacernos salir a la superficie.

—Pero tú no crees que sea así, ¿verdad?

—Se me ha pasado por la cabeza.

—Quinn mató a la princesa.

—Según afirma una fuente del espionaje iraní —repuso Gabriel con énfasis.

—¿Cuándo podremos ponernos en marcha?

—Después de mi funeral.

Al regresar a Wormwood Cottage encontró un cambio de ropa a los pies de su cama, bien doblado. Se duchó, se vistió y montó de nuevo en la trasera de la furgoneta. Esta vez lo condujo hacia el este, hasta un piso franco en Highgate. Conocía aquella casa: no era la primera vez que pasaba por ella. Al entrar dejó su chaqueta sobre el respaldo de una silla del cuarto de estar y subió las escaleras, hasta un pequeño despacho de la primera planta. Tenía un estrecho ventanuco que daba a un callejón sin salida: el panorama de un muerto. La lluvia gorgoteaba en los canalones, y en los aleros lloraban palomas. Pasaron treinta minutos, tiempo suficiente para que cayera la noche y se encendieran las farolas, indecisas. Luego apareció por la cuesta un coche gris que avanzaba lentamente, con extrema cautela. Aparcó delante de la casa y se apeó de él un joven de aspecto inofensivo. También se bajó una mujer: la periodista que informaría al mundo de su trágica muerte. Gabriel consultó su reloj y sonrió. Llegaba tarde. Como siempre.

36

HIGHGATE, LONDRES

—Rotundamente no —dijo Samantha Cooke—. Ni ahora, ni nunca. Ni en un millón de años.

—¿Por qué no?

—¿Tengo que enumerar las razones?

Estaba de pie en medio del cuarto de estar, con una mano suspendida en el aire con la palma hacia arriba, como un inquisidor que esperara una respuesta. Al entrar había dejado su bolso sobre el cojín de un sillón descolorido, pero aun no se había quitado el abrigo empapado. Tenía el pelo de color rubio ceniza, a media melena, y unos ojos azules inquisitivos por naturaleza que en aquel momento se clavaban con expresión incrédula en el semblante del israelí. Un año antes, Gabriel había concedido a Samantha Cooke y a su periódico, el *Telegraph*, una de las mayores exclusivas de la historia del periodisimo británico: una entrevista con Madeline Hart, la espía rusa que se había convertido en amante secreta del primer ministro. Ahora le estaba pidiendo un favor a cambio. Otra exclusiva, esta vez relativa a su muerte.

—Para empezar —dijo—, no sería ético. Ni mucho menos.

—Me encanta cuando los periodistas británicos hablan de ética.

—Yo no trabajo para un tabloide. Trabajo para un diario de calidad.

—Precisamente por eso te necesito. Si la historia aparece en el *Telegraph*, la gente pensará que es cierta. Si aparece en el...

—Ya he captado la idea. —Samantha se quitó el abrigo y lo lanzó sobre su bolso—. Creo que necesito una copa.

Gabriel señaló con la cabeza hacia el carrito de las bebidas.

—¿Tú no quieres?

—Es un poco temprano para mí, Samantha.

—Para mí también. Tengo que escribir un artículo.

—¿De qué trata?

—Del nuevo plan de Jonathan Lancaster para arreglar el Servicio Nacional de Salud. Un asunto verdaderamente fascinante.

—Yo tengo una historia mejor.

—No me cabe la menor duda. —Agarró una botella de Beefeater, dudó y se decidió por el Dewar's: dos dedos en un vaso de cristal labrado, con hielo y agua suficiente para mantenerse despejada—. ¿A quién pertenece esta casa?

—Lleva muchos años en el seno de la familia.

—No sabía que fueras un judío inglés. —Levantó un cuenco decorativo de una mesita y le dio la vuelta.

—¿Qué estás buscando?

—Bichitos.

—Los del control de plagas pasaron por aquí la semana pasada.

—Me refería a dispositivos de escucha.

—Ah.

Samantha miró dentro de la pantalla de una lámpara.

—No te molestes.

Ella lo miró pero no dijo nada.

—¿Nunca has publicado una historia que haya resultado no ser cierta?

—A propósito, no.

—¿De veras?

—No de esta magnitud —puntualizó ella.

—Entiendo.

—En ciertas ocasiones —añadió Samantha con el vaso junto a los labios—, considero necesario publicar una historia incompleta para que el objetivo de la historia se sienta impelido a concluirla.

—Los interrogadores hacen lo mismo.

—Pero yo no ahogo a mis sujetos de estudio, ni les arranco las uñas.

—Deberías hacerlo. Conseguirías mejores historias.

Samantha sonrió a su pesar.

—¿Por qué? —preguntó—. ¿Por qué quieres que te mate en letra impresa?

—Me temo que eso no puedo decírtelo.

—Pues tienes que decírmelo. De lo contrario, no hay historia que valga. —Tenía razón, y lo sabía—. Empecemos por lo básico, ¿quieres? ¿Cuándo has muerto?

—Ayer por la tarde.

—¿Dónde?

—En un hospital militar británico.

—¿En cuál?

—No puedo decírtelo.

—¿Tras una larga enfermedad?

—Lo cierto es que resulté gravemente herido en un atentado.

La sonrisa de Samantha se evaporó. Dejó con cuidado la copa sobre la mesa baja.

—¿Dónde acaban las mentiras y empieza la verdad?

—No se trata de mentiras, Samantha. Se trata de engaño.

—¿Dónde? —insistió ella.

—Era el agente extranjero que avisó a los servicios de inteligencia británicos de que iba a estallar una bomba en Brompton Road. Uno de los dos hombres que intentaron alejar a los peatones antes de que se produjera la explosión. —Hizo una pausa y añadió—: Y también era el objetivo de la bomba.

—¿Puedes demostrarlo?

—Mira las grabaciones de las cámaras de seguridad.

—Ya las he visto. Podría ser cualquiera.

—Pero no es cualquiera, Samantha. Es Gabriel Allon. Y ahora está muerto.

Samantha apuró su copa y se sirvió otra: más Dewar's, menos agua.

—Tendría que decírselo a mi jefe.

—Imposible.

—A mi jefe le confiaría mi vida.

—Pero no estamos hablando de tu vida, sino de la mía.

—Tú ya no tienes vida, ¿recuerdas? Estás muerto.

Gabriel miró al techo y exhaló lentamente un suspiro. Empezaba a cansarse de aquel combate de esgrima.

—Siento haberte hecho venir hasta aquí —dijo al cabo de un momento—. El señor Davies te llevará de vuelta a tu oficina. Finjamos que esta reunión no ha tenido lugar.

—Pero no me he acabado la copa.

—¿Qué hay de tu artículo sobre el plan de Jonathan Lancaster para salvar el Servicio Nacional de Salud?

—Es una mierda.

—¿El plan o el artículo?

—Las dos cosas. —Se acercó al carrito de las bebidas y, sirviéndose de las pinzas de plata, sacó un cubito de hielo del cubo—. Ya me has proporcionado una historia bastante buena, ¿sabes?

—Créeme, Samantha, hay más.

—¿Cómo sabías que había una bomba en ese coche?

—Eso tampoco puedo decírtelo.

—¿Quién era la mujer?

—No era Anna Huber. Y tampoco era alemana.

—¿De dónde era?

—De un poco más al este.

Samantha Cooke dejó caer el hielo en su copa y colocó pensativamente las pinzas sobre el carrito. Aunque se hallaba de espaldas a él, Gabriel notó que estaba enzarzada en una intensa lucha con su conciencia periodística.

—¿Es rusa? ¿Es eso lo que estás diciendo?

Gabriel no contestó.

—Me tomaré tu silencio como un sí. La cuestión es, ¿por qué dejaría una rusa un coche bomba en Brompton Road?

—Dímelo tú.

Ella fingió reflexionar.

—Imagino que querían enviarle un mensaje a Jonathan Lancaster.

—¿Un mensaje de qué índole?

—«No nos jodas» —repuso Samantha con frialdad—. «Y menos aún en cuestión de dinero». Esos derechos de perforación en el Mar del Norte habrían supuesto miles de millones para el Kremlin. Y Lancaster se los arrebató.

—Lo cierto es que fui yo quien se los arrebató. Razón por la cual el presidente ruso y sus esbirros me querían muerto.

—¿Y quieres hacerles creer que lo han conseguido?

Gabriel hizo un gesto afirmativo.

—¿Por qué?

—Porque así me será más fácil hacer mi trabajo.

—¿Qué trabajo?

Él no dijo nada.

—Entiendo —dijo Samantha en voz baja. Se sentó y bebió un sorbo de whisky—. Si alguna vez se hiciera público que yo...

—Creo que me conoces lo suficiente para descartar esa posibilidad.

—¿Cuál querrías que fuera la fuente?

—El espionaje británico.

—Otra mentira.

—Otro engaño —matizó él suavemente.

—¿Y si llamo a la Oficina?

—No te contestarán. Pero si llamas a este número —dijo Gabriel pasándole una hojita de papel—, un caballero más bien taciturno te confirmará mi prematuro fallecimiento.

—¿Tiene nombre ese caballero?

—Uzi Navot.

—¿El jefe de la Oficina?

Gabriel asintió con la cabeza.

—Llámalo desde una línea normal. Y hagas lo que hagas, no menciones que has hablado con el difunto. Moscú Centro estará escuchando.

—Voy a necesitar una fuente británica. Una de verdad.

Gabriel le pasó otra hojita de papel. Otro número de teléfono.

—Es su línea privada. No abuses de ese privilegio.

Ella guardó los dos números en su bolso.

—¿Cuándo podrás publicarlo?

—Si me doy prisa, saldrá en el periódico de mañana.

—¿A que hora aparecerá en vuestra página web?

—A medianoche, más o menos.

Se hizo el silencio entre ellos. Samantha se acercó la copa a los labios pero se detuvo. Tenía una larga noche por delante.

—¿Qué pasará cuando el mundo descubra que no estás muerto? —preguntó.

—¿Quién dice que van a descubrirlo?

—No pensarás seguir muerto, ¿verdad?

—Resultaría extremadamente ventajoso —repuso Gabriel.

—¿Por qué?

—Porque nadie intentaría volver a matarme.

Ella dejó la copa sobre la mesa y se levantó.

—¿Quieres que diga algo en especial sobre ti?

—Di que amaba a mi país y a mi pueblo. Y di también que le tenía mucho cariño a Inglaterra.

La ayudó a ponerse el abrigo. Ella se colgó el bolso del hombro y le tendió la mano.

—Ha sido un placer casi llegar a conocerte —dijo—. Creo que voy a echarte de menos.

—Ya no más lágrimas, Samantha.

—No —repuso ella—. Pensaremos en la venganza.

37

WORMWOOD COTTAGE, DARTMOOR

Esa noche, cuando regresó a Wormwood Cottage, Gabriel encontró un coche de aspecto oficial aparcado en el camino de entrada. En la cocina, la señorita Coventry estaba recogiendo la mesa de la cena, y en el saloncito dos hombres se encorvaban enfrascados en una reñida partida de ajedrez. Ambos contendientes estaban fumando. Las piezas parecían soldados perdidos en la niebla.

—¿Quién gana? —preguntó Gabriel.

—¿Tú qué crees? —contesto Ari Shamron. Miró a Keller y preguntó—: ¿Vas a mover alguna vez?

Keller movió. Shamron exhaló un suspiro melancólico y añadió el segundo caballo de Keller a su minúsculo campo de prisioneros. Las piezas formaban dos pulcras filas junto al cenicero. Shamron siempre se las arreglaba para imponer cierta disciplina a los infortunados que caían en sus manos.

—Come algo —le dijo a Gabriel—. Esto no durará mucho.

La señorita Coventry había dejado un plato de cordero con guisantes en el horno. Gabriel comió solo en la mesa de la cocina, escuchando la partida que se desarrollaba en la habitación contigua. El tableteo de las piezas de ajedrez, el chasquido del viejo mechero Zippo de Shamron... Era extrañamente reconfortante. Dedujo por el silencio acongojado de Keller que la batalla no iba bien. Fregó su plato y sus cubiertos, los puso a secar en el escurridor y regresó al cuarto de estar. Shamron se calentaba las manos junto al fuego de carbón y leña de la chimenea. Vestía pantalones chinos bien planchados, camisa blanca de tela oxford y una vieja cazadora de cuero con un desgarrón en el hombro izquierdo. La luz de las llamas se reflejaba en los cristales de sus feas gafas metálicas.

—¿Y bien? —preguntó Gabriel.

—Ha peleado duro, pero no ha servido de nada.

—¿Cómo es su manera de jugar?

—Valerosa, hábil, pero falta de visión estratégica. Se regodea matando, pero no carece de la prudencia necesaria para comprender que a veces es mejor dejar vivo al enemigo que pasarlo a cuchillo. —Miró a Gabriel y sonrió—. Es un operador, no un planificador. —Fijó de nuevo la mirada en el fuego—. ¿Es así como imaginabas que sería?

—¿El qué?

—Tu última noche en este mundo.

—Sí —contestó Gabriel—. Exactamente como me la imaginaba.

—Atrapado en una casa de seguridad conmigo. Y en Inglaterra —añadió Shamron con desdén. Paseó los ojos por las paredes y el techo—. ¿Nos están escuchando?

—Dicen que no.

—¿Te fías de ellos?

—Sí.

—Pues no deberías. De hecho —añadió—, no deberías haberte mezclado en este asunto de Quinn. Que conste que me opuse. Pero Uzi se salió con la suya.

—¿Desde cuándo haces caso a Uzi?

Shamron se encogió de hombros, dándole la razón.

—Hacía bastante tiempo que tenía un casillero vacío al lado del nombre de Eamon Quinn —dijo—. Quería que tu amigo y tú le pusierais una cruz antes de que otro avión se cayera del cielo.

—El casillero sigue vacío.

—No por mucho tiempo. —El mechero de Shamron se encendió. El olor acre del tabaco turco se mezcló con el aroma a leña y carbón inglés.

—¿Y tú? —preguntó Gabriel—. ¿Creías que acabaría así?

—¿Con tu muerte?

Gabriel hizo un gesto afirmativo.

—Lo he pensado tantas veces que he perdido la cuenta.

—Estuvo aquella noche en el Rub al Jali —dijo Gabriel.

—¿Y qué me dices de Harwich?

—Y de Moscú.

—Sí —dijo Shamron—. Siempre nos quedará Moscú. Por Moscú estamos aquí.

Fumó en silencio un momento. Normalmente, Gabriel le habría pedido que apagara el cigarro, pero esta vez no se lo pidió. Shamron estaba de luto. Iba a perder a un hijo.

—Tu amiga del *Telegraph* acaba de hablar con Uzi.

—¿Qué tal ha ido la conversación?

—Por lo visto, Uzi te ha puesto por las nubes. Un talento sobresaliente, una terrible pérdida para el país. Parece que Israel es menos seguro esta noche. —Shamron hizo una pausa. Luego agregó—: Creo que en realidad ha disfrutado.

—¿De qué parte?

—De todo. A fin de cuentas —repuso Shamron—, si estás muerto no puedes ser el próximo jefe.

Gabriel sonrió.

—No te hagas ilusiones —añadió Shamron—. En cuanto esto acabe, volverás a Jerusalén, donde experimentarás una resurrección milagrosa.

—Igual que...

Shamron levantó una mano. Se había criado en un pueblecito del este de Polonia en el que había pogromos con regularidad, y aún no había hecho las paces con el Cristianismo.

—Me sorprende que no hayas venido a Inglaterra con un equipo de extracción —comentó Gabriel.

—La idea se me pasó por la cabeza.

—¿Pero?

—Es importante que hagamos entender a los rusos que tendrán

que pagar un precio muy alto si asesinan a nuestro jefe *in pectore*. Lo irónico es que vayas a ser tú quien entregue el mensaje.

—¿Crees que los rusos entienden la ironía?

—Tolstói la entendía. Pero el zar solo entiende la fuerza.

—¿Y los iraníes?

Shamron sopesó la pregunta antes de contestar.

—Tienen menos que perder —dijo por fin—. Por lo tanto, habrá que manejarlos con más cuidado.

Echó la colilla de su cigarro al fuego y sacó otro del paquete arrugado.

—El hombre al que buscas está en Viena. Se aloja en el hotel Intercontinental. Operaciones Auxiliares os ha reservado habitaciones a ti y a Keller. Os reuniréis allí con dos viejos amigos. Sírvete de ellos como creas conveniente.

—¿Qué hay de Eli?

—Sigue esperando en aquella pocilga de Lisboa.

—Mándalo a Viena.

—¿Quieres mantener vigilado el apartamento de Lisboa?

—No —contestó Gabriel—. Quinn no volverá a poner un pie en él. Lisboa ya ha servido a su propósito.

Shamron asintió lentamente con la cabeza.

—En cuanto a las comunicaciones —dijo—, tendremos que hacerlo a la antigua usanza, como hacíamos durante la Ira de Dios.

—Es difícil hacer las cosas a la antigua usanza en el mundo moderno.

—Tú puedes hacer que un cuadro de cuatrocientos años quede como nuevo otra vez. Estoy seguro de que se te ocurrirá algo. —Shamron consultó su reloj—. Me gustaría que pudieras hacer una última llamada a tu esposa, pero me temo que no es posible dadas las circunstancias.

—¿Cómo se está tomando la noticia de mi muerte?

—Tan bien como cabía esperar. —Miró a Gabriel—. Eres un hombre afortunado. Pocas mujeres dejarían que sus maridos se fueran a librar una guerra contra el Kremlin en las semanas finales de su embarazo.

—Forma parte del trato.

—Eso pensaba yo también. Dediqué mi vida a mi pueblo y a mi país. Y entre tanto ahuyenté de mi lado a todos mis seres queridos. —Shamron hizo una pausa y añadió—: A todos, menos a ti.

Fuera estaba empezando a llover otra vez, un aguacero repentino que arrojó gruesas gotas sibilantes sobre el fuego de la chimenea. El tiempo siempre había sido su enemigo, ahora más que nunca.

—¿Cuánto queda? —preguntó.

—No mucho —contestó Gabriel.

Shamron fumó en silencio mientras las gotas de lluvia seguían inmolándose sobre la rejilla incandescente de la chimenea.

—¿Es así como imaginabas que sería? —preguntó.

—Exactamente así.

—Es terrible, ¿verdad?

—¿Qué, Ari?

—Que un hijo muera antes que su padre. Revierte el orden natural de las cosas. —Arrojó su cigarrillo al fuego—. Uno no puede llorar como es debido. Solo puede pensar en la venganza.

Ari Shamron, al igual que Gabriel, solo había logrado habituarse hasta cierto punto al mundo moderno. Llevaba un teléfono móvil a regañadientes, pues sabía mejor que nadie hasta qué punto tales aparatos podían volverse en contra de sus usuarios. En ese momento se hallaba guardado en la caja de madera del escritorio de Parish reservada para las posesiones prohibidas de la «compañía». Parish no tenía empacho en reconocer que el viejo no le agradaba. *¡Cuánto fuma! ¡Señor, cuánto fuma!* Más aún que el joven inglés que andaba siempre pateando los páramos. El viejo olía como un cenicero. Parecía un fiambre recalentado. *¡Y los dientes!* Tenía una sonrisa como una trampa de acero, e igual de agradable.

No estaba claro si el viejo pensaba quedarse a pasar la noche.

No había desvelado sus planes, y Parish no había recibido ninguna indicación de Vauxhall Cross, excepto una enigmática nota relativa a la página web del *Telegraph*: tenía que mirarla cada cierto tiempo a partir de medianoche. Iba a aparecer en ella una noticia que interesaba a los dos israelíes. Vauxhall Cross no se molestó en decirle por qué les interesaba tanto. Al parecer, sería evidente. Parish debía imprimir el artículo y entregárselo a los dos hombres sin hacer comentario alguno y con la debida solemnidad, significara eso lo que significase. Llevaba casi treinta años trabajando para el MI6 en distintos puestos. Estaba acostumbrado a las extrañas instrucciones del cuartel general. Sabía por experiencia que siempre las había cuando se trataba de una operación importante.

Así pues, permaneció ante su mesa hasta muy tarde, hasta mucho después de que llevaran a la señorita Coventry a su casa en un lúgubre pueblecito de Devon y de que los guardias de seguridad, agotados tras pasarse el día siguiendo al joven inglés por los brezales, se fueran a dormir. La casa tenía instalaciones electrónicas, lo que significaba que no la protegían hombres, sino máquinas. Parish leyó unas cuantas páginas de P. D. James (descanse en paz) y escuchó un rato a Händel en la radio. Pero principalmente escuchó la lluvia. Otra noche de perros. ¿Cuándo dejaría de llover?

Por fin, al dar las doce, abrió el buscador de su ordenador y marcó la dirección del *Telegraph*. Encontró la misma cháchara de siempre: una trifulca en Westminster a cuenta del Servicio Nacional de Salud, un atentado en Bagdad, algo acerca de la vida amorosa de una estrella del pop que le repelía profundamente. No había nada, sin embargo, que pareciera ni siquiera remotamente de interés para la «compañía» de Tierra Santa. Ah, había ciertos atisbos de esperanza respecto a las negociaciones con Irán en materia nuclear, pero sin duda no necesitaban que él los informara de eso.

De modo que volvió a su P. D. James y a su Händel hasta que, pasados cinco minutos, hizo clic en REFRESCAR y vio la misma morralla que antes. A y diez, todo seguía igual. Pero cuando volvió a cargar la página a las doce y cuarto, esta se heló como un bloque de hielo. Parish no era experto en cuestiones informáticas, pero sabía que las páginas web a menudo no respondían durante los periodos de transición o cuando recibían un aluvión de visitas. Sabía también que no conseguiría nada tecleando o haciendo clic con el ratón, así que dejó que unos renglones más de la novela se deslizaran ante sus ojos mientras la página web se liberaba con esfuerzo de sus ataduras digitales.

Sucedió a las 12:17 en punto. La página se cargó y aparecieron tres palabras en el encabezamiento. En letra grande, tan grande como Dartmoor. Parish usó el nombre del Señor en vano, se arrepintió de inmediato e hizo clic en IMPRIMIR. Luego se guardó las hojas en el bolsillo de la chaqueta y cruzó el patio en dirección a la puerta trasera de la casa. Y mientras tanto no dejó de dar vueltas a las extrañas instrucciones que había recibido de Vauxhall Cross. *¡Con la solemnidad apropiada, claro que sí!* Pero ¿cómo exactamente se informaba a un hombre de que estaba muerto?

38

LONDRES-EL KREMLIN

La noticia estuvo allí casi una hora sin que los demás medios de comunicación se hicieran eco de ella. Puede incluso que la ignoraran. Después, un productor de los informativos de la BBC, alentado por una llamada telefónica del jefe de edición del *Telegraph*, la insertó en el boletín de noticias de la una de la madrugada. Radio Israel estaba escuchando y a los pocos minutos los teléfonos empezaron a sonar y los periodistas tuvieron que levantarse de sus camas. Lo mismo hicieron numerosos miembros de los influyentes servicios de seguridad y espionaje del país, tanto pasados como presentes. Oficialmente, nadie quería reconocerlo. Extraoficialmente, daban a entender que seguramente era cierto. El Ministerio de Asuntos Exteriores dijo únicamente que estaba haciendo averiguaciones. La oficina del primer ministro declaró que confiaba en que se tratara de algún error. No obstante, cuando los primeros rayos de sol cayeron sobre Jerusalén esa mañana, una música fúnebre inundó las ondas. Gabriel Allon, el ángel vengador de Israel, el futuro jefe de la Oficina, había muerto.

En Londres, sin embargo, la noticia de su muerte causó más controversia que aflicción. Allon había actuado infinidad de veces en territorio británico, algunas de ellas conocidas por el público. Otras, por suerte, no. Estaban sus operaciones contra Zizi Al Bakari, el financiero saudí del terror, y contra Ivan Kharkov, el traficante de armas favorito del Kremlin. Estaba su dramático rescate de Elizabeth

Halton, la hija del embajador americano, frente a la abadía de Westminster, y estaba la pesadilla de Covent Garden. Pero ¿qué hacía siguiendo a un coche bomba por Brompton Road? ¿Y por qué se había lanzado de cabeza contra un Ford blanco atrapado en medio del atasco? ¿Estaba cooperando con el MI6, o había regresado a Londres por su cuenta y riesgo? ¿Tenía alguna responsabilidad en la tragedia el célebre servicio de espionaje israelí? Los servicios secretos británicos rehusaron hacer declaraciones, al igual que la Policía Metropolitana. El primer ministro Lancaster, que estaba visitando un conflictivo colegio público del East End, se hizo el sordo cuando un periodista le preguntó por aquel asunto, y los medios de comunicación británicos interpretaron su actitud como una prueba de que la historia era cierta. El líder de la oposición exigió que se creara una comisión de investigación parlamentaria, y el imán de la mezquita más radical de Londres apenas pudo contener su alegría. Calificó la muerte de Allon como «un regalo de Alá al pueblo palestino y al mundo islámico en general, esperado desde hacía mucho tiempo y recibido con los brazos abiertos». El arzobispo de Canterbury criticó tibiamente sus declaraciones alegando que eran «inútiles».

En el restaurante y marisquería Green's, un elegante antro de Saint James's frecuentado por habitantes del mundillo del arte londinense, reinaba una atmósfera decididamente fúnebre. Allí conocían a Gabriel Allon no como agente de inteligencia, sino como uno de los mejores restauradores de cuadros de su generación, aunque algunos se hubieran visto salpicados sin querer por sus operaciones y otros, unos pocos, se hubieran prestado a servirle de cómplices. Julian Isherwood, el renombrado marchante que había dado trabajo a Allon más tiempo del que lograba recordar, se hallaba devastado por la pena. Incluso Oliver Dimbleby, el astuto y orondo marchante de Bury Street al que se creía incapaz de derramar una lágrima, sollozaba sobre una copa de Montrachet que había gorroneado a Roddy Hutchison. Jeremy Crabbe, director de Maestros Antiguos de la venerable casa de subastas Bonhams, afirmó que Allon era «verdaderamente uno de los grandes». Para no quedarse atrás, Simon Mendenhall, el siempre bronceado subastador jefe de Christie's, dijo que el mundo del arte nunca sería el mismo. Simon nunca había visto en persona a Gabriel Allon y seguramente no podría reconocerlo entre una fila de sospechosos de la policía. Y sin embargo sus palabras entrañaban una verdad irrefutable, cosa que rara vez sucedía.

Hubo también manifestaciones de tristeza al otro lado del charco, en Estados Unidos. Un expresidente para el que Allon había hecho multitud de recados clandestinos declaró que el agente de inteligencia israelí había desempeñado un papel crucial a la hora de proteger a Estados Unidos de otro atentando semejante en magnitud al 11 de Septiembre. Adrian Carter, antaño jefe del Servicio Clandestino de la CIA, dijo que era «un compañero, un amigo, y quizás el hombre más valiente» que había conocido. Zoe Reed, una presentadora de la CNBC, se trastabilló al leer la noticia de la muerte de Allon. Sarah Bancroft, comisaria especial del Museo de Arte Moderno de Nueva York, canceló inexplicablemente sus citas de ese día. Unas horas después le dijo a su secretaria que se tomaría el resto de la semana libre. Quienes la vieron abandonar bruscamente el museo afirmaron que parecía desconsolada.

No era ningún secreto que Allon había sentido un amor especial por Italia, y que Italia (al menos una parte importante del país) también le profesaba afecto. En el Vaticano, Su Santidad el papa Pablo VII se retiró a su capilla privada al enterarse de la noticia, mientras su secretario privado, el poderoso monseñor Luigi Donati, hacía varias llamadas urgentes intentando averiguar si lo que se decía era cierto. Llamó, entre otros, al general Cesare Ferrari, jefe de la célebre Brigada Arte de los *carabinieri*. El general no pudo decirle nada nuevo, como tampoco pudo decírselo Francesco Tiepolo, propietario de la conocida empresa de restauración veneciana que había contratado a Allon para que restaurara en secreto algunos de los retablos más señeros de la ciudad. La esposa de Allon procedía de la antigua judería de Venecia y su suegro era el rabino jefe de la ciudad. Donati llamó varias veces a la oficina del rabino y a su domicilio.

Al no obtener respuesta, el secretario privado del papa no tuvo más remedio que dar por sentado lo peor.

En otros lugares del mundo, sin embargo, la reacción a la muerte de Allon fue muy distinta, especialmente en el complejo de edificios que, protegido por fuertes medidas de seguridad, se alzaba en el suburbio de Yasenevo, al suroeste de Moscú. Antaño sede del Primer Alto Directorio del KGB, el complejo pertenecía ahora al SVR. La mayoría de sus empleados, sin embargo, seguían refiriéndose a él por su antiguo nombre: Moscú Centro.

En la mayor parte del complejo, la vida transcurrió con normalidad ese día, no así en el despacho del coronel Alexei Rozanov, en la segunda planta. El coronel llegó a Yasenevo a las tres de la mañana, en medio de una fuerte ventisca, y pasó el resto de la madrugada enfrascado en un tenso intercambio de cables con el *rezident* del SVR en Londres, un íntimo amigo suyo llamado Dmitri Ulyanin. Los cables, protegidos por el nuevo sistema de encriptación del SVR, eran transmitidos usando el enlace más seguro del servicio de espionaje. Con todo, Rozanov y Ulyanin debatieron la cuestión como si se tratara de un problema rutinario acerca de la solicitud de visado de un empresario británico. A la una de la tarde, Ulyanin y su bien nutrida *rezidentura* londinense habían visto lo suficiente para convencerse de que la información publicada por el *Telegraph* era cierta. Rozanov, descreído por naturaleza, siguió teniendo sus dudas pese a todo. Finalmente, a las dos, levantó su teléfono de seguridad y marcó directamente el número de Ulyanin, que tenía noticias alentadoras.

—Hemos visto al viejo saliendo del edificio grande del Támesis hace cosa de una hora.

El edificio grande del Támesis era la sede del MI6 y el viejo no era otro que Ari Shamron. La *rezidentura* de Londres lo había estado siguiendo intermitentemente desde su llegada al Reino Unido.

—¿Adónde fue después?

—A Heathrow, donde subió a bordo de un avión de El Al con destino a Ben Gurion. Por cierto, Alexei, el vuelo tuvo que retrasarse unos minutos.

—¿Por qué?

—Al parecer el personal de tierra tuvo que cargar un último bulto en la bodega.

—¿Cuál?

—Un ataúd.

La línea segura chisporroteó y siseó durante los diez segundos largos que Alexei Rozanov pasó en silencio.

—¿Estás seguro de que era un ataúd? —preguntó por fin.

—Alexei, por favor.

—Puede que fuera un judío británico fallecido recientemente que deseaba ser enterrado en la Tierra Prometida.

—No —contestó Ulyanin—. El viejo se puso firme en la pista mientras cargaban el ataúd.

Rozanov cortó la llamada, dudó y a continuación marcó el número más importante de Rusia. Contestó una voz masculina. Rozanov la reconoció. Dentro del Kremlin, se conocía a aquel hombre con el apodo de «el Portero».

—Necesito ver al Jefe —dijo Rozanov.

—Va a estar liado toda la tarde.

—Es importante.

—También lo son nuestras relaciones con Alemania.

Rozanov masculló una maldición en voz baja. Había olvidado que la canciller alemana estaba en la ciudad.

—Solo serán unos minutos —dijo.

—Hay un rato de descanso entre la última reunión y la cena. Quizá pueda encontrarle un hueco.

—Dígale que tengo buenas noticias.

—Más le vale —dijo el Portero—, porque la canciller le está echando una buena bronca por lo de Ucrania.

—¿A qué hora debo estar allí?

—A las cinco en punto —contestó el Portero, y cortó la llamada.

Alexei Rozanov dejó el teléfono y contempló la nieve que caía sobre los terrenos de Yasenevo. Pensó luego en el ataúd que habían subido a bordo de un avión comercial israelí en el aeropuerto de Heathrow mientras un anciano permanecía en posición de firmes en la pista de asfalto, y por primera vez desde hacía casi un año logró sonreír.

Habían transcurrido diez meses, concretamente. Diez meses desde que Alexei Rozanov descubriera que su viejo amigo y camarada Pavel Zhirov había sido hallado en un bosque de abedules en Tver Oblast, congelado y con dos balazos en la cabeza. Diez meses desde que lo convocaron a una reunión en el Kremlin con el presidente de la Federación en persona. El Jefe quería que Rozanov se hiciera cargo de una misión cuyo objetivo era la venganza. No bastaría con una serie de burdos asesinatos. El Jefe quería castigar a sus enemigos de un modo que sembrara discordia entre sus filas y que les obligara a pensárselo dos veces antes de volver a interferir en los asuntos de Rusia. Pero, por encima de todo, quería asegurarse de que Gabriel Allon no asumiría el cargo de jefe del servicio de inteligencia de Israel. Tenía grandes planes. Quería devolver a Rusia su gloria deslustrada, recuperar su imperio perdido. Y Gabriel Allon, un espía de un país minúsculo, era uno de sus oponentes más entrometidos.

Rozanov había meditado largo y tendido su plan, lo había tramado con esmero y había ido ensamblando poco a poco las piezas necesarias. Después, con el permiso del presidente de la Federación, había ordenado la matanza que había puesto en marcha los engranajes de la operación. Graham Seymour, el jefe del MI6, había reaccionado tal y como esperaba Rozanov. Y también Allon. Y ahora su cuerpo yacía en el vientre de un avión con destino al aeropuerto Ben Gurion. Rozanov supuso que lo enterrarían en el Monte de los Olivos, junto a la tumba de su hijo. En realidad no le importaba gran cosa. Solo le interesaba que Allon ya no se contara entre los vivos.

Abrió el cajón de abajo de su escritorio. Contenía una botella, un vaso y un paquete de cigarrillos Dunhill, a los que se había aficionado mientras trabajaba en Londres, antes del desplome de la

Unión Soviética, o de la gran catástrofe, como gustaba de decir Rozanov. Hacía diez meses que no tocaba ni el alcohol ni el tabaco. Ahora se sirvió una medida generosa de vodka y sacó un cigarrillo del paquete. Algo le hizo vacilar antes de encenderlo. Volvió a levantar el teléfono, se detuvo y metió un DVD en su ordenador. El disco chirrió al girar. Brompton Road apareció en la pantalla. Vio la grabación desde el principio. Luego vio al hombre corriendo hacia el coche blanco. Cuando se descompuso la imagen, Alexei Rozanov sonrió por segunda vez.

—Qué idiota —dijo en voz baja, y encendió una cerilla.

Rozanov pidió un coche del parque móvil para las cuatro. Como iba en sentido contrario al tráfico infernal de Moscú, solo tardó cuarenta minutos en llegar a la Torre Borovitskaya del Kremlin. Entró en el Gran Palacio Presidencial y, escoltado por un asistente, subió al despacho del presidente de la Federación. El Portero estaba sentado a su mesa de la antesala. Su expresión era igual de agria que la que solía lucir el presidente.

—Llega temprano, Alexei.

—Mejor temprano que tarde.

—Tome asiento.

Rozanov se sentó. Llegaron las cinco y pasaron. Y también las seis. Por fin, a las seis y media, el Portero vino a buscarlo.

—Puede concederle dos minutos.

—Dos minutos es todo lo que necesito.

El Portero lo condujo por un pasillo de mármol, hasta unas pesadas puertas doradas. Un guardia abrió una de ellas y Rozanov entró solo. El despacho, grande como una caverna, estaba a oscuras salvo por una esfera de luz que alumbraba el escritorio frente al cual se sentaba el Jefe. Estaba mirando un montón de papeles y siguió mirándolos durante largo rato después de la llegada de Rozanov. El agente del SVR permaneció ante la mesa en silencio, con las manos unidas en gesto defensivo sobre los genitales.

—¿Y bien? —preguntó por fin el Jefe—. ¿Es verdad o no?

—El *rezident* de Londres dice que sí.

—No estoy preguntando al *rezident* de Londres. Se lo estoy preguntando a usted.

—Es verdad, señor.

El Jefe levantó la vista.

—¿Está seguro?

Rozanov asintió con la cabeza.

—Dígalo, Alexei.

—Está muerto, señor.

El Jefe volvió a fijar la mirada en sus documentos.

—Recuérdeme cuánto le debemos al irlandés.

—Según nuestro acuerdo —dijo Rozanov en tono juicioso—, tenía que recibir diez millones al completar la primera fase de la operación y otros diez al acabar la segunda.

—¿Dónde está ahora?

—En un piso franco del SVR.

—¿*Dónde*, Alexei?

—En Budapest.

—¿Y la mujer?

—Aquí, en Moscú —contestó Rozanov—, esperando la orden de partida.

El silencio se extendió entre ellos como en un cementerio en plena noche. Rozanov sintió alivio cuando el Jefe habló por fin.

—Me gustaría hacer un pequeño cambio —dijo.

—¿Qué clase de cambio?

—Dígale al irlandés que recibirá los veinte millones cuando concluya las dos fases de la operación.

—Eso podría suponer un problema.

—No, nada de eso.

El Jefe empujó una carpeta sobre el escritorio macizo. Rozanov la abrió y echó un vistazo a su interior. La muerte resuelve todos los problemas, pensó. Muerto el perro, se acabó la rabia.

39

LONDRES-VIENA

Pero Gabriel Allon no estaba muerto, desde luego. De hecho, en el preciso instante en que Alexei Rozanov entraba en el Kremlin, estaba subiendo a un avión de British Airways en el aeropuerto londinense de Heathrow. Se había teñido el pelo de gris. Sus ojos ya no eran verdes. Llevaba en el bolsillo de la chaqueta un gastado pasaporte británico y varias tarjetas de crédito con idéntico titular que le había proporcionado Graham Seymour con permiso expreso del primer ministro. Su asiento estaba en primera clase, tercera fila, junto a la ventanilla. Al dejarse caer en él, una asistente de vuelo le ofreció una bebida y una selección de periódicos. Escogió el *Telegraph* y leyó acerca de su muerte mientras los barrios de ladrillo rojo del oeste de Londres iban quedando atrás, allá abajo.

El vuelo de Heathrow a Viena duraba dos horas. Fingió leer, fingió dormir, picoteó la comida plastificada del avión y rechazó el amable intento de trabar conversación de su compañero de asiento. Los muertos, al parecer, no hablaban en los aviones. Tampoco llevaban dispositivos móviles. Cuando el avión tocó tierra en el aeropuerto vienés de Schwechat, fue el único pasajero de primera clase que no echó mano automáticamente de su teléfono móvil. Sí, pensó mientras sacaba su bolsa del compartimento para equipajes, la muerte tenía sus ventajas.

En la terminal, siguió las indicaciones hasta el control de pasaportes deteniéndose de vez en cuando para orientarse, a pesar de que habría podido encontrar el camino con los ojos vendados. Los ojos del joven funcionario de inmigración se posaron en su cara un momento más de lo estrictamente necesario.

—¿Señor Stewart? —preguntó mirando de nuevo el pasaporte.

—Sí —contestó Gabriel con acento neutro.

—¿Es la primera vez que visita Austria?

—No.

El policía fronterizo hojeó el pasaporte y encontró pruebas de visitas anteriores.

—¿Qué le trae por aquí esta vez?

—La música.

El austriaco selló el pasaporte y se lo devolvió sin hacer ningún comentario. Gabriel se dirigió al vestíbulo de llegadas, donde Christopher Keller esperaba junto a un puesto de cambio de divisas. Siguió a Gabriel afuera, hasta el aparcamiento de corta estancia. Les habían dejado un coche allí: un Audi A6 de color gris pizarra.

—Mejor que un Škoda —dijo Keller.

Gabriel sacó la llave del compartimento situado junto a la rueda trasera izquierda e inspeccionó los bajos del vehículo. Luego abrió las puertas, dejó su bolsa en el asiento de atrás y se sentó al volante.

—Quizá debería conducir yo —dijo Keller.

—No —contestó Gabriel al poner en marcha el motor.

Aquel era territorio suyo.

No necesitó un navegador para orientarse: su memoria le sirvió de guía. Siguió la Ost Autobahn hasta el Danaukanal y se dirigió luego hacia el oeste por entre los bloques de apartamentos de Landstrasse, hasta el Stadtpark. El hotel Intercontinental se alzaba en el flanco sur del parque, en Johannesgasse. Había un número desacostumbrado de policías de uniforme en las calles aledañas y más aún en el acccso al hotel.

—Las negociaciones sobre armas nucleares —explicó un aparcacoches.

Gabriel se apeó y sacó su bolsa del asiento de atrás.

—¿Qué delegación se aloja aquí? —preguntó, pero el aparcacoches compuso una sonrisa hipócrita y dijo:

—Que disfrute de su estancia, *Herr* Stewart.

Había más policías en el vestíbulo, uniformados y de paisano, y unos cuantos matones sin corbata que parecían pertenecer al servicio de seguridad iraní. Gabriel y Keller pasaron junto a ellos para llegar a recepción, recogieron las llaves de sus habitaciones y subieron en ascensor hasta la cuarta planta. A Keller le habían asignado la habitación 428. Gabriel tenía la 409. Pasó la tarjeta llave y dudó un momento antes de girar el pomo. Dentro, la radio de la mesilla de noche emitía suavemente música de Mozart. La apagó, registró minuciosamente la habitación y colgó su ropa con cuidado en el armario para no dar más trabajo del necesario al personal de limpieza. Luego levantó el teléfono y marcó el número de la centralita del hotel.

—Feliks Adler, por favor.

—Enseguida.

El teléfono sonó dos veces. Luego, contestó Eli Lavon.

—¿En qué habitación está, *Herr* Adler?

—En la setecientos doce.

Gabriel colgó y subió a la séptima planta.

40

HOTEL INTERCONTINENTAL, VIENA

Eli Lavon quitó la cadena de la puerta y le hizo entrar rápidamente. No era el único ocupante de la habitación. Yaakov Rossman estaba mirando por una rendija de las cortinas y, tendido en la cama doble, mirando desganadamente un partido de fútbol de la Premier League, se hallaba Mijail Abramov. Ninguno de los dos, y menos que nadie Mijail, pareció alegrarse especialmente de ver a Gabriel aún con vida. El propio Mijail debería haber muerto ya un par de veces.

—Buenas noticias de casa —dijo Lavon—. Tu cadáver ha llegado sano y salvo. En estos momentos va camino de Jerusalén.

—¿Hasta dónde vamos a seguir con eso?

—Hasta donde sea necesario para que los rusos se lo crean.

—¿Y mi mujer?

—Está destrozada, como es lógico, pero se encuentra rodeada de amigos.

Gabriel arrancó el mando a distancia de los dedos de Mijail y fue pasando los canales de noticias. Al parecer, sus quince minutos de gloria habían terminado ya: hasta la BBC había pasado a otros asuntos. Se detuvo en la CNN, en la que una periodista aparecía de pie frente a la sede del Organismo Internacional para la Energía Atómica, sede de las negociaciones entre Estados Unidos, sus aliados europeos y la República Islámica de Irán. Por desgracia para Israel y los estados árabes suníes de Oriente Medio, las dos partes se hallaban cerca de alcanzar un acuerdo que convertiría a Irán en una potencia nuclear despuntante.

—Parece que tu muerte no podría haberse producido en un momento más inoportuno —comentó Lavon.

—Lo he hecho lo mejor que he podido. —Gabriel paseó la mirada por los demás ocupantes de la habitación y añadió—: Igual que todos.

—Sí —convino Lavon—. Pero lo mismo puede decirse de los iraníes.

Gabriel había fijado de nuevo la mirada en la pantalla de televisión.

—¿Nuestro amigo está ahí?

Lavon hizo un gesto afirmativo con la cabeza.

—No se sienta a la mesa de negociaciones, pero forma parte del personal de apoyo iraní.

—¿Hemos mantenido algún contacto con él desde que llegó a Viena?

—¿Por qué no se lo preguntas a su enlace?

Gabriel miró a Yaakov Rossman, que seguía observando la calle de más abajo. Tenía el cabello corto y negro y la cara picada de viruelas. Había pasado toda su carrera dirigiendo a agentes en algunos de los lugares más peligrosos del mundo: Cisjordania, la Franja de Gaza, el Líbano, Siria y ahora Irán. Mentía a sus agentes sin inmutarse y sabía que de vez en cuando ellos hacían lo mismo con él. Algunas mentiras eran una parte aceptable del trato. La mentira que le había contado su preciada fuente iraní no lo era, sin embargo. Formaba parte de un complot para asesinar al futuro jefe del organismo estatal al que pertenecía Yaakov, y había que castigar al iraní por ello. Aunque no inmediatamente. Primero le darían ocasión de redimirse de sus pecados.

—Suelo venir por Viena cada vez que negocian las dos partes —explicó Yaakov—. Los americanos no siempre son claros a la hora de informar sobre lo que está pasando en la mesa de negociación, y Reza se ocupa de rellenar las lagunas por nosotros.

—Entonces, ¿no le sorprenderá tener noticias tuyas?

—En absoluto. De hecho —añadió Yaakov—, seguramente se estará preguntando por qué no he contactado ya con él.

—Es probable que crea que estás guardando el *shiva* por mí en Jerusalén.

—Esperemos que así sea.

—¿Y la familia? ¿Dónde está?

—Cruzaron la frontera hace un par de horas.

—¿Algún problema?

Yaakov meneó la cabeza.

—¿Y Reza no sabe nada?

Yaakov sonrió.

—Todavía no.

Siguió vigilando la calle. Gabriel miró a Lavon y preguntó:

—¿En qué habitación se hospeda?

Lavon señaló con la cabeza hacia la pared.

—¿Cómo lo habéis conseguido?

—Nos introdujimos en su sistema informático para conseguir el número de habitación.

—¿Habéis entrado?

—Siempre que nos apetece.

Los magos del departamento de Tecnología de la Oficina habían creado una tarjeta llave maestra, capaz de abrir cualquier habitación de hotel del mundo con sistema de cierre electrónico. La primera pasada sustraía el código. La segunda abría la cerradura.

—Y hemos dejado una cosita —añadió Lavon.

Estiró el brazo y subió el volumen de un ordenador portátil. En la radio de la mesita de noche de la habitación contigua estaba sonando un concierto de Bach.

—¿Qué alcance tiene? —preguntó Gabriel.

—Solo la habitación. No nos hemos molestado con el teléfono. Nunca lo utiliza para llamar al exterior.

—¿Algo fuera de lo normal?

—Habla en sueños y bebe a escondidas. Aparte de eso, nada.

Lavon bajó el volumen del ordenador. Gabriel miró la pantalla de la televisión. Esta vez, un periodista informaba desde un balcón con vistas a la Ciudad Vieja de Jerusalén.

—Tengo entendido que estaba a punto de ser padre —comentó Mijail.

—¿De veras?

—De gemelos.

—No me digas.

Con aire de fingido aburrimiento, Mijail volvió a sintonizar el partido de fútbol. Gabriel regresó a su habitación y esperó a que sonara el teléfono.

La flamante sede del Organismo Internacional para la Energía Atómica estaba situada en la orilla opuesta del río Danubio, en un distrito de Viena conocido como Centro Internacional. Las conversaciones entre Estados Unidos e Irán prosiguieron hasta las ocho de la noche cuando, en una rara muestra de entendimiento, ambas partes acordaron que era hora de cerrar la sesión. El jefe de la delegación americana compareció brevemente ante la prensa para afirmar que se habían hecho progresos. Su homólogo iraní se mostró menos entusiasta: se limitó a mascullar algo acerca de la intransigencia de los estadounidenses antes de subir a su coche oficial.

Eran las ocho y media cuando la comitiva de coches iraní llegó al hotel Intercontinental. La delegación cruzó el vestíbulo entre fuertes medidas de seguridad y ocupó varios ascensores reservados para su uso, para exasperación de los demás huéspedes del hotel. De los miembros de la delegación, solo uno, Reza Nazari, un agente veterano del VEVAK que se hacía pasar por diplomático iraní, se alojaba en la séptima planta. Recorrió el pasillo desierto hasta la habitación 710, pasó la tarjeta llave por la ranura y entró. El sonido de la puerta al cerrarse se oyó en la habitación contigua, ocupada por un solo hombre, Yaakov Rossman. Gracias al transmisor oculto bajo la cama del iraní, Yaakov oyó también otras cosas: una chaqueta arrojada sobre una silla, unos zapatos cayendo al suelo, una llamada al servicio de habitaciones, la cisterna de váter al vaciarse. Bajó el volumen del ordenador portátil, descolgó el teléfono de la habitación y marcó. Dos pitidos y un instante después la voz de Reza Nazari. Yaakov le explicó en inglés lo que quería.

—No es posible, amigo mío —dijo Nazari—. Esta noche no.

—Todo es posible, Reza. Sobre todo esta noche.

El iraní vaciló. Luego preguntó:

—¿Cuándo?

—Dentro de cinco minutos.

—¿Dónde?

Yaakov le dijo lo que tenía que hacer, colgó y subió el volumen del ordenador: un hombre cancelando su pedido al servicio de habitaciones, poniéndose los zapatos y el abrigo, una puerta que se cerraba, pasos en el pasillo. Yaakov echó de nuevo mano del teléfono y marcó el número de la habitación 409. Dos pitidos. Luego, la voz de un muerto. El muerto pareció alegrarse de la noticia. Todo era posible, pensó Yaakov al colgar el teléfono. Sobre todo, esa noche.

Tres pisos más abajo, Gabriel se levantó de la cama y se acercó a la ventana sin apresurarse mientras calculaba mentalmente cuánto tardaría el hombre que había conspirado para matarlo en aparecer en la explanada inundada de luz que había frente al hotel. Transcurrieron solo cuarenta y cinco segundos antes de que saliera precipitadamente por la entrada del Intercontinental. Visto desde arriba era una figura inofensiva, una mota en medio de la noche, un don nadie. Se encaminó a la calle, esperó a que pasaran los escasos coches que circulaban a aquellas horas de la noche y entró luego en el Stadtpark, un rombo de negrura en medio de una ciudad por lo demás bien iluminada. No lo siguió ningún miembro de la delegación iraní, solo un hombrecillo con un pulcro sombrero de fieltro que se había registrado en el hotel bajo el nombre de Feliks Adler.

Gabriel se acercó al teléfono e hizo dos llamadas: una al huésped de la habitación 428 y otra al aparcacoches para que le llevara su coche. Se metió a continuación una Beretta en la cinturilla de los vaqueros, se puso una chaqueta de cuero y se caló una gorra plana sobre la cara, que ese día había aparecido en innumerables pantallas de televisión. El pasillo estaba desierto, al igual que el ascensor que lo condujo al vestíbulo. Pasó entre los guardias de seguridad y los agentes de policía sin que repararan en él y se adentró en la fría noche. El Audi lo esperaba en el acceso al hotel. Keller ya estaba tras el volante. Gabriel le indicó cómo llegar al flanco este del Stadtpark, y estaban aparcados junto a la acera con el motor al ralentí cuando Reza Nazari salió a la luz de las farolas. Un Mercedes lo esperaba allí con la luz de los faros atenuada. Dentro había dos hombres. Nazari subió a la parte de atrás y el coche aceleró y se alejó rápidamente. El iraní no lo sabía aún, pero acababa de cometer el segundo mayor error de su vida.

Gabriel vio desaparecer las luces traseras del coche por la elegante calle vienesa. Acto seguido, vio a *Herr* Adler salir del parque. Se quitó el sombrero, la señal de que nadie había seguido al iraní, y emprendió el regreso al hotel. Había pedido permiso para saltarse los festejos de esa noche. La violencia nunca había sido lo suyo.

41

BAJA AUSTRIA

—¿Adónde vamos?

—A un sitio tranquilo.

—No puedo ausentarme mucho tiempo del hotel.

—Descuida, Reza. Esta noche nadie va a convertirse en una calabaza.

Yaakov lanzó una larga mirada por encima del hombro. Viena era una mancha de luz amarilla en el horizonte. Ante ellos se extendían los ondulantes campos de labor y los viñedos de la Baja Austria. Mijail conducía unos kilómetros por encima del límite de velocidad. Sujetaba el volante con una mano mientras con la otra marcaba un ritmo nervioso sobre la palanca de cambios. Aquello parecía molestar a Reza Nazari.

—¿Quién es tu amigo? —le preguntó a Yaakov.

—Puedes llamarlo Isaac.

—Hijo de Abraham, pobre chiquillo. Menos mal que apareció el arcángel. Si no... —Su voz se apagó. Miraba por la ventanilla los campos ennegrecidos—. ¿Por qué no nos hemos visto en el sitio de costumbre?

—Ha habido que cambiar de escenario.

—¿Por qué?

—¿No habrás visto las noticias, por casualidad?

—¿Allon?

Yaakov hizo un gesto afirmativo con la cabeza.

—Mi más sentido pésame —repuso el iraní.

—Ahórratelo, Reza.

—Iba a ser el próximo jefe, ¿no?

—Eso se rumoreaba.

—Entonces supongo que Uzi seguirá en el puesto. Es un buen hombre ese Uzi, pero no es Gabriel Allon. Se llevó todo el mérito por volar nuestras instalaciones de enriquecimiento de uranio, pero todo el mundo sabe que fue Allon quien metió esas centrifugadoras saboteadas en nuestra cadena de suministros.

—¿Qué centrifugadoras?

Reza Nazari sonrió. Una sonrisa profesional, cautelosa, discreta. Era un hombre bajo y delgado, de ojos marrones, cuencas hundidas y barba muy recortada, un oficinista más que un hombre de acción, un moderado, o eso había asegurado en su primer acercamiento al servicio de inteligencia israelí dos años antes, durante una visita de trabajo a Estambul. Dijo que quería evitarle a su país otra guerra desastrosa, que quería servir de puente entre la Oficina y hombres de mentalidad más abierta y liberal dentro del VEVAK, como él mismo. El puente no había salido barato. Nazari había cobrado más de un millón de dólares, una suma astronómica según los estándares de la Oficina. A cambio, les había proporcionado un flujo constante de información sensible que había permitido a los líderes políticos y militares israelíes conocer como nunca antes las intenciones del régimen iraní. Nazari era tan valioso que la Oficina había creado un escondrijo para su familia por si se daba el caso de que se descubriera su traición. Sin saberlo Nazari, el procedimiento de huida se había activado esa misma tarde.

—Estábamos más cerca de conseguir el arma de lo que imaginabais —estaba diciendo el iraní—. Si Allon no hubiera hecho saltar por los aires esas cuatro instalaciones de enriquecimiento, podríamos haber tenido el arma en menos de un año. Pero hemos reconstruido esas instalaciones y creado varias más. Y ahora...

—Otra vez estáis muy cerca de conseguirlo.

Nazari asintió con la cabeza.

—Pero eso no parece preocupar a vuestros amigos americanos. El presidente quiere alcanzar un acuerdo. Estamos en época de legado, como dicen por allí.

—El legado del presidente de Estados Unidos no es de la incumbencia de la Oficina.

—Pero compartís su convicción de que es inevitable que Irán desarrolle armamento nuclear. A Uzi no le apetece otra confrontación militar. Allon, en cambio, era otra historia. Él nos hubiera arrasado si hubiera tenido oportunidad. —El iraní meneó la cabeza lentamente—. Uno no tiene más remedio que preguntarse qué hacía en Londres siguiendo a ese coche.

—Sí —repuso Yaakov—, en efecto.

Un indicador pasó flotando junto a la ventanilla de Nazari: *REPÚBLICA CHECA 42 KM.* Miró de nuevo su reloj.

—¿Por qué no nos hemos reunido en el sitio de siempre?

—Tenemos una sorpresita para ti, Reza.

—¿Qué clase de sorpresa?

—Una para mostrarte nuestro aprecio por todo lo que has hecho.

—¿Cuánto falta?

—No mucho.

—Tengo que estar en el hotel a medianoche como muy tarde.

—No te preocupes, Reza. Nada de calabazas.

Yaakov Rossman había sido completamente sincero en dos aspectos: tenía, en efecto, una sorpresa para su preciado agente, y no estaban muy lejos de su destino. Era este un chalé situado a unos cinco kilómetros al oeste de la localidad de Eibesthal, una casa bonita y bien cuidada, con los marcos de las ventanas blancos, bordeada a un lado por viñedos y al otro por un campo en barbecho. Parecía del todo inofensiva, salvo por su aislamiento: la casa más cercana se hallaba a más de un kilómetro de distancia. Nadie oiría un grito pidiendo socorro. El estallido de una pistola sin silenciador se esfumaría entre los campos ondulantes.

Un camino de tierra bordeado de pinos llevaba a la casa, situada a unos cincuenta metros de la carretera. Aparcado frente a ella había un Audi A6. El motor ronroneaba aún suavemente, y el capó estaba caliente al tacto. Mijail detuvo el coche junto al Audi y apagó el motor y las luces. Yaakov miró a Nazari y sonrió amistosamente.

—No habrás traído nada absurdo esta noche, ¿verdad, Reza?

—¿Como qué?

—Como una pistola.

—Una pistola, no —contestó el iraní—. Solo un chaleco suicida.

La sonrisa de Yaakov se esfumó.

—Ábrete la chaqueta —ordenó.

—¿Cuánto tiempo llevamos trabajando juntos?

—Dos años —contestó Yaakov—. Pero esta noche es distinta.

—¿Por qué?

—Lo verás dentro de un minuto.

—¿Quién hay ahí dentro?

—Ábrete la chaqueta, Reza.

El iraní obedeció. Yaakov lo cacheó rápida y minuciosamente. No encontró más que una billetera, un teléfono móvil, un paquete de cigarrillos franceses, un encendedor y la llave de su habitación en el Intercontinental. Lo guardó todo en el revistero del asiento y asintió con la vista fija en el espejo retrovisor. Mijail, sentado tras el volante, salió del coche y abrió la puerta de Nazari. Al dar la luz repentinamente en el semblante del iraní, Yaakov vio en él el primer indicio de algo que iba más allá de la simple inquietud.

—¿Pasa algo, Reza?

—Tú eres israelí y yo iraní. ¿Por qué debería ponerme nervioso?

—Eres nuestro agente más importante, Reza. Algún día escribirán un libro sobre nosotros.

—Quizá se publique mucho después de nuestra muerte.

Nazari salió del coche y, con Mijail a su lado, echó a andar hacia la entrada de la casa. Era un trecho de veinte pasos, lo bastante largo para que Yaakov saliera del asiento trasero y sacara su arma de la funda que llevaba a la altura de la cadera. Se la guardó en el bolsillo de la chaqueta y cuando alcanzaron la puerta iba un paso por detrás de su topo. La puerta cedió al tocarla Mijail. Nazari dudó y luego, urgido por Yaakov, siguió a Mijail adentro.

La entrada estaba en penumbra, pero del interior de la casa llegaba un suave resplandor y el aire olía a humo de leña. Mijail los condujo al cuarto de estar, en cuya chimenea abierta ardía un gran fuego. Gabriel y Keller estaban frente a él, de espaldas a la habitación, aparentemente absortos en sus pensamientos. Al verlos, Nazari se quedó paralizado y un instante después intentó retroceder. Yaakov lo agarró de un brazo y Mijail del otro. Juntos lo levantaron ligeramente, de modo que sus zapatos no tocaran el desnudo suelo de madera.

Gabriel y Keller cruzaron una mirada, una sonrisa, una broma tácita y cómplice a expensas de su invitado. Luego, Gabriel se volvió lentamente, como si hasta ese momento no hubiera cobrado conciencia del revuelo que se había formado a su espalda. Nazari se debatía como un pez en el sedal, los ojos hundidos dilatados por el terror. Gabriel lo contempló con calma, la cabeza levemente ladeada, una mano posada en la barbilla.

—¿Ocurre algo, Reza? —preguntó por fin.

—Usted está...

—¿Muerto? —Gabriel sonrió—. Lo lamento, Reza, pero parece que habéis fallado.

En la mesa baja había una Glock de calibre 45 capaz de pararle los pies a cualquiera, una auténtica arma de destrucción masiva. Gabriel la agarró por la empuñadura y probó su peso y su equilibrio. Se la ofreció a Keller, que levantó la mano en actitud de rechazo, como si le estuviera ofreciendo una ascua ardiendo. Luego, Gabriel se acercó lentamente a Nazari y se detuvo a un metro de él. Empuñaba la pistola con la mano derecha. Estiró la izquierda con la velocidad de una serpiente atacando y agarró a Nazari por el cuello. La cara del iraní se tornó al instante del color de una ciruela madura.

—¿Hay algo que quieras decirme? —preguntó Gabriel.

—Lo siento —jadeó el iraní.

—Yo también, Reza. Pero me temo que es demasiado tarde para eso.

Apretó más fuerte, hasta que sintió que el cartílago comenzaba a resquebrajarse. Entonces apoyó el cañón de la pistola contra la frente de Nazari y apretó el gatillo. Al producirse el disparo, Keller apartó la mirada y la fijó en el fuego. Era personal, se dijo. Y cuando algo es personal, las cosas tienden a empantanarse.

42

BAJA AUSTRIA

El casquillo que disparó Gabriel no contenía proyectil, pero la carga de pólvora bastó para producir un ruido ensordecedor y un fogonazo que dejó en el centro de la frente de Nazari una pequeña quemadura redonda semejante a la marca de rezo de un musulmán devoto. Bastó también para que el iraní cayera al suelo a plomo. Durante unos segundos no se movió ni pareció respirar. Luego, Yaakov se arrodilló y le hizo volver en sí de una bofetada.

—Cabrón —jadeó—. Maldito cabrón.

—Yo que tú me mordería la lengua, Reza. De lo contrario, el próximo tiro será de verdad.

Había hombres a los que el miedo volvía catatónicos y otros que reaccionaban a él con inútiles muestras de fanfarronería. Reza Nazari optó por lo segundo, quizá como consecuencia de su adiestramiento o quizá porque temía no tener nada que perder. Lanzó una patada frenética que Gabriel esquivó fácilmente y luego se agarró a la pierna de Mijail e intentó hacerle caer. Un golpe brutal bajo los omóplatos bastó para detener el ataque. Luego, Mijail se apartó para dejar que Yaakov concluyera la tarea. Había cuidado durante dos años de aquel agente, le había halagado, le había pagado una suma exorbitante. Y ahora, durante dos minutos horrendos, le dio una paliza a la altura de su deslealtad. Evitó, sin embargo, golpearlo en la cara. Era vital que Nazari siguiera estando presentable.

Keller no tomó parte en la paliza, pero colocó silenciosamente una silla de madera y sin brazos delante del fuego. Nazari cayó en ella desmañadamente, como un pelele, y no volvió a ofrecer resistencia mientras Yaakov y Mijail le ataban el torso al respaldo con cinta adhesiva. Después le sujetaron las piernas mientras Gabriel cargaba sin prisas la Glock. Mostró cada casquillo a Nazari antes de meterlo en el cargador. Ninguno de ellos estaba vacío. El arma estaba cargada con balas de verdad.

—Tu dilema es muy sencillo —afirmó Gabriel tras cerrar el cargador y poner la primera bala en el disparadero—. Puedes vivir o puedes convertirte en un mártir. —Apoyó la punta del cañón entre los ojos de Nazari—. ¿Qué decides, Reza?

El iraní miró la pistola en silencio. Por fin dijo:

—Me gustaría vivir.

—Sabia elección. —Gabriel bajó la pistola—. Pero me temo que no puedes vivir gratis, Reza. Tienes que pagar un peaje.

—¿Cuál?

—Primero vas a decirme cómo conspirasteis tú y tus amigos rusos para matarme.

—¿Y luego?

—Vas a ayudarme a encontrarlos.

—Yo no se lo aconsejaría, Allon.

—¿Por qué no?

—Porque la persona que ordenó su muerte es demasiado importante para matarla.

—¿Quién fue?

—Dígamelo usted.

—¿El jefe del SVR?

—No diga tonterías —replicó Nazari con incredulidad—. Ningún jefe del SVR iría a por usted sin autorización. La orden vino de arriba.

—¿Del presidente ruso?

—Naturalmente.

—¿Cómo lo sabes?

—Fíese de mí, Allon, lo sé.

—Puede que esto te sorprenda, Reza, pero en estos momentos eres la última persona del mundo de la que me fiaría.

—Puedo asegurarle —repuso Nazari mirando fijamente la pistola— que el sentimiento es mutuo.

Pidió que lo desataran y que lo trataran con un mínimo de dignidad. Gabriel se negó a ambas cosas, pero permitió que le dieran agua, aunque solo fuera para aclarar los molestos residuos de su garganta herida. Yaakov le sostuvo el vaso mientras bebía y después secó unas cuantas gotas sueltas de la pechera de su americana. Aquel gesto no pasó inadvertido para el iraní.

—¿Puedo fumar un cigarrillo? —preguntó.

—No —contestó Gabriel.

Nazari sonrió.

—Así que es verdad, a fin de cuentas. Al gran Gabriel Allon no le gusta el humo del tabaco. —Sin dejar de sonreír, miró a Yaakov—. No como aquí a mi amigo. Recuerdo nuestro primer encuentro en aquella habitación de hotel en Estambul. Pensé que íbamos a hacer saltar la alarma contra incendios.

Era un punto de partida tan bueno como cualquiera, así que Gabriel comenzó su interrogatorio por ahí: por aquel día de otoño de hacía dos años en que Reza Nazari visitó Estambul con motivo de una serie de reuniones con los servicios de espionaje turcos. Durante un descanso en las conversaciones, fue a pie hasta un hotelito del Bósforo y en una habitación del piso de arriba celebró su primer encuentro con un hombre al que solo conocía como «señor Taylor». Le dijo al señor Taylor que quería traicionar a su país y, en prueba de su buena fe, le entregó un lápiz de memoria lleno de datos de alto secreto, incluidos varios documentos relacionados con el programa nuclear iraní.

—¿Eran auténticos esos documentos?

—Por supuesto que sí.

—¿Los robaste?

—No fue necesario.

—¿Quién te los dio?

—Mis superiores del Ministerio de Inteligencia.

—¿Fuiste malo desde el principio?

Nazari asintió con un gesto.

—¿Quién era tu superior inmediato?

—Preferiría no decirlo.

—Y yo preferiría no tener que desparramar tus sesos por la pared, pero lo haré si es necesario.

—Era Esfahani.

Mohsen Esfahani era el subdirector del VEVAK.

—¿Cuál era el objetivo de la operación? —preguntó Gabriel.

—Manipular las convicciones de la Oficina respecto a los recursos y las intenciones de Irán.

—*Taqiyya.*

—Llámelo como quiera, Allon. Nosotros los persas llevamos mucho tiempo practicando ese juego. Aún más que los judíos.

—Yo que tú, Reza, procuraría jactarme lo mínimo. O dejaré que el señor Taylor haga lo que quiera contigo.

El iraní guardó silencio. Gabriel preguntó por el millón de dólares que la Oficina había ingresado en un banco privado de Luxemburgo para uso de Nazari.

—Suponíamos que estarían vigilando el dinero —contestó el iraní—, así que Esfahani me ordenó que gastara una parte. Compré regalos para mis hijos y un collar de perlas para mi mujer.

—¿Nada para Esfahani?

—Un reloj de oro, pero me hizo devolverlo. Mohsen es un verdadero creyente. Es como usted, Allon. Totalmente incorruptible.

—¿Quién te ha dicho eso?

—Nuestro expediente sobre usted es muy grueso. —Nazari hizo una pausa. Luego añadió—: Casi tan grueso como el de Moscú Centro. Claro que imagino que es lógico. Nunca ha pisado territorio iraní, al menos que nosotros sepamos. Rusia, en cambio... —Sonrió—. En fin, digamos simplemente que tiene un montón de enemigos por allí, Allon.

Entre las muchas cosas que la Oficina ignoraba sobre su preciado agente iraní era que ejercía, además, como enlace principal con el SVR. La razón era muy sencilla, explicó: había estudiado historia rusa en la universidad, hablaba ruso con fluidez y había trabajado en Afganistán durante la ocupación soviética. En Kabul había conocido a numerosos agentes del KGB, entre ellos un joven que parecía destinado a ascender. Y así fue, en efecto: ahora era uno de los mandamases de Moscú Centro. Nazari se reunía con él regularmente para tratar temas que iban desde el programa nuclear iraní a la guerra civil en Siria, donde el VEVAK y el SVR se esforzaban incansablemente por asegurar la supervivencia del acosado régimen prorruso.

—¿Su nombre? —preguntó Gabriel.

—Al igual que usted —contestó Nazari—, emplea muchos nombres distintos. Pero si tuviera que aventurar una conjetura, yo diría que su verdadero nombre es Rozanov.

—¿Nombre de pila?

—Alexei.

—Descríbelo.

El iraní ofreció una descripción algo vaga de un hombre de algo más de metro ochenta de altura y ralo cabello rubio grisáceo, peinado con el mismo estilo que el presidente ruso.

—¿Edad?

—Cincuenta, quizá.

—¿Idiomas?

—Puede hablar cualquier idioma si se lo propone.

—¿Con qué frecuencia se celebraban esas reuniones?

—Una vez cada dos o tres meses, más a menudo si era necesario.

—¿Dónde?

—A veces viajo yo a Moscú, pero lo normal es que nos reunamos en terreno neutral, en Europa.

—¿Qué clase de terreno neutral?

—Pisos francos, restaurantes. —Se encogió de hombros—. Lo normal.

—¿Cuándo fue la última vez?

—Hace un mes.

—¿Dónde?

—En Copenhague.

—¿En qué lugar de Copenhague?

—Un pequeño restaurante del Puerto Nuevo.

—¿Esa noche hablasteis de bombas nucleares y de Siria?

—Lo cierto es —dijo Nazari— que solo había un tema en el orden del día.

—¿Cuál?

—Usted.

43

BAJA AUSTRIA

Pero se estaban adelantando, porque el encuentro de Copenhague no fue el primero en el que Reza Nazari y Alexei Rozanov hablaron largo y tendido sobre Gabriel Allon. Su nombre había salido a relucir en numerosas entrevistas anteriores, pero nunca con tanta urgencia ni con tanta saña como durante una cena celebrada diez meses antes en el casco antiguo de Zúrich. El SVR estaba en crisis. Acababan de encontrar el cadáver de Pavel Zhirov congelado en Tver Oblast, Madeline Hart había desertado a Inglaterra y una empresa petrolera rusa de titularidad estatal acababa de perder los derechos de perforación en el Mar del Norte.

—Y la culpa de todo eso —añadió Nazari— era suya.

—¿Quién lo dice?

—La única persona que importa en Rusia. El Jefe.

—Imagino que el Jefe me quería muerto.

—No solo muerto —repuso el iraní—. Quería que se hiciera de tal manera que Rusia no se viera implicada. Y también quería castigar a los ingleses. A Graham Seymour, en especial.

—Por eso eligieron a Eamon Quinn.

Nazari no dijo nada.

—Supongo que el nombre de Quinn te sonaba.

—Lo consideraba un amigo.

—Porque fuiste tú quien reclutó a Quinn para que construyera armas antitanque para Hezbolá. —Nazari asintió con una inclinación

265

de cabeza—. Un arma capaz de lanzar una bola de fuego a trescientos metros por segundo.

—Eran muy eficaces, como descubrió el Ejército israelí.

Yaakov se abalanzó hacia Nazari, rabioso, pero Gabriel lo detuvo y prosiguió con el interrogatorio.

—¿Qué quería Rozanov de ti?

—En ese momento, solo una presentación.

—¿Y estuviste de acuerdo?

—Tratándose de usted —respondió Nazari—, nuestros intereses coincidían con los de Rusia.

En aquel momento, explicó, Quinn vivía en Venezuela bajo el ala protectora de un Hugo Chávez agonizante. Su futuro era incierto. No estaba claro que el sucesor de Chávez le permitiera permanecer en el país o utilizar un pasaporte venezolano. Cuba era una posibilidad, pero a Quinn no le interesaba vivir a las órdenes de los hermanos Castro. Necesitaba un nuevo hogar, un nuevo patrocinador.

—El momento no podría haber sido más oportuno —dijo Nazari.

—¿Dónde os encontrasteis?

—En un hotel del centro de Caracas.

—¿Había alguien más presente?

—Rozanov trajo a una mujer.

Gabriel levantó una fotografía de Katerina en el balcón de Quinn en Lisboa. Nazari hizo un gesto afirmativo.

—¿Cuál fue su papel en la operación?

—Yo no estaba al tanto de todos los detalles. En aquel momento, era solo el enlace con Quinn.

—¿Cuánto le pagaron?

—Diez millones.

—¿Por adelantado?

—Al acabar el encargo.

—¿Matarme a mí?

Nazari miró a Keller y contestó:

—Y a él también.

Lo cual los llevó de nuevo a Copenhague. Alexei Rozanov tenía los nervios de punta esa noche, pero estaba eufórico. El primer blanco ya había sido elegido. Lo único que le hacía falta era alguien que susurrara el nombre de Quinn al oído del espionaje israelí y británico. Pidió a Nazari que hiciera de emisario y Nazari se negó de inmediato.

—¿Por qué?

—Porque no quería hacer nada que pusiera en peligro mi relación con el señor Taylor.

—¿Qué te hizo cambiar de idea?

Nazari se quedó callado.

—¿Cuánto te pagó, Reza?

—Dos millones.

—¿Dónde está el dinero?

—Quiso depositarlo en un banco de Moscú, pero insistí en que fuera en Suiza.

Gabriel le preguntó el nombre del banco, el número de cuenta y las contraseñas, si las había. Nazari se lo dijo. El banco estaba en Ginebra. Hacía poco tiempo que la Oficina había considerado necesario revisar la hoja de balance de la institución. No sería difícil acceder a los fondos de Nazari.

—Imagino que no le mencionaste nada de eso a Mohsen Esfahani.

—No —respondió Nazari tras dudar un momento—. Mohsen no sabe nada.

—¿Y tu esposa? —preguntó Gabriel—. ¿Se lo dijiste a ella?

—¿Por qué me pregunta eso?

—Porque soy curioso de nacimiento.

—No —contestó el iraní, tras dudar de nuevo—. Mi esposa no sabe nada.

—Quizá deberías decírselo.

Gabriel tomó el teléfono móvil que le tendió Mijail y se lo ofreció a Nazari. El iraní se quedó mirándolo, desconcertado.

—Adelante, Reza. Llámala.

—¿Qué han hecho?

—Hemos activado la alarma contra incendios.

—¿Qué quiere decir con eso?

Fue Yaakov quien se lo explicó:

—¿Recuerdas la vía de escape que construimos para tu familia y para ti, Reza? ¿La que no era necesaria porque siempre fuiste un farsante?

El pánico se extendió por la cara del iraní como un incendio.

—Pero eso no se lo comentaste a tu mujer —prosiguió Yaakov—. De hecho, dejaste el escondite donde estaba, por si acaso se te torcían las cosas en el VEVAK y necesitabas un puerto de abrigo en el que refugiarte. Lo único que tuvimos que hacer fue activar la alarma de incendios y...

—¿Dónde están? —lo interrumpió Nazari.

—Puedo decirte dónde *no* están, Reza: en la República Islámica de Irán.

Una calma peligrosa se adueñó de los ojos hundidos de Nazari. Miró lentamente de Yaakov a Gabriel.

—Acaba de cometer un error, amigo mío. Un hombre como usted conoce bien los riesgos de convertir en blanco a miembros inocentes de una familia.

—Es una de las ventajas de estar muerto, Reza: que ya no me ata la mala conciencia. —Gabriel hizo una pausa y añadió—: Así tengo las cosas más claras. —Retiró el teléfono móvil—. La cuestión es —dijo— si tú también las tienes claras.

Nazari apartó los ojos de su rostro y los fijó en el fuego. Aquella calma peligrosa se había disipado, reemplazada por un sentimiento de indefensión, por la certeza de que no tenía más remedio que situarse a merced de un enemigo mortal.

—¿Qué quiere de mí? —preguntó por fin.

—Quiero que salves a tu familia. Y a ti mismo.

—¿Y cómo podría hacerlo?

—Ayudándome a encontrar a Eamon Quinn y a Alexei Rozanov.

—Eso no es posible, Allon.

—¿Quién lo dice?

—Lo dice el Jefe.

—Ahora el jefe soy yo —repuso Gabriel—. Y tú trabajas para mí.

Pasaron la hora siguiente repasándolo todo de nuevo desde el principio. Prestaron especial atención a los datos de la cuenta bancaria de Ginebra y a las circunstancias del último encuentro de Nazari con Alexei Rozanov en Copenhague. La fecha exacta, el nombre del restaurante, a qué hora y cómo llegó Rozanov, los nombres de los hoteles en los que se habían hospedado.

—¿Y el siguiente encuentro? —inquirió Gabriel.

—No tenemos nada planeado.

—¿Quién suele iniciar el contacto?

—Eso depende de las circunstancias. Si Alexei quiere hablarme de algo, se pone en contacto conmigo y me propone un lugar concreto. Y si soy yo quien necesita verlo...

—¿Cómo contactas con él?

—De un modo que ni los israelíes ni la NSA pueden detectar.

—¿Mandas un e-mail lleno de banalidades a una cuenta de aspecto inofensivo?

—A veces —dijo Nazari—, lo más sencillo es lo mejor.

—¿Cuál es la dirección de Rozanov?

—Utiliza varias.

Nazari recitó cuatro direcciones de memoria, combinaciones al azar de letras y números. Recordarlas era toda una hazaña.

Para entonces eran ya casi las once. Tenían el tiempo justo para devolver a Nazari al Intercontinental antes de que dieran las doce. Gabriel le advirtió de las consecuencias que tendría cualquier incumplimiento del contrato que acababan de acordar a marchas forzadas. Luego lo desató de la silla. Sorprendentemente, Nazari tenía un buen aspecto para haber sufrido una paliza y una ejecución simulada. La única prueba visible de su tortura era la pequeña quemadura que ocupaba el centro de su frente.

—Ponte hielo cuando llegues a tu habitación —le dijo Yaakov al meterlo en el coche de un empujón—. Queremos que mañana estés fresco como una lechuga para las negociaciones.

Lo dejaron en el borde oriental del Stadtpark y Mijail lo siguió a pie hasta el hotel. El vestíbulo estaba desierto. Nazari montó solo en un ascensor y subió a la séptima planta, donde lo aguardaba su habitación intervenida por los israelíes. Encorvado frente a un ordenador portátil en la habitación de al lado, Eli Lavon escuchó lo que sucedía a continuación. Un hombre que vomitaba violentamente en el váter, un hombre que lloraba incontrolablemente tras llamar a su casa en Teherán y no recibir respuesta. Bajó el volumen para conceder a su presa un mínimo de intimidad. Juegos de niños grandes, pensó, reglas de niños grandes.

44

COLINA DE LOS GORRIONES, MOSCÚ

El sueño de Katerina Akulova se desarrolló como de costumbre. Iba caminando por un bosque de abedules cerca de su antiguo campo de entrenamiento cuando los árboles se abrían como una cortina y aparecía un lago azul y cristalino. No tenía que desvestirse: en sueños iba siempre desnuda, fuera cual fuese la situación. Se deslizaba bajo la quieta superficie del lago y cruzaba a nado las calles de su falsa aldea alemana. Luego el agua se convertía en sangre y ella se daba cuenta de que estaba ahogándose. Ansiosa por respirar, con el corazón martilleándole las costillas, movía las piernas frenéticamente intentando dirigirse a un puntito de luz. Pero cada vez que alcanzaba la superficie una mano volvía a hundirla. Era una mano de mujer, tersa e impecable. Y aunque Katerina nunca hubiera sentido su contacto, sabía que tenía que ser la mano de su madre.

Por fin se incorporó en la cama boqueando como si llevara varios minutos sin respirar. Tenía el pelo húmedo y lacio, y las manos le temblaban de miedo. Buscó su tabaco, encendió un cigarrillo con dificultad y dio una calada honda. La nicotina la calmó, como siempre. Miró el reloj y vio que faltaba poco para el mediodía. Había dormido casi doce horas. Fuera, la ventisca de la noche anterior se había disipado y el blanco disco del sol relumbraba, bajo, en medio de un cielo pálido. El invierno, al parecer, había concedido a Moscú unas pocas horas de asueto.

Apoyó los pies en el suelo, entró en la cocina y se preparó un café en la cafetera automática. Se lo bebió frente a la cafetera y enseguida se hizo otro. Su móvil del SVR descansaba sobre la encimera. Lo tomó y miró la pantalla, ceñuda. Alexei seguía sin mandarle su orden de partida. Estaba convencida de que no se trataba de un descuido. Alexei tenía sus razones. Siempre las tenía.

Consultó el pronóstico del tiempo. Estaban un par de grados por encima del punto de congelación, cosa rara en Moscú en aquella época del año, y se esperaba que el cielo no volviera a nublarse en toda la tarde. Hacía mucho tiempo que no hacía ejercicio y pensó que le sentaría bien salir a correr. Se llevó el café al dormitorio y se vistió: mallas y camiseta interior de manga larga, chándal térmico y deportivas nuevas: auténticas deportivas americanas, no esas imitaciones baratas y delgaduchas que salían de las fábricas rusas. Prefería correr descalza a correr con zapatillas rusas. Se puso luego un par de guantes bien gruesos y se remetió el pelo bajo un gorro de lana. Solo se dejó su pistola, una Makarov de 9 milímetros que detestaba llevar cuando salía a correr. Además, si algún pervertido ahíto de vodka cometía la estupidez de intentar algo con ella, era más que capaz de defenderse por sí sola. Una vez había dejado inconsciente a un sobón en un sendero del parque Gorki. Alexei se encargó de rematarlo, o eso al menos se rumoreaba en Moscú Centro. Katerina nunca se había molestado en preguntar qué suerte había corrido aquel tipo. Fuera cual fuese, se lo tenía merecido.

Hizo estiramientos un par de minutos mientras se fumaba su segundo cigarrillo y se bebía su tercera taza de café solo. Luego bajó en ascensor al vestíbulo y, haciendo caso omiso del saludo del portero resacoso y sin afeitar, salió a la calle. Habían limpiado la nieve de las aceras. Echó a correr suavemente hacia el oeste, en dirección a Michurinsky Prospekt. La calle flanqueaba la Universidad Estatal de Moscú, a la que Katerina habría asistido si hubiera sido una chica normal y no la hija de una agente del KGB que se olvidó de tomar la píldora mientras seducía a un agente enemigo.

Al llegar al pie de la colina giró a la derecha, hacia la suave curva de la calle Kosygina. En la mediana había un camino adoquinado bordeado a ambos lados por árboles desnudos. Empezaban a calentársele las piernas. Notó las primeras gotas de sudor formarse bajo la chaqueta. Agrandó la zancada, aumentó el ritmo. Dejó atrás una bonita iglesia verde y blanca y el mirador de la Colina de los Gorriones, donde dos recién casados sonrientes posaban para el fotógrafo con la ciudad como telón de fondo. Era una tradición de las parejas rusas, una tradición que Katerina no probaría jamás. En el improbable caso de que decidiera casarse, el SVR tendría que dar el visto bueno a su pareja. La boda se celebraría en secreto y no habría presente ningún fotógrafo. Ni familiares tampoco, lo cual no suponía un problema para ella, que no tenía ninguno.

Tenía intención de correr hasta la Academia Rusa de las Ciencias y regresar luego a casa siguiendo el malecón del río Moscova. Pero al pasar frente a la chillona entrada del hotel Korston, se dio cuenta de que la seguía un Range Rover con las ventanillas ahumadas. Lo había visto primero en Michurinsky Prospekt y luego, por segunda vez, en el mirador de la Colina de los Gorriones, donde uno de sus ocupantes, un hombre con chaqueta de cuero, fingía admirar el panorama. Ahora estaba aparcado frente al Korston, y el hombre de la chaqueta de cuero caminaba hacia ella entre los árboles. Medía más de metro ochenta, pesaba mucho más de noventa kilos y caminaba con el paso contoneante y el enérgico balanceo de brazos de quien pasaba mucho tiempo en el gimnasio.

Katerina, que había sido adiestrada para no volver la espalda a una amenaza potencial, siguió avanzando hacia él al mismo ritmo, con los ojos fijos adelante, como si solo fuera vagamente consciente de su presencia. El hombre se había metido las manos en los bolsillos de la chaqueta de cuero. Cuando Katerina intentó pasar de largo, sacó la derecha y la agarró por el brazo. Fue como si la agarrara la pala de una excavadora. Sus pies derraparon. Se habría caído al suelo si aquella mano no la hubiera mantenido erguida.

—¡Suéltame! —gritó.

—*Nyet* —contestó él con frialdad.

Intentó desasirse, más como advertencia que con verdadera intención de escapar, pero él la apretó aún más fuerte. Sus siguientes movimientos fluyeron guiados por el instinto: le asestó un fuerte pisotón en el empeine del pie derecho y le dejó momentáneamente ciego clavándole un dedo afilado como un punzón en cada ojo. Cuando él aflojó la mano, Katerina giró sobre sí misma y le propinó un rodillazo en la entrepierna. Luego giró de nuevo y, dándole un violento codazo en la sien, lo tiró al suelo. Se disponía a infligirle un daño irreparable en la garganta expuesta, pero se detuvo al oír una risa en el camino, a su espalda. Posó las manos en las rodillas y respiró trabajosamente el aire gélido. La boca le sabía a sangre. Imaginó que era la sangre de sus sueños.

—¿Por qué has hecho eso?

—Quería asegurarme de que estabas lista para volver al servicio activo.

—Yo siempre estoy lista.

—Eso ha quedado clarísimo. —Alexei Rozanov meneó la cabeza lentamente—. Ese pobre diablo no tendrá que volver a molestarse en ponerse un condón. Supongo que ha tenido suerte, en cierto sentido.

Estaban en la parte de atrás del coche oficial de Rozanov, atascado en medio del tráfico de la calle Kosygina. Al parecer, había un accidente más adelante. Era habitual que los hubiera.

—¿Quién era? —preguntó Katerina.

—¿El chico al que has estado a punto de matar?

Ella asintió.

—Acababa de graduarse en el Instituto Bandera Roja. Hasta hoy tenía grandes esperanzas puestas en él.

—¿Para qué pensabas usarlo?

—Para trabajos de fuerza bruta —repuso Rozanov sin un ápice de ironía.

El coche siguió avanzando tan lentamente como si fueran a pie. Rozanov sacó un paquete de Dunhill del bolsillo de la pechera de su abrigo y extrajo un cigarrillo pensativamente.

—Cuando vuelvas a tu apartamento —dijo al cabo de un momento—, encontrarás un maletín esperándote en la entrada, junto con un pasaporte y la documentación necesaria para tu viaje. Te vas mañana a primera hora.

—¿Adónde?

—Pasarás una noche en Varsovia para afianzar tu tapadera. Luego cruzarás Europa hasta Róterdam. Te hemos reservado habitación en un hotel cerca de la terminal del ferry. Un coche estará esperándote al otro lado.

—¿Qué clase de coche?

—Un Renault. La llave estará escondida en el lugar habitual. Las armas estarán ocultas en la parte de atrás. Te hemos conseguido un Skorpion. —Rozanov sonrió—. Siempre te han gustado los Skorpion, ¿verdad, Katerina?

—¿Qué hay de Quinn? —preguntó ella.

—Se reunirá contigo en tu hotel. —Rozanov hizo una pausa y añadió—: No creo que esté de muy buen humor.

—¿Por qué? ¿Qué pasa?

—El presidente ha decidido no pagarle hasta que complete la segunda fase de la operación.

—¿Por qué motivo?

—Para darle un aliciente —respondió Rozanov—. Nuestro amigo irlandés tiene por costumbre hacer lo que se le antoja. El mensaje de texto que se empeñó en mandarle a Allon estuvo a punto de echar por tierra una operación perfectamente planeada.

—No debiste darle el número de Allon.

—No me quedó otro remedio. Sus exigencias fueron muy concretas. Quería que Allon supiera que había una bomba en ese coche. Y quería que supiera quién la había puesto ahí.

Habían logrado avanzar lentamente hasta el mirador de la Colina de los Gorriones. Los recién casados se habían ido y otra pareja había ocupado su lugar. Estaban posando con su hija, una niña de seis o siete años con un vestido blanco y flores en el pelo.

—Qué niña tan guapa —comentó Rozanov.

—Sí —dijo Katerina en tono distante.

Rozanov la escudriñó un momento.

—¿Son imaginaciones mías —preguntó por fin— o no te apetece esta misión?

—Son imaginaciones tuyas, Alexei.

—Porque si no eres capaz de llevar a cabo tu cometido, necesito saberlo.

—Pregúntale a tu nuevo *castrato* si soy capaz o no.

—Sé que estabas...

—Eso no es problema —lo atajó ella.

—Confiaba en que esa fuera tu respuesta.

—Sabías que sería esa.

Habían llegado al origen del atasco: una vieja *babushka* yacía muerta en la calle. Su *avoska* de malla yacía junto a ella. Había manzanas dispersas por el asfalto. Unos cuantos coches protestaron haciendo sonar sus cláxones. Vieja o joven, poco importaba. En Rusia la vida valía poco.

—Dios mío —dijo Rozanov en voz baja cuando pasaron junto al cuerpo aplastado de la anciana.

—No es propio de ti dejarte impresionar por un poco de sangre.

—Yo no soy como tú, Katerina. Yo mato con lápiz y papel.

—Yo también, si no tengo a mano otra cosa.

Rozanov sonrió.

—Me alegra saber que conservas tu sentido del humor.

—En este oficio es necesario.

—No podría estar más de acuerdo. —Rozanov sacó una carpetilla de su maletín.

—¿Qué es eso?

—El presidente quiere que te ocupes de otro asunto antes de volver a Rusia.

Katerina tomó la carpeta y miró la fotografía de la primera página. Vieja o joven, pensó, poco importaba. La vida valía poco en Rusia. La suya incluida.

45

COPENHAGUE, DINAMARCA

—Lo siento —dijo Lars Mortensen—, pero no me he quedado con su nombre.

—Merchant —contestó Christopher Keller.

—Israelí, ¿no?

—Eso me temo.

—¿Y el acento?

—Nacido en Londres.

—Entiendo.

Mortensen era el jefe del PET, el pequeño pero eficiente servicio de inteligencia y seguridad interior de Dinamarca. Oficialmente era una rama del cuerpo nacional de policía dependiente del Ministerio de Justicia. Su sede se hallaba en un anodino edificio de oficinas al norte de los Jardines Tívoli. El despacho de Mortensen estaba en la última planta. Sus muebles eran sólidos, pálidos y daneses. Igual que su ocupante.

—Como es lógico —estaba diciendo Mortensen—, la muerte de Allon me ha causado una impresión tremenda. Lo consideraba un amigo. Trabajamos juntos en un caso hace un par de años. Las cosas se torcieron en una casa allá en el norte. Yo me encargué del asunto en su nombre.

—Lo recuerdo.

—¿Trabajó también en ese caso?

—No.

Mortensen dio unos golpecitos con un bolígrafo de plata sobre el contenido de una carpeta abierta.

—Allon me parecía un hombre muy difícil de matar. Cuesta creer que de verdad se haya ido.

—Lo mismo sentimos nosotros.

—Y esta solicitud suya... ¿tiene algo que ver con su fallecimiento?

—Preferiría no decirlo.

—Y yo preferiría no estar teniendo esta reunión —repuso Mortensen con frialdad—. Pero cuando un amigo me pide un favor, procuro complacerlo.

—Nuestro organismo ha sufrido una pérdida terrible —repuso Keller al cabo de un momento—. Como puede imaginar, es nuestra prioridad absoluta.

Era una evasiva, pero fue suficiente para el oficial de la policía secreta danesa.

—¿Qué tenemos que buscar en la grabación?

—A dos hombres.

—¿Dónde se reunieron?

—En un restaurante llamado Ved Kajen.

—¿En el Puerto Nuevo?

Keller asintió con una inclinación de cabeza. Mortensen preguntó la fecha y la hora. Keller le dio ambas.

—¿Y los dos hombres? —preguntó Mortensen.

Keller le pasó una fotografía.

—¿Quién es?

—Reza Nazari.

—¿Iraní?

Keller hizo un gesto afirmativo.

—¿Del VEVAK?

—Desde luego.

—¿Y el otro?

—Es un capo del SVR llamado Alexei Rozanov.

—¿Tiene una fotografía suya?

—Por eso estoy aquí.

Mortensen dejó la fotografía del iraní sobre su mesa con gesto pensativo.

—Dinamarca es un país pequeño —dijo pasado un momento—. Un país pacífico, a excepción de unos pocos miles de fanáticos musulmanes violentos. ¿Entiende lo que le digo?

—Creo que sí.

—No quiero problemas con el Imperio Persa. Ni con los rusos, desde luego.

—Descuide, Lars.

Mortensen consultó su reloj.

—Esto puede llevarnos un par de horas. ¿Dónde se aloja?

—En el D'Angleterre.

—¿Cuál es el mejor modo de contactar con usted?

—A través del teléfono del hotel.

—¿El nombre?

—LeBlanc.

—Creía que había dicho que se llamaba Merchant.

—En efecto, eso he dicho.

Keller salió a pie de la sede del PET y caminó hasta los Jardines Tívoli, un trecho lo bastante largo para constatar que había dos equipos de policías siguiéndolo por orden de Mortensen. El cielo sobre Copenhague tenía el color del granito, y a la luz de las farolas caían arremolinándose sucios copos de nieve. Keller cruzó Rådhuspladsen y recorrió sin prisas Strøget, la principal calle peatonal de Copenhague, antes de regresar al magnífico Hotel d'Angleterre. Arriba, en su habitación, pasó una hora viendo las noticias. Luego llamó a la operadora del hotel y en un inglés con acento francés le dijo que iba a bajar a tomar una copa al Balthazar, la champañería del hotel. Pasó otra hora sentado a una mesa, en un rincón, bebiendo pausadamente una copa de brut. Era, se dijo lúgubremente, un atisbo de la vida que le aguardaba en el MI6. El gran Gabriel Allon (descanse en paz) había descrito una vez la vida del espía profesional como una sucesión continua de viajes y periodos de aburrimiento aplastante, rotos por interludios de puro terror.

Por fin, cuando pasaban escasos minutos de las siete, una camarera se acercó para informarle de que tenía una llamada. Contestó al teléfono en una cabina del vestíbulo. Era Lars Mortensen.

—Creo que es posible que hayamos encontrado la fotografía que está buscando —dijo—. Hay un coche esperándolo fuera.

No le fue difícil localizar el sedán del PET. Estaba ocupado por dos de los hombres que lo habían seguido esa tarde. Lo condujeron a través de la ciudad y lo depositaron en una habitación de la sede del PET equipada con una gran pantalla de televisión. En ella aparecía una foto fija de un hombre con aspecto de persa cruzando una estrecha calle adoquinada. La fecha y la hora sobreimpresas en la imagen coincidían con la información que les había procurado el iraní durante su interrogatorio a las afueras de Viena.

—¿Es Nazari? —preguntó Lars Mortensen.

Cuando Keller dijo que sí con la cabeza, el danés tocó un par de teclas de un portátil abierto y en la pantalla apareció otra imagen. Un hombre alto, de pómulos anchos y cabello rubio algo escaso en la coronilla. Un capo de Moscú Centro, no había duda.

—¿Es el hombre que está buscando?

—Yo diría que sí.

—Tengo unas cuantas fotografías más y una grabación breve, pero esta es claramente la mejor. —Mortensen sacó un disco del ordenador, lo metió en su funda y lo levantó para que Keller lo viera—. Cortesía del pueblo danés —dijo—. Sin coste alguno.

—¿Ha podido averiguar algo sobre su partida?

—El iraní abandonó Copenhague a la mañana siguiente en un avión con destino a Frankfurt. Tenía billete reservado para seguir hasta Teherán.

—¿Y el ruso?

—Todavía estamos en ello. —Mortensen le entregó el disco—. La cena, por cierto, costó más de cuatrocientos euros. Pagó el ruso, en efectivo.

—Era una ocasión especial.

—¿Qué celebraban?

Keller se guardó el disco en el bolsillo de la chaqueta.

—Entiendo —dijo Mortensen.

Christophe Keller voló a Londres a la mañana siguiente. Fue recibido en el aeropuerto de Heathrow por un equipo del MI6 y conducido con inusitada rapidez hasta un piso franco en Bishop's Road, Fulham. Graham Seymour estaba sentado a la mesa de hule de la cocina, con su abrigo Chesterfield doblado sobre el respaldo de la silla. Con un movimiento de los ojos, indicó a Keller que tomara asiento. Luego deslizó una sola hoja de papel sobre la mesa y puso sobre ella un bolígrafo de plata.

—Fírmalo.

—¿Qué es?

—Es para tu teléfono nuevo. Si vas a trabajar para nosotros, no puedes seguir usando el antiguo.

Keller tomó el documento.

—¿Minutos? ¿Paquete de datos? ¿Esas cosas?

—Tú límitate a firmarlo.

—¿Qué nombre debo usar?

—El tuyo.

—¿Cuándo voy a tener el nuevo?

—Estamos trabajando en ello.

—¿Puedo dar mi opinión al respecto?

—No.

—Me parece injusto.

—Nuestros padres no nos permiten elegir nuestros nombres, y el MI6 tampoco.

—Si intentáis llamarme Francis, me vuelvo a Córcega.

Keller garabateó algo ilegible en la línea reservada para la firma del documento. Seymour le entregó una nueva Blackberry y recitó el número de ocho dígitos que le había asignado el MI6.

—Repítemelo —dijo.

Keller obedeció.

—Hagas lo que hagas —dijo Seymour—, no lo anotes.

—¿Por qué iba a hacer esa estupidez?

Seymour le puso delante otro documento.

—Este te permite manejar documentos del MI6. Ya eres un miembro del club, Christopher. Eres uno de los nuestros.

Keller dejó el bolígrafo suspendido sobre la hoja.

—¿Ocurre algo? —preguntó Seymour.

—Solo me estaba preguntando si de verdad quieres que firme esto.

—¿Por qué no iba a querer?

—Porque si tengo oportunidad de cazar a Eamon Quinn...

—Espero que la aproveches. —Seymour hizo una pausa y agregó—: Igual que cuando estabas en el Úlster.

Keller firmó el documento. Seymour le entregó un lápiz de memoria.

—¿Qué es esto?

—Alexei Rozanov.

—Tiene gracia —dijo Keller—. En las fotos parecía más alto.

Regresó a Heathrow a tiempo para tomar el vuelo de primera hora de la tarde a Viena. Llegó unos minutos después de las cuatro y tomó un taxi hasta una dirección situada algo más allá de Ringstrasse. Era un edificio de apartamentos estilo Biedermeier antiguo y elegante, con un café a pie de calle. Keller pulsó el timbre, le abrieron el portal y subió al segundo piso. La puerta estaba entreabierta. Dentro lo esperaba ansiosamente un hombre muerto.

46

VIENA

Las fotografías de Copenhague probaban que Reza Nazari se había reunido con un hombre con aspecto de ruso en el lugar y la fecha que había señalado durante su interrogatorio. Y el expediente del MI6 demostraba que el hombre con aspecto de ruso era, en efecto, Alexei Rozanov. Había trabajado en Londres bajo cobertura diplomática en la década de 1990 y era un viejo conocido tanto del MI5 como del MI6.

—Su nombre completo es Alexei Antonovich. —Keller conectó el lápiz de memoria al ordenador portátil de Gabriel, tecleó la contraseña y abrió el archivo—. Tenía a sus órdenes a unos cuantos topos del SVR colocados en embajadas de toda la ciudad, en puestos de nivel medio. También intentó captar a un par de hombres del MI5. La verdad es que el MI5 nunca le tuvo en mucha consideración. Y lo mismo el MI6. Pero cuando regresó a Moscú Centro, su estrella comenzó a ascender repentinamente.

—¿Sabemos por qué?

—Seguramente tuvo algo que ver con su amistad con el presidente ruso. Alexei forma parte del círculo íntimo del zar. Es un pez muy gordo, en efecto.

Gabriel ojeó el expediente del MI6 hasta que llegó a una fotografía. Mostraba a un hombre que caminaba por una húmeda calle de Londres. Kensington High Street, según la anotación adjunta. El sujeto acababa de salir de una comida con un diplomático de la embajada canadiense. Corría el año 1995. La Unión Soviética había muerto, la Guerra Fría era cosa del pasado y en Moscú Centro casi nada había cambiado. El SVR seguía considerando a Estados Unidos, Gran Bretaña y los otros miembros de la alianza occidental como enemigos mortales, y los agentes como Alexei Antonovich Rozanov recibían órdenes de espiarlos sin descanso. Gabriel comparó la fotografía con una de las instantáneas tomadas en Copenhague. La línea del pelo era algo más alta, la cara un poco más carnosa y hastiada, pero saltaba a la vista que se trataba del mismo hombre.

—La cuestión es —dijo Keller— si podremos hacerle salir a la luz.

—No tenemos por qué hacerlo —repuso Gabriel—. Nazari lo hará por nosotros.

—¿Otra reunión?

Gabriel asintió con la cabeza. Keller no pareció muy convencido.

—¿Ocurre algo?

—Se supone que las negociaciones entre Estados Unidos e Irán van a durar una semana más.

—Sí —dijo Gabriel, tocando un ejemplar del *Times* londinense—. Creo que he leído algo al respecto esta mañana, en el periódico.

—Y cuando acaben las conversaciones —dijo Keller enfáticamente—, sin duda Reza volverá a Teherán.

—A menos que tenga un asunto urgente que atender en otra parte.

—¿Una reunión con Alexei Rozanov?

—Exacto.

En ese momento apareció un mensaje en la pantalla del ordenador. Afirmaba que la delegación iraní acababa de regresar al Intercontinental. Gabriel subió el volumen y un momento después oyó a Reza Nazari moviéndose por su habitación.

—No parece muy contento —comentó Keller.

Gabriel no contestó.

Hay otra cosa que no has tenido en cuenta —dijo Keller transcurridos unos instantes—. Cabe la posibilidad de que Alexei Rozanov no quiera volver a reunirse con su compañero de conspiración.

—En realidad, creo que Alexei se alegrará de oír la voz de Reza.
—¿Cómo vas a conseguirlo?
Gabriel sonrió y dijo:
—*Taqiyya*.

El teléfono de la habitación de Reza Nazari gimió suavemente a las siete y media de la tarde. Nazari se lo acercó al oído, escuchó las instrucciones y colgó sin decir palabra. Su abrigo yacía en el suelo, donde lo había dejado caer un rato antes. Se lo puso y tomó un ascensor vacío para bajar al vestíbulo. Un guardia de seguridad iraní lo saludó con la cabeza cuando pasó por su lado. No preguntó por qué el veterano agente del VEVAK salía solo del hotel. No se atrevió.

Nazari cruzó la calle y entró en el Stadtpark. Mientras caminaba por la ribera del río Wien, se dio cuenta de que le estaban siguiendo. Era el pequeñajo, ese de la cara anodina que vestía como si llevara encima un montón de ropa sucia. El coche estaba esperando en el mismo sitio, en el borde este del parque. El israelí al que Nazari conocía como «señor Taylor» estaba sentado detrás. Tenía mala cara, como de costumbre. Cacheó a Nazari meticulosamente e hizo un gesto afirmativo mirando el espejo retrovisor. El conductor era el mismo, el de la piel exangüe y los ojos como el hielo. Se incorporó al tráfico nocturno y aceleró con suavidad.

—¿Adónde vamos? —preguntó Nazari mientras Viena desfilaba elegantemente por su ventanilla.

—El jefe quiere hablar contigo en privado.

—¿De qué?

—De tu futuro.

—No sabía que tuviera futuro.

—Sí, y muy brillante, si haces lo que se te dice.

—No puedo llegar tarde.

—Descuida, Reza. Nada de calabazas.

47

VIENA

Decían que tenía el don de la clarividencia, que era un visionario, un profeta. Que casi nunca se equivocaba y que, si se equivocaba, era solo porque no había transcurrido el tiempo suficiente para demostrar la validez de sus afirmaciones. Era capaz de sacudir mercados, de activar niveles de alerta, de influir en la agenda política. Era irrefutable, era infalible. Era una zarza ardiente.

Se desconocía su identidad, y hasta su nacionalidad se hallaba envuelta en misterio. Se daba por sentado, en general, que era australiano (era en Australia donde se alojaba su página web), pero eran muchos los que creían que procedía de Oriente Medio, dado que su análisis de las intrincadas relaciones políticas de la región se consideraba demasiado sutil para ser producto de una mentalidad no oriental. Los había también que pensaban que era en realidad una mujer, y un análisis de género de su estilo literario dejaba abierta, al menos, esa posibilidad.

Aunque influyente, su blog no era leído por las masas. La mayoría de sus lectores formaban parte de la élite sociopolítica y empresarial: ejecutivos de empresas de seguridad privada, políticos y periodistas centrados en temas relacionados con el terrorismo internacional y la crisis que afrontaban el Islam y Oriente Medio. Fue uno de esos periodistas, un respetado reportero de investigación de una cadena de televisión norteamericana, quien reparó primero en las breves líneas aparecidas a primera hora de la mañana siguiente.

El periodista llamó a una de sus fuentes (un agente de la CIA retirado que también tenía un blog) y este le dijo que la noticia le olía a cierta. Aquello bastó para que el reputado periodista de investigación publicara de inmediato algunas líneas en sus páginas de las redes sociales. Y fue así como surgió una crisis internacional.

Los estadounidenses se mostraron escépticos al principio. Los británicos, menos. De hecho, un experto en proliferación armamentística del MI6 afirmó que se trataba de un escenario de pesadilla hecho realidad: cuarenta y cinco kilos de material nuclear altamente radioactivo, suficiente para fabricar una gran bomba sucia o varios artefactos de menor tamaño capaces de volver inhabitable durante años el centro de muchas grandes ciudades. El material radioactivo (no se especificaba su composición exacta) había sido sustraído de un laboratorio secreto iraní cercano a la ciudad sagrada de Qom y vendido en el mercado negro a un traficante vinculado a los terroristas islámicos chechenos. Se desconocía el paradero de los chechenos y del material radioactivo, pero se afirmaba que los iraníes lo estaban buscando frenéticamente. Por razones que no quedaban claras, habían decidido no informar de la situación a sus amigos rusos.

Los iraníes desmintieron la noticia y afirmaron que se trataba de una provocación occidental y una falacia sionista. El laboratorio que se mencionaba en el informe no existía, dijeron, y todo el material nuclear del país estaba a salvo y a buen recaudo. Aun así, al acabar aquel día en Viena no se hablaba de otra cosa. El principal negociador estadounidense afirmó que la noticia, al margen de su veracidad, demostraba la importancia de alcanzar un acuerdo. Su homólogo iraní parecía menos convencido. Abandonó la sede de las conversaciones sin hacer declaraciones y se metió en la parte de atrás de su coche oficial. A su lado iba Reza Nazari.

Se dirigieron a la embajada iraní y permanecieron allí hasta las diez de la noche, cuando por fin regresaron al hotel Intercontinental. Reza Nazari se pasó por su habitación el tiempo justo para dejar la chaqueta y el maletín. Después, llamó a la puerta de su vecino.

Mijail Abramov le hizo entrar rápidamente. Yaakov Rossman le sirvió un whisky del minibar.

—Está prohibido —dijo Nazari.

—Tómatelo, Reza. Te lo mereces.

El iraní aceptó la copa y la levantó ligeramente a modo de saludo.

—Enhorabuena —dijo—. Tus amigos y tú habéis conseguido formar un auténtico revuelo.

—¿Qué opina Teherán?

—Son escépticos, como mínimo, respecto a la oportunidad con que ha surgido la noticia. Dan por sentado que se trata de un complot de la Oficina con el objetivo de sabotear las conversaciones e impedir que se llegue a un acuerdo.

—¿Ha salido a relucir el nombre de Allon?

—¿Por qué iba a salir a relucir? Allon está muerto.

Yaakov sonrió.

—¿Y los rusos? —preguntó.

—Están profundamente preocupados —contestó Nazari—. Y me quedo corto.

—¿Te has ofrecido voluntario para tranquilizarlos?

—No ha sido necesario. Mohsen Esfahani me ha ordenado que me ponga en contacto con ellos y acuerde una reunión.

—¿Alexei aceptará verte?

—No puedo garantizarlo.

—Entonces quizá deberíamos prometerle algo un poco más interesante que un encuentro para fortalecer lazos de amistad.

Nazari se quedó callado.

—¿Has traído tu Blackberry del VEVAK?

El iraní la levantó para que Yaakov la viera.

—Manda un mensaje a Alexei. Dile que quieres hablarle de algo que ha sucedido recientemente en Viena. Que Rusia no tiene nada de lo que preocuparse.

Nazari redactó rápidamente el e-mail, se lo enseñó a Yaakov y pulsó el botón de ENVIAR.

—Muy bien. —Yaakov señaló su ordenador portátil abierto y dijo—: Ahora, mándale ese.

Nazari se acercó y miró la pantalla:

Mi gobierno os está mintiendo respecto a la gravedad de la situación. Tenemos que vernos de inmediato.

Nazari escribió la dirección y envió el mensaje.

—Eso debería ser suficiente para captar su atención —dijo Yaakov.

—Sí —repuso Nazari—. Probablemente.

48

VIENA

No tuvieron noticias de Alexei Rozanov esa primera noche, ni tampoco a la mañana siguiente. Reza Nazari salió del hotel a las ocho y media junto con el resto de la delegación iraní y veinte minutos después desapareció en el agujero negro de las negociaciones nucleares. En aquel momento Gabriel, encerrado con Christopher Keller en el piso franco de Viena, se permitió analizar por extenso todos los motivos por los que su operación podía estar abocada al fracaso antes incluso de iniciarse. Cabía la posibilidad, desde luego, de que Reza Nazari se hubiera sincerado con el organismo al que pertenecía en las horas inmediatamente posteriores a su brutal interrogatorio. También entraba dentro de lo posible que hubiera informado a Alexei Rozanov de que el hombre al que habían intentado matar de manera tan espectacular estaba vivito y coleando y sediento de venganza. O quizá no hubiera ningún Alexei Rozanov. Tal vez no fuera más que una invención de la imagación febril de Nazari, una astuta muestra de *taqiyya* ideada para convencer a Gabriel de que podía serle útil y salvar así el pellejo.

—Está claro —dijo Keller— que has perdido el juicio.

—Es lo que pasa con los muertos. —Gabriel levantó la fotografía de Rozanov caminando por una calle adoquinada de Copenhague—. Quizá no venga. Puede que sus superiores en el SVR hayan decidido relevarlo un tiempo del servicio activo. O puede que le pida a su buen amigo Reza que vaya a Moscú a pasar una noche de juerga con vodka y chicas.

—Si es así, nosotros también iremos a Moscú. Y lo mataremos allí.

No, dijo Gabriel sacudiendo la cabeza lentamente, no volverían a Moscú. Moscú era su ciudad prohibida. Habían tenido suerte de sobrevivir a su última visita. No volverían a tentar a la suerte.

Las negociaciones se interrumpieron a la una de la tarde para comer. La sesión de la mañana había sido especialmente infructuosa debido al nerviosismo que había generado en ambas partes la noticia de la presunta desaparición del material radioactivo. Reza Nazari se ausentó el tiempo justo para telefonear a Yaakov Rossman al Intercontinental. Acto seguido, Yaakov llamó a Keller al piso franco y repitió el mensaje.

—Sin noticias de Moscú. Alexei no ha dado señales de vida.

Eran ya casi las dos de la tarde. El cielo estaba bajo y plomizo, y más allá de las ventanas del piso franco caían de través unos cuantos copos de nieve. Salvo para el interrogatorio de Nazari, Gabriel no había abandonado aquellas habitaciones. Se había mantenido oculto, protegido de los recuerdos que acechaban más allá de su puerta. Fue Keller quien le sugirió que saliera a dar un paseo. Lo ayudó a ponerse el abrigo, le envolvió el cuello en una bufanda y le caló bien la gorra sobre la frente. Luego le dio una pistola, una Glock calibre 45 capaz de pararle los pies a cualquiera, un arma de destrucción masiva.

—¿Qué se supone que tengo que hacer con esto?

—Disparar a cualquier ruso que te pida indicaciones.

—¿Y si me topo con un iraní?

—Vete —ordenó Keller.

Cuando Gabriel salió del edificio, la nieve caía en línea recta, constantemente, y las aceras parecían tartas vienesas espolvoreadas de azúcar. Caminó sin pensar unos instantes, sin molestarse en comprobar si lo estaban siguiendo. Hacía mucho tiempo, Viena se había mofado de su oficio. Gabriel amaba su belleza y odiaba su historia. La envidiaba. Le tenía lástima.

El piso franco estaba situado en el Segundo Distrito. Antes de la guerra, aquel barrio estaba tan poblado de judíos que los vieneses lo llamaban despectivamente Mazzesinsel, o Isla Matzo. Gabriel cruzó Ringstrasse, abandonó el Segundo Distrito para adentrarse en el Primero y se detuvo frente al Café Central, donde una vez se había entrevistado con un hombre llamado Erich Radek, un antiguo agente de las SS al que Adolf Eichmann había ordenado ocultar pruebas materiales del Holocausto. Recorrió luego el corto trecho que lo separaba de la soberbia mansión de Radek, de la que un equipo de agentes de la Oficina había arrancado al criminal de guerra para emprender el primer tramo de un viaje que acabaría en la celda de una prisión israelí. Gabriel permaneció solo ante la verja mientras la nieve blanqueaba sus hombros. La fachada de la casa estaba deslucida y agrietada y las cortinas que colgaban tras las sucias ventanas parecían ajadas. Por lo visto, nadie quería vivir en la casa de un asesino. Quizá, pensó Gabriel, aún pudieran tener esperanzas después de todo.

Desde la marchita mansión de Radek, cruzó el Barrio Judío hasta el Stadttempel. Dos años antes, en la estrecha calle a la que daba la entrada de la sinagoga, Mijail Abramov y él habían acabado con un grupo de terroristas de Hezbolá que tenía previsto llevar a cabo una masacre una noche de sabbat. De cara a la galería, se dijo que habían sido dos miembros de EKO Cobra, la unidad táctica de la policía austriaca, quienes liquidaron a los terroristas. Incluso había una placa en la fachada de la sinagoga recordando su valentía. Gabriel sonrió a su pesar al leerla. Así debía ser, pensó. Su objetivo era siempre el mismo, como espía y como restaurador: quería entrar y salir sin ser visto, no dejar ninguna huella de su paso. Para bien o para mal, las cosas no siempre salían así. Y ahora estaba muerto.

Tras dejar la sinagoga, fue hasta un edificio cercano que antaño había sido la sede de una pequeña asociación llamada Reclamaciones y Pesquisas de Guerra. El hombre que la dirigía, un tal Eli Lavon, había abandonado Viena unos años antes, después de que una bomba destruyera su oficina y matara a sus dós jóvenes ayudantes. Cuando echó a andar de nuevo, Gabriel notó que Lavon lo estaba siguiendo. Se paró en la calle y con un cabeceo casi imperceptible le indicó que se acercara. El vigilante pareció avergonzado. No le gustaba que su objetivo se percatara de su presencia, ni siquiera cuando dicho objetivo lo conocía desde niño.

—¿Qué haces? —le preguntó Gabriel en alemán.

—He oído el absurdo rumor —contestó Lavon en el mismo idioma— de que el futuro jefe de la Oficina estaba paseando por Viena sin escolta.

—¿Quién te ha dicho tal cosa?

—Keller. Te he estado siguiendo desde que has salido del piso franco.

—Sí, lo sé.

—No, no lo sabes. —Lavon sonrió—. Deberías tener más cuidado, ¿sabes? Tienes mucho que perder.

Echaron a andar por la calle tranquila. La nieve amortiguó el ruido de sus pisadas hasta que llegaron a una plazuela. El corazón de Gabriel tañía como una campana de hierro dentro de su pecho y sus piernas parecían de pronto un peso muerto. Intentó seguir adelante, pero los recuerdos lo obligaron a detenerse. Recordó cómo le había costado abrochar los tirantes de la silla de seguridad de su hijo, y el leve sabor a vino de los labios de su mujer. Y oyó vacilar un motor porque una bomba chupaba la electricidad de la batería. Demasiado tarde, trató de avisarla de que no girara la llave una segunda vez. Luego, su mundo saltó por los aires envuelto en un brillante fogonazo blanco. Ahora, por fin, su restauración estaba casi completa. Pensó en Chiara y por un instante confió en que Alexei Rozanov no picara el anzuelo. Lavon, como de costumbre, pareció adivinar lo que estaba pensando.

—Mi oferta sigue en pie —dijo con voz queda.

—¿Qué oferta es esa?

—Deja a Alexei en nuestras manos —respondió Lavon—. Ya es hora de que vuelvas a casa.

Gabriel avanzó lentamente y se detuvo en el mismo lugar en que había ardido el coche hasta quedar reducido a un esqueleto carbonizado. A pesar del tamaño compacto de la bomba, la explosión y el incendio posterior habían sido especialmente virulentos.

—¿Has tenido ocasión de echar un vistazo al expediente de Quinn? —preguntó.

—Una lectura interesante —contestó Lavon.

—Estuvo en Ras Al Helal a mediados de los ochenta. Te acuerdas de Ras Al Helal, ¿verdad, Eli? Era ese campo del este de Libia, el que estaba cerca del mar. Los palestinos también se entrenaban allí. —Gabriel miró hacia atrás—. Tariq estuvo allí.

Lavon no dijo nada. Gabriel miró los adoquines cubiertos de nieve.

—Llegó en el ochenta y cinco. ¿O fue en el ochenta y seis? Había tenido problemas con sus bombas. Fallos en el detonador, problemas con las mechas y los temporizadores. Pero cuando salió de Libia... —Su voz se apagó.

—Fue un baño de sangre —concluyó Lavon.

Gabriel se quedó callado un momento.

—¿Crees que se conocían? —preguntó por fin.

—¿Quinn y Tariq?

—Sí, Eli.

—En mi opinión, no puede ser de otra manera.

—Puede que fuera Quinn quien ayudó a Tariq a resolver los problemas que tenía. —Gabriel hizo una pausa y añadió—: Puede que fuera él quien diseñó la bomba que acabó con mi familia.

—Esa cuenta la saldaste hace mucho tiempo.

Gabriel lo miró por encima del hombro, pero Lavon ya no le estaba escuchando. Miraba fijamente la pantalla de su Blackberry.

—¿Qué dice? —preguntó Gabriel.

—Parece que Alexei Rozanov sí quiere hablar con Nazari después de todo.

—¿Cuándo?

—Pasado mañana.

—¿Dónde?

Lavon levantó la Blackberry. Gabriel miró la pantalla y luego levantó la cara hacia la nieve. ¿Verdad que es preciosa?, pensó. La nieve absuelve a Viena de sus pecados. Cae sobre Viena mientras en Tel Aviv llueven misiles.

49

RÓTERDAM, PAÍSES BAJOS

Pasaban pocos minutos de las once de la mañana cuando Katerina Akulova salió de la estación central de tren de Róterdam. Subió a un taxi que esperaba fuera y en un holandés bastante bueno indicó al conductor que la llevara al hotel Nordzee. La calle en la que se encontraba el hotel era más residencial que comercial, y el Nordzee tenía el aire de una destartalada casita costera reformada para usos más rentables. Katerina se acercó al mostrador. La recepcionista, una joven holandesa, pareció sorprendida al verla.

—Gertrude Berger —dijo Katerina—. Mi amigo llegó ayer al hotel. El señor McGinnis.

La mujer miró su ordenador con el ceño fruncido.

—La verdad es —dijo— que su habitación está desocupada.

—¿Está segura?

La mujer esbozó la serena sonrisa que reservaba para las preguntas más estúpidas.

—Pero un caballero dejó una cosa para usted esta mañana a primera hora. —Le entregó un sobre de tamaño carta con la insignia del hotel Nordzee en la esquina superior izquierda.

—¿Sabe a qué hora lo dejó?

—Sobre las nueve, si no me falla la memoria.

—¿Recuerda qué aspecto tenía?

La holandesa procedió a describirle a un hombre de algo menos de metro ochenta de altura, con el cabello y los ojos oscuros.

—¿Era irlandés?

—No sabría decirle. Tenía un acento difícil de situar.

Katerina puso una tarjeta de crédito sobre el mostrador.

—Solo voy a necesitar la habitación unas horas.

La mujer pasó la tarjeta y luego le entregó una llave.

—¿Necesita ayuda con su equipaje?

—Puedo arreglármelas, gracias.

Subió las escaleras hasta la primera planta. Su habitación estaba al fondo de un pasillo forrado con papel de flores y láminas de bucólicas escenas de canales y paisajes neerlandeses. No se veían cámaras de seguridad, así que pasó la mano alrededor del marco de la puerta antes de meter la llave en la cerradura. Dejó su bolsa a los pies de la cama y registró la habitación en busca de cámaras escondidas o micrófonos. El aire olía a lima y a humo de tabaco. Era un aroma singularmente masculino.

Abrió la ventana del baño para que se fuera el olor, regresó al dormitorio y tomó el sobre que le había dado la chica de recepción. Inspeccionó el cierre para asegurarse de que no lo habían abierto y luego arrancó la solapa. Dentro había una sola hoja de papel pulcramente doblada en tres. Contenía, escrita en letra mayúscula, una breve explicación de la ausencia de Quinn.

—Cabrón —masculló Katerina antes de quemar la nota en el lavabo del cuarto de baño.

Alexei Rozanov había ordenado a Katerina dirigirse al país en el que tendría lugar la operación sin comunicarse con Moscú Centro. La nota, sin embargo, lo cambiaba todo. En ella, Quinn la informaba de que no viajaría con ella como estaba previsto. Se encontrarían en la siguiente parada de su itinerario, un hotelito de la costa de Norfolk, en Inglaterra. Conforme a las estrictas reglas operativas del SVR, Katerina no podía proseguir sin la autorización de su supervisor. Y el único modo de obtenerla era correr el riesgo de ponerse en contacto con él.

Sacó su móvil del bolso y envió un breve e-mail a una dirección con dominio alemán. La direccion era una tapadera del SVR que cifró automáticamente el mensaje y lo reenvió a Moscú Centro a través de una intrincada red de nodos y servidores. La respuesta de Alexei llegó diez minutos después. Era anodina en su redacción pero clara en sus intenciones. Debía seguirle la corriente a Quinn, al menos de momento.

Para entonces pasaban escasos minutos del mediodía. Katerina se echó en la cama y durmió intermitentemente hasta las tres y media, cuando dejó el hotel y tomó un taxi hasta la terminal de P&O Ferries. El *Orgullo de Róterdam*, un transbordador de 215 metros de eslora capaz de transportar 250 coches y más de un millar de pasajeros, estaba a punto de salir. El SVR le había reservado plaza en primera clase bajo el nombre de Gertrude Berger. Dejó la maleta en su camarote, cerró la puerta con llave y subió a uno de los bares. Estaba ya lleno de pasajeros, muchos de ellos en busca de un poco de cálida compañía con la que aliviar la soledad de las diez horas de travesía nocturna. Pidió una copa de vino y ocupó una mesa en el lado del puente de mando.

Los hombres presentes en el bar no tardaron en fijarse en la atractiva joven sentada a una mesa sin más compañía que la de su teléfono móvil. Al poco rato se acercó uno con dos copas en la mano y le preguntó en inglés si podía acompañarla. Katerina notó por su acento que era alemán. Tenía unos cuarenta y cinco años, pelo escaso, bien vestido. Cabía la posibilidad de que trabajara para algún cuerpo de seguridad europeo. Aun así, Katerina calculó que sería más fácil mantenerlo a raya tomando una copa que ponerle mala cara. Aceptó el vino y con una mirada lo invitó a sentarse.

Resultó que trabajaba como director comercial para una empresa de Bremen que fabricaba herramientas de primera calidad: un trabajo poco excitante, dijo, pero estable. Por lo visto, su empresa tenía muchos clientes en el norte de Inglaterra, lo que explicaba su presencia en el ferry de Róterdam a Hull. Él prefería el ferry al avión porque le permitía pasar más tiempo lejos de su mujer, ya que, como era de esperar, su matrimonio no atravesaba su mejor momento. Durante dos horas, Katerina coqueteó con él en su alemán impecable, tocando de cuando en cuando temas tan arcanos como la deflación en la zona euro o la crisis de la deuda en Grecia. El directivo estaba encantado, obviamente. Se llevó una decepción, sin embargo, cuando al final de la velada ella declinó su invitación a acompañarlo a su camarote.

—Yo que tú tendría cuidado —dijo él mientras se levantaba lentamente, derrotado—. Parece que tienes un admirador secreto.

—¿Quién?

Él señaló con la cabeza hacia una mesa del otro lado del bar ocupada por un hombre.

—No ha parado de mirarte desde que me he sentado.

—¿En serio?

—¿Lo conoces?

—No —contestó ella—. Es la primera vez que lo veo.

El alemán se alejó en busca de un blanco más prometedor. Katerina se levantó y salió a la cubierta vacía a fumar un cigarrillo. Quinn se reunió con ella un momento después.

—¿Quién es tu amigo? —preguntó.

—Un comercial con aspiraciones de grandeza.

—¿Estás segura?

—Sí, estoy segura. —Se volvió para mirarlo.

Vestía un traje gris, gabardina marrón y gafas de montura negra que parecían alterar la forma de su cara. La transformación era notable. Incluso a Katerina le costó reconocerlo. No era de extrañar que hubiera logrado sobrevivir tantos años.

—¿Por qué no estabas en el hotel? —preguntó ella.

—Eres una chica lista. Dímelo tú.

Katerina se volvió de nuevo hacia el mar.

—No estabas allí —dijo tras pensar un momento— porque temías que Alexei fuera a matarte.

—¿Y por qué iba a temer eso?

—Porque se ha negado a pagarte el dinero que te debe. Y estás convencido de que la segunda fase de la operación es en realidad una estratagema para librarse de ti de modo que no quede constancia de tu vínculo con el SVR.

—¿Y lo es?

—Vamos, Quinn, contrólate.

Su mirada se deslizó sobre ella, adelante y atrás, arriba y abajo.

—¿Vas armada? —preguntó por fin.

—No.

—¿Te importa que lo compruebe por mí mismo?

Antes de que ella pudiera responder, la atrajo hacia sí en un abrazo romántico solo aparente y recorrió con una mano su cuerpo. Solo tardó uno o dos segundos en encontrar la pistola Makarov oculta bajo su jersey. Se la guardó en el bolsillo de la gabardina. Luego abrió su bolso y sacó el móvil. Lo encendió y revisó la bandeja de entrada del e-mail.

—Pierdes el tiempo —dijo ella.

—¿Cuándo fue la última vez que contactaste con Alexei?

—A mediodía.

—¿Qué instrucciones te dio?

—Que procediera conforme a lo planeado.

—¿Quién era el tipo que te ha invitado a una copa en el bar?

—Ya te he dicho...

—¿Era del SVR?

—Estás paranoico.

—Tienes razón —dijo Quinn—. Por eso sigo vivo.

Apagó el móvil y se lo tendió con una sonrisa. Luego, con un giro de muñeca, lo arrojó al mar.

—Cabrón —dijo Katerina.

—La suerte del irlandés —repuso Quinn.

El camarote de Quinn estaba en la misma planta que el de Katerina, algo más cerca de la proa. La hizo entrar y enseguida vació su bolso encima de la cama. No contenía nada aparentemente electrónico, solo una cartera con su pasaporte alemán y varias tarjetas de crédito y algunos artículos de maquillaje. Había también un silenciador para la Makarov. Quinn se lo guardó en el bolsillo y le indicó que se quitara la ropa.

—Ni lo sueñes —dijo ella.

—No sería la primera que te veo...

—Si me acosté contigo fue únicamente porque Alexei me lo ordenó.

—A mí me ordenó lo mismo. Ahora quítate la ropa. —Al ver que seguía sin moverse, enroscó el silenciador al cañón de la Makarov y le apuntó a la cara—. Empecemos por la chaqueta, ¿de acuerdo?

Katerina dudó antes de quitarse la chaqueta y entregársela. Quinn registró los bolsillos y el forro, pero no encontró nada, aparte de su tabaco y su encendedor. Este era lo bastante grande para ocultar un dispositivo de seguimiento. Se lo guardó en el bolsillo para deshacerse de él después.

—Ahora, el jersey y los vaqueros.

Katerina dudó de nuevo. Luego se quitó el jersey por la cabeza y se bajó los vaqueros. Quinn registró ambas prendas y a continuación le indicó con una inclinación de cabeza que acabara de desnudarse.

—Estás jugando a un juego muy peligroso, Quinn.

—Mucho, sí —convino él.

—¿Qué intentas conseguir?

—Es bastante sencillo, en realidad. Quiero mi dinero. Y tú vas a asegurarte de que lo consiga.

Quinn pasó un dedo por la curvatura de su pecho mientras la miraba fijamente a los ojos. Su pezón se endureció instantáneamente a su contacto. Su rostro, sin embargo, mantuvo una expresión desafiante.

—¿Qué esperabas que ocurriera cuando aceptaste trabajar para el SVR?

—Esperaba que Alexei cumpliera su palabra.

—Qué ingenuo eres.

—Hicimos un trato. Me prometieron ciertas cosas.

—Cuando se trata con rusos —dijo ella—, las promesas no significan nada.

—Ya me doy cuenta —repuso Quinn echando un vistazo a la Makarov.

—¿Y si consigues tu dinero? ¿Dónde irás?

—Encontraré algún sitio. Siempre lo encuentro.

—Ahora, ni los iraníes querrían acogerte.

—Entonces volveré al Líbano. O a Siria. —Hizo una pausa y añadió—. O puede que vuelva a casa.

—¿A Irlanda? —preguntó ella—. Tu guerra se ha acabado, Quinn. Lo único que te queda es el SVR.

—Sí —dijo él mientras le bajaba una hombrera del sujetador—. Y el SVR te ha ordenado matarme.

Katerina no dijo nada.

—¿No lo niegas?

Ella cruzó los brazos sobre los pechos.

—¿Y ahora qué?

—Voy a proponerles un trato muy simple. Veinte millones de dólares a cambio de una de las agentes más valiosas del SVR. Confío en que Alexei acepte.

—¿Y dónde piensas retenerme mientras negocias con él?

—En un lugar en el que Alexei y sus gorilas no te encontrarían nunca. Y por si te lo estás preguntando —añadió—, los preparativos para tu viaje y tu estancia indefinida ya están hechos. —Sonrió—. Alexei parece haber olvidado que he hecho estas cosas una o dos veces.

Quinn le devolvió su jersey, pero ella se negó a aceptarlo. Echó el brazo hacia atrás, abrió el cierre de su sujetador y lo dejó caer al suelo. Era perfecta, pensó Quinn: perfecta, salvo por la cicatriz de la cara interna de su muñeca derecha. Quitó el cargador a la Makarov y apagó la luz.

50

VIENA-HAMBURGO

El mensaje de Alexei Rozanov no podría haber sido más conciso. Un restaurante, una ciudad, una hora. El restaurante era Die Bank, una *brasserie* del barrio de Neustadt, en Hamburgo. La hora, las nueve de la noche del jueves. Gabriel disponía, por tanto, de cuarenta y ocho horas escasas para planear la operación y situar en sus puestos a los agentes necesarios. Se puso manos a la obra de inmediato tras regresar al piso franco de Viena con Eli Lavon, y a las doce de la noche se habían asegurado el alojamiento, los coches, las armas y el equipo de comunicaciones seguras necesarios para tal empresa. Habían conseguido, además, personal extra procedente de Barak, el célebre equipo de agentes que encabezaba Gabriel. Lo único que les faltaba era una segunda reserva en el restaurante. Al parecer, el ruso había conseguido la última mesa disponible para el jueves por la noche. Keller sugirió que se introdujeran en el sistema informático del restaurante y eliminaran a un par clientes (metafóricamente, desde luego), pero Gabriel se negó. Conocía bien Die Bank. Había un bar grande y bullicioso en el que un par de agentes podrían pasar una o dos horas sin llamar la atención.

La Oficina no era la única que hacía preparativos. El VEVAK, defensor de la revolución islámica, archienemigo de Israel y de Occidente, también se preparaba. El departamento de viajes del servicio secreto reservó plaza para Reza Nazari en el vuelo 171 de Austrian Airlines que salía de Viena a las cinco y media de la tarde y llegaba a Hamburgo a las siete. Gabriel habría preferido un vuelo algo anterior, pero el hecho de que Nazari llegara con el tiempo justo suponía también que tanto los rusos como los iraníes tendrían menos tiempo para hacer alguna jugada. El alojamiento que eligió el VEVAK (un hotelucho de mala muerte cerca del aeropuerto) planteaba problemas, sin embargo. Gabriel le pidió a Nazari que se cambiara al Marriott de Neustadt. Estaba a corta distancia del restaurante y varios miembros del equipo israelí ya habían hecho su reserva allí. Nazari pidió que le cambiaran de hotel y Teherán accedió de inmediato (lo que hizo de aquella, comentó Gabriel, la primera operación conjunta de la historia entre la Oficina y el VEVAK). A Reza Nazari, el comentario no le hizo gracia. Esa noche, cuando visitó la habitación de Yaakov en el Intercontinental para recibir las últimas instrucciones, sudaba de nerviosismo. Gabriel comenzó la sesión ofreciéndole un bolígrafo de oro.

—¿En muestra de la estima que me tiene? —preguntó Nazari.

—Había pensado en regalarte un alfiler de corbata, pero vosotros los iraníes no gastáis corbata.

—A los israelíes tampoco les entusiasman. —Nazari examinó el bolígrafo cuidadosamente—. ¿Qué alcance tiene?

—Eso no es asunto tuyo.

—¿Duración de la batería?

—Veinticuatro horas, pero no eches las campanas al vuelo. Gira la parte de arriba a la derecha cuando llegue el momento de encenderlo. Si perdemos contacto durante algún momento de la cena, daré por sentado que lo has apagado a propósito. Y eso sería muy malo para tu salud.

Nazari no contestó.

—Llévalo en el bolsillo de la pechera de la americana —prosiguió Gabriel—. El micrófono es muy sensible, así que siéntate con naturalidad. Alexei podría llevarse una impresión equivocada si de pronto intentaras sentarte sobre sus rodillas.

El iraní se puso el bolígrafo en el bolsillo de la chaqueta.

—¿Qué más?

—Tenemos que repasar tu guion.

—¿Mi guion?

—No tengo ningún deseo de interrogar a Alexei Rozanov. Así que necesito que lo hagas tú por mí. Educadamente, desde luego.

—¿Qué están buscando?

—A Quinn —respondió Gabriel.

Nazari se quedó callado. Gabriel levantó una sola hoja de papel.

—Memoriza las preguntas, hazlas tuyas. Pero procura no cargar las tintas. Si actúas como un fiscal, Alexei empezará a sospechar. —Le dio las preguntas—. Quémalo esta noche, cuando hayas acabado. Te daremos una chuleta para refrescarte la memoria durante el vuelo a Hamburgo si lo necesitas.

—No será necesario. Soy un profesional, Allon. Igual que usted.

Nazari aceptó la lista.

—¿En qué idioma vais a hablar? —preguntó Gabriel.

—Ha hecho la reserva con su nombre, así que imagino que hablaremos en ruso.

—Nada de guiños, ni de gestitos con la mano —le advirtió Gabriel—. Y no intentes pasarle nada por debajo de la mesa. No vamos a quitarte la vista de encima ni un solo momento. No me des razones para matarte. Sería muy sencillo.

—¿Qué pasará después de la cena?

—Eso depende de lo bien que hagas tu trabajo.

—Piensa matarlo, ¿verdad?

—Yo que tú me preocuparía solo de tu propio pellejo.

—Es lo que hago. —Nazari se quedó callado—. Si matan a Alexei en Hamburgo mañana por la noche —dijo pasado un momento—, los rusos sospecharán que estoy implicado. Y entonces me matarán a mí.

—Entonces te sugiero que te encierres en un cuarto bien cerrado de Teherán y que no vuelvas a salir nunca más. —Gabriel sonrió—. Míralo por el lado bueno, Reza. Vas a conservar la vida y a tu familia, eso por no hablar de los dos millones de dinero sucio que el SVR te ingresó en Ginebra. En general, yo diría que vas a salir bastante bien parado.

Gabriel se puso en pie. Reza Nazari hizo lo mismo y le tendió la mano, pero el israelí se limitó a mirarla furioso.

—Sé buen chico y haz los deberes. Porque si mañana por la noche no dices bien tu diálogo, yo personalmente me encargaré de volarte los sesos. —Agarró su mano y la apretó hasta que sintió que los huesos empezaban a quebrarse—. Bienvenido al nuevo orden mundial, Reza.

Como era de esperar, ni Reza Nazari ni Gabriel durmieron bien esa noche en Viena. El israelí la pasó en el piso franco del Segundo Distrito, en compañía de Christopher Keller y Eli Lavon. Lisboa nunca se alejaba mucho de sus pensamientos: el lúgubre apartamento de Barrio Alto, las enredaderas que rebosaban del balcón de Quinn, la atractiva mujer de unos treinta años a la que había seguido hasta Brompton Road. Lo de Lisboa había sido una obra maestra llevada a escena en su honor, y él había respondido escribiendo una narración propia: un relato que mezclaba la muerte prematura de un espía legendario con la desaparición de material radioactivo. El acto final se desarrollaría al día siguiente en Hamburgo y la estrella de la función sería Reza Nazari. Era una responsabilidad muy grande para ponerla sobre los hombros de un enemigo mortal, pero Gabriel no tenía elección. Nazari era la vía que conducía a Alexei Rozanov, aliado del presidente ruso, patrón de Eamon Quinn, el hombre capaz de fabricar una bola de fuego que viajaba a trescientos metros por segundo y que en Libia había coincidido con Tariq Al Hourani en un campo de entrenamiento para terroristas. No, pensó mientras veía caer suavemente la nieve sobre Viena, esa noche no pegaría ojo.

El ordenador era su única compañía. Releyó el dosier de los ingleses sobre Alexei Rozanov y volvió a mirar las fotografías tomadas en Copenhague. El ruso había llegado con unos minutos de retraso esa noche. Según Nazari, era su costumbre. Dos escoltas del SVR habían entrado subrepticiamente en el restaurante y un tercero se había quedado en el coche, un gran Mercedes sedán con matrícula danesa, adquirido en Copenhague. El conductor había esperado en una bocacalle tranquila hasta que, al final de la cena, Alexei Rozanov lo avisó con una llamada de teléfono. El ruso salió solo del restaurante para mantener la ilusión de que no llevaba escolta.

Esa mañana amaneció tarde en Viena y fuera no llegó a hacerse del todo la luz. Gabriel y Keller abandonaron el piso franco pocos minutos después de las ocho y tomaron un taxi con destino al aeropuerto. Embarcaron por separado en el vuelo matutino a Hamburgo y al llegar tomaron taxis distintos hasta el mismo punto de Mönckebergstrasse, la principal calle comercial de Hamburgo. Desde allí caminaron juntos desde el casco antiguo a la ciudad nueva, y de algún lugar de las profundidades de su memoria Gabriel rescató el recuerdo de que Hamburgo tenía más canales y puentes que Ámsterdam y Venecia juntos.

—¿Y qué hay de San Petersburgo? —preguntó Keller.

—No sabría decirte —contestó Gabriel con una tensa sonrisa.

La calle Hohe Bleichen iba desde el hotel Marriott a las inmediaciones de la bulliciosa Axel Springer Platz. Era una mezcla de Bond Street y Rodeo Drive: allí, la Alemania moderna mostraba su cara más próspera. Ralph Lauren ocupaba un recargado edificio en su extremo norte. Un poco más al sur se hallaban, hombro con hombro, las tiendas de Prada y de porcelanas Dibbern. Y junto a la zapatería de lujo Ludwig Reiter se alzaba Die Bank, el marmóreo templo gastronómico tan apreciado por la élite financiera y económica de la ciudad. De la fachada colgaban banderas rojas con el logotipo caligráfico del restaurante, y unas columnas esculpidas montaban guardia a su entrada.

Pasaban pocos minutos de la una del mediodía y la hora punta de la comida, semejante a una batalla, se hallaba en su apogeo.

Gabriel entró solo y buscó un sitio en la barra lacada en dorado. Se obligó a beber una copa de rosado mientras volvía a familiarizarse con el interior del restaurante. Pagó la cuenta en efectivo y salió de nuevo. La calle era estrecha, con apenas un puñado de sitios para aparcar. El tráfico discurría de norte a sur. Justo enfrente del restaurante había una minúscula explanada triangular en la que Keller estaba sentado al borde de un macetero de cemento. Gabriel se reunió con él.

—¿Y bien? —preguntó.

—Bonito lugar —respondió el inglés.

—¿Para qué?

—Para lo que uno quiera. —Keller miró calle arriba—. Todas esas tiendas tan exclusivas cierran temprano. A las nueve, este sitio estará muy tranquilo. Y a las once estará muerto. —Miró a Gabriel y añadió—: Dicho sea sin doble sentido.

Gabriel se quedó callado.

—Desde la entrada del restaurante al bordillo de la acera hay cinco pasos —dijo Keller—. Podría cargármelo desde aquí y desaparecer antes de que su cuerpo cayera al suelo.

—Yo también —contestó Gabriel—. Pero puede que primero tenga que aclarar un par de asuntillos con él.

—¿Quinn?

Gabriel se levantó sin decir palabra y condujo a Keller hacia el sur, cruzando el barrio de Neustadt hasta la iglesia de San Miguel. A la sombra de su altísima torre del reloj había un parque frondoso rodeado por rechonchos bloques de apartamentos. Entraron en uno, un edificio moderno con un portal de cristal ahumado, y tomaron el ascensor hasta la cuarta planta. Gabriel llamó ligeramente a la puerta del 4º D y un individuo alto y de docto aspecto llamado Yossi Gavich los dejó entrar. Sentadas a la mesa del comedor, Rimona Stern y Dina Sarid tenían la vista fija en las pantallas de sus ordenadores portátiles, y en el cuarto de estar Mordecai y Oded, un par de agentes para todo, se inclinaban sobre un gran plano de Hamburgo. Dina levantó la vista y sonrió, pero por lo demás nadie se dio por enterado de la presencia de Gabriel cuando este entró. Se quitó la chaqueta y se acercó a la ventana. La torre del reloj de San Miguel le dijo que eran las dos y diez. Era agradable estar de nuevo en casa, pensó. Era agradable estar vivo.

51

PICCADILLY, LONDRES

En Londres era la una y diez y Yuri Volkov llegaba unos minutos tarde a su cita. Oficialmente, Volkov ocupaba un puesto de nivel bajo en la sección consular de la embajada rusa. En realidad, era un mando de la *rezidentura* del SVR en Londres, solo inferior en categoría al propio *rezident*, Dmitri Ulyanin. Los servicios de inteligencia británicos conocían la verdadera índole de su trabajo, y el MI5 vigilaba sus movimientos con regularidad. Volkov había pasado casi una hora intentando dar esquinazo a un equipo de dos personas del A4, un hombre y una mujer que se hacían pasar por marido y mujer. Ahora, mientras avanzaba por las aceras atestadas de Piccadilly, confiaba en que por fin lo hubieran dejado en paz.

El ruso cruzó Regent Street y entró en la estación de metro de Piccadilly Circus, situada a caballo entre las líneas de Piccadilly y Bakerloo. Pasó una tarjeta de abono de prepago por el escáner y bajó por la escalera mecánica hasta el andén de Bakerloo. Y allí vio al agente, un hombre de cuarenta y tantos años, calvo y de mentón huidizo, vestido con un traje barato y una gabardina. El tipo de hombre al que las chicas jóvenes rehuían instintivamente en el metro. Y con razón, pensó Volkov, porque las chicas jóvenes eran su vicio. El SVR le había encontrado una, una niña de trece años procedente de un inmundo agujero de Siberia, y se la había servido en bandeja. Y ahora lo tenían en el bolsillo. No era más que un dientecillo en los engranajes de la vasta maquinaria de los servicios de inteligencia, pero por su mesa solían pasar asuntos importantes. Había solicitado una reunión de urgencia, lo que significaba que con toda probabilidad tenía una información importante que transmitirles.

Un letrero luminoso anunció la llegada de un tren con rumbo norte. El hombre de la gabardina se acercó al borde del andén y Volkov, situado diez pasos a la izquierda, hizo lo mismo. Miraron ambos fijamente hacia delante, cada uno hacia su espacio privado, mientras el tren entraba en la estación y arrojaba de sí a una muchedumbre de pasajeros. Luego entraron en el mismo vagón por puertas distintas. El hombre de la gabardina se sentó, pero Volkov permaneció de pie. Se situó a unos cinco pasos del otro, una distancia apropiada para transmisión segura, y se agarró a una barandilla. Cuando el tren se puso en marcha con una sacudida, el hombre de la gabardina sacó su *smartphone*, tocó varias veces la pantalla táctil y a continuación volvió a guardarse el teléfono en el bolsillo. Diez segundos después, el dispositivo que Volkov llevaba en el bolsillo de la pechera vibró tres veces, lo que significaba que la transmisión se había efectuado con éxito. Y así concluyó todo. Sin depositar documentos o información en lugares predeterminados, sin entrevistas cara a cara, con total seguridad. Incluso si el MI5 lograba hacerse con el teléfono del espía, no quedaría ni rastro de la transferencia.

El tren entró en la estación de Regent's Park, arrojó unos cuantos pasajeros más, recogió a otros tantos y se puso en marcha otra vez. Dos minutos más tarde llegó a Baker Street, donde se apeó el hombre de la gabardina. Yuri Volkov siguió hasta Paddington Station. Desde allí había un corto trecho a pie hasta la embajada.

La sede de la legación rusa se alzaba junto al extremo norte de los jardines de Kensington Palace, detrás de un cordón de seguridad británico. Volkov entró en el edificio y bajó a la *rezidentura*, donde penetró en la cámara de comunicaciones de seguridad. Se sacó del bolsillo el dispositivo. Medía unos siete centímetros por doce, el tamaño medio de un disco duro externo. Lo enchufó a un ordenador y tecleó la contraseña. El aparato comenzó a chirriar al instante, y el archivo que contenía se transfirió al ordenador. Pasaron quince segundos mientras se descifraba el material. Luego apareció *en limpio* en la pantalla.

—Dios mío —fue lo único que acertó a decir Volkov.

Imprimió una copia del mensaje y se fue en busca de Dmitri Ulyanin.

Ulyanin estaba en su despacho con el teléfono pegado a la oreja cuando Volkov entró sin llamar y dejó el mensaje sobre su mesa. El *rezident* lo miró un momento con perplejidad y colgó distraídamente.

—Creía que habías visto a Shamron en Vauxhall Cross.

—Y lo vi.

—¿Y el ataúd que metieron en el avión?

—Debía de estar vacío.

Ulyanin dio un puñetazo en la mesa, derramando su té de la tarde. Levantó la hoja y preguntó:

—¿Sabes lo que va a pasar cuando esto llegue a Moscú?

—Que Alexei Rozanov va a enfadarse mucho.

—Alexei no es el único que me preocupa. —Ulyanin lanzó la hoja sobre su mesa—. Envía enseguida un cable a Yasenevo. La operación era de Alexei, no mía. Que se encargue él de arreglar este lío.

Volkov regresó a la cámara de comunicaciones y redactó el cable. Le enseñó el borrador a Ulyanin para que le diera el visto bueno y, tras una breve discusión, fue Ulyanin quien pulsó la tecla que envió la noticia a Moscú Centro por vía segura. Regresó a su despacho mientras Volkov esperaba confirmación de que el cable había llegado. Tardó quince minutos en llegar.

—¿Qué ha dicho? —preguntó Ulyanin.

—Nada.

—Pero ¿qué dices?

—Alexei no está en Moscú.

—¿Dónde está?

—En un avión con destino a Hamburgo.

—¿A Hamburgo? ¿Por qué?

—Para una reunión. Algo gordo, por lo visto.

—Confiemos en que revise pronto sus mensajes, porque si Gabriel Allon ha simulado su muerte es por alguna razón. —Ulyanin miró los papeles empapados de su mesa y meneó la cabeza lentamente—. Esto es lo que pasa cuando mandas a un irlandés a hacer el trabajo de un ruso.

52

FLEETWOOD, INGLATERRA

Quinn abrió un ojo despacio y luego abrió el otro. Vio su brazo desnudo posado sobre los pechos de una mujer y su mano cerrada sobre la empuñadura de una pistola Makarov, con un dedo rígidamente apoyado en el gatillo. La habitación estaba en penumbra. Una ventana abierta dejaba entrar el intenso olor del mar. En aquel instante entre el sueño y la vigilia, luchó por ubicarse. ¿Estaba en su casa de Isla Margarita? ¿O estaba quizá de vuelta en Ras al Helal, el campo de entremiento en la costa de Libia? Recordaba con agrado la temporada que había pasado allí. Había hecho un amigo, un palestino experto en fabricar bombas. Lo había ayudado a solucionar un problema sencillo que tenía con su diseño. A cambio, el palestino le había regalado un costoso reloj suizo pagado por Yaser Arafat en persona. En la dedicatoria grabada se leía *No más fallos con el tiempo.*

Quinn se acercó el reloj a los ojos y vio que eran las cuatro de la tarde. Por la ventana abierta le llegaron las voces de dos hombres que conversaban con acento de Lancashire. No estaba en Isla Margarita, ni en el campo de la costa libia. Estaba en Fleetwood, Inglaterra, en un hotel del paseo marítimo, y la mujer que dormía bajo su brazo era Katerina. No era un abrazo amoroso. Le hacía mucha falta dormir, por eso la había apretado con fuerza contra su cuerpo. Había dormido más de seis horas, lo suficiente para aguantar la siguiente fase de la operación.

Levantó el brazo y se deslizó de la cama suavemente para no despertar a Katerina. En una mesa, cerca de la ventana, había todo lo necesario para preparar té y café. Quinn llenó la tetera eléctrica, puso una bolsita de Twinings en el recipiente de alumino y miró por la ventana. El Renault estaba aparcado en la calle. Las armas seguían aún en el maletero, guardadas en un macuto. Le había parecido más conveniente dejar el macuto en el coche, en vez de llevarlo al hotel. Así habría menos armas de fuego al alcance de la mejor asesina del SVR.

Se llevó la Makarov al cuarto de baño y se duchó deprisa, dejando la cortina abierta para ver a Katerina en la habitación de al lado. Seguía durmiendo cuando salió del baño. Preparó el té y sirvió dos tazas, una con leche, la otra con azúcar. Luego despertó a Katerina y le dio la taza con azúcar.

—Vístete —dijo con frialdad—. Es hora de que Moscú Centro sepa que sigues viva.

Katerina pasó mucho tiempo en la ducha y puso especial cuidado en su apariencia al vestirse. Por fin, se puso la chaqueta y siguió a Quinn abajo, al vestíbulo, donde una mujer canosa, de unos sesenta años, estaba sentada en el cuartito de recepción haciendo punto. Quinn asomó la cabeza por la ventanilla y le preguntó dónde podía encontrar un cibercafé.

—En Lord Street, cielo. Enfrente del *fish and chips*.

Era un paseo de cinco minutos que hicieron en silencio. Lord Street era una calle larga y recta, flanqueada de tiendas por los dos lados. El *fish and chips* estaba en un punto intermedio de la calle. El cibercafé, como les había dicho la señora del hotel, estaba justo enfrente. Quinn pagó media hora de conexión y llevó a Katerina al terminal del rincón. Ella escribió la misma dirección de e-mail del SVR y miró a Quinn esperando instrucciones.

—Dile a Alexei que tu teléfono está en el fondo del Mar del Norte y que estás bajo mi control. Dile que ingrese veinte millones de dólares en mi cuenta de Zúrich. Si no, cancelaré la segunda fase de la operación y te retendré como rehén hasta que reciba el pago completo.

Katerina comenzó a teclear.

—En inglés —puntualizó Quinn.

—Esto no me deja en buen lugar.

—Me da igual.

Katerina borró el texto en alemán y comenzó de nuevo en inglés. Consiguió que el ultimátum de Quinn sonara como una desavenencia sin importancia entre dos empresas que trabajaban en el mismo proyecto.

—Encantador —dijo Quinn—. Ahora mándalo.

Ella pulsó el icono de ENVIAR y al instante borró el mensaje de la bandeja de salida.

—¿Cuánto tiempo tardarán en responder?

—No mucho —contestó Katerina—. Pero ¿por qué no te acercas a la barra y pides algo de beber para que no parezcamos dos asesinos esperando instrucciones del cuartel general?

Quinn le dio un billete de diez libras.

—Con leche y sin azúcar.

Katerina se levantó y se acercó a la barra. Quinn apoyó la barbilla en la palma de la mano y fijó la mirada en la pantalla del ordenador.

Pasaron treinta minutos sin que recibieran contestación de Moscú. Quinn mandó a Katerina a la barra otra vez, y pasó otro cuarto de hora antes de que por fin apareciera un e-mail en su bandeja de entrada. El texto estaba escrito en alemán. El semblante de Katerina se ensombreció al leerlo.

—¿Qué dice? —preguntó Quinn.

—Dice que tenemos un problema.

—¿Qué ocurre?

—Siguen vivos.

—¿Quiénes?

—Allon y el inglés. —Apartó la mirada de la pantalla y miró a Quinn muy seria—. Por lo visto esa historia sobre la muerte de Allon era mentira. Moscú Centro da por sentado que nos están buscando.

Quinn sintió que la cara se le congestionaba de rabia.

—¿Ha aceptado Alexei depositar mi dinero en el banco?

—A lo mejor no me has oído bien. No has cumplido los términos del contrato, lo que significa que no hay dinero. Alexei te sugiere que me permitas abandonar el país de inmediato. De lo contrario, vas a pasar el resto de tu vida escondiéndote de gente como yo.

—¿Qué hay de la segunda fase de la operación?

—No hay operación, Quinn. Ya no. Alexei nos ordena que la abortemos.

Quinn miró la pantalla un momento.

—Dile que no he hecho todo esto para nada —dijo por fin—. Que vamos a seguir adelante con la segunda fase. Dile que confirme la ubicación.

—No va a estar de acuerdo.

—Díselo —ordenó Quinn con los dientes apretados.

Katerina envió otro e-mail, de nuevo en inglés. Esta vez solo tuvieron que esperar diez minutos para obtener respuesta. Llegó en forma de dirección postal. Katerina la copió en un motor de búsqueda y pulsó el ENTER. Quinn sonrió.

53

THAMES HOUSE, LONDRES

Miles Kent era la única persona en Thames House que podía cruzar las murallas del despacho de Amanda Wallace sin cita previa. Esa tarde entró a las seis y media, cuando Amanda se disponía a marcharse para pasar un largo fin de semana en Somerset con su marido, Charles, un acaudalado exalumno de Eton que se dedicaba a algo relacionado con el dinero en la City. Amanda adoraba a Charles y parecía ignorar por completo que su marido mantenía una tórrida relación con su joven secretaria. Kent había pensado con frecuencia en hablarle del asunto (a fin de cuentas, constituía un riesgo potencial para la seguridad), pero había decidido que dar ese paso podía ser su ruina. Amanda podía ser cruelmente vengativa, sobre todo con aquellos a los que consideraba una amenaza para su autoridad. Charles no sufriría castigo alguno por su desliz, pero él, en cambio, podía muy bien encontrarse sin trabajo en el momento álgido de su carrera. ¿Y entonces qué? Tendría que buscar trabajo en alguna empresa de seguridad privada, el último refugio para los espías y los miembros de la policía secreta que se hallaban en dique seco.

—Espero que esto no nos lleve mucho tiempo, Miles. Charles viene para acá.

—No tardaremos mucho —dijo Kent al acomodarse en una silla delante del escritorio de Amanda.

—¿De qué se trata?

—De Yuri Volkov.

—¿Qué pasa con él?

—Hoy ha tenido un día muy ajetreado.

—¿Y eso por qué?

—Salió de la embajada a pie, a mediodía. Un equipo A4 lo siguió durante una hora, aproximadamente. Luego se les extravió.

—¿Lo perdieron? ¿Es eso lo que quieres decir?

—Son cosas que pasan, Amanda.

—Últimamente pasa con demasiada frecuencia. —Metió en su maletín algunas cosas para leer ese fin de semana—. ¿Dónde lo vieron por última vez?

—En Oxford Street. Volvieron a Thames House y pasaron el resto de la tarde reconstruyendo los pasos posteriores de Volkov utilizando las grabaciones de las cámaras de seguridad.

—¿Y?

—Dio un paseo por Piccadilly para cerciorarse de que no lo seguían. Luego se metió en el metro en la plaza y subió a un tren.

—¿Piccadilly o Bakerloo?

—Bakerloo. Fue hasta Paddington Station y después regresó a la embajada a pie.

—¿Se encontró con alguien?

—No.

—¿Mató a alguien?

—No que nosotros sepamos —respondió Kent con una sonrisa.

—¿Y cuando estuvo en el metro?

—Se quedó allí, sin más.

Amanda metió otra carpeta en su maletín.

—Me da la impresión de que Yuri Volkov salió a dar un paseo, Miles.

—Los espías rusos no dan paseos sin más. Dan paseos porque están espiando. Eso es lo que hacen.

—¿Dónde está ahora?

—Dentro de la embajada.

—¿Algo anormal?

—El GCHQ detectó una brusca subida del tráfico de mensajes de prioridad elevada poco después de su regreso a la embajada, todos ellos cifrados con un código que no han podido desentrañar.

—¿Y esa coincidencia te resulta sospechosa?

—Como mínimo. —Miles Kent se quedó callado un momento—. Tengo un mal presentimiento, Amanda.

—Los malos presentimientos no me sirven de nada, Miles. Necesito información útil.

—Es la misma sensación que tuve antes de que estallara la bomba de Brompton Road.

Amanda cerró su maletín y volvió a tomar asiento.

—¿Qué sugieres que hagamos?

—Me preocupa su trayecto en metro.

—Creía que habías dicho que no contactó con nadie.

—No hubo contacto físico ni comunicación visible, pero eso no significa nada. Quiero que me des permiso para hacer averiguaciones sobre todas las personas que iban con él en ese vagón.

—No podemos permitirnos todo ese trabajo, Miles. En este momento, no.

—¿Y si no tenemos elección?

Amanda fingió pensárselo.

—De acuerdo —dijo—. Pero el D4 tendrá que cargar con todo el trabajo. No quiero que recurras a agentes de otras secciones.

—De acuerdo.

—¿Qué más?

—Quizá convenga que hables con nuestros amigos del otro lado del río —dijo Kent, señalando con la cabeza hacia la fachada blanca de Vauxhall Cross—. No queremos que vuelvan a darnos gato por liebre.

Kent se puso en pie y se marchó. Al quedarse a solas, Amanda agarró su teléfono y llamó al móvil de su marido, pero no obtuvo respuesta. Dejó un breve mensaje diciendo que iba a retrasarse y colgó. Luego levantó el teléfono que comunicaba directamente con Vauxhall Cross.

—Sé que todavía es jueves, pero me preguntaba si puedo invitarte a una copa.

—¿De cicuta? —preguntó Graham Seymour.

—De ginebra —repuso ella.

—¿En mi casa o en la tuya?

54

LORD STREET, FLEETWOOD

Quinn y Katerina salieron del cibercafé de Lord Street y emprendieron el camino de regreso al hotel. Quinn pasaba con calma por delante de las tiendas, pero Katerina estaba inquieta, con los nervios a flor de piel. Sus ojos se movían incansablemente por la calle y en cierto momento, cuando los adelantaron dos chicos adolescentes, clavó las uñas dolorosamente en el brazo de Quinn.

—¿Te preocupa algo? —preguntó él.

—Dos cosas, en realidad. Gabriel Allon y Christopher Keller. —Lo miró de soslayo—. El mensaje de texto que le mandaste a Allon ha salido muy caro. Alexei ya no te pagará nunca.

—A no ser que cumpla los términos del contrato.

—¿Y cómo piensas hacerlo?

—Matando a Allon y a Keller, claro está.

Katerina prendió su mechero.

—Con hombres como esos solo se tiene una oportunidad —dijo al exhalar una nube de humo al aire frío de la noche—. No volverás a encontrarlos.

—No tengo que encontrarlos.

—Entonces, ¿cómo piensas matarlos?

—Atrayéndolos hacia mí.

—¿Cómo?

—Con el último blanco —dijo Quinn.

Katerina lo miró con incredulidad.

—Estás loco —dijo—. No podrás hacerlo tu solo.

—No estaré solo. Tú vas a ayudarme.

—No me interesa ayudarte.

—Me temo que no tienes elección.

Llegaron al hotel. Katerina tiró la colilla al suelo y siguió dentro a Quinn. La señora de pelo gris seguía haciendo punto en su cuartito. Quinn la informó de que pensaban marcharse unos minutos después.

—¿Tan pronto? —preguntó ella.

—Lo lamento —dijo Quinn—, pero ha surgido un imprevisto.

55

HAMBURGO

En ese mismo momento, el vuelo 171 de Austrian Airlines procedente de Viena aterrizó en Hamburgo y se dirigió a su puerta de desembarco. Sin que lo supiera la aerolínea, entre sus pasajeros se hallaban un agente de inteligencia iraní y un israelí que controlaba cada uno de sus movimientos. Estaban sentados a varias filas de distancia y no se habían comunicado durante el viaje. Tampoco hablaron mientras cruzaban la terminal hacia el control de pasaportes. Allí se pusieron a la misma cola y ambos fueron admitidos en Alemania tras una inspección somera de su documentación. En el piso franco de Hamburgo, Gabriel celebró su primer pequeño triunfo: cruzar fronteras era siempre difícil para los iraníes, incluso si llevaban un pasaporte diplomático en el bolsillo.

El departamento de viajes del VEVAK había conseguido un coche para Reza Nazari a través del consulado iraní. Lo recogió en el nivel de llegadas de la terminal y lo llevó directamente al hotel Marriott, en el distrito de Neustadt. Llegó a las 19:45, se registró en el hotel y subió a su habitación. Antes de entrar, puso el cartel de *No molestar* en el picaporte. Dos minutos más tarde alguien llamó a la puerta. Nazari la abrió y dejó entrar a Yaakov Rossman.

—¿Alguna pregunta de última hora? —preguntó el israelí.

—No, ninguna —contestó Nazari—. Solo una exigencia.

—No estás en situación de hacer exigencias, Reza.

Nazari consiguió esbozar una tenue sonrisa.

—Alexei me llama siempre antes de que nos veamos. Si no contesto, no vendrá. Es así de sencillo.

—¿Por qué no nos lo has dicho antes?

—Debo de haberlo olvidado.

—Mientes.

—Lo que tú digas.

El iraní seguía sonriendo. Yaakov miraba el techo, furioso.

—¿Cuánto va a costarme dejar que contestes al teléfono? —preguntó.

—Quiero oír la voz de mi mujer.

—No es posible. Ahora no.

—Todo es posible, señor Taylor. Sobre todo esta noche.

Hasta ese instante, Reza Nazari había sido un prisionero modélico. Aun así, Gabriel esperaba un último acto de desafío. Solo en las películas, decía siempre Shamron, el condenado a muerte acepta el nudo de la horca sin resistirse, y solo en las salas de planificación de operaciones los agentes coaccionados afrontan el momento de la traición definitiva sin un postrero ultimátum. Nazari podía haber exigido muchas cosas. Que insistiera solamente en oír la voz de su esposa le elevó, aunque fuera solo ligeramente, a ojos de quienes tenían su destino en sus manos. De hecho, puede que le salvara la vida.

Los preparativos para una comunicación de emergencia entre Nazari y su esposa se habían hecho poco después de su interrogatorio inicial en Austria. Yaakov solo tenía que marcar un número de Tel Aviv y la llamada sería redireccionada por vía segura hasta el chalé del este de Turquía donde un equipo de la Oficina escoltaba a la mujer de Nazari y a sus hijos. King Saul Boulevard grabaría la conversación y un intérprete de farsi estaría escuchando, atento a cualquier irregularidad. El único peligro era que los rusos y los iraníes también estuvieran a la escucha.

Con permiso de Gabriel, Yaakov marcó el número a las 20:05. A las 20:10, la esposa de Nazari se puso al teléfono. En King Saul

Boulevard, el intérprete ya estaba en su puesto. Yaakov le pasó el teléfono a Nazari.

—Nada de lágrimas, ni de adioses. Habla con ella sobre cómo le ha ido el día y haz lo posible por parecer normal.

Nazari agarró el teléfono y se lo acercó al oído.

—Tala, cariño mío —dijo cerrando los ojos con alivio—. Qué bien oír tu voz.

La conversación duró algo más de cinco minutos, más de lo que habría querido Gabriel. No había querido tener conexión directa con Hamburgo, de modo que tuvo que esperar varios minutos más para saber que la llamada había concluido sin tropiezos. Más allá de su ventana, el reloj de la iglesia de San Miguel marcaba las 20:20. Pulsando unas cuantas teclas de su ordenador, situó a los miembros de su equipo en sus puestos. La primera crisis de la noche había pasado. Ahora solo necesitaba a Alexei Rozanov.

56

NEUSTADT, HAMBURGO

Ciento veinte metros de calle tranquila separaban el hotel Marriott del restaurante Die Bank: un paseo de unos tres minutos, dos si uno llegaba tarde y tenía reserva. Los huéspedes que salieron del hotel a las 20:37 no tenían especial prisa porque, como muchas otras personas en Hamburgo esa noche, no habían conseguido reservar una de las codiciadas mesas del restaurante. Se llamaban Yossi Gavish y Rimona Stern, aunque ambos se habían registrado en el hotel con otra identidad. Yossi era un analista veterano de la división de Investigación de la Oficina que, además de tener debilidad por todo lo dramático, se manejaba con soltura en el servicio activo. Rimona era la jefa de la unidad de la Oficina dedicada al programa nuclear iraní. Como tal, había sido la principal receptora de las informaciones falsas de Reza Nazari. No conocía personalmente al espía iraní ni le apetecía hallarse en la misma habitación que él esa noche. De hecho, unas horas antes había declarado que, si por ella fuera, mandarían a Nazari de vuelta a Teherán en un cajón de pino. A Gabriel no le había sorprendido su inquina. Rimona era sobrina de Ari Shamron y, al igual que su célebre tío, se tomaba muy a pecho la traición, especialmente si se trataba de los iraníes.

Era analista por formación y por experiencia, pero tenía el mismo instinto natural que Yossi para el servicio activo. Mientras avanzaba por la calle elegante, pareció fijarse en un bolso del escaparate de Prada. Se detuvo allí un momento mientras un coche los adelantaba y Yossi, haciendo el papel de esposo enojado, miraba ceñudo su reloj de pulsera. Eran las 20:41 cuando cruzaron la imponente entrada de Die Bank. El *maître* los informó de que no había mesas libres, así que se trasladaron al bar a esperar una cancelación. Rimona se sentó de cara a la puerta y Yossi de cara al comedor. Sacó del bolsillo de su americana un bolígrafo dorado idéntico al que Gabriel le había dado a Reza Nazari. Giró la capucha a la derecha y volvió a guardarse el bolígrafo en el bolsillo. Dos minutos después apareció un mensaje de texto en su móvil. El transmisor funcionaba, la señal era fuerte y clara. Yossi paró a una camarera que pasaba y pidió dos copas. Eran las 20:44.

En las calles que rodeaban Die Bank, el resto del equipo de Gabriel se situó discretamente en sus puestos. En Poststrasse, Dina Sarid aparcó un Volkswagen sedán en un hueco libre frente a una tienda Vodafone. Mordecai iba sentado a su lado en el asiento del copiloto, y en el de atrás estaba Oded, que respiraba hondo para calmar el latido acelerado de su corazón. Cincuenta metros más allá, en la misma calle, Mijail Abramov se sentaba a horcajadas sobre una motocicleta aparcada y observaba a los peatones con una expresión de profundo aburrimiento. Keller estaba allí cerca, sentado sobre otra moto. Miraba fijamente la pantalla de su móvil. Supo por un mensaje que el hombre al que esperaban aún no había dado señales de vida. Eran las 20:48.

A las 20:50, Alexei Rozanov aún no había contactado con Reza Nazari. De pie junto a la ventana del piso franco, Gabriel miraba el reloj de la iglesia de San Miguel. Pasaron dos minutos más sin una llamada. A su lado se hallaba Eli Lavon, una presencia reconfortante, un compañero de duelo frente a la tumba de un viejo amigo.

—Tienes que mandarlo ya, Gabriel. Si no, va a llegar tarde.

—¿Y si no se espera que vaya al restaurante hasta que tenga noticias de Alexei?

—Haremos que invente una excusa.

—Puede que Alexei no se la trague. —Gabriel hizo una pausa y luego añadió—: O puede que no piense venir.

—Te estás asustando por nada.

—Hace dos semanas me estalló en la cara una bomba de doscientos veinticinco kilos. Estoy en mi derecho.

Pasó otro minuto sin que llamara Rozanov. Gabriel se acercó a su ordenador, escribió un mensaje y pulsó la tecla de ENVIAR. Luego regresó junto a la ventana y permaneció al lado de su amigo más antiguo.

—¿Has decidido qué vas a hacer? —preguntó Lavon.

—¿Sobre qué?

—Sobre Alexei.

—Voy a darle una oportunidad de firmar mi certificado de defunción.

—¿Y si lo firma?

Gabriel apartó la vista del reloj y la fijó en Lavon.

—Quiero que mi cara sea la última que vea en su vida.

—Los jefes no matan a agentes del KGB.

—Ahora se llama SVR, Eli. Y yo no soy jefe todavía.

—Dame tu teléfono —ordenó Yaakov.

—¿Para qué?

—Tú dame el maldito teléfono. No tenemos mucho tiempo.

Reza Nazari le entregó su móvil. Yaakov extrajo la tarjeta SIM y la introdujo en un terminal idéntico. Nazari dudó antes de aceptarlo.

—¿Es una bomba? —preguntó.

—Es tu teléfono para esta noche.

—¿Debo dar por supuesto que está intervenido?

—De todas las formas imaginables.

Nazari se metió el teléfono en el bolsillo de la americana, junto al bolígrafo.

—¿Qué va a pasar cuando acabe la cena?

—Hagas lo que hagas —repuso Yaakov—, no salgas del restaurante al mismo tiempo que él. Yo te recogeré en la puerta cuando Alexei se haya ido.

—¿Irse adónde?

Yaakov no dijo nada más. Reza Nazari se puso el abrigo y bajó al vestíbulo.

Eran las 20:57.

Como el Marriott era un hotel americano, la explanada que lo precedía estaba provista de postes de acero inoxidable y feos maceteros de cemento para proteger el edificio de posibles ataques terroristas. Reza Nazari, funcionario de un estado que era el mayor promotor del terrorismo internacional, cruzó sus líneas defensivas bajo la atenta mirada de Yaakov y salió a la calle. No había tráfico y las aceras estaban desiertas. Ningún escaparate frenó su avance, aunque sí pareció fijarse en los dos hombres sentados sobre sendas motocicletas en la pequeña plazuela que había enfrente de Die Bank. Entró en el restaurante a las nueve en punto y se presentó al *maître*.

—Romanov —dijo el iraní, y el *maître* deslizó un dedo impecable por su lista de reservas.

—Ah, sí, aquí está. Romanov.

Nazari se despojó de su abrigo y fue conducido al comedor de altos techos. Al pasar por el bar, notó que una mujer de cabello rojizo lo observaba. El hombre sentado a su lado estaba escribiendo algo en su móvil: la confirmación de que el colaborador había llegado sin contratiempos, pensó Nazari. La mesa estaba en el rincón de la sala, bajo una inquietante fotografía en blanco y negro de un hombre calvo con aspecto de maníaco. Nazari ocupó la silla que miraba hacia la sala. A Alexei no le haría gracia, pero en aquel momento lo que sintiera Alexei era lo que menos le preocupaba. Solo pensaba en su mujer y en sus hijos y en la lista de interrogantes para los que Allon quería respuesta. Un camarero le llenó la copa de agua. El sumiller le ofreció la carta de vinos. Luego, a las 21:07, sintió vibrar su móvil nuevo junto al corazón con un ritmo desconocido para él. No reconoció el número. Aun así, aceptó la llamada.

—¿Dónde estás? —preguntó una voz en ruso.

—En el restaurante —contestó Nazari en el mismo idioma. Luego preguntó—: ¿Dónde estás tú?

—Llego unos minutos tarde, pero estoy cerca.

—¿Quieres que te pida una copa?

—La verdad es que tenemos que hacer un pequeño cambio.

—¿Cómo de pequeño?

Rozanov le explicó lo que quería que hiciera. Luego dijo:

—Dos minutos. ¿Entendido?

Antes de que Nazari pudiera responder, se perdió la conexión. El iraní marcó rápidamente el número del hombre al que conocía como señor Taylor.

—¿Han oído eso?

—Cada palabra.

—¿Qué quieren que haga?

—Yo que tú, Reza, estaría en la puerta del restaurante dentro de dos minutos.

—Pero...

—Dos minutos, Reza. O no hay trato.

El coche era un Mercedes Clase S con matrícula de Hamburgo, negro como una carroza fúnebre. Apareció en lo alto de la calle cuando Reza Nazari se estaba poniendo en pie y pasó sin prisas frente a las tiendas a oscuras hasta detenerse frente a Die Bank. Se acercó el aparcacoches, pero el sujeto que ocupaba el asiento del copiloto lo despidió con un ademán. El conductor se aferraba el volante con las dos manos, como si le estuvieran apuntando a la cabeza con una pistola, y en el asiento trasero otro hombre sostenía un teléfono móvil junto a su oreja en actitud tensa. Desde la plazuela del otro lado de la calle, Keller podía verlo con claridad. Pómulos anchos, cabello rubio, muy escaso en la coronilla. Un capo de Moscú Centro de la cabeza a los pies.

—Es él —dijo Keller dirigiéndose al micrófono de su radio

segura—. Decidle a Reza que no salga del restaurante. Podemos liquidarlo ahora y acabar de una vez.

—No —replicó Gabriel.

—¿Por qué no?

—Porque quiero saber por qué ha cambiado de planes. Y porque quiero a Quinn.

La radio emitió un chisporroteo cuando Gabriel cortó la conexión. Se abrió entonces la puerta del restaurante y Reza Nazari salió a la calle. Keller arrugó el ceño. Hasta los planes mejor urdidos..., pensó.

Alexei Rozanov seguía al teléfono cuando Nazari se acomodó en el asiento de atrás. Cuando el coche arrancó bruscamente, miró hacia la plazuela, donde los dos hombres seguían sentados a horcajadas sobre sus motocicletas. No hicieron intento de seguirlo, al menos que Nazari pudiera observar. Se agarró al reposabrazos cuando el coche dobló una esquina a toda velocidad. Miró a Alexei Rozanov cuando el ruso puso fin a la llamada.

—¿Se puede saber qué está pasando? —preguntó Nazari.

—No me parecía buena idea que estuvieras sentado en un restaurante en Hamburgo.

—¿Por qué?

—Porque tenemos un problema, Reza. Un problema muy serio.

57

HAMBURGO

—¿Qué quieres decir con que está vivo?

—Quiero decir —contestó Alexei Rozanov enfáticamente— que Gabriel Allon sigue caminando por la faz de la Tierra.

—La noticia de su muerte apareció en la prensa. La Oficina la confirmó.

—La prensa no sabe nada. Y la Oficina mentía, obviamente —añadió Rozanov.

—¿Tu gente lo ha visto?

—No.

—¿Ha oído su voz?

Rozanov negó con la cabeza.

—Entonces, ¿cómo lo sabes?

—Nuestra información procede de una fuente humana. Le han dicho que Allon sobrevivió a la explosión solo con heridas superficiales y que fue conducido a un piso franco del MI6.

—¿Dónde está ahora?

—Nuestra fuente no lo sabe.

—¿Cuándo te has enterado de esto?

—Unos minutos después de que mi avión aterrizara en Hamburgo. Moscú Centro me aconsejó que cancelara nuestra entrevista.

—¿Por qué?

—Porque solo puede haber un motivo para que Gabriel Allon haya simulado su muerte.

—¿Porque piensa matarnos?

El ruso se quedó callado.

—No estarás preocupado en serio, ¿verdad, Alexei?

—Pregúntale a Ivan Kharkov si debería preocuparme o no la vena vengativa de Gabriel Allon. —Rozanov miró hacia atrás—. Si he venido esta noche es únicamente porque la posibilidad de que ese material radioactivo caiga en manos de los terroristas chechenos tiene inquieto al Kremlin.

—El Kremlin tiene motivos fundados para preocuparse.

—Entonces, ¿es cierto?

—Absolutamente.

—Me alegro, Reza.

—¿Por qué te alegras de que los chechenos puedan fabricar una bomba sucia?

—Porque la oportunidad de todo este asunto es muy sospechosa, ¿no te parece? —Rozanov miró por la ventanilla—. Primero Allon simula su muerte y a continuación desaparecen cuarenta y cinco kilos de desechos altamente radioactivos en un laboratorio iraní. —Hizo una pausa y añadió—: Y ahora henos aquí, en Hamburgo, juntos.

—¿Qué estás dando a entender, Alexei?

—Ni el SVR ni el FSB tienen noticias que sugieran que los chechenos se hayan hecho con desechos radioactivos iraníes. Yo no estaría aquí si no fuera por tu e-mail.

—Te mandé ese e-mail porque los informes son ciertos.

—O puede que me lo mandaras porque te lo dijo Allon.

Esta vez, fue Nazari quien miró por la ventanilla.

—Estás empezando a ponerme nervioso, Alexei.

—Esa era mi intención. —El ruso se quedó callado un momento—. Eres el único que podría haberle dado mi nombre a Allon, Reza.

—Te olvidas de Quinn.

Rozanov encendió un Dunhill con gesto pensativo, como si moviera mentalmente las piezas de un tablero de ajedrez.

—¿Dónde está? —preguntó Nazari.

—¿Quinn?

Nazari asintió con la cabeza.

—¿Por qué lo preguntas?

—Era colaborador nuestro.

—Tienes razón, Reza. Pero ahora nos pertenece a nosotros. Y su paradero no es asunto tuyo.

Nazari se llevó la mano al bolsillo del abrigo para sacar su tabaco, pero Rozanov lo asió de la muñeca con fuerza sorprendente.

—¿Qué haces? —preguntó el ruso.

—Quería fumar un cigarrillo.

—No habrás traído una pistola, ¿verdad, Reza?

—Claro que no.

—Pues deberías. —Rozanov sonrió con frialdad—. Otro error por tu parte.

El Mercedes circulaba hacia el oeste por Feldstrasse, una calle transitada que unía la zona de Neustadt con el barrio de St. Pauli. Lo seguían dos motocicletas y otros dos coches, cada uno de ellos con tres agentes veteranos del servicio de inteligencia israelí. Ninguno de ellos sabía lo que estaba ocurriendo entre Alexei Rozanov y Reza Nazari. Únicamente Gabriel y Eli Lavon, encorvados sobre un ordenador portátil en el piso franco, asistían a su tenso diálogo. El bolígrafo que el iraní llevaba en el bolsillo era irrelevante (hacía tiempo que se hallaba fuera del radio de alcance del receptor), pero el móvil de Nazari les permitía escuchar con claridad lo que se decía dentro del coche.

Durante un momento, la emisión quedó en silencio, lo que nunca era buena señal. En el coche nadie hablaba. Nadie parecía respirar. Gabriel intentó figurarse la escena: dos hombres delante, dos detrás, uno de ellos un rehén. Tal vez Alexei había sacado una pistola. O tal vez, pensó Gabriel, no hubiera hecho falta sacar un arma. Tal vez Nazari, agotado por días de tensión, hubiera dado muestras de culpabilidad.

Gabriel miró la luz parpadeante de la pantalla del ordenador y preguntó:

—¿Qué está haciendo Alexei?

—Se me ocurren varias posibilidades —contestó Lavon—. Ninguna de ellas buena.

—¿Por qué no intentan escapar? ¿Por qué no hay indicios de contravigilancia?

—Puede que ni siquiera Alexei se lo crea.

—¿El qué?

—Que hayas podido encontrarlo tan rápidamente.

—¿Que me subestima? ¿Es eso lo que intentas decir, Eli?

—Cuesta creerlo, pero...

Lavon se quedó callado cuando de nuevo se oyó la voz de Rozanov a través del transmisor. Estaba hablando en ruso.

—¿Qué dice?

—Está dando indicaciones al conductor.

—¿Adónde se dirigen?

—No está claro, pero sospecho que a algún sitio donde puedan darle un buen repaso.

—No me importaría escuchar el interrogatorio.

—Podría ponerse muy feo. —Lavon hizo una pausa y luego agregó—. Mortalmente feo.

Gabriel observó la luz parpadeante que se movía por la pantalla del ordenador. El coche estaba tomando Stresemannstrasse, una calle más ancha y con tráfico más veloz.

—No es mal sitio —comentó.

—El mejor que tenemos, en realidad.

Gabriel se llevó la radio a los labios y dio la orden. Unos segundos después aparecieron dos luces más en la pantalla. Una era Mijail. La otra, Keller.

—El homicidio es siempre más limpio que el secuestro —dijo Lavon con voz queda.

—Sí, Eli, me doy cuenta de ello.

—Entonces, ¿por qué no zanjar este asunto inmediatamente?

—Porque he añadido otra pregunta a mi lista.

—¿Cuál?

—Quiero saber el nombre de la persona que les ha dicho a los rusos que estaba vivo.

Las luces de Mijail y Keller se acercaban. El Mercedes seguía viajando a la misma velocidad.

—Esperemos que no haya daños colaterales —dijo Lavon.

Sí, pensó Gabriel al oír disparos. Esperémoslo.

Hay barrios de Hamburgo en los que los alemanes se esconden tras una desangelada fachada inglesa. El lugar donde se detuvo por fin el Mercedes era uno de esos barrios: un triángulo de terreno público pequeño y herboso bordeado en uno de sus lados por la calle y en los otros dos por sendas hileras de casas de ladrillo rojo cuyos ocupantes muy bien podrían haber estado tomando té mientras veían las noticias de las diez en la BBC. Para llegar hasta allí, el coche había tenido que virar bruscamente y cruzar sin control dos carriles de sentido contrario. Por el camino tumbó una farola y se llevó por delante un pequeño tablón de anuncios que había en la acera, antes de ir por fin a reposar contra un olmo joven y esbelto. Posteriormente, el vecindario se tomaría grandes molestias para salvar el árbol, pero todo fue en vano.

Los ocupantes de los asientos delanteros murieron mucho antes de que el coche se detuviera entre estertores. No fue la colisión lo que acabó con ellos, sino las balas que, disparadas con extrema puntería y a corta distancia, se incrustaron en sus cráneos mientras el coche estaba aún en marcha. Los testigos presenciales hablaron de dos motociclistas, uno alto y desgarbado y el otro de complexión más recia. Hicieron dos disparos cada uno, sincronizados de forma tan perfecta que las detonaciones de uno y otro apenas se diferenciaron. Las cámaras de vigilancia confirmaron posteriormente las declaraciones de los testigos. Un inspector de la policía de Hamburgo dictaminó que era el asesinato más bello que había visto nunca, un comentario de muy mal gusto que su superior le reprochó con severidad, afirmando que en suelo alemán los cadáveres nunca eran «bellos». Y menos aún si los muertos eran rusos. Daba igual que fueran un par de gorilas de Moscú Centro. Aun así, era indignante.

Los dos motociclistas huyeron velozmente y no se los volvió a ver. Las autoridades locales tampoco localizaron el Volkswagen sedán que apareció a los pocos segundos de la colisión. Un hombre achaparrado como un trol salió de la parte de atrás y abrió la puerta trasera derecha del Mercedes como si fuera de papel maché. Un testigo contó que había habido una breve pero enconada pelea, pero otros testigos pondrían en duda esa versión. Fuera lo que fuese lo sucedido, el pasajero alto y con aspecto de eslavo que salió del Mercedes estaba aturdido y sangraba. Cómo llegó hasta el Volkswagen fue también materia de controversia. Algunos dijeron que subió al coche por propia voluntad. Otros, que se vio obligado a entrar porque aquel individuo semejante a un trol le estaba rompiendo el brazo en ese instante. El proceso duró en total unos diez segundos. Luego, el Volkswagen desapareció, y con él su infortunado pasajero de rasgos eslavos. El mismo policía alemán no vio finura alguna en la actuación del trol, pero no por ello dejó de estar impresionado. Cualquier tonto puede apretar un gatillo, les dijo a sus colegas, pero solo un auténtico profesional puede secuestrar a un pez gordo de Moscú Centro como si arrancara una manzana de un árbol.

Lo que dejaba únicamente al pasajero que se hallaba sentado detrás del malogrado conductor. Todos los testigos afirmaban que salió del coche por su propio pie y todos dieron a entender que indudablemente no era ruso: árabe quizá, o quizá turco, pero no ruso. Ni por asomo. Pareció confuso unos segundos, como si no supiera dónde estaba ni qué había ocurrido. Luego se fijó en un individuo con la cara picada que le hacía señas desde la ventanilla abierta de otro coche. Mientras se dirigía hacia él con aire agradecido, gritaba una y otra vez una misma palabra: «Tala». En eso, todos los testigos estaban de acuerdo.

58

HAMBURGO

Desalojar un piso franco de la Oficina conlleva un estricto protocolo: hay normas que seguir, rituales que observar, prescritos por Dios y grabados en piedra. Son inviolables, incluso si hay un par de rusos muertos en un parquecillo cubierto de hierba, o si el objetivo de la operación yace atado y amordazado en la parte trasera del coche en el que se ha efectuado la huida. Gabriel y Eli Lavon procedieron a la purificación ritual del piso franco en silencio y automáticamente, pero con devoción fanática. Al igual que sus enemigos, eran verdaderos creyentes.

A las nueve y media cerraron la puerta con llave y bajaron a la calle. Siguió otro ritual, la inspección minuciosa del coche en busca de un posible artefacto explosivo. Al no encontrar nada fuera de lo normal, subieron al coche y Gabriel dejó que condujera Lavon. Era por instinto un artista de la acera, no un as del volante, pero en esos momentos su prudencia natural a la hora de manejar un vehículo a motor convenía a la operación.

Desde Hamburgo se dirigieron hacia el sur, hacia una localidad llamada Döhle. Más allá había una densa arboleda a la que se accedía únicamente por una abrupta pista de tierra con una señal en la que se leía *PRIVAT.* Mijail la había encontrado el día anterior, junto con otros tres sitios convenientes por si era necesario cambiar de planes. No fue necesario: el bosque estaba desierto. Lavon apagó los faros del coche al penetrar en él y avanzó alumbrándose únicamente con el fulgor amarillo de las luces de estacionamiento. El bosque era una mezcla de árboles de hoja perenne y caduca. Gabriel habría preferido abedules, pero los bosques de abedules no abundaban en el oeste de Alemania. Solo en el este.

Por fin, las luces de estacionamiento iluminaron un Volkswagen sedán que esperaba en un pequeño calvero. Mijail estaba apoyado contra el parachoques delantero con los brazos cruzados, y Keller estaba a su lado fumando un cigarrillo. Alexei Rozanov yacía a sus pies. Le habían amordazado y atado las manos con cinta aislante. No eran necesarias tantas precauciones, sin embargo: el oficial del SVR se hallaba en un estado intermedio entre el coma y la consciencia.

—¿Ha dicho algo?

—Casi no ha tenido ocasión —contestó Keller.

—¿Te ha visto la cara?

—Supongo que sí, pero dudo que la recuerde.

—Espabílalo. Necesito hablar con él.

Keller sacó una botella de agua mineral de un litro de la parte de atrás del coche y vertió su contenido sobre la cara de Rozanov hasta que el ruso volvió en sí.

—Levantadlo —dijo Gabriel.

—No creo que vaya a sostenerse derecho.

—Vosotros levantadlo.

Keller y Mijail agarraron a Rozanov por los brazos y lo enderezaron. Como habían previsto, el ruso no se sostuvo en pie mucho tiempo. Volvieron a levantarlo, pero esta vez no le soltaron los brazos. Tenía la cabeza echada hacia delante y la barbilla apoyada en el pecho. Era más alto de lo que parecía en las fotografías, y también más corpulento: más de noventa kilos de músculos antaño tonificados que empezaban a convertirse en grasa. Había dirigido una operación bien planificada, pero la de Gabriel había sido aún mejor. El israelí se sacó la Glock de la cinturilla del pantalón y usó el cañón para levantarle la barbilla a Rozanov. Los ojos hinchados del ruso tardaron unos instantes en enfocarse. Cuando por fin lo hicieron, no dieron muestras de temor, ni de reconocimiento. Era bueno en su oficio, pensó Gabriel antes de arrancarle la cinta de la boca.

—No pareces muy sorprendido de verme, Alexei.

—¿Nos conocemos? —murmuró el ruso.

Gabriel esbozó una sonrisa agria.

—No —contestó pasado un momento—. Hasta ahora no había tenido ese desplacer. Pero sé que trabajas bien. Muy bien, de hecho. Eres extremadamente minucioso. Solo hay un par de pequeños detalles que quiero aclarar.

—¿Qué ofreces, Allon?

—Nada.

—Entonces no obtendrás nada a cambio.

Gabriel apuntó al pie derecho de Rozanov y apretó el gatillo. El estampido del disparo resonó entre los árboles. Al igual que los gritos del ruso.

—¿Empiezas a comprender la gravedad de tu situación, Alexei?

Rozanov era incapaz de hablar, de modo que Gabriel habló por él.

—El servicio para el que trabajas y tú dejasteis una bomba en Brompton Road, Londres. Estaba destinada a mi amigo y a mí, pero mató a cincuenta y dos personas inocentes. Matasteis a Charlotte Harris, de Shepherd's Bus. Matasteis a su hijo, que se llamaba Peter, por su abuelo. Es por ellos por lo que estoy aquí esta noche. —Gabriel apuntó hacia la cara de Rozanov—. ¿Qué tal se te da suplicar, Alexei?

—La bomba la puso Eamon Quinn —jadeó el ruso—, no nosotros.

—Vosotros le pagasteis para que lo hiciera, Alexei. Y le procurasteis una ayudante llamada Katerina.

Rozanov levantó bruscamente la vista y miró a Gabriel a través de una neblina de dolor.

—¿Dónde está Quinn? —preguntó Gabriel.

—No sé dónde está.

—¿Dónde? —preguntó Gabriel otra vez.

—Te lo estoy diciendo, Allon. No sé dónde está.

Gabriel apuntó con la pistola a su pie izquierdo y apretó el gatillo.

—¡Dios mío! ¡Para, por favor!

El ruso ya no gritaba de dolor. Lloraba como un niño. Lloraba, pensó Gabriel, como los supervivientes mutilados de una de las bombas de Quinn. Quinn, que podía fabricar una bola de fuego capaz de desplazarse a trescientos metros por segundo. Quinn, que había estado en un campamento libio con un palestino llamado Tariq Al Hourani.

¿Crees que se conocían?

En mi opinión, no puede ser de otra manera.

—Empecemos por algo sencillo —dijo Gabriel con calma—. ¿Cómo conseguiste mi número de móvil?

—Fue cuando estuvisteis en Omagh —contestó el ruso—. En el monumento a las víctimas. Os seguía una mujer. Fingió hacer una fotografía.

—La recuerdo.

—Se introdujo inalámbricamente en tu Blackberry. No conseguimos descifrar ningún archivo, pero conseguimos tu número.

—Y se lo disteis a Quinn.

—Sí.

—Fue él quien me mandó ese mensaje de texto en Londres.

—«Los ladrillos están en el muro».

—¿Dónde estaba cuando lo envió?

—En Brompton Road —dijo el ruso—. Fuera del alcance de la onda expansiva.

—¿Por qué dejasteis que me enviara ese mensaje?

—Quería que supieras que había sido él.

—¿Prurito profesional?

—Por lo visto, tenía algo que ver con un tal Tariq.

Gabriel sintió que su corazón daba un vuelco repentino.

—¿Tariq Al Hourani?

—Sí, ese. El palestino.

—¿Qué pasa con él?

—Quinn dijo que quería zanjar una vieja deuda.

—¿Matándome?

Rozanov asintió con una inclinación de cabeza.

—Evidentemente, estuvieron muy cerca de conseguirlo.

Tenía que ser cierto, pensó Gabriel. No había otra forma de que Alexei Rozanov supiera lo de Tariq.

—¿Sabe Quinn que sigo vivo?

—Se lo han comunicado hoy.

—Entonces sí que sabéis dónde está.

Rozanov no dijo nada. Gabriel pegó la boca del cañón de la Glock a la parte interna de su rodilla.

—¿Dónde está, Alexei?

—En Inglaterra.

—¿En qué parte de Inglaterra?

—No lo sé.

Gabriel hundió dolorosamente el cañón de la pistola en su rodilla.

—Te lo juro, Allon. No sé dónde está.

—¿Por qué ha vuelto a Inglaterra?

—Para la segunda fase de la operación.

—¿Dónde tendrá lugar?

—En el Guy's Hospital de Londres.

—¿Cuándo?

—Mañana a las tres de la tarde.

—¿Y el objetivo?

—El primer ministro. Quinn y Katerina van a matar a Jonathan Lancaster mañana por la tarde, en Londres.

59

NORTE DE ALEMANIA

El ruso se estaba debilitando, perdiendo sangre, perdiendo la voluntad de vivir. Aun así, Gabriel lo obligó a contárselo todo paso a paso, trato a trato, traición a traición, desde el atroz comienzo de la operación hasta el e-mail que había llegado a Moscú Centro esa misma tarde, enviado desde un dispositivo inseguro porque el teléfono móvil del SVR perteneciente a Katerina Akulova había transmitido su última y acuosa señal desde el fondo del Mar del Norte. Quinn, contó Rozanov, había tomado las riendas de la situación. Se hallaba fuera del control de Moscú Centro. Se había salido del redil.

—¿Dónde estaban cuando enviaron ese e-mail?

—No pudimos rastrearlo hasta su origen.

Gabriel piso con fuerza el pie derecho de Rozanov, hecho pedazos. Cuando recuperó el habla, el ruso le dijo que el correo electrónico se había enviado desde un cibercafé de la localidad inglesa de Fleetwood.

—¿Tienen coche? —preguntó Gabriel.

—Un Renault.

—¿Modelo?

—Creo que es un Scénic.

—¿Qué clase de atentado va a ser?

—Estamos hablando de Eamon Quinn. ¿Tú qué crees?

—¿Un coche bomba?

—Es su especialidad.

—¿Coche o camión?

—Furgoneta.

—¿Dónde está el vehículo?

—En un garaje del este de Londres.

—¿En qué parte del este de Londres?

Rozanov recitó una dirección de Thames Road, en Barking, antes de apoyar el mentón en el pecho, agotado. Con una mirada, Gabriel indicó a Keller y Mijail que lo soltaran. Cuando obedecieron, el ruso cayó hacia delante como un árbol y aterrizó en el suelo húmedo del bosque. Gabriel le dio la vuelta con el pie y le apuntó a la cara.

—¿A qué estás esperando? —preguntó Rozanov.

Gabriel lo miró desde detrás del cañón del arma, pero no dijo nada.

—Puede que sea cierto lo que dicen de ti.

—¿Qué dicen?

—Que eres demasiado viejo. Que ya no tienes estómago para esto.

Gabriel sonrió.

—Tengo una pregunta más para ti, Alexei.

—Ya te he dicho todo lo que sé.

—Excepto cómo descubristeis que estaba vivo.

—Interceptamos una comunicación.

—¿Una comunicación de qué tipo?

—De voz —dijo Rozanov—. Oímos tu voz...

Gabriel le apuntó a la rodilla y disparó. El ruso se retorció de dolor.

—Teníamos... una... fuente...

—¿Dónde?

—Dentro... de... la Oficina.

Gabriel disparó otro tiro a la misma rodilla.

—Más vale que me digas la verdad, Alexei. Si no, voy a gastar todas mis balas haciéndote puré la rodilla.

—Fuente —musitó Rozanov.

—Sí, lo sé. Teníais una fuente. Pero ¿quién es?

—Trabaja...

—¿Dónde trabaja, Alexei?

—MI6.

—¿En qué departamento?

—Personal y...

—¿Personal y Seguridad?

—Sí.

—Su nombre, Alexei. Dime su nombre.

—No puedo...

—Dime quién es, Alexei. Dímelo para que pueda ponerle fin al dolor.

TERCERA PARTE

PAÍS DE BANDIDOS

60

VAUXHALL CROSS, LONDRES

Aproximadamente una hora después de la muerte de Alexei Rozanov, Graham Seymour recibió la primera comunicación de su flamante agente secreto. Afirmaba que la vida del primer ministro Jonathan Lancaster corría peligro y daba a entender que los servicios de inteligencia rusos habían reclutado a un espía dentro del MI6. Fue, declararía después Seymour, un modo estelar de iniciar su carrera dentro del espionaje.

Dadas las circunstancias, Seymour creyó conveniente enviar un avión privado que recogió a Gabriel y a Keller en Le Bourget, en París, y los llevó al London City Airport, en los Docklands. Un coche del MI6 los condujo a toda velocidad a Vauxhall Cross, donde Seymour los esperaba en una sala sin ventanas del piso superior, con un teléfono pegado a la oreja. Colgó al entrar ellos y los estudió un momento con sus inexpresivos ojos grises.

—¿Hay prueba de audio? —preguntó por fin.

Gabriel sacó su Blackberry, buscó el pasaje que les interesaba y pulsó el icono de PLAY.

—*¿Dónde tendrá lugar?*

—*En el Guy's Hospital de Londres.*

—*¿Cuándo?*

—*Mañana a las tres de la tarde.*

—*¿Y el objetivo?*

351

—*El primer ministro. Quinn y Katerina van a matar a Jonathan Lancaster mañana por la tarde, en Londres.*

Gabriel pulsó la pausa. Seymour se quedó mirando el teléfono.

—¿Alexei Rozanov?

Gabriel asintió con un gesto.

—Quizá deberías ponerlo desde el principio.

—Yo creo más bien que deberíamos empezar por el final.

Gabriel adelantó el archivo y pulsó de nuevo el PLAY.

—*Su nombre, Alexei. Dime su nombre.*

—*Grrrrr...*

—*Lo siento, Alexei, pero no lo he oído bien.*

—*Grimes...*

—*¿Ese es su apellido?*

—*Sí.*

—*¿Y su nombre de pila, Alexei? Dime su nombre de pila.*

—*Arthur.*

—*Arthur Grimes. ¿Se llama así?*

—*Sí.*

—*¿Arthur Grimes, del departamento de Personal y Seguridad del MI6 es un agente a sueldo de los servicios de espionaje rusos?*

—*Sí.*

A continuación se oía algo que se parecía mucho a un disparo. Gabriel pulsó el icono de PAUSA. Seymour cerró los ojos.

A las nueve de esa mañana, un equipo de la Rama A1A del MI5 irrumpió en una nave sita en el número 22 de Thames Road, en el distrito londinense de Barking. No encontraron vehículo alguno, ni indicios visibles de que allí se hubiera fabricado una bomba. Simultáneamente, un segundo equipo del MI5 entró en el cibercafé de Lord Street, en Fleetwood. Gracias a un pequeño golpe de suerte, uno de los empleados que estaba de servicio había trabajado la tarde anterior y recordaba haber visto a un hombre y una mujer que encajaban con la descripción de Quinn y Katerina. El empleado recordaba también qué ordenador habían utilizado. El equipo del MI5 requisó el ordenador y lo subió a un helicóptero de la Royal Navy. Se esperaba que llegara a Londres no más tarde de las doce del mediodía. Amanda Wallace había insistido en que fuera el laboratorio del MI5 quien se encargara de su análisis. Graham Seymour había accedido por motivos políticos.

—¿Dónde está Grimes? —preguntó Gabriel.

—Entró en el edificio hace un par de minutos. En estos momentos, un equipo está registrando su piso. Es un asunto peliagudo. Grimes es su superior inmediato.

—¿Hasta qué punto está informado?

—Toma parte en el proceso de investigación preliminar y de comprobaciones rutinarias de los agentes del MI6, tantos actuales como potenciales. —Seymour miró a Keller—. De hecho, hablé con él hace un par de días acerca de un proyecto especial que abordaríamos pronto.

—¿Yo? —preguntó Keller.

Seymour asintió.

—También investiga denuncias de brechas de seguridad, lo que significa que está en situación óptima para proteger a otros topos o espías rusos. Si de verdad está a sueldo del SVR, va a ser el mayor escándalo del espionaje occidental desde los tiempos de Aldrich Ames.

—Razón por la cual no se lo has comentado a Amanda Wallace.

Seymour no dijo nada.

—¿Sabe Grimes que Keller y yo nos alojamos en Wormwood Cottage?

—Por lo general no se ocupa de los pisos francos, pero naturalmente sabe cuándo alguien importante se aloja en uno de ellos. En cualquier caso —añadió Seymour—, dentro de unos minutos sabremos si la fuente de la filtración fue él.

—¿Cómo?

—Nos lo va a decir Yuri Volkov.

—¿Quién es ese?

—El lugarteniente del *rezident* del SVR en la embajada rusa. El MI5 está convencido de que se reunió con un colaborador ayer por la tarde, en el metro. Uno de mis hombres está en Thames House revisando la grabación en estos momentos. De hecho...

El teléfono interrumpió a Seymour. Levantó el aparato y escuchó en silencio unos segundos. Luego colgó e hizo una llamada.

—No lo perdáis de vista ni un minuto. Si va al aseo, id vosotros también. —Colgó de nuevo y miró a Gabriel y Keller—. Debí retirarme cuando tuve ocasión.

—Eso habría sido un grave error —repuso Keller.

—¿Por qué?

—Porque habrías perdido la oportunidad de atrapar a Quinn.

—No estoy seguro de querer otra oportunidad. A fin de cuentas —agregó Seymour—, no estoy haciendo muy buen papel ante él. De hecho, el marcador va dos juegos a cero a su favor.

Un denso silencio cayó sobre la sala hermética. Seymour y Keller miraban fijamente el teléfono. Gabriel miraba el reloj.

—¿Cuánto tiempo piensas esperar, Graham?

—¿Para qué?

—Para dejarme hablar un momento con Arthur Grimes.

—No vas a acercarte a él. Nadie va a acercarse a él —añadió Seymour—. Al menos, durante bastante tiempo. Puede que pasen meses antes de que empecemos a interrogarlo.

—No tenemos meses, Graham. Tenemos hasta las tres de la tarde.

—No había ninguna bomba en esa nave de Barking.

—Lo cual no es precisamente una noticia alentadora.

Seymour consultó su reloj.

—Daremos al laboratorio informático del MI5 hasta las dos para localizar la conversación por e-mail. Si a esa hora aún no la han encontrado, hablaremos con Grimes.

—¿Qué piensas preguntarle?

—Empezaré por su trayecto en metro con Yuri Volkov.

—¿Y sabes qué va a decirte?

—No.

—¿«Yuri qué»?

—Eres un cabrón pesimista.

—Lo sé —dijo Gabriel—. Eso impide que luego me lleve una decepción.

61

BRISTOL, INGLATERRA

Esa mañana, a las nueve, la cadena BBC Radio 4 emitió las primeras informaciones acerca del incidente de Hamburgo. El relato de los hechos era breve y fragmentario. Dos hombres habían muerto a balazos y otros dos habían desaparecido. Los muertos eran ambos rusos; de los desaparecidos se sabía muy poco. Se dijo que ello era motivo de honda preocupación para la canciller alemana, y que en el Kremlin reinaba la indignación. Como siempre, últimamente.

Quinn y Katerina oyeron la noticia mientras circulaban por la M5 al norte de Birmingham. Una hora después escucharon un nuevo avance informativo mientras estaban sentados frente a Marks & Spencer, en el centro comercial de Cribbs Causeway, en Bristol. La versión de las diez contenía una sola novedad: según la policía alemana, las víctimas mortales llevaban pasaporte diplomático. Katerina apagó la radio mientras un experto en política exterior de la BBC explicaba que aquel suceso amenazaba con convertirse en una crisis internacional en toda regla.

—Ya sabemos por qué fingió Allon su muerte —comentó Katerina.

—¿Qué hacía Alexei anoche en Hamburgo?

—Puede que alguien le engañara para que fuera.

—¿Quién?

—Allon, claro. Seguramente a estas horas estará interrogando a Alexei. O puede que ya lo haya matado. En todo caso, tenemos que dar por sentado que Allon sabe que estamos aquí. Lo que significa que debemos abandonar Inglaterra inmediatamente.

Quinn no contestó.

—¿Y si puedo demostrar que Alexei iba en ese coche? —preguntó Katerina.

—¿Otro e-mail a Moscú Centro?

Ella asintió con un gesto.

—Ni lo sueñes.

Katerina paseó la mirada por los otros vehículos estacionados en el aparcamiento.

—Podrían estar vigilándonos ahora mismo.

—No están vigilándonos.

—¿Estás seguro?

—Llevo mucho tiempo luchando contra ellos, Katerina. Estoy seguro.

No pareció convencida.

—Yo no soy una yihadista, Eamon. No he venido aquí a morir. Sácame de Inglaterra. Contactaremos con el Centro y acordaremos un pago para que regrese sana y salva.

—Eso es justamente lo que vamos a hacer —repuso Quinn—. Pero primero tenemos que ocuparnos de otro asunto.

Katerina vio a un par de mujeres caminar hacia la entrada de Marks & Spencer.

—¿Qué hacemos aquí? —preguntó.

—Vamos a hacer unas compras.

—¿Y luego?

—Luego vamos a ir a dar un paseo.

62

NÚMERO 10 DE DOWNING STREET

Graham Seymour salió de Vauxhall Cross poco después de las doce del mediodía para informar al primer ministro Jonathan Lancaster en el número 10 de Downing Street. Le dijo a Lancaster que Eamon Quinn estaba casi con toda certeza en Inglaterra y que planeaba otro atentado: tal vez en el Guy's Hospital durante la visita del primer ministro, o quizás en otro lugar. Sabrían algo más, explicó, cuando el laboratorio del MI5 concluyera su asalto al ordenador requisado en Fleetwood. No mencionó a Arthur Grimes, ni le habló de su encuentro clandestino con Yuri Volkov, de la embajada rusa. En su opinión, las malas noticias convenía administrarlas en dosis pequeñas.

—Amanda acaba de marcharse —le dijo el primer ministro—. Me ha aconsejado que cancele la visita al Guy's Hospital. Cree, además, que quizá sea buena idea que permanezca encerrado en el Número Diez hasta que detengan a Quinn.

—Amanda es una mujer muy prudente.

—Cuando está de acuerdo contigo. —El primer ministro sonrió—. Me alegra ver que hay tan buena sintonía entre vosotros. —Hizo una pausa y luego preguntó—: Porque hay buena sintonía, ¿verdad, Graham?

—Sí, primer ministro.

—Entonces te digo lo mismo que le he dicho a ella —prosiguió Lancaster—. No voy a cambiar mi agenda por un terrorista del IRA.

—Esto no tiene nada que ver con el IRA. Se trata estrictamente de negocios.

—Razón de más. —El primer ministro se levantó y acompañó a Seymour a la puerta—. Una cosa más, Graham.

—¿Sí, primer ministro?

—Esta vez, nada de detenciones.

—¿Disculpe, señor?

—Ya me has oído. Nada de detenciones. —Le puso la mano en el hombro—. ¿Sabes, Graham? A veces la venganza es buena para el espíritu.

—Yo no busco venganza, primer ministro.

—Entonces te sugiero que encuentres a alguien que sí la busque y que pongas a esa persona muy cerca de Eamon Quinn.

—Creo que tengo al hombre indicado. A dos, en realidad.

El coche de Seymour estaba esperando más allá de la famosa puerta negra de Downing Street. Lo llevó de vuelta a Vauxhall Cross, donde encontró a Gabriel y Keller en la sala sin ventanas del piso superior. Daban la impresión de no haber movido un músculo desde su marcha.

—¿Cómo le has encontrado? —preguntó Gabriel.

—Decidido hasta la cabezonería.

—¿A qué hora saldrá su comitiva de Downing Street?

—A las tres menos cuarto.

Gabriel echó una ojeada al reloj. Faltaban cinco minutos para las dos.

—Sé que dijimos hasta las dos, Graham, pero...

—Vamos a esperar hasta las dos.

Se quedaron sentados en silencio, inmóviles, mientras pasaban los últimos cinco minutos. Al dar las dos, Seymour llamó a Amanda Wallace a Thames House, al otro lado del río, y le preguntó cómo iba el análisis del ordenador.

—Ya casi lo tienen —contestó ella.

—¿Cuánto les falta?

—Menos de una hora.

—No es suficiente.

—¿Qué quieres que haga?

—Que me llames en cuanto sepas algo.

Seymour colgó y miró a Gabriel.

—Quizá fuera preferible que no estuvieras aquí.

—Quizá —dijo Gabriel—, pero no me lo perdería por nada del mundo.

Seymour levantó otra vez el teléfono y marcó.

—Arthur —dijo afablemente—, soy Graham. Cuánto me alegra pillarte.

Siete plantas más abajo, un hombre colgó lentamente el teléfono en su cubículo gris. Como todos los cubículos de Vauxhall Cross, no tenía placa con el nombre de su ocupante, solo una serie de números interrumpida por una barra. Era extraño que Graham Seymour hubiera dicho su nombre, porque la mayoría de la gente de Vauxhall Cross se refería a él por su cargo, es decir, «Personal». *Ve a buscar a Personal. Corre a esconder, que viene Personal.* Su nombre era un estigma, un insulto. La gente le detestaba y le tenía rencor. Pero sobre todo le temían. Era el encargado de desvelar los secretos de los demás, el cronista de sus defectos y sus mentiras. Estaba al corriente de sus veleidades amorosas, de sus problemas económicos, de su debilidad por el alcohol. Tenía el poder de arruinar una carrera profesional, o de salvarla, si le apetecía. Era juez, jurado y verdugo: un dios dentro de una caja gris. Y sin embargo él también guardaba un secreto. Los rusos lo habían descubierto de algún modo. Le habían procurado una jovencita, una Lolita, y a cambio le habían quitado su último vestigio de dignidad.

Soy Graham. Cuánto me alegra pillarte...

Una forma interesante de expresarlo, pensó Grimes. Quizá fuera un desliz freudiano, aunque Grimes sospechaba que no lo era. La oportunidad de su llamada (un día después de que Grimes hiciera una transferencia de datos dentro del metro) resultaba sospechosa. Había sido una entrevista imprudente, una reunión de emergencia. Y parecía que, entre tanto, Grimes se había descubierto.

Cuánto me alegra pillarte...

Su americana colgaba de una percha en la pared, junto a una fotografía de su familia, la última tomada antes del divorcio. Fuera, en el pasillo, Nick Rowe estaba coqueteando con una chica guapa de Registro: Rowe, que llevaba todo el día revoloteando a su alrededor. Pasó junto a la pareja sin decir palabra y se dirigió a los ascensores. El ascensor apareció en cuanto pulsó el botón. Sin duda no era una coincidencia, se dijo.

El ascensor subió tan suavemente que Grimes no sintió su movimiento. Cuando las puertas se abrieron con un siseo, vio a Ed Marlowe, otro hombre de su departamento, de pie en el vestíbulo.

—¡Arthur! —gritó como si Grimes fuera de pronto duro de oído—. ¿Te invito a una copa después? Tenemos que hablar de un par de asuntillos. Sin esperar respuesta, Marlowe se metió entre las puertas del ascensor cuando estaban a punto de cerrarse y desapareció. Grimes salió del vestíbulo a la luz cegadora del atrio. Aquel era el Valhalla del mundo del espionaje, la Tierra Prometida. La sala en la que esperaba Graham Seymour estaba a la derecha. A la izquierda había una puerta que conducía a la terraza. Grimes se dirigió a la izquierda y salió al exterior. El aire frío lo golpeó como una bofetada. Bajo él fluía el Támesis, oscuro, plomizo y en cierto modo reconfortante. Grimes respiró hondo y ordenó sus pensamientos calmosamente. Contaba con la ventaja de conocer sus técnicas. Su mesa de trabajo estaba en orden. Y también su piso, sus cuentas bancarias, sus ordenadores y sus teléfonos. No tenían nada contra él, nada salvo un trayecto en metro con Yuri Volkok. Los derrotaría. Estaba por encima de todo reproche, se dijo. Él era Personal.

Justo entonces oyó un ruido a su espalda, una puerta que se abría y se cerraba. Se giró lentamente y vio a Graham Seymour en la terraza. Su cabello gris se agitaba al viento, y sonreía: la misma sonrisa, pensó Grimes, que lo había impulsado escalafón arriba, siempre en ascenso, mientras hombres mejores que él seguían afanándose sin descanso en las salas de calderas del espionaje. Seymour no estaba solo. Detrás de él había un hombre más bajo, con unos extraños ojos verdes y sienes de color ceniza. Grimes lo reconoció, y se le aguaron las entrañas.

—Arthur —dijo Seymour con la misma cordialidad hipócrita de la que había hecho gala por teléfono unos minutos antes—. ¿Qué haces aquí? Estamos esperándote todos dentro.

—Disculpa, Graham. Rara vez tengo oportunidad de subir aquí.

Grimes le devolvió la sonrisa, aunque la suya no se parecía a la de Seymour. Encías y dientes, pensó, y algo más que un asomo de mala conciencia. Volviéndose, miró de nuevo hacia el río y de pronto echó a correr. Una mano intentó agarrarlo cuando saltó por encima de la balaustrada, y mientras se precipitaba hacia la siguiente terraza imagino que volaba. Luego, el suelo se alzó para recibirlo, y aterrizó con un golpe que sonó como el de una fruta al romperse.

Era una caída de varios pisos, suficiente para matar a un hombre, pero no en el acto. Durante un segundo o dos, fue consciente de las caras conocidas que se cernían sobre él. Eran caras procedentes de los archivos, caras de agentes del MI6 cuyas vidas había escudriñado a su antojo. Y aun entonces, a pesar de su sufrimiento, nadie se refirió a él por su nombre de pila. Personal había caído desde la terraza de la azotea, dijeron. Personal estaba muerto.

63

CORNUALLES, INGLATERRA

En el Marks & Spencer de Bristol, Quinn y Katerina compraron dos pares de botas de montaña, dos mochilas, prismáticos, bastones de senderismo y una guía de Devon y Cornualles. Metieron las bolsas en la parte de atrás del Renault y se dirigieron hacia el oeste, hacia la localidad de Helston, en Cornualles, junto a la cual se hallaba la Real Base Aeronaval de Culdrose, la mayor base de helicópteros de toda Europa. Quinn sintió una opresión en el pecho cuando pasaron junto a la alta valla de alambre de la base, coronada por remolinos de concertina. Luego, un helicóptero Sea King sobrevoló la carretera y de pronto se halló de nuevo en el Bandit Country, el «País de los Bandidos» de South Armagh. Su guerra había terminado, se dijo. Hoy, su lucha estaba allí.

El pueblecito de Mullion se hallaba cinco kilómetros al sur de la base aérea. Quinn siguió los indicadores hasta la taberna Old Inn y encontró un coche aparcado justo al otro lado de la calle, junto a la tienda de artículos de playa Atlantic Forge. Se pusieron las botas de montaña y los impermeables. Luego, Quinn guardó el mapa, la guía y los prismáticos en la mochila de lona. Dejó la bolsa con las armas en el coche y llevó solo la Makarov. Katerina iba desarmada.

—¿Cuál es nuestra tapadera? —preguntó cuando acabó de vestirse.

—Estamos de vacaciones.

—¿En invierno?

—Siempre me han gustado las ciudades costeras en invierno.

—¿Dónde nos alojamos?

—Elige tú.

—¿Qué tal en el Godolphin Arms de Marazion?

Quinn sonrió.

—Se te da muy bien esto, ¿sabes?

—Mejor que a ti.

—¿Puedes poner acento británico?

Ella titubeó. Luego dijo:

—Sí, creo que sí.

—Eres una empleada de banca de Londres. Y yo tu novio panameño.

—Qué suerte la mía.

Salieron del pueblo siguiendo la carretera de Poldhu, Quinn al borde del asfalto, Katerina a salvo en la cuneta. Algo menos de un kilómetro más allá apareció una abertura en el seto y una pequeña señal les indicó la senda pública. Pasaron por una rejilla para el ganado y cruzaron un campo de labor, hacia la Senda de la Costa Suroeste. La siguieron hacia el norte, a lo largo de los acantilados, hasta Poldhu Beach, y a continuación bordearon el Club de Golf de Mullion hasta la antigua iglesia de Saint Winwaloe. Tras hacer una breve visita a la iglesia para prestar veracidad a su tapadera, siguieron hacia el norte hasta Gunwalloe Cove. La casita se erguía solitaria en lo alto de los acantilados del extremo sur, alojada en un jardín natural de siemprevivas y festuca. En el camino de entrada había aparcados dos coches.

—Ahí es —dijo Quinn.

Dejó la mochila en el suelo, sacó los prismáticos y barrió con ellos la cima de los acantilados como si admirara el paisaje. Luego apuntó directamente a la casa. Uno de los coches estaba desocupado, pero en el otro había dos hombres. Observó las ventanas de la casa. Las contraventanas estaban bien cerradas.

—Tenemos compañía —dijo Katerina.

—Ya lo veo —repuso Quinn bajando los prismáticos.

—¿Qué hacemos?

—Caminar.

Guardó los prismáticos en la mochila y se la echó al hombro. Emprendieron de nuevo la marcha en la misma dirección. Unos cien metros más allá, un hombre caminaba hacia ellos siguiendo el borde de los acantilados. No era un senderista corriente, pensó Quinn. Movimientos disciplinados, paso ligero, una pistola bajo el cortavientos azul oscuro. Un exmilitar, quizás incluso un exmiembro del SAS. Quinn sintió la presión de la Makarov en la base de su columna vertebral. Deseó tenerla más a mano, pero era demasiado tarde para cambiarla de lugar.

—Ponte a hablar —murmuró.

—¿De qué?

—De lo mucho que te divertiste con Bill y Mary el fin de semana pasado y de cuánto te gustaría poder permitirte tener una casa en el campo. Una casita en los Cotswolds, quizá.

—Odio los Cotswolds.

Aun así, Katerina habló con entusiasmo apasionado de Bill y de Mary y de su casita de campo cerca de Chipping Campden. Y de lo coqueto que se ponía Bill cuando bebía y de que Mary estaba enamorada en secreto de Thomas, un compañero de la oficina muy guapo que a ella siempre le había parecido gay. Fue entonces cuando el exmilitar llegó a su lado. Quinn se situó detrás de Katerina para dejarle pasar. Ella aminoró el paso lo justo para darle los buenos días, pero Quinn mantuvo los ojos fijos en el suelo y no dijo nada.

—¿Has visto cómo nos miraba? —preguntó Katerina cuando estuvieron solos otra vez.

—Sigue andando —ordenó Quinn—. Y hagas lo que hagas, no mires atrás.

La casa estaba ahora justo delante de ellos. La senda de la costa seguía más allá, bordeando un campo verde. Una ligera elevación del terreno permitió a Quinn mirar con aparente ingenuidad por encima del seto protector y ver las caras de los dos ocupantes del coche aparcado. Katerina seguía hablando de Mary en tono cizañero y Quinn asintió despacio, como si sus comentarios le parecieran especialmente sagaces. Después, cuando se habían alejado unos cincuenta metros de la casa, se detuvo al borde del acantilado y miró hacia la cala. Un hombre estaba lanzando un sedal al oleaje. Detrás de él, una mujer caminaba por un trecho de arena dorada, seguida por otro hombre cuyo cortavientos era del mismo color que llevaba el exmilitar de los acantilados. La mujer se alejaba de ellos lentamente, sin rumbo aparente, como una reclusa dando su paseo de rigor por el patio de la prisión. Quinn esperó hasta que se dio la vuelta para llevarse los prismáticos a los ojos. Luego se los ofreció a Katerina.

—No los necesito —dijo ella.

—¿Es ella?

Katerina miró a la mujer que caminaba hacia ella por el borde del agua.

—Sí —contestó por fin—. Es ella.

64

GUY'S HOSPITAL, LONDRES

Durante los minutos posteriores al suicidio de Arthur Grimes, Graham Seymour rogó de nuevo a Jonathan Lancaster que cancelara su visita al Guy's Hospital. El primer ministro se mantuvo firme, aunque aceptó añadir dos hombres más a su escolta. Dos hombres que compartían su opinión de que la venganza podía ser buena para el espíritu. Dos hombres que querían muerto a Eamon Quinn. Al jefe del SO1, la división de la Policía Metropolitana que se encarga de proteger al primer ministro y a su familia, le escandalizó la idea de engrosar su escolta con dos desconocidos, uno de ellos un oficial de un servicio de inteligencia extranjero y el otro un matón de dudoso pasado. Aun así, les procuró radios y credenciales que abrirían cualquier puerta dentro del hospital. Les facilitó también una pistola Glock 17 de 9 milímetros. Aquello suponía una violación de todos los protocolos de seguridad, pero la orden procedía del primer ministro en persona.

Gabriel y Keller no tuvieron tiempo de ir a Downing Street, de modo que un BMW de la Policía Metropolitana los recogió frente a Vauxhall Cross y los condujo a toda velocidad por Kennington Lane en dirección a Southwark. El histórico Guy's Hospital, uno de los edificios más altos de Londres, se alzaba por encima de una maraña de calles en las inmediaciones del Támesis, no muy lejos del Puente. El coche policial los depositó frente al rascacielos futurista conocido como «la Esquirla». En circunstancias normales estaba prohibido estacionar en la calle, que, ante la llegada inminente del primer ministro, se hallaba vacía de tráfico. Había, sin embargo, varios vehículos aparcados en Weston Street, entre ellos una furgoneta comercial blanca que parecía muy cargada. Siguiendo indicaciones de Gabriel, la Policía Metropolitana localizó a su propietario. Era un contratista, un veterano de la Royal Navy que estaba haciendo una obra en un edificio cercano. La furgoneta estaba cargada de baldosas de piedra caliza.

La última calle contigua al complejo hospitalario era Snowfields, una estrecha garganta urbana sin sitios para aparcar y, ese día, sin más coches que los vehículos policiales. Gabriel y Keller la siguieron hasta la Puerta 3, la entrada principal del hospital, y cruzaron el cordón de seguridad. La Secretaria de Estado de Sanidad esperaba en el patio delantero junto con una delegación del Servicio Nacional de Salud y un nutrido comité de personal del hospital, muchos de cuyos miembros llevaban bata blanca y uniforme quirúrgico. Gabriel pasó en silencio entre ellos buscando la cara que había dibujado en la casa del condado de Galway y a la mujer a la que había visto por primera vez en una apacible calle lisboeta. Acto seguido llamó a Graham Seymour a la sala de operaciones de Vauxhall Cross.

—¿A qué distancia está el primer ministro?

—A dos minutos.

—¿Alguna noticia del ordenador de Fleetwood?

—Casi lo tienen.

—Eso dijeron hace una hora.

—Te llamaré en cuanto sepa algo.

Cortaron la comunicación. Gabriel se guardó el teléfono en el bolsillo y miró la Puerta 3. Un momento después, aparecieron dos motos de la policía seguidas por una limusina Jaguar. Jonathan Lancaster salió del asiento trasero y comenzó a estrechar manos.

—¿En serio tiene que hacer eso? —preguntó Keller.

—Me temo que es congénito.

—Esperemos que Quinn no esté por aquí. Si no, podría ser fatal.

El primer ministro estrechó la última mano tendida. Luego miró hacia Gabriel y Keller, asintió una sola vez con la cabeza y entró en el hospital. Eran las tres en punto de la tarde.

65

GUNWALLOE COVE, CORNUALLES

En el instante en que Jonathan Lancaster cruzó las puertas de Guy's Hospital comenzó a caer la lluvia en el centro de Londres, pero en los confines del oeste de Cornualles un sol bajo brilló por una rendija abierta entre los estratos de nubes. El tiempo despejado era ventajoso en términos operativos, porque prestaba credibilidad a la presencia de Katerina en la playa de Gunwalloe Cove. Llegó allí a las 14:50, cinco minutos después de depositar a Quinn cerca de la iglesia antigua. Había dejado el Renault en el aparcamiento de encima de la cala, y en la mochila que llevaba al costado había un teléfono Samsung desechable y un subfusil Skorpion con silenciador ACC Evolution 9 enroscado al cañón.

Siempre te han gustado los Skorpion, ¿verdad, Katerina?

Durante el trayecto desde la iglesia a la cala, había sopesado brevemente la posibilidad de huir de Inglaterra y dejar a Quinn abandonado a su suerte. Pero había decidido quedarse y cumplir su misión hasta el final. Estaba prácticamente segura de que Alexei había muerto. Con todo, sabía que sería una imprudencia regresar a Rusia sin haber cumplido su tarea. Había sido el zar quien la había enviado de vuelta a Inglaterra, no Alexei. Y, como todos los rusos, Katerina sabía que no convenía decepcionar al zar.

Miró la hora. Eran las tres y cinco. Quinn estaría acercándose a la casa. Cabía la posibilidad de que alguno de los guardias de seguridad se acercara a él y Quinn lo matara. Así solo quedarían tres hombres protegiendo al objetivo: los dos de fuera y el que estaba pescando en la cala. Katerina estaba segura de que se trataba de un escolta. Veía la silueta de su arma bajo la chaqueta y la minúscula radio que había utilizado para avisar a sus compañeros de la presencia de una extraña en la playa. Unos instantes después, su radio chisporrotearía sin duda emitiendo una señal de emergencia. O quizá no habría tiempo para alertar por radio. En todo caso, la suerte que correría el guardia sería la misma. Estaba viendo su último atardecer.

Sacó un pez del mar, lo puso en un cubo amarillo, en la orilla, y cebó de nuevo el anzuelo. Después, tras saludar a Katerina con una inclinación de cabeza, volvió a meterse entre las olas de la rompiente y a lanzar el sedal. Sonriendo, Katerina levantó la solapa de la mochila dejando al descubierto la culata del Skorpion. Estaba puesto en modo automático, lo que significaba que dispararía veinte proyectiles en menos de un segundo con una elevación mínima de la boca del cañón. Quinn llevaba un arma idéntica.

Justo entonces vibró el teléfono Samsung y un mensaje de texto apareció en la pantalla: *LOS LADRILLOS ESTÁN EN EL MURO*. Tenía que hacerlo, pensó Katerina. Quinn tenía que avisar a los ingleses de que era él. Dejó caer el teléfono dentro de la mochila, agarró la empuñadura del Skorpion y miró al hombre metido entre las olas. De pronto, el guarda miró hacia arriba y hacia la izquierda, hacia lo alto de los acantilados. Se volvió demasiado tarde y encontró a Katerina avanzando hacia él por la arena, con el Skorpion en las manos tendidas.

Veinte proyectiles en menos de un segundo con una elevación mínima de la boca del cañón.

La sangre del escolta del MI6 tiñó de rojo las siguientes olas que rompieron en la arena. Katerina volvió a cargar con calma el Skorpion y subió por el empinado sendero que llevaba al aparcamiento. Estaba desierto, salvo por el Renault. Se sentó tras el volante, encendió el motor y enfiló el camino hacia la casa.

66

THAMES HOUSE, LONDRES

No había nada aparentemente sospechoso en el lenguaje de la conversación, pero para la mirada experta del técnico del MI5 exhalaba un evidente tufillo a falsedad, al igual que las direcciones de los dos interlocutores. Enseñó una copia impresa a su superior, que a su vez se la mostró a Miles Kent. A Kent le llamó la atención una dirección postal que aparecía en el último correo. Aquella dirección le sonaba. Sin perder un instante la introdujo en una base de datos del MI5 y descubrió una coincidencia alarmante. Su siguiente parada fue la sala de operaciones desde la que Amanda Wallace vigilaba la visita del primer ministro a Guy's Hospital. Puso la hoja impresa delante de ella. Amanda la leyó y arrugó el ceño.

—¿Qué significa esto?

—Fíjate bien en la dirección.

Amanda obedeció.

—¿No es la casa en la que vivía Allon?

Kent hizo un gesto afirmativo.

—¿Quién vive allí ahora?

—Eso seguramente deberías preguntárselo a Graham Seymour.

Amanda echó mano del teléfono.

Cinco segundos después, en la orilla opuesta del Támesis, en otra sala de operaciones, Graham Seymour levantó el teléfono.

—¿Qué hay?

—Un problema.

—¿Qué ocurre?

—¿Hay alguien en la casa de Allon en Cornualles?

Seymour vaciló. Luego dijo:

—Lo lamento, Amanda, pero no puedo hablar de eso.

—Dios mío —susurró ella en tono grave—. Temía que fueras a decir eso.

La casa era oficialmente una instalación segura del MI6, de modo que carecía de línea telefónica activa. A su ocupante tampoco se le había confiado un teléfono móvil, por si en un momento de despiste decía algo que pudiera desvelar su paradero a sus enemigos. Todos los intentos de contactar con sus escoltas resultaron infructuosos. Sus teléfonos sonaron sin que nadie respondiera. Sus radios chisporrotearon inútilmente.

Una llamada, sin embargo, fue atendida de inmediato: la que hizo Graham Seymour al móvil de Gabriel a las 15:17. Gabriel se hallaba en el salón de actos de Guy's Hospital, donde el primer ministro se disponía a ofrecer un remedio para los males del sacrosanto sistema sanitario estatal británico. Seymour estaba viendo el acto en vivo en las pantallas de la sala de operaciones. Habló con más calma de la que creía posible dadas las circunstancias.

—Me temo que el objetivo no era el primer ministro. Hay un helicóptero esperándoos a ti y a Keller en la pista de Battersea. La Policía Metropolitana se encargará de llevaros hasta allí.

Seymour colgó, dejó el teléfono en su sitio y volvió a fijar la mirada en la pantalla mientras dos hombres salían a toda prisa del salón de actos.

67

OESTE DE CORNUALLES

Madeline Hart no oyó los disparos, solo el fuerte chasquido de la madera al saltar por el aire. Luego, vio a un hombre entrar precipitadamente por la puerta rota de la casa, con un subfusil de aspecto aterrador en las manos. El desconocido le propinó un puñetazo en el abdomen (un golpe brutal que la dejó sin respiración y la incapacitó para emitir cualquier sonido) y, mientras ella se retorcía en el suelo, le ató las manos, la amordazó con cinta aislante y le cubrió la cabeza con una capucha de sarga negra. Aun así, Madeline advirtió la presencia de otro intruso, más bajo que el primero y de paso más leve. Juntos la pusieron en pie y la obligaron a cruzar, jadeante, su habitación con vistas. Fuera sonaba un teléfono al que nadie contestaba: el teléfono de uno de sus guardias de seguridad, supuso. Los intrusos la introdujeron por la fuerza en el maletero de un coche y bajaron la tapa con contundencia, como si se tratara de un ataúd. Oyó el ruido de los neumáticos aplastando la grava y, levemente, el fragor de las olas rompiendo en la cala. Después, el mar la abandonó y solo oyó el zumbido de la goma sobre el asfalto. Y voces. Dos voces, una de hombre, otra de mujer. El hombre era casi con toda certeza irlandés, pero el confuso acento de la mujer no delataba su origen. Madeline, sin embargo, estaba segura de una cosa: no era la primera vez que oía aquella voz.

No pudo deducir en qué dirección circulaban, solo que la carretera era de calidad mediana. Una carretera comarcal, pensó. Aunque poco importaba: su conocimiento de la geografía de Cornualles era muy limitado, dado que había permanecido prácticamente recluida en la casa de Gabriel todo ese tiempo. Sí, de vez en cuando iba a Lizard Point a tomar té con magdalenas en la cafetería de lo alto del acantilado, pero casi nunca se aventuraba más allá de la playa de Gunwalloe Cove. Un funcionario del cuartel general del MI6 en Londres iba a Cornualles con regularidad para informarla sobre su situación, o, como decía él, para «darle el sermón». Su exposición casi nunca variaba. La deserción de Madeline, decía, había puesto gravemente en evidencia al Kremlin. Solo era cuestión de tiempo que los rusos intentaran enmendar ese error.

Por lo visto, había llegado ese momento. Madeline supuso que su secuestro estaba relacionado con el intento de matar a Gabriel. El hombre de acento irlandés era sin duda Eamon Quinn. ¿Y la mujer? Madeline escuchó atentamente el murmullo suave de su voz y su singular mezcla de acento alemán, británico y ruso. Luego cerró los ojos y vio a dos niñas sentadas en un parque, en un decorado que simulaba un pueblecito inglés. Dos niñas que habían sido arrancadas de sus madres y criadas por lobos. Dos niñas que un día serían enviadas al mundo para actuar como espías de un país que en realidad nunca habían conocido. Ahora, al parecer, alguien de Moscú Centro había enviado a una de esas niñas a matar a la otra. Solo un ruso podría ser tan cruel.

Madeline tenía una noción muy vaga del tiempo, pero calculó que habían pasado veinte minutos cuando el coche se detuvo. El motor se apagó, se levantó la tapa del maletero y cuatro manos la incorporaron: dos de hombre, las otras dos claramente de mujer. El aire era frío y salobre, el suelo bajo sus pies rocoso e inestable. Oía el mar y, allá arriba, el grito de las gaviotas volando en círculos. Mientras se acercaban a la orilla, se encendió un motor y notó un olor a humo. La obligaron a meterse en el agua hasta la rodilla y a subir a bordo de una pequeña embarcación. La barca viró al instante y, montando una ola que se acercaba, partió hacia mar abierto. Atada y encapuchada, Madeline escuchó el ruido de la hélice bajo la superficie del agua. *Vas a morir*, parecía decirle. *Ya estás muerta.*

68

GUNWALLOE COVE, CORNUALLES

El helicóptero que esperaba en la pista de Battersea era un West-land Sea King con motores turbo Rolls-Royce Gnome. Llevó a Gabriel y a Keller a todo lo ancho del sur de Inglaterra a 110 nudos, algo menos de su velocidad máxima. Llegaron a Plymouth a las seis y unos minutos después Gabriel distinguió el faro de Lizard Point. El piloto quería aterrizar en Culdrose, pero Gabriel le ordenó que fuera directamente a Gunwalloe. Cuando sobrevolaron la casa, las luces azules giratorias de los coches policiales resplandecían en el camino de entrada y a lo largo de la carretera que conducía al Lamb and Flag. También en la cala había luces. Las luces blancas propias del examen forense. Gabriel se sintió enfermo de repente. Su amado santuario en Cornualles, el lugar donde había hallado paz y reposo tras algunas de sus operaciones más difíciles, era ahora un escenario de muerte.

El piloto los depositó en el extremo norte de la cala. Bajaron corriendo hasta la orilla y se detuvieron junto a los focos de los técnicos forenses. Iluminado por su luz desabrida yacía el cuerpo de un hombre. Le habían disparado repetidamente en el pecho. La cercanía de los disparos sugería que el asesino estaba bien entrenado. O la asesina, quizá, pensó Gabriel. Miró a los cuatro hombres que se erguían en torno al cadáver. Dos de ellos lucían el uniforme de la Policía de Devon y Cornualles. Los otros dos eran detectives de paisano de la Brigada de Crímenes Violentos. Gabriel se preguntó cuánto tiempo llevaban allí. El suficiente, pensó, para iluminar la cala como un campo de fútbol de noche.

—¿De verdad tienen que usar esos focos? Ese hombre ya no irá a ninguna parte.

—¿Quién lo pregunta? —contestó uno de los detectives.

—El MI6 —contestó Keller con calma.

Era la primera vez que se identificaba como empleado del Servicio Secreto de Su Majestad, y el efecto que ello surtió sobre sus interlocutores fue inmediato.

—Necesito ver su identificación —repuso el detective.

Keller señaló hacia el Sea King del otro extremo de la cala y contestó:

—Ahí la tiene. Ahora haga lo que dice este hombre y apague los malditos focos.

Uno de los agentes uniformados apagó las luces.

—Ahora dígales a los coches patrulla que apaguen las sirenas.

El mismo agente dio la orden por radio. Gabriel miró hacia la casa y vio que las luces azules se apagaban. Luego, fijó la mirada en el cadáver tendido a sus pies.

—¿Dónde lo han encontrado?

—¿Usted también es del MI6? —preguntó el detective de paisano.

—Conteste a la pregunta —le espetó Keller.

—Estaba al borde del agua.

—¿Había estado pescando? —preguntó Gabriel.

—¿Cómo lo sabe?

—Simple deducción.

El detective se giró y señaló hacia los acantilados.

—El tirador estaba allí. Hemos encontrado veinte casquillos vacíos. —Miró el cadáver—. Evidentemente, la mayoría dio en el blanco. Seguramente ya estaba muerto cuando cayó al agua.

—¿Algún testigo?

—Ninguno que se haya presentado.

—¿Hay huellas cerca de los casquillos?

El detective hizo un gesto afirmativo.

—La persona que disparó llevaba botas de montaña.

—¿De qué número?

—De un número pequeño.

—¿Era una mujer?

—Podría ser.

Sin añadir nada más, Gabriel condujo a Keller por el sendero que llevaba a la casa. Entraron por las puertas cristaleras de la terraza. El cuarto de estar se había transformado en un puesto de mando de campaña. La puerta delantera colgaba, rota, de una sola bisagra, y a través del vano Gabriel distinguió otros dos cadáveres tendidos en el camino. Un detective alto se les acercó y se presentó como el inspector Frazier. Gabriel le estrechó la mano, pero no se identificó. Tampoco lo hizo Keller.

—¿Cuál de los dos es del MI6? —preguntó el inspector.

Gabriel miró a Keller.

—¿Y usted? —le preguntó el detective.

—Es un amigo del MI6 —contestó Keller.

El desdén que sentía por los agentes de los servicios secretos se pintó claramente en el semblante del detective.

—Hay cuatro víctimas mortales, que sepamos —dijo—. Una en la playa, dos fuera de la casa y una cuarta en la senda costera, con un disparo en el pecho y otro en la cabeza. No tuvo ocasión de sacar su arma. Los del camino de entrada recibieron múltiples impactos, igual que el tipo de la cala.

—¿Y la mujer que vive aquí? —inquirió Gabriel.

—No tenemos noticias de ella.

El detective se acercó al caballete de Gabriel, en el que había colgado un mapa del oeste de Cornualles.

—Tenemos dos testigos del pueblo que se fijaron en un Renault que circulaba a gran velocidad poco después de las tres de la tarde. El coche se dirigía al norte. Hemos establecido controles de carretera aquí, aquí y aquí —añadió, tocando el mapa en tres puntos—.

Ninguno de los testigos alcanzó a ver al conductor, pero ambos afirman que el pasajero era una mujer.

—Sus testigos están en lo cierto —repuso Gabriel.

El detective dio la espalda al mapa.

—¿Quién es esa mujer?

—Una asesina de los servicios de espionaje rusos.

—¿Y el hombre que conducía el coche?

—Antes se dedicaba a fabricar las bombas del IRA Auténtico, lo que significa que pierden el tiempo con los controles de carretera. Tienen que concentrar sus fuerzas en la costa oeste. También deberían revisar el maletero de todos los coches que embarquen en ferris con destino a Irlanda esta noche.

—¿Ese hombre del IRA Auténtico tiene nombre?

—Eamon Quinn.

—¿Y la rusa?

—Se llama Katerina, pero con toda probabilidad se hace pasar por alemana. No se dejen engañar por su físico —añadió Gabriel—. Le metió veinte balazos en el pecho a ese guardia de la playa.

—¿Y la mujer a la que han secuestrado?

—Da igual quién sea. Será la que lleve la cabeza cubierta con una capucha.

El detective se giró de nuevo para estudiar el mapa.

—¿Tiene idea de lo larga que es la costa de Cornualles?

—Más de seiscientos kilómetros —contestó Gabriel—, con decenas de pequeñas calas. De ahí que sea el paraíso de los contrabandistas.

—¿Hay algo más que pueda decirme?

—Que hay té en la despensa —dijo Gabriel—. Y también un paquete de McVitie's.

69

GUNWALLOE COVE, CORNUALLES

Esa noche, a las ocho, subieron el cadáver de la playa a la luz de las linternas y lo tendieron en el camino de entrada, junto a los otros. Los muertos no permanecieron allí mucho tiempo: menos de una hora después, una procesión de furgones los trasladó al instituto anatómico-forense de Exeter. Allí, un profesional de sólida formación constataría lo evidente: que los cuatro agentes de los servicios secretos habían muerto por las heridas causadas en sus órganos vitales por repetidos impactos de bala. O quizá, pensó Gabriel, el forense no llegara a ver los cuerpos. Quizá Graham Seymour y Amanda Wallace se las arreglarían para echar tierra sobre aquel asunto sangriento. Quinn había conseguido poner a los servicios de inteligencia británicos al borde de otro escándalo, un escándalo que se habría evitado si el laboratorio informático del MI5 hubiera encontrado cierta conversación por e-mail unos minutos antes. Gabriel no pudo evitar sentir que tenía parte de culpa. Nada de aquello habría pasado, pensó, si no hubiera puesto un ejemplar de *Una habitación con vistas* en el regazo de una bella joven en el Hermitage de San Petersburgo.

Creo que esto le pertenece...

Habría tiempo para recriminaciones más adelante. De momento, encontrar a Madeline era su única preocupación. La Policía de Devon y Cornualles estaba vigilando cada playa y cada cala de la región: cualquier lugar donde pudiera atracar una embarcación pequeña. Graham Seymour, por su parte, había pedido discretamente a la Guardia Costera que aumentara el número de patrullas a lo largo de la costa suroeste de Inglaterra. Todos ellos pasos muy prudentes, pensó Gabriel, aunque seguramente llegaban un poco tarde. Quinn se había esfumado. Y también Madeline. Pero ¿para qué secuestrarla? ¿Por qué no dejar su cadáver junto a los de sus escoltas como advertencia para cualquier espía ruso que estuviera pensando en desertar?

Gabriel no soportaba estar dentro de la casa: la policía lo había revuelto todo, había orificios de bala en la puerta y los recuerdos lo asaltaban a cada paso. Así pues, Keller y él se sentaron en la terraza, envueltos en sus abrigos. Gabriel observó las luces de un gran carguero a lo lejos, en el Atlántico, y se preguntó si Madeline iría en él. Keller fumó un cigarrillo mientras miraba el Sea King. Nadie interrumpió su silencio hasta que poco después de las diez, el detective los informó de que habían encontrado un Renault Scénic al borde de una cala remota, cerca de West Pentire, en la costa norte de Cornualles. El vehículo estaba vacío, salvo por una bolsa de Marks & Spencer.

—Imagino que dentro no había un tique de compra —dijo Gabriel en tono interrogativo.

—Me temo que no. —El detective se quedó callado un momento—. Mi jefe ha estado en contacto con el Ministerio del Interior —dijo por fin—. Sé quién es usted.

—Entonces aceptará nuestras disculpas por cómo hablamos a sus hombres esta tarde.

—No es necesario que se disculpen. Pero quizá quiera sacar cualquier cosa de valor de la casa antes de marcharse. Al parecer, el MI6 va a mandar un equipo para limpiarla.

—Pídales que traten mi caballete con cuidado —dijo Gabriel—. Tiene valor sentimental.

El detective se retiró y Gabriel y Keller se quedaron solos. Las luces del carguero se habían perdido en la oscuridad.

—¿Dónde crees que la ha llevado? —preguntó Keller.

—A algún sitio donde se sienta cómodo. A un lugar donde conozca el terreno y a sus moradores. —Gabriel miró a Keller—. ¿Se te ocurre algún sitio así?

—Por desgracia, solo uno.

—¿Bandit Country?

El inglés asintió.

—Y si consigue llevarla allí, tendrá clara ventaja por jugar en casa.

—Nosotros también tenemos un as en la manga, Christopher.

—¿Cuál?

—El número 8 de Stratford Gardens.

Keller volvió a fijar la mirada en el helicóptero.

—¿Se te ha ocurrido pensar que tal vez eso sea justamente lo que quiere Quinn?

—¿Otra oportunidad de matarnos?

—Sí.

—¿Cambia eso algo?

—No —contestó Keller—. Pero quizá no deberías mezclarte en esto. A fin de cuentas...

Keller dejó la frase sin acabar porque era evidente que Gabriel ya no le estaba escuchando. Había sacado su Blackberry del bolsillo y estaba marcando el número de Graham Seymour en Vauxhall Cross. La conversación fue breve, no más de dos minutos. Luego, Gabriel volvió a guardarse el teléfono en el bolsillo y señaló hacia la playa, donde treinta segundos después el motor turbo del Sea King comenzó de nuevo a rugir. Se puso en pie lentamente y siguió a Keller distraídamente por el sendero de la playa. Vio la casa por última vez como la había visto por primera vez, desde una milla mar adentro, sabedor de que no volvería a poner un pie en ella. Quinn la había destruido para él con la misma eficacia con que Tariq había destruido a Leah y Dani. Ahora era una cuestión personal, pensó. Y aquel asunto iba a empantanarse del todo.

70

CONDADO DE DOWN,
IRLANDA DEL NORTE

En ese mismo momento, el *Catherine May*, un barco de pesca comercial del tipo Vigilante 33, cruzaba el canal de San Jorge a una velocidad de veintiséis nudos. Al timón iba Jack Delaney, un exintegrante del IRA especializado en contrabando de armas y transporte de artefactos explosivos. Su hermano menor, Connor, fumaba un cigarrillo apoyado en la escalerilla de la cámara. A eso de las tres de la madrugada se hallaban al este de Dublín y a las cinco habían alcanzado la desembocadura de Carlingford Lough, el estuario glacial que sirve de frontera entre la República de Irlanda y el Úlster. El antiguo puerto pesquero de Ardglass se hallaba unas veinte millas al norte. Quinn esperó a ver el primer destello del faro de Ardglass para encender su móvil. Escribió un breve mensaje y con reticencia considerable lo lanzó al éter sin ninguna garantía. La respuesta llegó diez segundos después.

—Mierda —dijo.

—¿Algún problema? —preguntó Jack Delaney.

—En Ardglass hay demasiado jaleo para que hagamos escala allí.

—¿Y en Kilkeel?

Kilkeel era un puerto pesquero situado a unas treinta millas al sur de Ardglass. Era una localidad de mayoría protestante en la que el sentimiento lealista tenía hondas raíces. Quinn propuso su nombre en un segundo mensaje. Cuando llegó la respuesta unos segundos después, miró a Delaney y meneó la cabeza.

—¿Dónde quiere que vayamos?

—Dice que Shore Road está tranquilo.

—¿Dónde?

—Justo al norte del castillo.

—No es uno de mis sitios preferidos.

—¿Puedes entrar y salir antes de que se haga de día?

—No hay problema.

Jack Delaney aumentó la velocidad y puso rumbo a la punta meridional de la península de Ards. Quinn echó un vistazo al camarote de proa y vio a Madeline tumbada, atada y encapuchada, en uno de los dos catres. Había permanecido tranquila durante la travesía. Katerina, que había hecho varias visitas de urgencia al aseo para vomitar, estaba fumando un cigarrillo sentada a la mesa de la cocina.

—¿Cómo te encuentras? —preguntó Quinn.

—¿Es que te importa?

—La verdad es que no.

Ella indicó con la cabeza el faro de Ardglass y dijo:

—Parece que nos hemos pasado la salida.

—Cambio de planes —contestó Quinn.

—¿La policía?

Quinn asintió.

—¿Qué esperabas?

—Prepárate —dijo—. Aún nos queda otro viaje en bote.

—Qué suerte la mía.

Quinn cruzó la escalerilla de la cámara y salió a la cubierta. La noche era clara y fría, y en el cielo negro brillaba un chorro de estrellas. La costa al norte de Ardglass estaba formada principalmente por campos de labor, con unas pocas casas dispersas con vistas al mar. Quinn barrió el paisaje con sus prismáticos, pero estaba aún demasiado oscuro para ver nada. Dejaron atrás Guns Island, un promontorio verde y deshabitado a doscientos metros del pueblo de Ballyhornan, y unos minutos después rodearon el cabo rocoso que custodiaba la desembocadura de Strangford Lough. Las boyas del canal señalaban la ruta hacia el norte. En las casas a lo largo de

Shore Road empezaban a encenderse las primeras luces, suficientes para que Quinn distinguiera la silueta de Kilclief Castle. Vio luego tres fogonazos un poco más arriba, siguiendo la línea costera. Mandó un mensaje de texto compuesto por un único signo de interrogación. La respuesta afirmaba que la puerta estaba abierta de par en par.

Preparó la Zodiac y regresó a la cabina. Señaló hacia el lugar en el que había visto los destellos de luz e indicó a Jack Delaney que se dirigiera hacia allí. Bajó luego los escalones que llevaban al camarote de proa y arrancó la capucha a Madeline. Dos ojos lo miraron con furia en la semioscuridad.

—Es hora de ir a tierra —dijo Quinn—. Pórtate bien. Si no, te atravieso el cerebro de un tiro. ¿Entendido?

Aquellos dos ojos lo miraron con frialdad. No había miedo en ellos, pensó Quinn, solo furia. Tenía que reconocer que admiraba su valor. Volvió a ponerle la capucha y la hizo ponerse en pie.

Connor Delenay los llevó a la orilla en línea recta y sin perder un instante. Quinn saltó al agua, que le llegaba a la rodilla. Luego, con ayuda de Katerina, levantó a Madeline de la Zodiac y la condujo hacia el coche aparcado al borde de la carretera. Era un Peugeot 508 gris oscuro. El maletero estaba abierto. Quinn obligó a Madeline a meterse dentro y cerró la tapa. Acto seguido, Katerina y él montaron en el coche, ella en el asiento del copiloto, Quinn arrellanado en el asiento de atrás, apuntando con la Makarov a su columna vertebral. Detrás del volante, vestido con un chaquetón y un gorro de lana, estaba Billy Conway.

—Bienvenido a casa —dijo.

Encendió el motor y salió a la carretera.

Se dirigieron al oeste, hacia Downpatrick. Quinn volvió la cara instintivamente cuando una unidad de la Policía de Irlanda del Norte se les acercó en dirección contraria con la sirena encendida.

—¿Dónde crees que irán tan temprano una hermosa mañana de sábado?

—Están así los seis condados. —Billy Conway miró por el retrovisor—. Supongo que es por tu culpa.

—Supongo que sí.

—¿Quién es la chica del maletero?

Quinn dudó. Luego contestó sinceramente.

—¿La rusa que se acostaba con el primer ministro?

—La misma.

—Dios, Eamon. —Billy Conway siguió conduciendo en silencio unos instantes—. No me dijiste que traías una rehén.

—Hubo un cambio de variables.

—¿Qué variables?

Quinn no dijo nada más.

—¿Qué piensas hacer con ella?

—Esperar.

—¿Dónde?

—En un sitio donde nadie la encuentre.

—¿En South Armagh?

Quinn se quedó callado.

—Más vale que los avisemos de que vamos para allá.

—No —dijo Quinn—. Nada de teléfonos.

—No podemos presentarnos en su casa así, sin más.

—Sí que podemos.

—¿Por qué?

—Porque soy Eamon Quinn.

A las afueras de Downpatrick vieron otra unidad de la policía avanzando a toda velocidad hacia ellos. Quinn bajó la cara. Billy Conway aferró el volante con las dos manos.

—¿Por qué has traído a esa chica aquí, Eamon?

—Tenía que saldar una cuenta —contestó Quinn.

—¿Por qué?

—Sigue conduciendo, Billy. Te contaré el resto cuando lleguemos a Bandit Country.

71

ARDOYNE, BELFAST OESTE

El Sea King había aterrizado en el aeródromo de Aldergrove, la base área del Mando Conjunto de Helicópteros colindante con el aeropuerto de Belfast. Amanda Wallace, del MI5, les tenía preparado un coche, un Ford Escort de cinco años con la pintura azul descolorida y casi cien mil kilómetros en el cuentakilómetros. También les había abierto las puertas de un piso franco del MI5 en la parte protestante de Belfast Norte. Dos agentes de la Rama T, la brigada del MI5 especializada en el terrorismo irlandés, estaban esperando dentro cuando llegaron Gabriel y Keller, poco después de medianoche. Ninguno de ellos conocía la cara ni el nombre de Keller, pero la identidad de Gabriel resultaba más difícil de ocultar. Pasaron los cuatro la noche en vela supervisando la búsqueda de la embarcación que había trasladado a Madeline Hart desde una cala aislada de la costa norte de Cornualles. A las seis de la mañana tenían claro que no encontrarían la embarcación, al menos con Madeline aún a bordo. La opinión pública británica, sin embargo, seguía ignorando su secuestro, al igual que ignoraba que un agente del Servicio Secreto de Inteligencia se había arrojado al vacío desde una terraza de Vauxhall Cross. La noticia central de *Los desayunos de la BBC* concernía al controvertido plan del primer ministro para reformar el Servicio Nacional de Salud, que había provocado una repulsa unánime.

A las seis y media, Gabriel y Keller abandonaron el piso franco y subieron al Ford. Pasaron los treinta minutos siguientes conduciendo en círculos por el norte y el este de la ciudad para cerciorarse de que no los seguía el MI5 ni ningún otro organismo del espionaje británico. Luego, a las siete, tomaron Crumlin Road y entraron en el Ardoyne católico. Keller aparcó en un extremo de Stratford Gardens y apagó el motor. Había luz en un par de ventanas de las casas adosadas, pero por lo demás la calle estaba a oscuras.

—¿Cuánto falta para que aparezcan tus amigos? —preguntó Gabriel.

—Es temprano —contestó Keller vagamente.

—Eso no suena muy alentador.

—Estamos en Belfast Oeste. Es difícil ser optimista.

Durante unos minutos, nada se movió en Stratford Gardens. Keller escudriñaba la calle en busca de algún signo de peligro, pero Gabriel solo tenía ojos para la puerta del número 8. Se abrió a las 7:45 y salieron dos personas: Maggie y Catherine Donahue, la esposa y la hija de un hombre capaz de fabricar una bola de fuego que se desplazaba a trescientos metros por segundo. La esposa y la hija del hombre que había ayudado a Tariq Al Hourani a resolver los problemas que tenía con los detonadores y los temporizadores. Catherine Donahue vestía un uniforme de jockey sobre hierba debajo de la chaqueta gris. Su madre vestía chándal y zapatillas deportivas. Cruzaron la verja metálica del jardincillo y torcieron a la derecha, hacia Ardoyne Road.

—¿Dónde es el partido? —preguntó Gabriel.

—En Lisburn. El autobús sale a las ocho y media.

—¿No sabe ir sola?

—Para llegar a Nuestra Señora de la Misericordia tienen que pasar por una zona protestante. Ha habido un montón de problemas estos últimos años.

—También puede que estén huyendo.

—¿Vestidas así?

—Síguelas —dijo Gabriel.

—¿Y si aparecen mis amigos?

—Creo que puedo arreglármelas.

Gabriel salió del coche sin decir nada más. La verja del número 8 emitió un chirrido agudo cuando la abrió, pero la puerta de la casa cedió sin hacer ruido. Al entrar, sacó rápidamente una pistola de la parte de atrás de su cinturilla: la Glock 17 que le había proporcionado el SO1, el servicio de escolta del primer ministro. En el cuarto de estar sonaba una televisión que nadie veía. Gabriel la dejó encendida y subió las escaleras pistola en mano. Encontró las dos habitaciones desordenadas, pero vacías. Luego bajó y entró en la cocina. Había varios platos de desayuno en la pila y una tetera llena en la encimera. Sacó una taza del armario, se sirvió té y se sentó a esperar en la mesa de la cocina.

Maggie Donahue tardó quince minutos en acompañar a su hija hasta la verja del instituto femenino de Nuestra Señora de la Misericordia. El trayecto de vuelta no transcurrió sin tropiezos, pues en Ardoyne Road se enzarzó en una discusión con dos mujeres protestantes de los bloques de viviendas de Glenbryn, enfadadas porque ella, una católica, se atreviera a caminar por una calle lealista. De ahí que estuviera colorada de rabia cuando entró en Stratford Gardens. Metió la llave en la cerradura y cerró la puerta tan fuerte que las ventanas de su casita se sacudieron. En la tele, alguien se quejaba del precio de la leche. Silenció el aparato antes de entrar en la cocina para fregar los platos del desayuno. Pasaron unos segundos antes de que se fijara en el hombre que bebía té sentado a su mesa.

—¡Dios mío! —gritó sobresaltada.

Gabriel se limitó a fruncir el ceño, como si le disgustara que se mencionara a Dios en vano.

—¿Quién es usted? —preguntó ella.

—Yo iba a preguntarle lo mismo —contestó Gabriel con calma.

Su acento desconcertó a Maggie. Luego, una expresión de sorpresa iluminó su cara.

—Usted es el que...

—Sí —la interrumpió él—, ese soy yo.

—¿Qué está haciendo en mi casa?

—Perdí algo la última vez que estuve aquí. Confiaba en que pudiera ayudarme a encontrarlo.

—¿A encontrar qué?

—A su marido.

Ella sacó un móvil del bolsillo de su chándal y empezó a marcar. Gabriel le apuntó a la cabeza con la Glock.

—Pare —dijo.

Maggie se quedó paralizada.

—Deme ese teléfono.

Ella se lo pasó. Gabriel miró la pantalla. El número que había intentado marcar tenía ocho dígitos.

—El número de emergencia del Cuerpo de Policía de Irlanda del Norte es uno, cero, uno, ¿verdad?

Maggie se quedó callada.

—Entonces, ¿a quién estaba llamando? —En vista de que no contestaba, Gabriel se guardó el móvil en el bolsillo de la chaqueta.

—Eso es mío —dijo ella.

—Ya no.

—¿Se puede saber qué quiere?

—Por de pronto —contestó Gabriel—, me gustaría que se sentara.

Ella lo miró con más desprecio que miedo. Era del Ardoyne, pensó Gabriel. No se asustaba fácilmente.

—Siéntese —repitió, y ella se sentó por fin.

—¿Cómo ha entrado aquí? —preguntó Maggie.

—Dejó la puerta abierta.

—Eso es mentira.

Gabriel puso una fotografía sobre la mesa y la giró para que ella pudiera verla claramente. Mostraba a su hija en una calle de Lisboa, al lado de Eamon Quinn.

—¿De dónde ha sacado eso? —preguntó Maggie.

Gabriel miró hacia el techo.

—¿Del cuarto de mi hija? —preguntó ella.

Gabriel asintió con la cabeza.

—¿Por qué entró en su cuarto?

—Intentaba impedir que su marido llevara a cabo otro asesinato en masa.

—Yo no tengo marido. —Hizo una pausa y luego añadió—: Ya no.

—Este es su marido. —Gabriel tocó la fotografía con el cañón de la Glock—. Se llama Eamon Quinn. Atentó en Bishopsgate y en Canary Wharf. Atentó en Omagh y en Brompton Road. Encontré ropa de él en su armario. Y también encontré su dinero. Lo que significa que va pasar el resto de su vida en una jaula a no ser que me diga lo que quiero saber.

Maggie miró la fotografía un momento, en silencio. Su cara reflejaba ahora otra cosa, pensó Gabriel. No era desprecio. Era vergüenza.

—Ese no es mi marido —dijo por fin—. Mi marido murió hace más de diez años.

—Entonces, ¿qué hacía su hija en una calle de Lisboa con Eamon Quinn?

—No puedo decírselo.

—¿Por qué no?

—Porque me matará si se lo digo.

—¿Quinn?

—No. —Maggie negó con la cabeza—. Billy Conway.

72

CROSSMAGLEN, CONDADO DE ARMAGH

La pequeña explotación agrícola que se extendía justo al oeste de Crossmaglen llevaba generaciones en el seno del clan Fagan. Su propietario actual, Jimmy Fagan, nunca había sentido inclinación por la agricultura y a finales de la década de 1980 había abierto en Newry un taller de fabricación de puertas y ventanas de aluminio que proveía al floreciente sector de la construcción de South Armagh. Su principal ocupación era, no obstante, la militancia en el republicanismo irlandés. Veterano de la célebre Brigada de South Armagh del IRA, había tomado parte en algunos de los atentados y emboscadas más sangrientos del conflicto, entre ellos un ataque contra una patrulla británica cerca de Warrenpoint en el que murieron dieciocho soldados británicos. En total, la Brigada de South Armagh era responsable de la muerte de 123 militares británicos y de 42 agentes del Royal Ulster Constabulary. Durante un tiempo, aquella pequeña comarca de granjas y colinas ondulantes fue el lugar más peligroso del mundo para ejercer el oficio castrense, tan peligroso, de hecho, que el Ejército británico se vio obligado a dejar las carreteras en manos del IRA y a desplazarse únicamente en helicóptero. Con el tiempo, la Brigada de South Armagh comenzó a atentar también contra los helicópteros. Derribó cuatro, entre ellos un Lynx que resultó alcanzado por un disparo de mortero en las inmediaciones de Crossmaglen. Jimmy Fagan disparó el artefacto. Eamon Quinn se encargó de su diseño y fabricación.

Durante la fase más cruenta de los Disturbios, una torre de observación se erguía sobre el centro de Crossmaglen. Ahora la torre ya no existía y en el centro del pueblo había un parque arbolado con un austero monumento en recuerdo a los caídos del IRA. Billy Conway dejó a Quinn delante del hotel Cross Square. Quinn dobló la esquina y se dirigió al bar Emerald, en Newry Street. Sobre la entrada ondeaban los colores del Crossmaglen Rangers. Al parecer, el fútbol había reemplazado a la rebelión como pasatiempo principal de la localidad.

Quinn abrió la puerta y entró. Al instante, varias cabezas se giraron para mirarlo. La guerra podía haber acabado, pero en Crossmaglen seguía reinando la desconfianza hacia los forasteros. Quinn conocía a varios de los presentes. Ellos, en cambio, no parecieron reconocerlo. Pidió una Guinness en la barra y la llevó a la mesa en la que Jimmy Fagan estaba sentado junto con otros dos exintegrantes de la Brigada de South Armagh. Fagan tenía el pelo entrecano y cortado casi al cero. El paso de los años había convertido en dos rendijas sus ojos negros, que escudriñaron a Quinn cuidadosamente sin dar muestras de reconocerlo.

—¿Se le ofrece algo, amigo? —preguntó por fin.

—¿Les importa que me siente?

Fagan señaló con la cabeza una mesa vacía al otro lado del local y contestó que quizás estaría más cómodo allí.

—Pero prefiero sentarme con ustedes.

—Lárguese, amigo —dijo Fagan con calma—. O va a salir malparado.

Quinn se sentó. El hombre sentado a su izquierda lo agarró de la muñeca.

—Tranquilo —murmuró Quinn. Luego miró a Fagan y dijo—: Soy yo, Jimmy. Soy Eamon.

Fagan lo miró fijamente. Comprendió entonces que el desconocido sentado al otro lado de la mesa estaba diciendo la verdad.

—Santo Dios —murmuró—. ¿Qué estás haciendo aquí?

—He venido por negocios —contestó Quinn.

—Eso explica por qué el RUC está tan nervioso de repente.

—Ahora se llama PSNI, Jimmy. ¿No te has enterado?

—Los Acuerdos de Viernes Santo perdonaron mis pecados —dijo Fagan al cabo de un momento—, pero no los tuyos. Será mejor para todos que te acabes la cerveza y te marches.

—No puedo, Jimmy.

—¿Por qué no?

—Por negocios.

Quinn se bebió la espuma de su Guinness y paseó la mirada por el local. El olor a pulimento y a cerveza, el murmullo suave de las voces con acento de Armagh: después de tantos años escondiéndose, de tantos años vendiendo sus servicios al mejor postor, por fin había vuelto a casa.

—¿Por qué has venido aquí? —preguntó Fagan.

—Me preguntaba si te interesaría un poco de acción.

—¿Qué ganaría con ello?

—Dinero.

—Nada de bombas, Eamon.

—No —dijo Quinn—. Nada de bombas.

—Entonces, ¿qué tipo de trabajo es?

—Una emboscada —contestó Quinn—. Como en los viejos tiempos.

—¿Quién es el objetivo?

—El que se escapó.

—¿Keller?

Quinn asintió con la cabeza, y Jimmy Fagan sonrió.

La granja tenía ochenta hectáreas, o noventa y siete, dependiendo de a qué miembro del clan Fagan se le preguntase. Estaba formada en su mayoría por ondulantes pastizales divididos en parcelas más pequeñas por cercas de piedra de escasa altura, algunas de las cuales se habían erigido mucho antes de que el primer protestante pisara aquellas tierras, o eso contaba la leyenda. Irlanda estaba justo al otro lado de la siguiente colina. En una de las carreteras hasta había algo que recordaba vagamente a una frontera.

En la parte más alta del terreno se alzaba una casa de ladrillo de dos plantas en la que Fagan, viudo, vivía con sus dos hijos, ambos veteranos del IRA y de su escisión, el IRA Auténtico. Había un establo grande de aluminio corrugado y un segundo edificio, situado muy dentro de la finca, en el que Fagan había ocultado armas y explosivos durante la guerra. Fue allí, en el invierno de 1989, donde un Christopher Keller mucho más joven sufrió un interrogatorio brutal a manos de Eamon Quinn. Ahora, Madeline y Katerina ocupaban el lugar de Keller. Quinn les dejó comida, agua y mantas suficientes para que pasaran la fría tarde de diciembre y aseguró la puerta con un par de gruesos candados. Luego se alejó con Billy Conway por la pista de tierra que llevaba a la casa. Conway iba con la vista fija en el suelo y las manos metidas en los bolsillos delanteros de la chaqueta. Parecía nervioso. Siempre parecía nervioso.

—¿Cuánto tiempo tenemos? —preguntó.

—Yo calculo —contestó Quinn— que ya está aquí. Y Allon también.

—Buscándome, supongo.

—Esperemos que sí.

—¿Y si Keller pide verme? Entonces, ¿qué?

—Pues juegas al doble juego de siempre, Billy, como hacías antes. Dile que pierden el tiempo buscándome en el norte. Que has oído rumores de que estoy en la República.

—¿Y si no me cree? ¿Qué pasa entonces?

—¿Por qué no iba a creerte, Billy? —Quinn le puso la mano en el hombro y sonrió—. Eras su mejor colaborador.

73

ARDOYNE, BELFAST OESTE

Keller aparcó justo enfrente de la casa y recorrió a toda prisa el caminito del jardín. La puerta cedió a su contacto. Siguió el sonido de voces hasta la cocina. Encontró a Gabriel y a Maggie Donahue sentados a la mesa, con sendas tazas de té delante. Había también un gran montón de billetes usados, unas cuantas prendas de vestir de hombre, diversos artículos de higiene, una fotografía y una Glock 17. La Glock se hallaba algo alejada del alcance de Maggie Donahue, que, sentada muy derecha, se protegía con un brazo la cintura mientras con la otra mano, apoyada sobre la mesa, sostenía un cigarrillo que se consumía entre sus dedos. Keller comprendió que había estado llorando escasos minutos antes. Ahora, sin embargo, sus duras facciones habían adoptado la máscara de reserva y desconfianza propia de Belfast. Gabriel, inexpresivo, parecía un sacerdote con pistola y chaqueta de cuero. Durante unos segundos pareció no notar la presencia de Keller. Luego levantó la vista y sonrió.

—Señor Merchant —dijo cordialmente—, cuánto me alegro de que haya venido. Quiero presentarle a mi nueva amiga, Maggie Donahue. Maggie acaba de contarme cómo la obligó Billy Conway a guardar estas cosas en su casa. —Hizo una pausa y añadió—: Maggie va a ayudarnos a encontrar a Eamon Quinn.

74

CROSSMAGLEN, CONDADO DE ARMAGH

La caseta de metal corrugado que ocupaba el centro de la granja de los Fagan medía seis metros por doce y tenía pacas de heno a un lado y, al otro, una colección de herramientas y utensilios oxidados. Había sido diseñada siguiendo indicaciones precisas de Jimmy Fagan y montada en su taller de Newry. La puerta exterior era singularmente gruesa y el suelo elevado contenía una trampilla bien escondida que daba acceso a uno de los mayores arsenales de armas y explosivos de Irlanda del Norte. Madeline Hart no sabía nada de eso. Sabía únicamente que no estaba sola: se lo decían el olor rancio a tabaco y a champú de hotel económico. Por fin, una mano le arrancó la capucha y le retiró suavemente la cinta aislante de la boca. Aun así, no pudo hacerse una idea de dónde estaba porque la oscuridad era absoluta. Se quedó sentada en silencio un momento, con la espalda pegada a las pacas de heno y las piernas estiradas hacia delante. Luego preguntó:

—¿Quién está ahí?

Se encendió un mechero y una cara se inclinó hacia la llama.

—Tú —susurró Madeline.

El mechero se apagó y retornó la oscuridad. Luego, una voz se dirigió a ella en ruso.

—Lo siento —dijo Madeline—, pero no te entiendo.

—He dicho que debes de tener sed.

—Muchísima —contestó Madeline.

Se oyó un chasquido al abrirse una botella de agua. Madeline aplicó los labios a la boquilla de plástico y bebió.

—Graci... —Se detuvo. No quería mostrar gratitud hacia su secuestradora, como una cautiva indefensa.

Comprendió entonces que Katerina también estaba prisionera.

—Déjame verte la cara otra vez.

El mechero volvió a encenderse.

—No te veo bien —dijo Madeline.

Katerina se acercó la llama a la cara.

—¿Qué aspecto tengo? —preguntó.

—El mismo que tenías en Lisboa.

—¿Cómo sabes lo de Lisboa?

—Un amigo mío te estaba vigilando desde el otro lado de la calle. Te hizo una fotografía.

—¿Allon?

Madeline no dijo nada.

—Fue una pena que lo conocieras. Todavía vivirías en San Petersburgo como una princesa. Y ahora aquí estás.

—¿Dónde es «aquí»?

—Ni yo estoy segura. —Katerina sacó un cigarrillo de su paquete de tabaco y se lo ofreció—. ¿Fumas?

—Dios mío, no.

—Siempre fuiste la niña buena, ¿verdad? —Katerina acercó el extremo del cigarrillo a la llama y dejó que esta se extinguiera.

—Por favor —dijo Madeline—, he estado mucho tiempo a oscuras.

Katerina encendió de nuevo el mechero.

—Da una vuelta por aquí —le pidió Madeline—. Déjame ver dónde estamos.

Katerina se movió con el mechero por el perímetro de la caseta, deteniéndose en la puerta.

—Intenta abrirla.

—No se puede abrir desde dentro.

—Inténtalo.

Katerina se apoyó contra la puerta, pero no consiguió moverla.

—¿Alguna otra idea brillante?

—Supongo que podríamos prender fuego al heno.

—En estos momentos —repuso Katerina—, estoy segura de que le encantaría vernos morir abrasadas.

—¿A quién?

—A Eamon Quinn.

—¿El irlandés?

Katerina asintió.

—¿Qué va a hacer?

—Primero va a matar a Gabriel Allon y a Christopher Keller. Y luego va a pedir veinte millones de dólares a Moscú Centro en concepto de rescate por mí.

—¿Pagarán?

—Puede ser. —Hizo una pausa y añadió—: Sobre todo si el trato te incluye también a ti.

Se apagó el mechero. Katerina se sentó.

—¿Cómo debo llamarte? —preguntó.

—Madeline, claro.

—No es tu verdadero nombre.

—Es el único que tengo.

—No, qué va. En el campamento te llamábamos Natalya. ¿No te acuerdas?

—¿Natalya?

—Sí. La pequeña Natalya, hija del general del KGB. Tan bonita. Y ese acento inglés que te dieron... Eras como una muñeca. —Se quedó callada un momento—. Yo te adoraba. Eras lo único que tenía en ese lugar.

—Entonces, ¿por qué me has secuestrado?

—En realidad tenía que matarte. Y también a Quinn.

—¿Por qué no lo hiciste?

—Porque Quinn me cambió los planes.

—Pero, ¿me habrías matado si hubieras tenido oportunidad?

—No quería —contestó Katerina pasado un momento—, pero sí, supongo que lo habría hecho.

—¿Por qué?

—Mejor yo que otro. Además —agregó—, traicionaste a nuestro país. Desertaste.

—No era mi país. Aquel no era mi sitio.

—¿Y este sí, Natalya? ¿Este sí es tu sitio?

—Me llamo Madeline. —Se quedó callada un momento—. ¿Qué pasará si vuelvo a Rusia?

—Supongo que pasarán varios meses extrayendo de tu cerebro hasta la última gota de información que puedan.

—¿Y luego?

—*Vysshaya mera.*

—¿El mayor castigo de todos?

—Creía que no hablabas ruso.

—Un amigo me habló de esa expresión.

—¿Dónde está tu amigo ahora?

—Me encontrará.

—Y entonces Quinn lo matará. —Katerina volvió a encender el mechero—. ¿Tienes hambre?

—Un hambre de lobo.

—Creo que nos han dejado unas empanadas de carne.

—Adoro las empanadas de carne.

—Dios mío, qué inglesa eres. —Katerina desenvolvió una de las empanadas y la puso cuidadosamente en sus manos.

—Sería más fácil si cortaras la cinta aislante.

Katerina fumó contemplativamente en la oscuridad.

—¿De qué te acuerdas? —preguntó.

—¿Del campamento?

—Sí.

—De nada —contestó Madeline—. Y de todo.

—Yo no tengo fotos mías de cuando era pequeña.

—Yo tampoco.

—¿Recuerdas cómo era?

—Eras preciosa —dijo Madeline—. Quería ser exactamente como tú.

—Tiene gracia —contestó Katerina—, porque yo quería ser como tú.

—Era una mocosa insoportable.

—Pero eras una niña buena, Natalya. Y yo era otra cosa completamente distinta.

Katerina no dijo nada más. Madeline levantó sus manos atadas e intentó comer un poco más de empanada.

—¿Puedes, por favor, cortar la cinta? —preguntó.

—Me gustaría, pero no puedo.

—¿Por qué?

—Porque eres una niña buena —dijo mientras apagaba el cigarrillo en el suelo de la caseta—. Y lo único que harás será estorbarme.

75

UNION STREET, BELFAST

Pasaban escasos minutos de las doce del mediodía cuando Billy Conway cruzó la puerta del Tommy O'Boyle's de Union Street. Un exmiembro del IRA llamado Rory Gallagher estaba sacando brillo a jarras de pinta detrás de la barra.

—Estaba a punto de mandar una partida de búsqueda —dijo.

—He tenido una noche muy larga —respondió Conway—. Más larga de lo que esperaba.

—¿Problemas?

—Complicaciones.

—Y más que vas a tener, me temo.

—¿De qué hablas?

Gallagher miró hacia las escaleras.

—Tienes compañía.

Keller tenía los pies apoyados en la mesa de Billy Conway cuando se abrió la puerta del despacho con un gruñido. Conway se quedó inmóvil en el hueco entre la puerta y el marco. Se habría dicho que acababa de ver un fantasma. Y en cierto modo así era, pensó Keller.

—Hola, Billy. Me alegro de verte otra vez.

—Pensaba...

—¿Que estaba muerto?

Conway no dijo nada. Keller se puso en pie.

—Vamos a dar una vuelta, Billy. Tenemos que hablar.

El regreso de Christopher Keller a Irlanda del Norte había propiciado una de las reuniones más numerosas de la Brigada de South Armagh del IRA Provisional desde la firma de los Acuerdos de Viernes Santo. En total, eran doce los miembros de la unidad que se hallaban en ese mismo momento congregados en torno a Eamon Quinn y Jimmy Fagan en la cocina de la casa de Crossmaglen. Ocho de los presentes habían cumplido largas condenas en los Bloques H de la prisión de Maze, y habían salido en libertad conforme a las cláusulas del acuerdo de paz. Otros cuatro habían colaborado con Quinn en el IRA Auténtico, entre ellos Frank Maguire, cuyo hermano, Seamus, había muerto a manos de Keller en Crossmaglen en 1989.

Como era habitual en tales encuentros, el aire estaba cargado de humo de tabaco. Extendido sobre el centro de la mesa había un mapa del servicio cartográfico nacional. Era el mismo mapa que había empleado Fagan para planificar la masacre de Warrenpoint. De hecho, aún se veían algunas de las marcas y anotaciones originales. Junto al mapa había un teléfono móvil que vibró a las doce y cuarto. Era un mensaje de texto de Rory Gallagher. Quinn sonrió. Keller y Allon se pondrían pronto en camino hacia allí.

Keller y Billy Conway dieron un paseo, en efecto, pero solo llegaron a York Lane. Era una calle tranquila, sin tiendas ni restaurantes, solo una iglesia a un lado y una fila de naves industriales de ladrillo rojo al otro. Gabriel había aparcado en una zona invisible para las cámaras de seguridad. Keller metió a Billy Conway de un empujón en el asiento delantero y montó atrás. Gabriel, con la vista fija hacia delante, encendió el motor con calma.

—¿Dónde está Eamon Quinn? —preguntó a Billy Conway.

—Hace veinticinco años que no veo a Eamon Quinn.

—Respuesta incorrecta.

Gabriel le partió la nariz con un golpe veloz como el rayo. Luego puso el coche en marcha y se apartó del bordillo.

El Ford Escort en el que viajaban Gabriel y Keller estaba provisto de un transmisor por satélite, cosa que Amanda Wallace había omitido mencionarles. Gracias a ello, el MI5 había estado siguiendo el itinerario del coche toda la mañana, desde Aldergrove al piso franco y de allí a Stratford Gardens y York Lane. Vigilaba además su avance con ayuda de la red de cámaras de seguridad callejeras de Belfast. La cámara de Frederick Street captó una imagen nítida del hombre sentado en el asiento del copiloto. Parecía sangrar profusamente por la nariz. Un técnico del MI5 amplió la imagen y la proyectó en una de las pantallas de vídeo del centro de operaciones de Thames House. Graham Seymour estaba viendo la misma imagen en Vauxhall Cross.

—¿Lo reconoces? —preguntó Amanda Wallace.

—Ha pasado mucho tiempo —contestó Seymour—, pero creo que es Billy Conway.

—*Ese* Billy Conway.

—En persona.

—Era de los nuestros, ¿no?

—No —contestó Seymour—. Era de los míos. Y Keller ayudaba en su supervisión.

—Entonces, ¿por qué está sangrando?

—Puede que nunca fuera de verdad de los nuestros, Amanda. Puede que fuera de Quinn desde el principio.

Seymour vio que el coche se incorporaba a la autopista M2 y se dirigía hacia el norte. «Eso es lo maravilloso de nuestro oficio», pensó. «Que nuestros errores siempre vuelven para atormentarnos. Y al final todas las deudas se pagan».

76

BOSQUE DE CREGGAN,
CONDADO DE ANTRIM

No hicieron más preguntas a Billy Conway, ni Billy se las hizo a ellos. Su nariz rota sangró abundantemente durante el trayecto hacia el norte, hasta Larne, pero cuando llegaron a la altura de Glenarm se le había formado una costra negra en torno a los bordes de la nariz. Keller dio indicaciones a Gabriel para internarse tierra adentro siguiendo la carretera de Carnlough y dirigiéndose luego hacia el norte por Killycarn. Siguieron la carretera hasta que se convirtió en una pista de grava y perdió su nombre. Luego avanzaron todavía un poco más, hasta que dejaron atrás la última granja y apareció ante ellos el bosque de Creggan. Keller le dijo a Gabriel que parara y apagara el motor. Después miró a Billy Conway.

—¿Te acuerdas de este sitio, Billy? Solíamos venir aquí en los viejos tiempos, cuando tenías que decirme algo importante. Veníamos hasta aquí en aquel viejo Granada y nos tomábamos unas cervezas mientras escuchábamos los disparos del coto de Creggan Lodge. ¿Te acuerdas, Billy?

La voz de Keller había adoptado de nuevo el acento de Belfast Oeste: Falls Road con un toque de Ballymurphy. Billy Conway no dijo nada. Miraba fijamente hacia delante. Una mirada de mil metros, pensó Gabriel. La mirada de un muerto.

—Siempre cuidamos bien de ti, ¿verdad, Billy? Te pagábamos bien. Te protegíamos. Pero no necesitabas protección, ¿verdad, Billy?

Trabajaste para el IRA desde el principio. Trabajabas para Eamon Quinn. Eras un chivato, Billy. Eras un puto chivato de mierda. —Keller le apoyó el cañón de la Glock en la nuca—. ¿No vas a negarlo, Billy?

—Eso fue hace mucho tiempo.

—No tanto —respondió Keller—. ¿No fue eso lo que me dijiste el día que volvimos a vernos en Belfast? ¿El día que buscaste a Maggie Donahue para mí? ¿El día que me tendiste una trampa? —Presionó el cañón del arma contra su cráneo—. ¿No vas a negarlo, Billy?

Billy Conway guardó silencio.

—Siempre fuiste sincero, Billy.

—No deberías haber vuelto.

—Gracias a Quinn, no nos quedó elección. Quinn me trajo de vuelta aquí. Y tú te aseguraste de que encontrara las cosas que querías que encontrara. Una esposa y una hija. Un montón de dinero. El tique roto de un tranvía. Una fotografía de una calle de Lisboa. Maggie Donahue no quiso saber nada del asunto. Estaba demasiado ocupada intentando sobrevivir en un agujero infecto como Ardoyne sin un marido a su lado. Pero tú la amenazaste para que lo hiciera. Le dijiste que la matarías si acudía a la policía. Y a su hija también. Y ella te creyó, Billy, porque sabe lo que les pasa a los chivatos en Belfast Oeste. —Keller deslizó el cañón del arma por la mejilla de Billy Conway—. Niégalo, Billy.

—¿Qué quieres?

—Quiero que me jures que nunca más volverás a acercarte a esa mujer ni a su hija.

—Te lo juro.

—Buen chico, Billy. Ahora, sal del coche.

Conway se quedó inmóvil. Keller le golpeó con la pistola en la nariz rota.

—¡He dicho que salgas!

El irlandés accionó el tirador y salió del coche tambaleándose. Keller lo siguió.

—Empieza a andar —le ordenó—. Y mientras andas, cuéntame dónde puedo encontrar a Eamon Quinn.

—No sé dónde está.

—Claro que lo sabes, Billy. Tú lo sabes todo.

Keller lo empujó por la pista de tierra y echó a andar detrás de él. Desde los árboles del bosque de Creggan les llegó la detonación de la escopeta de un cazador. Conway se quedó parado. Keller le urgió a continuar clavándole el cañón de la pistola.

—¿Cómo salió Quinn de Inglaterra?

—Con los Delaney.

—¿Jack y Connor?

—Sí.

—No iba solo, ¿verdad, Billy?

—Iba con dos mujeres.

—¿Dónde los dejaron los Delaney?

—En Shore Road, cerca del castillo.

—¿Tú estabas allí?

—Fui a recogerlos.

—¿Qué coche usasteis?

—Un Peugeot.

—¿Robado, prestado o alquilado?

—Robado. Con matrícula falsa.

—Como le gusta a Quinn.

Dos nuevos disparos de escopeta, esta vez más cerca. Un grupo de faisanes levantó el vuelo en un campo cercano. «Qué pájaros tan listos», pensó Keller.

—¿Dónde está, Billy? ¿Dónde está Quinn?

—En South Armagh —dijo Conway un momento después.

—¿Dónde?

—En Crossmaglen.

—¿En la granja de Jimmy Fagan?

Conway asintió.

—El mismo sitio donde te llevamos esa noche. Quinn dice que quiere crucificarte por tus pecados.

—¿Donde me *llevasteis*? —preguntó Keller. Se hizo un silencio—. ¿Tú estabas allí, Billy?

—Estuve un rato —reconoció Conway—. Las dos mujeres están en el mismo edificio en el que Quinn te ató a esa silla.

—¿Estás seguro?

—Yo mismo las metí allí.

Habían llegado al lindero del bosque. Billy Conway se detuvo trastabillando.

—Date la vuelta, Billy. Tengo una pregunta más.

Billy Conway permaneció inmóvil unos instantes. Luego, muy despacio, se giró para mirar a Keller.

—¿Qué quieres saber? —preguntó.

—Quiero un nombre, Billy. El nombre de la persona que le dijo a Eamon Quinn que estaba enamorado de una chica de Ballymurphy.

—No sé quién fue.

—Claro que lo sabes, Billy. Tú lo sabes todo.

Conway no dijo nada.

—Su nombre —repitió Keller apuntándole a la cara—. Dime su nombre.

Conway levantó la cara hacia el cielo gris y pronunció su propio nombre. A Keller se le nubló la vista de rabia y sintió que empezaban a flaquearle las piernas. La pistola le proporcionó una sensación de equilibrio. Después no recordaría haber apretado el gatillo, solo el retroceso controlado del arma en su mano y un soplo de vapor rosado. Se arrodilló con Billy Conway hasta que estuvo seguro de que había muerto. Luego se puso en pie y regresó al coche.

77

RANDALSTOWN, CONDADO DE ANTRIM

A las afueras de Randalstown, vibró el móvil del MI6 de Keller. Lo sacó del bolsillo de su chaqueta y miró la pantalla con el ceño fruncido.

—Graham Seymour.

—¿Qué quiere?

—Pregunta por qué Billy Conway ya no está en el coche.

—Nos están vigilando.

—Evidentemente.

—¿Qué vas a decirle?

—No estoy seguro. Esto es territorio ignoto para mí. —Keller levantó el teléfono y preguntó—: ¿Crees que lo están usando como transmisor?

—Podría ser.

—Quizá debería tirarlo por la ventanilla.

—El MI6 te lo descontará de la paga. Además —añadió Gabriel—, puede que nos sea útil en Bandit Country.

Keller colocó el teléfono entre los dos asientos.

—¿Cómo es? —preguntó Gabriel.

—¿Bandit Country?

—Crossmaglen.

—Es uno de esos sitios sobre los que escribían canciones. —Keller miró un momento por la ventanilla antes de proseguir—. Todo South Armagh estaba en poder de los *provos* durante la guerra, era de hecho un estado del IRA, y Crossmaglen era su ciudad santa. —Miró a Gabriel y añadió—: Su Jerusalén. Allí el IRA nunca tuvo que adoptar una estructura celular. Actuaba como un batallón. Como un ejército —puntualizó Keller—. Pasaban el día arando sus campos y por la noche se dedicaban a matar soldados británicos. Antes de cada patrulla, nos recordaban que podía haber una bomba o un francotirador detrás de cada arbusto o cada montón de piedras. South Armagh era una galería de tiro. Y nosotros éramos los blancos.

—Continúa.

—Nos referíamos a Crossmaglen como XMG —prosiguió Keller pasado un momento—. Teníamos una torre vigía en la plaza principal. La llamábamos Golf Cinco Cero. Te arriesgabas a morir cada vez que entrabas allí. Las habitaciones no tenían ventanas y estaban blindadas contra el fuego de mortero. Era como servir en un submarino. Aquella noche, cuando escapé de la granja de Jimmy Fagan, ni siquiera intenté llegar a XMG. Sabía que no llegaría vivo. Me fui al norte, a Newtownhamilton. Lo llamábamos NTH. —Sonrió y dijo—: Decíamos en broma que significaba «Nada de Terroristas, Hermano».

—¿Te acuerdas de la granja de Fagan?

—De eso no me olvidaré nunca —respondió Keller—. Está en la carretera de Castleblayney. Una parte de sus tierras linda con la frontera. Durante la guerra era una de las principales rutas de contrabando entre la Brigada de South Armagh y los colaboradores del IRA en la República.

—¿Y esa caseta?

—Está al borde de un prado grande, rodeado de muros de piedra y perros guardianes. Si la policía se acerca a esa granja, Fagan y Quinn lo sabrán enseguida.

—Estás dando por sentado que Madeline está allí.

Keller no dijo nada.

—¿Y si Conway ha vuelto a mentir? ¿O y si Quinn ya la ha trasladado?

—No, no la ha trasladado.

—¿Cómo puedes estar tan seguro?

—Porque así es Quinn. La cuestión es —dijo Keller— si les decimos a nuestros amigos de Vauxhall Cross y Thames House lo que sabemos.

Gabriel miró el móvil del MI6 y contestó:

—Puede que ya se lo hayamos dicho.

Pasaron bajo un grupo de cámaras de seguridad que vigilaba la M22. Keller sacó un cigarrillo del paquete y le dio vuelta entre los dedos sin encenderlo.

—Es imposible que entremos en South Armagh sin que nos vean.

—Entonces entraremos por la puerta de atrás.

—No tenemos equipo de visión nocturna, ni silenciadores.

—Ni radios —añadió Gabriel.

—¿Cuánta munición tienes?

—Un cargador lleno y otro de repuesto.

—A mí me falta una bala —dijo Keller.

—Qué lástima.

El móvil del MI6 de Keller vibró de nuevo.

—¿Qué quiere ahora? —preguntó Gabriel.

—Pregunta adónde vamos.

—Supongo que no están escuchando, después de todo.

—¿Qué le digo?

—Es tu jefe, no el mío.

Keller escribió un mensaje y dejó el teléfono entre los asientos.

—¿Qué le has dicho?

—Que estamos investigando una información que podría ser clave para la resolución del caso.

—Vas a ser un buen agente del MI6, Christopher.

—Los agentes del MI6 no operan en South Armagh sin refuerzos. —Hizo una pausa y añadió—: Ni tampoco un hombre que está a punto de convertirse en jefe de los servicios de inteligencia israelíes, y padre de gemelos.

La autopista se estrechó hasta convertirse en una carretera de dos carriles. Eran las dos y media de la tarde. Quedaba apenas hora y media para que oscureciera. Keller encendió el cigarrillo y vio que Gabriel bajaba automáticamente la ventanilla para que se fuera el humo.

—¿Sabes? —dijo—, nada de esto habría ocurrido si le hubieras dicho a Graham Seymour que se fuera a paseo cuando fue a verte a Roma. Tú estarías trabajando en tu Caravaggio y yo estaría tomándome una copa de vino en mi terraza de Córcega.

—¿Alguna otra perla de sabiduría, Christopher?

—Solo una pregunta.

—¿Cuál?

—¿Quién es Tariq Al Hourani?

En Londres, la misma imagen parpadeaba en las pantallas de las salas de operaciones de Thames House y Vauxhall Cross: una luz azul parpadeante que se movía hacia el oeste por la A6, cruzando el Úlster. Cuando llegó a Castledawson torció hacia el sur, en dirección a Cookstown. Graham Seymour mandó un tercer mensaje al móvil de Keller, pero esta vez no hubo respuesta, y así se lo comunicó Seymour de mala gana a Amanda Wallace desde el otro lado del río.

—¿Adónde crees que van? —preguntó ella.

—Si tuviera que aventurar una hipótesis, diría que están volviendo al lugar donde empezó todo esto.

—¿A Bandit Country?

—A la granja de Jimmy Fagan, para ser exactos.

—No pueden ir allí solos.

—No estoy seguro de que podamos hacer gran cosa por detenerlos, llegados a este punto.

—Enciende al menos el móvil de Keller para que podamos oír lo que dicen.

Seymour miró a uno de los técnicos y dio la orden. Un momento después oyó a Gabriel explicándole a Keller que Eamon Quinn tenía que haber conocido a un hombre llamado Tariq Al Hourani en un campo de entrenamiento libio. No, pensó Seymour. Ya no había forma de pararlos.

78

CROSSMAGLEN, SOUTH ARMAGH

Pararon en Cookstown el tiempo justo para comprar un mapa del servicio cartográfico nacional, una lata de betún negro y dos cuchillos de cocina resistentes. Después, partieron de nuevo hacia el sol poniente, camino de Omagh. Llovió suavemente mientras avanzaban hacia el sur, lo justo para que Keller tuviera que mantener los limpiaparabrisas encendidos todo el camino hasta Castleblayney, en el lado republicano irlandés de la frontera. Lough Muckno se hallaba justo a las afueras del pueblo. Keller siguió una carretera delgada como una cinta en torno a la orilla sur del lago, hasta un valle salpicado de pequeñas explotaciones agrícolas. Cada casa representaba una trampa en potencia. Con frontera o sin ella, estaban ya en Bandit Country.

Por fin, Keller metió el coche en un denso bosquecillo de endrinos a orillas del río Clarebane y apagó las luces y el motor. El móvil del MI6 seguía entre los dos asientos, iluminado por mensajes de texto sin leer procedentes de Vauxhall Cross. Gabriel se lo dio a Keller y dijo:

—Quizá sea hora de decirle a Graham dónde estamos.

—Algo me dice que ya lo sabe.

Keller marcó el número de Seymour en Londres. Seymour contestó al instante.

—Ya era hora —le espetó.

—¿Estáis viendo dónde estamos?

—Según mis cálculos, estáis a menos de un kilómetro de la frontera.

—¿Hay alguna posibilidad de que nos proporcionéis fuego de cobertura, aunque sea poco?

—Ya estamos en ello.

—Todavía no te he dicho lo que necesitamos.

—Sí, sí me lo has dicho. Y una cosa más —dijo Seymour—. Voy a necesitar el recibo de esos cuchillos. Y del mapa y el betún también.

A las dos de la tarde, Eamon Quinn comprendió que algo grave tenía que haberle pasado a Billy Conway. A las cuatro dio por sentado que se hallaba detenido por los británicos o que, más probablemente, yacía en algún lugar de la provincia con un balazo en la cabeza. Sin duda su muerte no habría sido agradable. Antes de morir, habría confesado dos datos: el paradero exacto de Madeline Hart y la verdad acerca de su papel en la muerte de Elizabeth Conlin veinticinco años atrás. A Quinn no le cabía ninguna duda de cómo reaccionaría su adversario. Keller era un veterano del SAS reconvertido en asesino profesional. Volvería a la granja de Jimmy Fagan. Y él estaría esperándolo.

A las cuatro y media, cuando el sol empezaba a ponerse en las montañas, Quinn desplegó a doce hombres por las ochenta hectáreas de la finca del clan Fagan. Doce veteranos de la legendaria Brigada de South Armagh. Dos francotiradores curtidos con mucha sangre británica en las manos. Dos hombres que ansiaban tanto como el propio Quinn ver muerto a Christopher Keller. Jimmy Fagan apostó además a otros ocho hombres en diversos puntos de South Armagh para que sirvieran de avanzadilla, entre ellos Francis McShane, que se hallaba sentado detrás del volante de un coche estacionado frente a la jefatura del Cuerpo de Policía de Irlanda del Norte en Crossmaglen.

Quinn y Fagan esperaron sentados en la cocina de la granja, fumando. La Makarov de Quinn descansaba sobre la mesa, con el silenciador enroscado al cañón. Junto a ella estaba el teléfono, y junto al teléfono el descolorido mapa de los que antaño habían sido los 518 kilómetros cuadrados más peligrosos del mundo. Quinn lo recorrió de este a oeste: Jonesborough, Forkhill, Silverbridge, Crossmaglen... Lugares de gloria, pensó. Y de muerte. Esa noche escribiría un capítulo más de la leyenda.

Consultó su reloj, el reloj que le había regalado un hombre llamado Tariq Al Hourani en un campamento junto al mar. Eran las siete y cuarto. Se quitó el reloj y leyó la inscripción grabada en la parte de atrás.

No más fallos con el tiempo...

Tras embadurnarse la cara con el betún, Gabriel y Keller se pusieron en camino por la orilla del río Clarebane, Keller delante, Gabriel un paso por detrás de él. Las nubes tapaban la luna y las estrellas; el golpeteo de la lluvia cubría sus pisadas. Keller corría como el agua sobre la tierra, velozmente, sin hacer ruido. Gabriel, el soldado clandestino de las calles de la ciudad, hacía lo posible por emular los movimientos de su amigo. Keller sostenía el arma con ambas manos, al nivel de los ojos. Gabriel, a su espalda, apuntaba hacia abajo y a la derecha.

Cinco minutos después de abandonar el coche, Keller se detuvo y con el cañón de la Glock hizo un gesto hacia el suelo, trazando una línea recta. Significaba que habían llegado a la frontera del Úlster. Viró hacia el norte y condujo a Gabriel por una serie de praderas divididas por setos de endrinos. La frontera quedaba unos metros a su derecha. Tiempo atrás había habido allí torres de vigilancia guarnecidas por húsares y granaderos. Ahora, en cambio, únicamente silos y establos marcaban la línea del horizonte. Keller, el hombre que, cubierto de sangre, había sobrevivido a la lucha más enconada de South Armagh, daba cada paso como si avanzara por un campo de minas y se abría paso por cada seto como si un asesino lo esperara al otro lado.

Tras avanzar cerca de un kilómetro con laborioso cuidado, llevó a Gabriel a través de un trecho de terreno rocoso que se extendía entre dos lagunas. Delante de ellos se erguía una arboleda más allá de la cual se hallaba la granja de Jimmy Fagan en Irlanda del Norte. Keller siguió adelante de árbol en árbol, y luego se detuvo. A unos diez metros de distancia, envuelto en oscuridad, había un hombre con un AK-47 listo para disparar. El fusil de asalto estaba provisto de un silenciador de fibra de carbono superpuesto al cañón: un arma eficaz para un depredador eficaz. Keller sacó con cuidado su móvil del MI6 y mandó a Vauxhall Cross un mensaje de texto que había escrito previamente. Acto seguido, se sacó el cuchillo del bolsillo y esperó.

Dado que se trataba de un asunto de seguridad interior, Graham Seymour dejó que fuera Amanda Wallace quien hiciera la llamada. Esta se recibió en la jefatura de policía de Crossmaglen a las 19:27 y un minuto después varias unidades salieron a Newry Street con las sirenas encendidas. A las siete y media, el teléfono de Jimmy Fagan zumbaba continuamente, asaltado por los mensajes de texto de sus centinelas.

—¿Cuántas unidades? —preguntó Quinn.

—Seis como mínimo, entre ellas algunos chicos de las fuerzas especiales.

—¿Hacia dónde se dirigen?

—Van por la carretera de Dundalk.

—Entonces se equivocan de dirección —comentó Quinn.

—Ni siquiera se están acercando.

Fagan recibió otro mensaje.

—¿Qué dice?

—Que han girado a la derecha en Foxfield.

—Siguen yendo mal.

—¿Qué crees que significa?

—Significa que debes decirles a tus muchachos que tengan los ojos bien abiertos, Jimmy.

—¿Por qué?

Quinn sonrió.

—Porque ya están aquí.

A las 19:31, el hombre apostado a menos de diez metros de Christopher Keller apartó la mano derecha del AK-47 y se sacó un teléfono móvil del bolsillo. El teléfono brilló un instante y, al resplandor de la pantalla, Keller distinguió la cara del centinela, que pronto estaría muerto. Era de su edad, de su estatura y complexión. Podría haber sido un agricultor. Podría haber conducido un camión o haberse dedicado a hacer chapuzas. En otra vida, había sido su enemigo. Ahora lo era otra vez.

Como todos los veteranos de la Brigada de South Armagh, el hombre apostado a menos de diez metros de Keller conocía cada palmo de aquella tierra empapada en sangre. Conocía cada zanja, cada maraña de zarzas, cada hoyo donde se escondía una pistola o había enterrada una bomba trampa. Conocía también la diferencia entre el ruido que hacía un animal y el que hacía un hombre. Levantó demasiado tarde la vista del teléfono y vio que Keller se arrojaba contra él con un cuchillo en una mano y una pistola en la otra. Keller lo tiró al suelo. Luego le hincó el cuchillo en la garganta y lo sostuvo allí hasta que sus manos se aflojaron sobre el teléfono y el AK-47. Keller agarró el arma; Gabriel, el teléfono. Avanzaron luego en silencio por el campo, hacia la caseta de metal corrugado de seis metros por doce en la que Keller debería haber muerto hacía mucho tiempo.

—¿Han contestado todos? —preguntó Quinn.

—Todos menos Brendan Magill.

—¿Dónde está apostado?

—En el lado oeste de la finca, junto a la frontera.

—Vuelve a llamarlo.

Jimmy Fagan mandó un mensaje directo a Magill. Un minuto y medio después seguía sin haber respuesta.

—Parece que los hemos encontrado —dijo Quinn.

—¿Y ahora qué?

—Matad al cebo. Y luego traedme a Keller y Allon vivos.

Fagan escribió el mensaje y lo envió. Quinn agarró la Makarov y salió a ver los fuegos artificiales.

Diez metros más allá del lugar donde había muerto Brendan Magill había un muro de piedra que corría de norte a sur. Gabriel se cobijó tras él después de que un proyectil de 7.62 x 39 milímetros rasgara el aire a escasos centímetros de su oreja derecha. Keller se tumbó en el suelo a su lado mientras las balas estallaban contra las piedras de la pared, haciendo saltar chispas y esquirlas de roca. El arma que disparaba estaba silenciada, de modo que Gabriel tenía solo una vaga idea de la dirección de la que procedían las detonaciones. Asomó la cabeza por encima del muro para buscar el destello de un cañón, pero otra ráfaga de disparos le obligó a agacharse. Keller comenzó a arrastrarse hacia el norte a lo largo de la base del muro. Gabriel lo siguió, pero se detuvo cuando Keller abrió de pronto fuego con el AK-47 del centinela muerto. Supieron por un grito lejano que había dado en el blanco, pero un instante después comenzaron a recibir disparos de varias direcciones. Gabriel se pegó al suelo al lado de Keller con la Glock en una mano y el teléfono del muerto en la otra. Unos segundos después se dio cuenta de que estaba vibrando. Acababa de recibir un mensaje. Al parecer, lo enviaba Eamon Quinn. Decía MATAD A LA CHICA.

79

CROSSMAGLEN, SOUTH ARMAGH

Entre el montón de aperos rotos y desmembrados que había en la caseta de Jimmy Fagan, Katerina había encontrado una guadaña oxidada y cubierta por una costra de barro seco, una pieza de museo, quizá la última guadaña de toda Irlanda, norte o sur. La agarró con fuerza y escuchó los pasos precipitados de los hombres que se acercaban corriendo por la pista de tierra. Eran dos, pensó, tres quizá. Se colocó contra la puerta corredera de la caseta. Madeline estaba al fondo, encapuchada, con las manos atadas y la espalda pegada a las pacas de heno. Sería lo primero y lo único que verían los hombres cuando entraran.

El pestillo cedió, la puerta se abrió y apareció un arma. Katerina reconoció su silueta: un AK-47 con silenciador. La conocía bien. Era la primera que había disparado en el campamento. «¡La gran AK-47! ¡Libertadora de los oprimidos!». Apuntaba hacia arriba en un ángulo de cuarenta y cinco grados. Katerina no tuvo más remedio que esperar a que el cañón bajara y apuntara hacia Madeline. Entonces levantó la guadaña y la bajó con todas las fuerzas que le quedaban.

Doscientos metros más allá, agazapado detrás de un muro de piedra en el lindero oeste de la finca de Jimmy Fagan, Gabriel le mostró el mensaje de texto a Christopher Keller. El inglés asomó de inmediato la cabeza por encima del muro y vio destellos de disparos en la puerta de la caseta. Cuatro fogonazos, cuatro disparos, más que suficientes para segar dos vidas. Una ráfaga de AK-47 le obligó a agacharse de nuevo. Con los ojos desorbitados, agarró a Gabriel salvajemente por la pechera de la chaqueta y gritó:

—¡Quédate aquí!

Saltó el muro y se perdió de vista. Gabriel se quedó allí tumbado unos segundos mientras llovían los disparos sobre su posición. Luego, de pronto, se puso en pie y echó a correr por el prado envuelto en tinieblas. Corría hacia un coche en una nevada plaza vienesa. Corría hacia la muerte.

El golpe que asestó Katerina al cuello del hombre que sostenía la AK-47 lo decapitó parcialmente, pero aun así logró hacer un disparo antes de que le arrancara el arma de las manos: un disparo que se incrustó en las pacas de heno a escasos centímetros de la cabeza de Madeline. Katerina apartó de un empujón al moribundo y efectuó rápidamente dos disparos al pecho del segundo hombre. El cuarto disparo impactó en la criatura parcialmente decapitada que se convulsionaba a sus pies. En la jerga del SVR, fue un disparo de control. Y de piedad también.

Cuando acabó el tiroteo, Madeline se arrancó la capucha. Aún tenía las manos atadas. Katerina cortó la cinta aislante y la ayudó a levantarse. Fuera arreciaba la batalla. Desde aquel punto elevado en el centro de la finca de terreno ondulado, la trayectoria de las balas se dibujaba en diáfanas líneas blancas. Dos figuras avanzaban por los prados desde el oeste, sometidas a fuego cerrado desde varias posiciones. Otro hombre permanecía de pie, inmóvil, en el porche de la casa lejana, contemplando el espectáculo como si estuviera destinado a su solaz personal. Katerina sospechó que los dos hombres que se acercaban desde el oeste eran Gabriel Allon y Christopher Keller. Y el del porche, Quinn.

Obligó a Madeline a tumbarse en el suelo. Luego hincó una rodilla en el suelo y disparó cuatro veces apuntando a uno de los hombres de Quinn. Al instante cesaron las ráfagas procedentes de esa dirección. Otros cuatro disparos eliminaron a otro miembro del equipo de Quinn y un solo balazo certero mató a un tercero. La postura de Quinn ya no parecía tan indolente. Katerina le disparó varias veces, obligándole a refugiarse en la casa. Luego se volvió hacia Madeline, pero Madeline había desaparecido.

Bajaba por la cuesta de la colina a trompicones, hacia Allon y Keller, agotada y desmadejada como una muñeca de trapo que hubiera cobrado vida. Katerina le gritó que se agachara, pero no sirvió de nada. El miedo y la gravedad la sostenían irremediablemente en sus garras. Katerina se volvió para buscar a Quinn, y fue entonces cuando la alcanzó el impacto. Un disparo perfecto, justo en el esternón, que la atravesó de lado a lado. Katerina apenas sintió el impacto. Tampoco sintió dolor. Cayó de rodillas con las manos colgando flojamente a los lados y la cara levantada hacia el cielo negro. Al caer sobre la tierra húmeda de South Armagh, imaginó que se ahogaba en un lago de sangre. Una mano intentó sacarla a la superficie. Luego esa mano la soltó y ella quedó muerta.

El tiroteo había concluido cuando Madeline se desplomó en brazos de Gabriel. Keller dejó atrás el AK-47 y, armado únicamente con la Glock, cruzó corriendo el prado hacia la casa de Jimmy Fagan. La fachada trasera estaba acribillada a balazos y una cortina se agitaba en la puerta abierta. Keller pegó la mejilla a los ladrillos y aguzó el oído, atento a cualquier ruido procedente del interior de la casa. Luego, girando sobre los talones, entró sosteniendo la pistola en las manos extendidas. Estuvo a punto de disparar a Jimmy Fagan, pero se detuvo al ver la mirada sin vida de sus ojos y el limpio orificio de bala del centro de su frente. Registró rápidamente la casa, pero Quinn no estaba allí. De nuevo, había huido sabiamente del campo de batalla. Ya moriría otro día, pensó Keller.

CUARTA PARTE

EN CASA

80

SOUTH ARMAGH-LONDRES

Fue una de esas noches sobre las que antaño se escribían baladas. Ocho hombres muertos en las verdes colinas de South Armagh, seis a tiros, dos a cuchillo. Sus nombres constituían la lista de honor de la brigada más famosa del IRA: Maguire, Magill, Callahan, O'Donnell, Ryan, Kelly, Collins, Fagan. Ocho hombres muertos en las verdes colinas de South Armagh, seis a tiros, dos a cuchillo. Fue una de esas noches sobre las que antaño se escribían baladas.

En los momentos inmediatamente posteriores, sin embargo, no hubo canciones, solo preguntas. Entre los interrogantes que no llegaron a despejarse del todo estaba, por ejemplo, quién había telefoneado a la policía y por qué. Ni siquiera el comisario del Cuerpo de Policía de Irlanda del Norte, al ser interrogado por la prensa, pudo mostrar un registro documental en el que figuraran la hora y el origen de la llamada de emergencia. En cuanto al motivo que se ocultaba tras la masacre de Crossmaglen, solo podía hacer conjeturas. Lo más probable, dijo, era que se debiera a una disputa ya antigua entre facciones disidentes rivales del movimiento republicano, aunque tampoco descartaba la posibilidad de que se tratara de un asunto de tráfico de drogas. Incluso sugirió que tal vez hubiera alguna relación entre la masacre de Crossmaglen y la desaparición aún por resolver de Liam Walsh, un narcotraficante cuya vinculación con el IRA Auténtico era bien conocida. Y aunque él no lo supiera, en ese aspecto el comisario acertaba de lleno, incuestionablemente.

Sus hipótesis en cuanto al origen de la matanza obtuvieron una acogida razonablemente buena en el ancho mundo, pero no así en las comunidades cerradas de South Armagh. En los bares donde bebían los miembros de sus clanes y en los negros cajones en los que confesaban sus pecados, todo se sabía. Aquellas muertes no tenían nada que ver con rencillas ni con drogas. Eran obra de Quinn. Se sabían también otras cosas, cosas que el comisario no mencionó en ningún momento ante la prensa. Se sabía que esa noche había también dos mujeres. Y un exmiembro del SAS llamado Christopher Keller. Una de las mujeres había muerto de un disparo en el corazón efectuado desde una distancia de casi cien metros por el propio Quinn. Después, Quinn se había evaporado sin dejar rastro. Iban a encontrarlo y a meterle en el cuerpo la bala que se tenía ganada, la que deberían haberle metido en el cuerpo después de lo de Omagh. Y luego buscarían a aquel tipo del SAS llamado Keller y también lo matarían.

Todo esto se lo callaron, como se callaban tantas cosas, y siguieron con sus quehaceres cotidianos. Se añadieron ocho nombres al monumento de los caídos del IRA en Cross Square, se cavaron ocho tumbas en el cementerio de Saint Patrick. En el funeral el cura habló de resurrección, pero más tarde, en los oscuros rincones del bar Emerald, se habló solo de venganza. Ocho hombres muertos en las verdes colinas de South Armagh, seis a tiros, dos a cuchillo. Era obra de Quinn. Y Quinn iba a pagar por ello.

Ese mismo día, en Londres, el director general del Servicio Secreto de Su Majestad, Graham Seymour, anunció que cuatro agentes de seguridad del MI6 habían sido asesinados en una casa situada en un remoto rincón del oeste de Cornualles. Además, añadió Seymour, un empleado del departamento de Personal del MI6 se había quitado la vida arrojándose desde la terraza superior de Vauxhall Cross. Seymour se negó a confirmar cualquier relación entre ambos hechos, pero la prensa dedujo del anuncio simultáneo de ambas noticias que, en efecto, había un vínculo entre ellas. Fue uno de los días más negros de la gloriosa historia del servicio, y sus repercusiones eclipsaron muy pronto lo sucedido al otro lado del Mar de Irlanda. La prensa británica apenas se dio por enterada cuando el cadáver de un hostelero de Belfast llamado Billy Conway fue encontrado en el lindero de un bosque del condado de Antrim, ni cuando tres días después un excursionista se topó con el cuerpo parcialmente descompuesto de Liam Walsh al otro lado de la frontera, en el condado de Mayo. En ambos cadáveres se encontraron proyectiles de nueve milímetros, aunque el análisis balístico determinó que habían sido disparados por armas distintas. La Garda Síochána y el Cuerpo de Policía de Irlanda del Norte investigaron aquellas muertes como incidentes separados. Nunca se encontró vínculo alguno entre ellos.

La policía alemana, por su parte, hizo un descubrimiento preocupante: otro cadáver, otra bala de nueve milímetros. El cuerpo era el de un hombre al que más tarde se identificaría como Alexei Rozanov, oficial de los servicios de inteligencia rusos. En cuanto a quién había efectuado el disparo, seguía siendo un misterio. Casi con toda probabilidad estaba relacionado con el comando que había matado al chófer y al guardaespaldas del ruso en Hamburgo. Entre los aspectos más inquietantes del descubrimiento estaba el hecho de que a Rozanov le habían metido el pasaporte ruso en la boca. Estaba claro que alguien quería mandar un mensaje. Y no había duda de que el mensaje había sido recibido. El BfV, el servicio de seguridad interior alemán, detectó un claro aumento del nivel de actividad de los agentes rusos. Su homólogo británico, el MI5, advirtió un cambio parecido en Londres. En Moscú, el Kremlin no ocultó sus sentimientos al respecto. El presidente ruso juró que los asesinos de Alexei Rozanov recibirían «el mayor castigo» posible. Los estudiosos del espionaje ruso sabían lo que significaba aquello. Con toda probabilidad, pronto aparecería otro cuerpo.

Pero ¿había algún vínculo entre lo sucedido en Alemania, Inglaterra y los treinta y dos condados de Irlanda y el Úlster? ¿Una estrella que no aparecía en los mapas del firmamento y alrededor de la cual se movían todos aquellos hechos siguiendo una órbita finamente trazada? Algunos de los medios de comunicación menos prestigiosos así lo creían, y no pasó mucho tiempo sin que los más reputados llegaran a la misma conclusión. En Alemania, *Der Spiegel*, un ejemplo modélico del periodismo de investigación, vinculó a Israel con el asesinato de Alexei Rozanov y de su escolta, vínculo este que, en una de sus escasísimas declaraciones en materia de espionaje, la oficina del primer ministro israelí negó tajantemente. Poco después, el *Irish Times* sugirió que los ingleses habían tenido algo que ver con el secuestro y asesinato de Liam Walsh, y la RTÉ se dedicó a investigar el presunto papel que desempeñó Walsh en el atentado de Omagh de agosto de 1998. El *Daily Mail*, por su parte, echó más leña al fuego publicando una exclusiva repleta de rumores según la cual el empleado del MI6 que se había suicidado arrojándose al vacío era en realidad un espía al servicio de Rusia.

El Foreign Office desmintió esta información categóricamente, pero su credibilidad quedó en entredicho dos días después, cuando el primer ministro Jonathan Lancaster anunció un paquete de sanciones económicas y diplomáticas draconianas en contra de Rusia y de la camarilla de exoficiales del KGB que controlaba el Kremlin. Según afirmó, estas medidas obedecían a «un patrón de conducta recurrente de los rusos tanto en territorio británico como en otras partes del mundo». Entre las sanciones se incluía la congelación de los activos financieros con base en Londres de varios oligarcas cercanos al Kremlin y restricciones en sus viajes a Gran Bretaña. El presidente ruso anunció entonces a bombo y platillo otro paquete de sanciones con fines revanchistas. Las acciones rusas se desplomaron en las noticias. El rublo llegó a su nivel de cotización más bajo de todos los tiempos en comparación con las grandes divisas occidentales.

Pero ¿por qué había actuado con tan poco tacto el primer ministro británico? ¿Y por qué ahora? Los tertulianos juzgaron que su explicación inicial era poco convincente. Sin duda tenía que haber algún otro motivo, aparte de la mala conducta de los rusos. A fin de cuentas, llevaban años portándose mal. Y así los reporteros siguieron haciendo averiguaciones, los columnistas opinando y los analistas televisivos especulando y tejiendo hipótesis, algunas plausibles y otras no tanto. Unos cuantos lograron dar de refilón en el blanco, pero ninguno de ellos encontraría nunca la tenue línea de lápiz, borrada en parte, que llevaba desde una muerte a orillas de un lago ruso congelado a una masacre en las verdes colinas de South Armagh pasando por el asesinato de una princesa, ni vincularía aquella sucesión de acontecimientos aparentemente inconexos con el legendario agente del espionaje israelí que había fallecido en un atentado con coche bomba en Brompton Road, Londres.

El agente israelí no estaba muerto, claro. En realidad, de haber tenido una pizca de suerte, la prensa británica podría haberlo atisbado en Londres durante las tensas cuarenta y ocho horas que siguieron a la matanza de Crossmaglen. Se movió velozmente y economizó al máximo el tiempo de que disponía, pues tenía asuntos personales urgentes que atender en casa. Aclaró un par de asuntos pendientes en Vauxhall Cross e hizo las paces con Thames House, al otro lado del río. Mantuvo una cena de trabajo con el personal de la delegación de la Oficina en Londres, y a la mañana siguiente, a última hora, se presentó sin anunciarse en una galería de arte de Saint James's para revelarle a un querido y viejo amigo que seguía vivito y coleando. El viejo amigo se alegró de verlo con vida, pero se enfadó por el engaño. Había sido, pensó Gabriel apesadumbrado, una crueldad hacer algo así.

Desde Saint James's se desplazó a una mansión victoriana de ladrillo rojo en la campiña de Hertfordshire. La casa había servido tiempo atrás como lugar de entrenamiento para nuevos reclutas del MI6. Ahora, su único ocupante era Madeline Hart. Gabriel paseó con ella por los jardines envueltos en niebla, seguidos por un equipo de guardaespaldas. Eran cuatro, igual que los que habían muerto a manos de Quinn y Katerina en Cornualles.

—¿Volverás allí alguna vez? —preguntó ella.

—¿A Cornualles?

Madeline asintió lentamente.

—No —contestó Gabriel—. Creo que no.

—Lo siento —dijo ella—. Me parece que lo he estropeado todo. Nada de esto habría pasado si me hubieras dejado en San Petersburgo.

—Si quieres culpar a alguien —repuso Gabriel—, culpa al presidente ruso. Mandó a tu amiga a matarte.

—¿Dónde está su cuerpo?

—Graham Seymour se lo ha ofrecido al *rezident* del SVR en Londres.

—¿Y?

—Por lo visto al SVR no le interesa. Aseguran no saber quién es.

—¿Dónde acabará?

—En una tumba sin marcar, en una fosa común.

—Un final típicamente ruso —comentó Madeline sombríamente.

—Mejor ella que tú.

—Me salvó la vida. —Miró a Gabriel y añadió—: Y a ti también.

Se despidió de Madeline a media tarde y viajó a Highgate, donde saldó una deuda pendiente con una de las más afamadas periodistas políticas de Londres. Cuando concluyó la reunión eran casi las cinco. Su vuelo salía a las diez y media. Recorrió el camino a paso vivo y subió a la parte de atrás del coche de la embajada. Tenía un recado más que hacer. Un último cabo que atar.

81

VICTORIA ROAD, SOUTH KENSINGTON

Era una casita recia y achaparrada, con una verja de hierro fundido y un fino tramo de escalones que llevaba a una puerta blanca. En el minúsculo patio delantero florecían las macetas y en la ventana del salón ardía una luz. La cortina estaba descorrida unos centímetros. A través del hueco, Gabriel veía a un hombre, el doctor Robert Keller, sentado muy derecho en un sillón orejero. Estaba leyendo un gran periódico, Gabriel no distinguía cuál porque la lluvia salpicaba las ventanillas del coche y una nube de humo de tabaco enturbiaba el interior. Keller no había parado de fumar desde que Gabriel lo había recogido en la esquina de una calle en Holborn, donde vivía temporalmente en Londres. Ahora miraba la casa de su padre como si fuera el objetivo de una operación de vigilancia intensiva. Gabriel comprendió de pronto que era la primera vez que lo veía nervioso.

—Está mayor —dijo Keller por fin—. Más de lo que imaginaba.

—Ha pasado mucho tiempo.

—Entonces supongo que no importará que nos quedemos aquí sentados uno o dos minutos más.

—Tómate todo el tiempo que necesites.

—¿A qué hora sale tu vuelo?

—Eso no importa.

Gabriel miró discretamente su reloj.

—Te he visto —dijo Keller.

En la ventana del otro lado de la calle, una anciana estaba poniendo una taza con su platillo junto al codo del hombre que leía el periódico. Keller apartó la mirada. Gabriel no supo si por vergüenza o por angustia.

—¿Qué hace ahora? —preguntó el inglés.

—Está mirando por la ventana.

—¿Nos ha visto?

—No creo.

—¿Se ha ido?

—Sí.

Keller levantó la vista otra vez.

—¿Qué clase de té bebe él? —preguntó Gabriel.

—Una mezcla especial que le compra a un hombre de New Bond Street.

—Quizá deberías tomar tú también una taza.

—Dentro de un minuto. —Keller apagó su cigarrillo y encendió otro inmediatamente.

—¿Es necesario?

—En este momento —respondió Keller—, es absolutamente necesario.

Gabriel bajó la ventanilla unos centímetros para que se fuera el humo. Un soplo de viento nocturno mojó de lluvia su mejilla.

—¿Qué vas a decirles?

—Me preguntaba si tenías alguna sugerencia.

—Podrías empezar por la verdad.

—Son mayores —dijo Keller—. La verdad podría matarlos.

—Entonces adminístrasela en dosis pequeñas.

—Como un fármaco —dijo Keller, que seguía mirando la casa—. Él quería que fuera médico. ¿Lo sabías?

—Creo que me lo dijiste una vez.

—¿Me imaginas a mí de médico?

—No —contestó Gabriel—. No te imagino.

—No hacía falta que lo dijeras así.

Gabriel escuchó el tamborileo de la lluvia en el techo del coche.

—¿Y si no me aceptan? —preguntó Keller pasado un momento—. ¿Y si me echan?

—¿Eso es lo que temes?

—Sí.

—Son tus padres, Christopher.

—Está claro que no eres inglés. —Frotó su ventanilla empañada hasta abrir un claro en el vaho y miró ceñudo la lluvia—. No me he secado desde el día en que volví a este país dejado de la mano de Dios.

—En Córcega también llueve.

—No como aquí.

—¿Has decidido dónde vas a vivir?

—Cerca de ellos —contestó Keller—. Por desgracia tendrán que seguir viviendo como si estuviera muerto. Es parte de mi trato con el MI6.

—¿Cuándo empiezas?

—Mañana.

—¿Cuál va a ser tu primera misión?

—Encontrar a Quinn. —Miró a Gabriel y dijo—: Agradecería cualquier ayuda que pueda prestarme tu servicio. Por lo visto, tengo que ceñirme a las normas del MI6.

—Lástima.

La madre de Keller apareció de nuevo en la ventana.

—¿Qué está mirando? —preguntó Keller.

—Vete tú a saber —dijo Gabriel.

—¿Crees que se sentirá orgullosa?

—¿De qué?

—De que ahora trabaje para el MI6.

—Seguro que sí.

Keller echó mano del tirador, pero se detuvo.

—Me he metido en muchas situaciones peligrosas... —Su voz se apagó—. ¿Puedo quedarme aquí un rato más?

—Tómate todo el tiempo que necesites.

—¿A qué hora sale tu vuelo?

—Haré que lo retengan si es necesario.

Keller sonrió.

—Voy a echar de menos trabajar contigo.

—¿Quién dice que vayamos a dejar de trabajar juntos?

—Pronto serás el jefe. Y los jefes no se codean con plebeyos como yo. —Puso la mano en el tirador y levantó los ojos hacia la ventana de la casa—. Conozco esa mirada —dijo.

—¿Qué mirada?

—La de mi madre. Siempre ponía esa cara cuando llegaba tarde.

—Es que llegas tarde, Christopher.

Keller se volvió bruscamente.

—¿Qué has hecho?

—Ve —le dijo Gabriel tendiéndole la mano—. Ya les has hecho esperar bastante.

Keller salió del coche y cruzó corriendo la calle mojada. Forcejeó un momento con la verja del jardín y subió briosamente los escalones del porche en el instante en que se abría la puerta. Sus padres aparecieron en la entrada, apoyados el uno en el otro para sostenerse, sin poder creer lo que veían sus ojos. Keller se llevó un dedo a los labios y los rodeó con sus brazos poderosos antes de cerrar rápidamente la puerta. Gabriel lo vio una última vez cuando pasó delante de la ventana del salón. Luego bajó la persiana y desapareció.

82

NARKISS STREET, JERUSALÉN

Esa misma noche fracasó un alto el fuego entre Israel y Hamás y la guerra comenzó de nuevo en la Franja de Gaza. Mientras el vuelo de Gabriel se acercaba a Tel Aviv, las bengalas y las ráfagas de las balas iluminaban el horizonte por el sur. Un cohete de Hamás pasó peligrosamente cerca del aeropuerto Ben Gurion, pero una batería antimisiles Iron Dome lo borró del cielo. Dentro de la terminal todo parecía normal, excepto un grupo de turistas cristianos que se congregaban absortos en torno a un monitor de televisión. Nadie advirtió que el fallecido jefe *in pectore* del servicio de inteligencia israelí cruzaba el vestíbulo con una bolsa de viaje colgada al hombro. Al llegar al control de pasaportes, pasó junto a la larga cola y entró por la puerta reservada para el personal de campo de la Oficina cuando regresaba de sus misiones en el extranjero. Al otro lado, cuatro agentes de seguridad de la Oficina estaban tomando café en la sala de espera. Lo condujeron por un corredor profusamente iluminado hasta una puerta de seguridad más allá de la cual esperaban en la penumbra de la madrugada, con el motor al ralentí, dos todoterrenos de fabricación estadounidense. Gabriel subió a la parte trasera de uno de ellos. El ruido que hizo la puerta blindada al cerrarse casi le revienta los tímpanos.

En el asiento de enfrente había un ejemplar del informe de inteligencia del día anterior, cortesía de Uzi Navot. Gabriel lo abrió mientras los coches tomaban la Autopista 1 y enfilaban Bab al Wad, la garganta que, semejante a una escalera, separa Jerusalén de la Llanura Costera. Sus páginas contenían el catálogo de atrocidades de un mundo enloquecido. La Primavera Árabe se había transformado en la Calamidad Árabe. El Islam radical controlaba ahora una franja de territorio que se extendía desde Afganistán a Nigeria, una hazaña que ni siquiera Bin Laden habría creído posible. Habría tenido gracia de no ser tan peligroso... y tan absolutamente predecible. El presidente estadounidense había permitido que el viejo orden se desmoronara sin tener prevista una alternativa viable, una temeridad sin precedentes en la historia de la política moderna. Y por algún motivo había escogido precisamente ese momento para arrojar a Israel a los lobos. Uzi tenía suerte, pensó Gabriel al cerrar el dosier. Había conseguido que el dique aguantara. Ahora le tocaba a él construir el arca. Porque la inundación iba a llegar y no había nada que pudiera hacerse por detenerla.

Cuando llegaron a las afueras de Jerusalén las estrellas se estaban difuminando y el cielo sobre Cisjordania empezaba a clarear. El tráfico matinal se movía por Jaffa Road, pero Narkiss Road seguía durmiendo bajo la atenta mirada de un equipo de seguridad de la Oficina. Eli Lavon no había exagerado respecto a su tamaño. Había equipos a ambos lados de la calle y otro más frente al pequeño edificio de piedra caliza del número 16. Mientras recorría el camino del jardín, Gabriel cayó en la cuenta de que no tenía llave. No importaba: Chiara había dejado la puerta abierta. Dejó su bolsa en el suelo, en la entrada. Luego, tras fijarse en el perfecto orden que reinaba en el cuarto de estar, la recogió de nuevo y se la llevó por el pasillo.

La puerta de la habitación de invitados estaba entornada. Gabriel la abrió y miró dentro. Antes había sido su despacho. Ahora había en ella dos cunas, una con sábanas rosas, la otra con sábanas azules. Por la alfombra marchaban jirafas y elefantes, y orondas nubes desfilaban por las paredes. Gabriel sintió una punzada de mala conciencia. En su ausencia, Chiara debía de haber hecho todo el trabajo ella sola. Al pasar la mano por la superficie del cambiador, le asaltó un recuerdo. Fue la noche del 18 de abril de 1988. Acababa de regresar a casa después de matar a Abú Yihad en Túnez y encontró a Dani presa de una fiebre violenta. Esa noche, sostuvo en brazos al niño ardiendo, mientras en su cabeza se sucedían sin cesar imágenes de fuego y muerte. Tres años después, el niño estaba muerto.

Por lo visto, tenía algo que ver con un tal Tariq...

Cerró la puerta y entró en la habitación de matrimonio. Su retrato de cuerpo entero, pintado por Leah tras la Operación Ira de Dios, colgaba de la pared. Bajo él dormía Chiara. Dejó la bolsa en el suelo del armario, se quitó los zapatos y la ropa y se metió en la cama, a su lado. Ella permaneció inmóvil, aparentemente ajena a su presencia. Luego, de pronto, preguntó:

—¿Te gusta, cariño?

—¿La habitación de los niños?

—Sí.

—Es preciosa, Chiara. Pero me habría gustado que me dejaras pintar las nubes.

—Quería —contestó ella—, pero temía que pudiera ser cierto.

—¿El qué?

Ella no dijo nada más. Gabriel cerró los ojos. Y por primera vez en tres días se quedó dormido.

Cuando despertó por fin estaba bien entrada la tarde y las sombras se alargaban, finas, sobre la cama. Posó los pies en el suelo y entró en la cocina en busca de un café. Chiara estaba viendo la guerra por televisión. Una bomba israelí acababa de caer en una escuela palestina llena exclusivamente de mujeres y niños pequeños, o eso decía Hamás. Parecía que nada había cambiado.

—¿Tenemos que ver eso?

Chiara bajó el volumen. Vestía unos pantalones de seda sueltos, sandalias doradas y una blusa de premamá que colgaba elegantemente sobre sus pechos y su vientre hinchados. Su cara seguía igual que siempre. En todo caso, estaba más radiante y hermosa de lo que Gabriel recordaba. De pronto lamentó haber pasado aquel mes lejos de ella.

—Hay café en el termo.

Gabriel se sirvió una taza y le preguntó cómo se encontraba.

—Como si estuviera a punto de explotar.

—¿Y es así?

—El médico dice que pueden llegar en cualquier momento.

—¿Alguna complicación?

—Estoy un poco baja de líquido amniótico y uno de los niños es ligeramente más pequeño que el otro.

—¿Cuál?

—La niña. El niño está bien. —Lo miró un momento—. ¿Sabes, cariño?, vamos a tener que ponerle nombre en algún momento.

—Lo sé.

—Sería mejor que lo hiciéramos antes de que nazcan.

—Supongo que sí.

—Moshe es un nombre bonito.

—Sí.

—A mí siempre me ha encantado Yaakov.

—A mí también. Es un buen agente. Pero hay cierto iraní que se alegrará de no volver a verlo nunca más.

—¿Reza Nazari?

Gabriel levantó la mirada de su café.

—¿Cómo sabes su nombre?

—He recibido informes regulares en tu ausencia.

—¿Quién te informaba?

—¿Quién crees tú? —Chiara sonrió—. Vienen a cenar, por cierto.

—¿No puede ser otra noche? Acabo de llegar.

—¿Por qué no le dices que estás muy cansado? Estoy segura de que lo entenderá.

436

—Sería más fácil —repuso Gabriel cansinamente— convencer a Hamás de que deje de lanzarnos misiles.

Al atardecer, Gabriel se duchó y se vistió. Luego fue con su escolta al mercado de Mahane Yehuda donde, seguido por sus guardaespaldas, compró las provisiones necesarias para la cena de esa noche. Chiara le había dado una lista que él dejó arrugada en el bolsillo de su chaqueta. Compró por instinto, su método preferido, y se permitió todo tipo de antojos y caprichos: nueces, frutas deshidratadas, humus, *baba ghanoush*, pan, ensalada israelí con queso feta, carne y arroz preparados y varias botellas de vino de Galilea y del Golán. Un par de personas se volvieron al verlo pasar, pero por lo demás su presencia pasó desapercibida en medio del zoco atestado de gente.

Cuando regresó a Narkiss Street, había un Peugeot de gran tamaño aparcado junto a la acera. Arriba, encontró a Chiara y Gilah Shamron en el cuarto de estar, rodeadas de bolsas de ropa y otros artículos. Shamron ya se había retirado a la terraza a fumar. Gabriel sirvió las ensaladas en platos y las dispuso estilo bufé en la encimera de la cocina. Luego metió el arroz y la carne en el horno caliente y sirvió dos copas de su *sauvignon blanc* israelí favorito que llevó a la terraza. Había oscurecido y empezaba a soplar un viento frío. El olor del tabaco turco de Shamron se mezclaba con el aroma intenso que desprendía el eucalipto del jardín delantero del edificio. Era un olor extrañamente reconfortante, pensó Gabriel. Dio a Shamron una copa de vino y se sentó a su lado.

—Los futuros jefes de la Oficina —dijo Shamron en tono de suave reconvención—, no van a comprar al mercado de Mahane Yehuda.

—Sí que van, si su esposa tiene el tamaño de un zepelín.

—Yo que tú me guardaría mucho de decir esas cosas en voz alta. —Shamron sonrió, inclinó su copa hacia Gabriel y dijo—: Bienvenido a casa, hijo mío.

Gabriel bebió, pero no dijo nada. Estaba mirando el cielo meridional, esperando el destello de un cohete, el fogonazo de una batería Iron Dome. *Bienvenido a casa...*

—Esta mañana he tomado café con el primer ministro —estaba diciendo Shamron—. Te manda recuerdos. También le gustaría saber cuándo vas a jurar el cargo.

—¿Es que no sabe que estoy muerto?

—Buen intento.

—Voy a necesitar un poco de tiempo con mis hijos, Ari.

—¿Cuánto?

—Suponiendo que estén sanos —dijo Gabriel pensativamente—, creo que tres meses.

—Tres meses es mucho tiempo para estar sin jefe.

—No estaremos sin jefe. Tenemos a Uzi.

Shamron aplastó su cigarrillo con premeditación.

—¿Sigues teniendo intención de mantenerlo en la Oficina?

—Por la fuerza, si fuera necesario.

—¿Cómo vamos a llamarlo?

—Uzi, por ejemplo. Es un nombre simpático.

Gabriel miró a los jóvenes escoltas que pululaban por la calle tranquila. Nunca más volvería a aparecer en público sin ellos. Ni tampoco su esposa, ni sus hijos. Shamron había empezado a encender un cigarrillo, pero se detuvo.

—No creo que al primer ministro vaya a hacerle gracia que te tomes una baja por paternidad de tres meses. De hecho —añadió—, se preguntaba si estarías dispuesto a hacerte cargo de una misión diplomática en su nombre.

—¿Dónde?

—En Washington —contestó Shamron—. A nuestra relación con los americanos le vendría bien una pequeña restauración. Tú siempre te has llevado bien con ellos. Hasta pareces caerle bien al presidente.

—Yo no diría tanto.

—¿Harás ese viaje?

—Algunos cuadros no tienen salvación, Ari. Igual que algunas relaciones.

—Vas a necesitar a los americanos cuando seas jefe.

—Tú siempre me decías que mantuviera las distancias con ellos.

—El mundo ha cambiado, hijo mío.

—Eso es verdad —repuso Gabriel—. El presidente de Estados Unidos escribe cartas de amor al ayatolá. Y nosotros... —Se encogió de hombros con gesto indiferente, pero no dijo nada más.

—Los presidentes de Estados Unidos vienen y van, pero nosotros los espías resistimos.

—Igual que los persas —comentó Gabriel.

—Por lo menos Reza Nazari no volverá a cebar a la Oficina con más *taqiyya*. Nunca le tuve mucha estima, dicho sea de paso —añadió Shamron.

—¿Por qué no dijiste nada?

—Lo dije. —Shamron encendió por fin otro cigarrillo—. Ha vuelto a Teherán, por cierto. Más vale que se quede allí. Si no, es probable que los rusos lo eliminen. —Sonrió—. Tu operación ha conseguido plantar la semilla de la desconfianza entre dos de nuestros adversarios.

—Que crezca hasta convertirse en un árbol muy grande.

—¿Cuánto queda para la siguiente fase?

—Su artículo saldrá en la edición del domingo.

—Los rusos lo negarán, claro.

—Pero nadie los creerá —contestó Gabriel—. Y se lo pensarán dos veces antes de intentar matarme otra vez.

—Los subestimas.

—Eso nunca.

Se hizo el silencio entre ellos. Gabriel escuchó el viento moviéndose entre las ramas del eucalipto y el sonido suave de la voz de Chiara que salía del cuarto de estar. Parecía haber pasado una eternidad desde su visita a South Armagh. Hasta Quinn empezaba a esfumarse de su recuerdo. Quinn, que era capaz de fabricar una bola de fuego que se desplazaba a trescientos metros por segundo. Quinn, que había conocido en Libia a un palestino llamado Tariq Al Hourani.

—¿Es así como imaginabas que sería? —preguntó Shamron suavemente.

—¿Volver a casa? —Gabriel levantó la mirada hacia el sur y esperó ver un fogonazo de fuego en el cielo—. Sí —contestó pasado unos instantes—. Exactamente como imaginaba que sería.

83

NARKISS STREET, JERUSALÉN

Como sucedía con todos los grandes acontecimientos de su vida, Gabriel se preparó para el nacimiento de sus hijos como si se tratara de una operación de espionaje. Planificó la ruta de escape, ideó un plan de emergencia y, a continuación, planes de emergencia por si fallaban sus planes de emergencia. Su esquema de actuación era un ejemplo perfecto de economía y exactitud temporal, con escasas variables cambiantes, salvo la estrella del espectáculo. Shamron lo revisó minuciosamente, al igual que Uzi Navot y que el resto del legendario equipo de Gabriel. Todos ellos sin excepción dictaminaron que se trataba de una obra de arte.

En realidad, Gabriel no tenía mucho más que hacer. Por primera vez desde hacía años, no tenía trabajo ni perspectiva de tenerlo. Había logrado mantener a raya a la Oficina, y no había ningún cuadro que restaurar. Chiara era su único proyecto. La cena con los Shamron resultó ser su última aparición pública. Estaba demasiado incómoda para recibir visitas y hasta una breve conversación telefónica la fatigaba. Gabriel revoloteaba a su alrededor como un camarero solícito, siempre dispuesto a llenarle la copa vacía o a enviar un plato insatisfactorio de vuelta a la cocina. Se conducía impecablemente y se mostraba siempre considerado con las exigencias de Chiara, tanto físicas como emocionales. Su conducta era tan irreprochable que la propia Chiara comenzó a hartarse de tanta perfección.

Debido a su edad y a su complicado historial reproductivo, su embarazo se consideraba de alto riesgo. De ahí que su médico insistiera en verla cada pocos días para hacerle una ecografía. En ausencia de Gabriel, se había trasladado al Centro Médico Hadassah acompañada por sus escoltas y a veces también por Gilah Shamron. Ahora Gabriel iba con ella, con todo el revuelo de su comitiva oficial. En la sala de examen se quedaba obedientemente junto a Chiara mientras el doctor pasaba la sonda por su vientre lubricado. Al principio del embarazo, las ecografías mostraban a los dos niños con nitidez y por completo. Ahora costaba trabajo distinguir dónde acababa uno y empezaba el otro, aunque de vez en cuando la máquina les mostraba un atisbo excepcionalmente claro de una cara o una mano y el corazón de Gabriel se aceleraba con la misma violencia que si estuviera en una misión. Aquellas imágenes fantasmagóricas se asemejaban a las radiografías que mostraban lo que había debajo de una pintura. La escasez de líquido amniótico se manifestaba visiblemente en islotes de negro opaco.

—¿Cuánto tiempo queda? —preguntó Gabriel con la gravedad de un hombre que mantenía la mayoría de sus conversaciones en pisos francos o sirviéndose de teléfonos seguros.

—Tres días —contestó el médico—. Cuatro como mucho.

—¿Alguna posibilidad de que nazcan antes?

—Cabe la posibilidad —repuso el doctor— de que se ponga de parto hoy mismo, en el trayecto de vuelta a casa. Pero es poco probable que ocurra. Se quedará sin líquido mucho antes de ponerse de parto.

—¿Y entonces qué?

—La cesárea es el procedimiento más seguro. —El médico pareció advertir su inquietud—. Su mujer estará perfectamente —afirmó, y luego añadió con una sonrisa—: Me alegro de que no esté muerto. Le necesitamos. Y también le necesitan sus hijos.

Las visitas al hospital eran lo único que rompía sus largas y monótonas horas de reposo y espera. Inquieto por aquella inactividad, Gabriel ansiaba tener algún proyecto. Chiara dejó que le preparara la maleta para el hospital, lo que le llevó cinco minutos. Después, se fue en busca de otra cosa que hacer. Su búsqueda lo condujo al cuarto de los niños, donde estuvo largo rato parado ante las nubes de Chiara con una mano pegada a la barbilla y la cabeza ligeramente ladeada.

—¿Te importaría mucho que las retocara un poquito? —le preguntó a su mujer.

—¿Qué les pasa?

—Son preciosas —contestó él con excesiva precipitación.

—¿Pero?

—Son un poco infantiles.

—Son para niños.

—No me refería a eso.

A regañadientes, Chiara dio su permiso a condición de que utilizara únicamente pintura no tóxica y acabara en un plazo de veinticuatro horas. Gabriel corrió a una tienda de pinturas cercana con sus guardaespaldas a la zaga y regresó al poco rato con todo lo necesario. Con un par de pasadas de rodillo (un utensilio que utilizaba por primera vez), hizo desaparecer las nubes de Chiara bajo una capa fresca de pintura azul claro. La pintura estaba demasiado fresca para hacer nada más esa tarde, así que al día siguiente se levantó temprano y decoró rápidamente la pared con un banco de resplandecientes nubes tizianescas. Por último, añadió un angelito, un niño que miraba hacia abajo desde el borde de la nube más alta, copiado del cuadro de Veronese *La Virgen y el Niño en la Gloria con santos*. Con lágrimas en los ojos y mano temblorosa, le puso la cara de su hijo tal y como era la noche de su muerte. Firmó luego con su nombre, puso la fecha y dio su labor por terminada.

Ese mismo día el *Sunday Telegraph* de Londres publicó en exclusiva un reportaje que vinculaba al servicio de espionaje exterior ruso con el asesinato de la princesa, el atentado de Brompton Road, la muerte de cuatro escoltas del MI6 en el oeste de Cornualles y la masacre de Crossmaglen, Irlanda del Norte. La operación, afirmaba el rotativo, había sido una revancha por la derogación de los lucrativos derechos de perforación de Rusia en el Mar del Norte y la deserción de Madeline Hart, la agente rusa que había compartido brevemente la cama del primer ministro británico. La había ordenado el presidente ruso y Alexei Rozanov, el oficial del SVR hallado muerto en Alemania hacía escasos días, se había encargado de supervisar su puesta en práctica. Su principal agente había sido Eamon Quinn, el terrorista de Omagh convertido en mercenario internacional. Quinn se hallaba ahora en paradero desconocido y era el blanco de una operación global de búsqueda y captura.

La reacción al reportaje fue fulminante y explosiva: el primer ministro Lancaster tachó de «barbarie» la actuación del Kremlin, sentimiento este que resonó como un eco al otro lado del Atlántico, en Washington, donde representantes de ambos lados del espectro político pidieron la expulsión de Rusia del G8 y de otros foros económicos de Occidente. En Moscú, un portavoz del Kremlin descalificó la noticia publicada por el *Telegraph* afirmando que se trataba de una muestra de propaganda antirrusa y exigió a su autora, Samantha Cooke, que revelara la identidad de sus fuentes, algo a lo que ella se negó tajantemente durante una ronda de entrevistas televisivas. Quienes estaban al tanto de tales cuestiones sugirieron que sin duda los israelíes habían sido de gran ayuda. A fin de cuentas, dijeron, la operación rusa había segado la vida de una leyenda. Si a alguien le interesaba que se derramara sangre rusa, era a los israelíes.

Ninguna autoridad del estado de Israel quiso hacer declaraciones acerca del reportaje del *Telegraph*: ni la oficina del primer ministro, ni el Ministerio de Asuntos Exteriores, ni menos aún King Saul Boulevard, donde sonaba el teléfono sin que nadie respondiera. Una noticia breve aparecida en un página web israelí de cotilleos dio lugar, sin embargo, a un comentario. Afirmaba que el mismo legendario agente israelí que había muerto en el atentado de Brompton Road había sido visto recientemente, fresco como una rosa, en el mercado de Mahane Yehuda. Una fuente anónima de un ministerio sin identificar tildó la noticia de «bazofia».

Pero los vecinos del agente en Narkiss Street, de no haber tenido el férreo afán de protegerlo, habrían podido contar una historia bien distinta, al igual que el personal del Centro Médico Hadassah y los dos rabinos que lo vieron esa misma tarde colocando una piedra sobre una tumba en el Monte de los Olivos. No intentaron hablar con él, pues se dieron cuenta de que estaba sufriendo. Abandonó el cementerio al atardecer y cruzó Jerusalén hasta Monte Herzl. Había allí una mujer que necesitaba saber que aún estaba entre los vivos, aunque no se acordara de él cuando estaba ausente.

84

MONTE HERZL, JERUSALÉN

Durante el trayecto desde el Monte de los Olivos, comenzó a caer una suave nevada sobre la ciudad dividida de Dios, encaramada a su colina. Cubrió la pequeña glorieta del Hospital Psiquiátrico de Monte Herzl y blanqueó las ramas del pino de su jardín amurallado. Dentro de la clínica, Leah miraba vagamente la nieve desde las ventanas de la sala común. Estaba sentada en su silla de ruedas. Tenía el pelo gris y muy corto, como convenía a la institución en la que se hallaba. El tejido cicatricial había vuelto muy blancas sus manos retorcidas. Su médico, un hombre con aspecto de rabino, cara redonda y una barba prodigiosa de múltiples colores, había hecho salir de la habitación a los demás pacientes. No pareció sorprenderse del todo al saber que Gabriel seguía vivo. Llevaba más de diez años atendiendo a Leah. Sabía cosas acerca de la leyenda que muchos ignoraban.

—Debería haberme avisado de que era todo una estratagema —le dijo—. Podríamos haber hecho algo para proteger a Leah. Como podrá imaginar, la noticia de su muerte causó mucho revuelo.

—No hubo tiempo.

—Estoy seguro de que tenía buenas razones —repuso el doctor en tono de reproche.

—En efecto. —Gabriel dejó que pasaran unos segundos para

embotar el filo cortante de la conversación—. Nunca sé hasta qué punto es consciente de lo que pasa.

—Lo es más de lo que se imagina. Pasamos unos días muy malos.

—¿Y ahora?

—Está mejor, pero debe tener cuidado con ella. —Estrechó la mano de Gabriel—. Tómese todo el tiempo que quiera. Estaré en mi despacho si me necesita.

Cuando el doctor se hubo marchado, Gabriel cruzó pausadamente las baldosas de caliza de la sala común. Habían colocado una silla junto a Leah, que seguía mirando la nieve. Pero ¿sobre qué ciudad caía aquella nevada? ¿Sobre Jerusalén, en el presente? ¿O estaba Leah atrapada en el pasado? Sufría de una mezcla singularmente aguda de síndrome de estrés postraumático y depresión psicótica. En su memoria acuosa, la vida era esquiva. Gabriel nunca sabía con qué Leah iba a encontrarse. Tan pronto podía ser la pintora excepcionalmente dotada de la que se había enamorado en la Academia Bezalel de Arte y Diseño de Jerusalén, como la madre madura de un hermoso niño que se había empeñado en acompañar a su esposo en un viaje de trabajo a Viena.

Siguió contemplando unos minutos la nieve sin parpadear. Tal vez no fuera consciente de su presencia. O tal vez le estuviera castigando por permitirle creer que había muerto. Por fin volvió la cabeza y lo recorrió con la mirada como si buscara un objeto perdido en los armarios atestados de su memoria.

—¿Gabriel? —preguntó.

—Sí, Leah.

—¿Eres real, amor mío? ¿O estoy delirando?

—Soy real.

—¿Dónde estamos?

—En Jerusalén.

Volvió de nuevo la cabeza y contempló la nieve.

—¿Verdad que es preciosa?

—Sí, Leah.

—La nieve absuelve a Viena de sus pecados. Cae sobre Viena

mientras en Tel Aviv llueven misiles. —Lo miró de nuevo—. Los oigo por las noches —añadió.

—¿Qué oyes?

—Los misiles.

—Aquí estás a salvo, Leah.

—Quiero hablar con mi madre. Quiero oír la voz de mi madre.

—La llamaremos.

—Asegúrate de que Dani va bien abrochado en su silla. Las calles están resbaladizas.

—Dani está bien, Leah.

Ella le miró las manos y vio manchas de pintura. Aquello pareció devolverla al presente.

—¿Has estado trabajando? —preguntó.

—Un poco.

—¿Algo importante?

Gabriel tragó saliva con esfuerzo y dijo:

—Un cuarto para los niños, Leah.

—¿Para tus niños?

Él asintió con la cabeza.

—¿Han nacido ya?

—Ya falta poco —contestó él.

—¿Un niño y una niña?

—Sí, Leah.

—¿Cómo se va a llamar la niña?

—Se va a llamar Irene.

—Irene es el nombre de tu madre.

—Sí.

—¿Ha muerto, tu madre?

—Hace mucho tiempo.

—¿Y el niño? ¿Qué nombre vas a ponerle?

Gabriel vaciló. Luego dijo:

—El niño va a llamarse Raphael.

—El ángel de la curación. —Leah sonrió y preguntó—: ¿Tú estás curado, Gabriel?

—No, nada de eso.

—Yo tampoco.

Ella levantó la mirada hacia la televisión con expresión de perplejidad. Gabriel tomó su mano. El tejido cicatricial hacía que pareciera fría y rígida. Era como un trozo de lienzo desnudo. Gabriel ansiaba retocarlo, pero no podía. Leah era lo único que no podía restaurar.

—¿Estás muerto? —preguntó ella de repente.

—No, Leah. Estoy aquí, contigo.

—La televisión dijo que te habían matado en Londres.

—Tuvimos que decirlo.

—¿Por qué?

—Eso no importa.

—Siempre dices eso, amor mío.

—¿Sí?

—Solo cuando de verdad importa. —Sus ojos se posaron en él—. ¿Dónde estabas?

—Estaba buscando al hombre que ayudó a Tariq a fabricar la bomba.

—¿Lo encontraste?

—Casi.

Ella le apretó la mano con gesto tranquilizador.

—Eso fue hace mucho tiempo, Gabriel. Y no va a cambiar nada. Yo seguiré siendo como soy. Y tú seguirás casado con otra mujer.

Gabriel no pudo soportar más su mirada de reproche y fijó los ojos en la nevada. Pasados unos segundos, Leah hizo lo mismo.

—Me dejarás verlos, ¿verdad, Gabriel?

—En cuanto pueda.

—¿Y cuidarás bien de ellos, sobre todo del niño?

—Claro que sí.

Sus ojos se dilataron de repente.

—Quiero oír la voz de mi madre.

—Yo también.

—Asegúrate de que Dani va bien abrochado en la silla.

—Lo haré —dijo Gabriel—. Las calles están resbaladizas.

Durante el trayecto de vuelta a Narkiss Street, Gabriel recibió un mensaje de texto de Chiara preguntándole a qué hora calculaba que llegaría. Él no se molestó en responder porque estaba a la vuelta de la esquina. Recorrió a toda prisa el camino del jardín, dejando una estela de pisadas del número cuarenta y dos en la inmaculada capa de nieve, y subió las escaleras hasta su apartamento. Al entrar vio en el vestíbulo la maleta que con tanto cuidado había preparado. Chiara estaba sentada en el sofá, vestida y con el abrigo puesto, canturreando en voz baja mientras hojeaba una revista de papel cuché.

—¿Por qué no me has avisado antes? —preguntó Gabriel.

—He pensado que sería una bonita sorpresa.

—Odio las sorpresas.

—Lo sé. —Le dedicó una bella sonrisa.

—¿Qué ha pasado?

—Esta tarde no me encontraba bien, así que he llamado al médico. Cree que deberían practicarme la cesárea ya.

—¿Cuándo?

—Esta noche, cariño. Tenemos que ir al hospital.

Gabriel se quedó inmóvil como una estatua de bronce.

—Ahora viene la parte en que tú me ayudas a levantarme —dijo Chiara.

—Ah, sí, claro.

—Y no te olvides de la bolsa.

—Espera... ¿Qué?

—La maleta, cariño. Voy a necesitar mis cosas en el hospital.

—Sí, el hospital.

La ayudó a bajar las escaleras y a recorrer el camino, reprendiéndose a sí mismo por haber olvidado incluir en sus planes la posibilidad de que nevara. En la parte de atrás del todoterreno, Chiara apoyó la cabeza sobre su hombro y cerró los ojos para descansar. Gabriel aspiró su embriagador olor a vainilla y contempló cómo bailaba la nieve contra el cristal. Era preciosa, se dijo. La cosa más bonita que había visto nunca.

85

BUENOS AIRES

No fue, en realidad, que esa primavera no tuvieran nada mejor que hacer. A fin de cuentas, hasta el observador más despreocupado (aquellos que padecían de muerte cerebral histórica, como solía describirlos Graham Seymour en sus momentos más pesimistas) se daba cuenta de que el mundo se estaba descontrolando peligrosamente. Escaso de recursos, asignó un solo agente al caso. No importó, sin embargo: en realidad, no hacía falta más. Le hizo entrega de un maletín lleno de dinero en metálico y de una considerable libertad de acción. El maletín procedía de una tienda de Jermyn Street. El dinero era estadounidense, puesto que en las oscuras regiones del mundillo del espionaje el dólar seguía siendo la divisa de reserva.

El agente viajó bajo diversos nombres esa primavera, ninguno de ellos auténtico. De hecho, en aquel momento de su vida y de su carrera, carecía de verdadero nombre. Sus padres, con los que había vuelto a encontrarse hacía poco, se referían a él por el nombre que le habían puesto al nacer. En el trabajo, en cambio, se le conocía por un código numérico de cuatro dígitos. Su piso de Chelsea era oficialmente propiedad de una empresa que no existía, y solo en una ocasión había puesto un pie en él.

Su búsqueda lo condujo a lugares muy peligrosos, lo cual carecía de importancia, dado que él mismo era un hombre peligroso. Pasó varios días en Dublín, donde se cruzaban peligrosamente el tráfico de drogas y la rebelión, y luego pasó a Lisboa por si acaso la relación de su presa con esa ciudad no era solo cosmética. Un feo rumor lo llevó a un pueblecito de Bielorrusia dejado de la mano de Dios. Un e-mail interceptado, a Estambul. Allí conoció a un informante que aseguraba haber visto a su objetivo en una región de Siria Controlada por el Estado Islámico. Pese a las reticencias de Londres, que dio su permiso a regañadientes, cruzó la frontera a pie y, disfrazado de árabe, llegó a la casa donde según le habían dicho vivía su presa. La casa estaba vacía, salvo por algunos trozos de cable cortado y un cuaderno que contenía varios diagramas de artefactos explosivos. Se guardó el cuaderno y regresó a Turquía. Por el camino vio imágenes de una brutalidad que tardaría en olvidar.

A finales de febrero estaba en Ciudad de México, donde gracias a un soborno consiguió una pista que lo llevó hasta Panamá. Pasó allí una semana, vigilando un piso vacío de Playa Farallón. Luego, dejándose llevar por una corazonada, voló a Río de Janeiro, donde un cirujano plástico de dudosa clientela reconoció haber modificado su apariencia hacía no mucho tiempo. Según el doctor, el paciente decía estar viviendo en Bogotá. El agente británico, sin embargo, no encontró nada al visitar la ciudad, como no fuera una mujer angustiada que tal vez estuviera embarazada de su objetivo o tal vez no. La mujer le sugirió que lo buscara en Buenos Aires, cosa que hizo. Y fue allí, una fresca tarde de mediados de abril, cuando al fin logró saldar una deuda ya muy vieja.

Era el cocinero de la Brasserie Petanque, un restaurante del barrio sureño de San Telmo. Su apartamento estaba a la vuelta de la esquina, en la segunda planta de un edificio que parecía sacado del bulevar Saint Germain. Al otro lado de la calle había una cafetería en cuya terraza Keller se sentó a tomar café. Llevaba un sombrero de ala ancha y gafas de sol. Su cabello lucía la pátina saludable de las canas prematuras. Aparentaba estar leyendo una revista literaria en español. Pero no era así.

Dejó unos pesos en la mesa, cruzó la calle y entró en el portal del edificio. Un gato rayado le rodeó los pies mientras leía el nombre del buzón del apartamento 309. Al subir, encontró cerrada la puerta del piso. Dio igual: tenía llave, la había conseguido sobornando con quinientos dólares al encargado de mantenimiento del edificio.

Sacó la pistola al entrar y cerró la puerta. El apartamento era pequeño y apenas estaba amueblado. Junto a la cama había un montón de libros y una radio de onda corta. Los libros eran gruesos, pesados y doctos. La radio, de una calidad que ya rara vez se veía. Keller la encendió y subió ligeramente el volumen. *My funny Valentine* tocada por Miles Davies. Sonrió. Había llegado el lugar correcto.

Apagó la radio y apartó la cortina que tapaba la última ventana sobre el mundo que le quedaba a Eamon Quinn. Y allí se quedó, con la disciplina de un experto en vigilancia, el resto de la tarde. Por fin, un hombre apareció en la cafetería y ocupó la misma mesa que antes había ocupado Keller. Bebía cerveza local y vestía como un lugareño. Aun así, estaba claro que no era argentino. Keller se acercó al ojo un pequeño telescopio monocular y observó su rostro. El brasileño había hecho un buen trabajo, pensó. El hombre sentado a la mesa era irreconocible. Lo único que le delató fue su forma de manejar el cuchillo cuando el dueño del bar le llevó su filete. Quinn era un técnico consumado, pero sus mejores obras siempre las hacía a cuchillo.

Keller se quedó junto a la ventana con el minúsculo telescopio pegado al ojo, observando atentamente mientras Quinn tomaba su última cena. Cuando hubo acabado, pagó al dueño, se levantó y cruzó la calle. Keller se guardó el telescopio en el bolsillo y se apostó en la entrada con la pistola en las manos extendidas. Un momento después oyó pasos en el pasillo y el chasquido de una llave al penetrar en la cerradura. Quinn no le vio la cara, ni llegó a sentir las dos balas (una por Elizabeth Conlin, otra por Dani Allon) que acabaron con su vida. De eso, al menos, sí se arrepintió Keller.

NOTA DEL AUTOR

El espía inglés es una obra de entretenimiento y como tal debe leerse. Los nombres, personajes, lugares y acontecimientos plasmados en la historia son fruto de la imaginación del autor o han sido empleados con fines literarios. Cualquier parecido con personas vivas o muertas, empresas, compañías, hechos o escenarios reales es puramente accidental.

Hay, en efecto, una encantadora casita en la punta sur de la cala de pesca de Gunwalloe que al autor siempre le ha recordado la que aparece en el cuadro de Monet *La cabaña del aduanero de Pourville*, pero hasta donde yo sé ni Gabriel Allon ni Madeline Hart han habitado en ella. Los lectores tampoco deben ir en busca de Gabriel al número 16 de Narkiss Street, dado que Chiara y él están muy ocupados en estos momentos. Los informes que nos llegan de Jerusalén indican que tanto la madre como los niños están perfectamente. En cuanto al padre, esa es otra historia. Volveremos sobre ello en la próxima entrega de la serie.

Quienes visiten la localidad de Fleetwood, al norte de Inglaterra, buscarán en vano un cibercafé frente al *fish and chips*. En Gunwalloe no hay ningún pub llamado Lamb and Flag, ni hay un bar Emerald en Crossmaglen, aunque sí hay varios que se le parecen. Mis disculpas a la dirección del restaurante Le Piment de la isla de Saint Barthélemy por situar a una terrorista del IRA especializado en la fabricación de explosivos en su pequeña pero gloriosa cocina. Mis disculpas también para el restaurante Die Bank de Hamburgo, el hotel Intercontinental de Viena y, sobre todo, para el hotel Kempinski de Berlín. La habitación 518 debía de ser una leonera.

Soy consciente, dicho sea de paso, de que la sede central del servicio de inteligencia israelí ya no se halla en King Saul Boulevard, en Tel Aviv. Mi servicio de espionaje ficticio sigue residiendo allí, en parte porque me gusta más ese nombre que el de la ubicación actual, que no voy a mencionar en letra impresa. También me han preguntado muchas veces si Don Anton Orsati está basado en un personaje de carne y hueso. No. El don, su valle y su singular negocio son invenciones del autor.

El espía inglés es la cuarta aventura de Gabriel Allon en la que aparece el asesino más infalible del don: el excomando del SAS Christopher Keller. La novela termina en el lugar en el que comenzó la historia de Keller, en las peligrosas y verdes colinas de South Armagh. Durante la fase más cruenta de la larga guerra por Irlanda del Norte, esa región fue en efecto el lugar más peligroso del mundo para vestir un uniforme de soldado o agente de policía. El mayor número de víctimas mortales se produjo el 27 de agosto de 1979, cuando dos grandes bombas de cuneta mataron a dieciocho soldados británicos en Warrenpoint. El atentado sucedió horas después de que lord Mountbatten, estadista británico y pariente de la reina Isabel II, muriera como consecuencia del estallido de una bomba del IRA oculta a bordo de su barco de pesca, incidente este que me sugirió los primeros pasajes de *El espía inglés*. Es evidente que me he inspirado en gran medida en la vida de Diana de Gales al crear a mi princesa de ficción, pero en modo alguno ha sido mi intención dar a entender que Diana fue asesinada. Murió en un túnel de París porque un hombre embriagado iba al volante de su coche, no de resultas de una conspiración internacional.

La larga lucha de la República de Irlanda contra el narcotráfico está bien documentada. Menos conocido es, en cambio, el papel que desempeñaron en el tráfico de estupefacientes los integrantes del IRA Auténtico, el grupo terrorista disidente formado en 1997.

La organización, que incluía a varios miembros de la Brigada de South Armagh del IRA, llevó a cabo una serie de devastadores atentados en la primavera y el verano de 1998, mientras Irlanda del Norte avanzaba con paso inseguro hacia la paz. El más sangriento fue el de la localidad de Omagh, que el 15 de agosto de ese año dejó veintinueve muertos y más de doscientos heridos. Los detalles concretos del atentado que aparecen en la novela son auténticos, aunque me he permitido alguna licencia al describir la actuación de Graham Seymour, el ficticio jefe del espionaje británico. Eamon Quinn y Liam Walsh no estaban en el coche bomba ese día, ya que ambos son invenciones del autor.

En el momento de escribir estas líneas, aún no se había identificado oficialmente a los autores materiales del atentado. Solo ellos saben por qué aparcaron el coche bomba en el lugar equivocado de Lower Market Street y por qué permitieron que se enviaran a los medios y al Royal Ulster Constabulary avisos de bomba con datos erróneos, propiciando así una pérdida catastrófica de vidas humanas inocentes. Sin duda los servicios de inteligencia y la policía de Irlanda y el Reino Unido conocen sus nombres. Sin embargo, diecisiete años después del atentado no se ha procesado a nadie por el mayor asesinato múltiple de la historia de Gran Bretaña e Irlanda. En junio de 2009 un juez de Irlanda del Norte condenó a cuatro personas (Michael McKevit, Liam Campbell, Colm Murphy y Seamus Daly) a pagar un millón y medio de libras a las familias de las víctimas de Omagh. Hasta la fecha, no se ha efectuado ningún pago. En abril de 2014 Seamus Daly fue detenido en un centro comercial de South Armagh, donde vivía abiertamente, y acusado de veintinueve asesinatos. Si tomamos como ejemplo otros casos anteriores, la probabilidad de que el proceso llegue a buen puerto es muy remota. En 2002, el Tribunal Especial de lo Criminal de Irlanda condenó a Colm Murphy por complicidad en el atentado, pero su veredicto fue revocado en la apelación. El sobrino de Murphy se enfrentó a juicio en Irlanda del Norte en 2006, pero fue absuelto.

Tras los Acuerdos de Viernes Santo, el espionaje británico supo que diversos exmiembros del IRA especializados en la fabricación de bombas estaban vendiendo sus servicios como mercenarios. Entre los países en los que ejercieron su mortífero oficio se cuenta la República Islámica de Irán. El historiador Gordon Thomas, en su historia del MI6 titulada *Al servicio de Su Majestad*, afirma que una delegación de terroristas del IRA viajó secretamente a Teherán en 2006 para ayudar a los iraníes a fabricar un arma antitanque para sus aliados libaneses de Hezbolá: un arma capaz de generar una bola de fuego que se desplazaba a trescientos metros por segundo. Hezbolá utilizó dicha arma contra tanques y blindados israelíes, pero también los soldados británicos destinados en Irak se convirtieron en blanco de la tecnología desarrollada por el IRA. En 2005 ocho militares británicos murieron en Basora al estallar una sofisticada bomba de cuneta idéntica a los artefactos que empleaba el IRA en South Armagh. Los expertos en contraterrorismo aventuraron que los planos para la construcción de la bomba debían de haber llegado a Irak como resultado de la larga vinculación del IRA con la OLP. Ambas organizaciones disfrutaron del patrocinio del libio Muammar Gadafi y se entrenaron en sus célebres campos del desierto, donde compartían recursos y conocimientos. Libia, en efecto, proporcionó prácticamente todo el Semtex que utilizó el IRA durante el conflicto por Irlanda del Norte.

Pero Libia no era el único estado que patrocinaba al IRA. El KGB también procuró apoyo material a los terroristas en un intento de desestabilizar Gran Bretaña y debilitar así a la Alianza Atlántica. Han cambiado muchas cosas en el cuarto de siglo transcurrido desde la caída de la Unión Soviética, pero fomentar la discordia en el seno de la alianza occidental sigue siendo una de las prioridades de la Rusia de Vladimir Putin. En efecto, nada agradaría más al presidente ruso que asistir al derrumbe total de la OTAN para poder restaurar el antiguo imperio ruso sin intromisiones de Occidente. Bajo su liderazgo, Rusia está financiando de nuevo a partidos políticos radicales en Europa occidental, tanto de derechas como de izquierdas.

Putin no parece hacerle ascos a ningún aliado político siempre y cuando se oponga a Estados Unidos y vea el mundo de manera tan burda y grosera como él. Putin, por otra parte, carece de verdadera política propia. Es un cleptócrata sin más filosofía que el ejercicio cínico del poder.

Gabriel Allon se enfrentó por primera vez a los rusos en *Moscow Rules*, una novela publicada originalmente en el verano de 2008, cuando el dinero procedente del petróleo inundaba Moscú y los críticos con el Kremlin eran asesinados en las calles. La novela, por desgracia, resultó premonitoria. Piénsese en cómo se ha conducido el Kremlin en los últimos tiempos. Sigue apoyando al genocida régimen sirio. Ha aceptado vender sofisticados misiles antiaéreos a Irán. Crimea y el este de Ucrania se hallan bajo su control. Y los bombarderos rusos provistos de armas nucleares desafían a los estados miembros de la OTAN. En efecto, un par de bombarderos rusos se dio una vuelta hace poco por el Canal de la Mancha con los transpondedores apagados, alterando el tráfico aéreo civil durante horas. Mientras Occidente aplica el hacha de los recortes a su presupuesto defensivo, el Ejército Rojo se está modernizando a pasos agigantados. Putin ha hablado sin ambages del uso de armas nucleares tácticas para proteger sus intereses.

El Secretario de Asuntos Exteriores británico Philip Hammond se muestra lógicamente alarmado por lo que ve. En marzo de 2015, describió a Rusia como «la mayor amenaza» para la seguridad de Gran Bretaña. Un mes después, el presidente Obama manifestó una opinión radicalmente distinta al desdeñar a Rusia como una «potencia regional» que actuaba por debilidad más que por fortaleza. De lo que cabe deducir que, al invadir Ucrania y apoderarse de Crimea, Vladimir Putin está, en realidad, *perdiendo*. Ojalá fuera así. Putin está ganando, lo que significa que Ucrania no es más que el prólogo de lo que está por venir.

AGRADECIMIENTOS

Estoy en deuda con mi mujer, Jamie Gangel, que me escuchó pacientemente mientras trabajaba en los giros y recovecos de *El espía inglés* y que adecentó con mano experta un centenar de páginas del montón de papel que yo eufemísticamente llamaba «mi primer borrador». Sin su apoyo constante y su singular atención por el detalle, no podría haber terminado el manuscrito a tiempo. La deuda que tengo contraída con ella es inconmensurable, al igual que mi amor. Mis hijos, Lily y Nicholas, fueron también una fuente constante de inspiración a lo largo del año lectivo. Sus logros no dejan de maravillarme.

Louis Toscano, mi querido amigo y editor, introdujo innumerables mejoras en la novela, grandes y pequeñas. Mi correctora personal, Kathy Crosby, con su vista de águila, se aseguró de que el texto estuviera libre de errores gramaticales y tipográficos. Cualquier error que haya escapado a su garra formidable es mío, no suyo.

Huelga decir que este libro no podría haberse publicado sin el apoyo de mi equipo de HarperCollins, pero lo diré de todos modos porque son los mejores del sector. Gracias en especial a Jonathan Burnham, Brian Murray, Michael Morrison, Jennifer Barth, Josh Marwell, Tina Andreadis, Leslie Cohen, Leah Wasielewski, Robin Bilardello, Mark Ferguson, Kathy Schneider, Brenda Segel, Carolyn Bodkin, Doug Jones, Katie Ostrowka, Erin Wicks, Shawn Nicholls, Amy Baker, Mary Sasso, David Koral y Leah Carlson-Stanisic. Mi más sincero agradecimiento también a mi equipo jurídico, Michael Gendler y Linda Rappaport, por su apoyo y sabio asesoramiento.

Consulté centenares de libros, periódicos, artículos de revistas y páginas web mientras preparaba el manuscrito, demasiados para mencionarlos aquí. Estaría incurriendo en falta, sin embargo, si dejara de mencionar la extraordinaria labor periodística y académica de Martin Dillon, Peter Taylor, Ken Connor, Mark Urban, John Mooney y Michael O'Toole, así como de Toby Harnden, autor del estudio seminal acerca de la Brigada de South Armagh.

Por último, esta novela, al igual que los catorce títulos precedentes de la serie de Gabriel Allon, no habría sido posible sin la ayuda de David Bull. A diferencia del ficticio Gabriel Allon, David es verdaderamente uno de los mejores restauradores de arte del mundo, y yo tengo la fortuna de contarlo entre mis amigos. Si el mundo lo gobernaran hombres como David, mi protagonista llevaría una vida muy apacible. Quizás así habría tenido ocasión de restaurar ese Caravaggio. Y sin duda habría pedido consejo a David antes de ponerle un dedo encima.